MEMORY HOUSE
记忆坊文化

奶茶千杯少

叶小辛 ~ 著

长江出版社

图书在版编目（CIP）数据

奶茶千杯少 / 叶小辛著. -- 武汉：长江出版社，2025. 1. -- ISBN 978-7-5492-9842-6

Ⅰ. I247.5

中国国家版本馆CIP数据核字第2024T0L811号

奶茶千杯少 / 叶小辛 著
NAICHAQIANBEISHAO

出　　版	长江出版社
	（武汉市解放大道1863号 邮政编码：430010）
选题策划	北京记忆坊文化
市场发行	长江出版社发行部
网　　址	http://www.cjpress.cn
责任编辑	张艳艳
特约编辑	燕　麦
印　　刷	环球东方(北京)印务有限公司
版　　次	2025年1月第1版
印　　次	2025年1月第1次印刷
开　　本	670mm×970mm 1/16
印　　张	18
字　　数	323千字
书　　号	ISBN 978-7-5492-9842-6
定　　价	49.80元

版权所有，翻版必究。如有质量问题，请联系本社退换。
电话：027-82926557（总编室）027-82926806（市场营销部）

目录
CONTENTS

Chapter 1 ~ 001

Chapter 2 ~ 059

Chapter 3 ~ 103

Chapter 4 ~ 180

Chapter 1

[1]

时间回到2013年。那一年，新茶饮还没诞生，新消费还没重新定义我们的生活，资本还没将所有人捕获。

那天，登机入座后，江时一始终盯着窗外，想尽量再看一眼北京。

下次再回来，她就是个游客了。

看累了，她倒头就睡。但飞机上有小孩哭，妈妈哄。江时一最怕这种母慈子孝的场面，转身戴耳塞。塞耳朵前，刚好听到空乘走过来，对她身边人说暂时无法办理升舱。她身旁的男人说没关系。

她见那空乘看男人的眼神不一般，便用眼角余光瞥他。男人骨相优越，侧颜下颚线流畅完美，眉骨跟鼻梁优美。她将"颜值"换算成货币，得出结论：这张脸能换不少钱。她顺便喊住空乘，要一张毯子。

空乘很快抱毯子回来，眉眼如霜，还是只盯着男人看。男人有意无意般移开目光，去看窗外。江时一忽然明白：空乘跟男人是认识的。

航班起飞后，两个空乘推着餐车过来，其中就有刚才的那位。

整个过程例行公事，直到那位空乘面无表情地将水递过来时，突然翻转手腕，这水都洒在男人身上。

"对不起。"依旧面无表情。

另一个空乘吓一跳，说她怎么那么不小心。犯错那位倒笃定，像是吃准了男人不会投诉。

果然，男人拍拍被打湿的衬衣，说没关系，语气平静。

江时一在旁，倒是看清全过程。就在她接过同一人递来的温开水时，也突然翻转手腕，直直倒在自己身上，又直直道："我要投诉。"

事件过程太快，没人看得清楚。空乘委屈巴巴，不得不被乘务长摁头道歉。

她们走开后，男人递过来纸巾，江时一也没接过："谢了，我自己有。"她随便擦了擦。

对方斟酌片刻，慢慢开口："其实，我应该跟你说声谢谢？"他说，"虽然她有一百个理由恨我。况且，你这么一投诉，她应该会被罚。"

"恨不恨的，是你们之间的事。对我来说……"江时一转过头，认真看着他，"我只是讨厌不专业的人，做不负责任的事。就像那些生了孩子，又把小孩抛弃掉的年轻妈妈。"

她觉得这话扯远，一时懊恼自己沉不住气。男人却只笑笑，不搭话。

江时一知道自己在陌生人眼中，是个什么形象。有男同学说，初次见她，不说话，一头短发，眉毛墨般浓黑，眼睛黑白分明，冷冷地喝着一杯冰水，还以为是个手脚纤长、唇红齿白的少年。一张嘴才知道，居然是个女的。旁边有人补刀说，江时一张嘴更不像女人，开口闭口怎么搞钱，从不提八卦、护肤、男"爱豆（偶像）"。

当时江时一正忙着往北京房产公司投简历，没空理会这些闲人，更懒得反驳为啥女的只能聊八卦、护肤、男"爱豆"。当时她没想到，自己这么快要收拾行囊回广东。

后面航程中，她跟男人再没说过话。

飞机抵达广州后，旅客纷纷起身取行李，都挤在过道里。男人见她昂起头要取行李，抬手帮她拿下，顺口问："出差？回家？"

江时一说："回家奔丧。"

抵达江门时，已是晚上十点多。

打车太费钱，她抱着大箱子坐公交，下车后又一路拖箱穿街过巷。沿路经过数家大排档，生滚猪杂粥跟牛展煲仔饭，混杂着啤酒味，是南中国特有的深夜食堂。

在北京念了四年书，五道口比江门更像家。一路高歌猛进的北京房产，更适合她这个念园林规划专业的。一直盘算着，毕业后留在北京搞钱，把爷爷也接过来享福。

谁料到，爷爷会走得这样突兀。

正想着，那条叫作江边里的内巷，就在眼前了。江时一就在这狭长巷子里长大。

电线横七竖八，从旧楼跟旧楼之间穿过。楼宇都是20世纪七八十年代建起来的，每栋居民楼外墙都破败斑驳，连着七八个水电表，挂上八九个褪色掉漆的信箱。门上贴着纸，不是停水通知就是修锁广告。车辆跟单车、摩托车一起，在路边随便停靠。

过去几十年，原住民不断迁出，继续留在这儿的，有不少是在内街开饮食店做小生意的街坊邻里。自江时一懂事起，江边里的空气从来都是食物的味道。陈阿姨的云吞，英姐的烧腊叉烧，明叔生果档里的红橙黄绿青蓝紫，香蕉、火龙果、西瓜、鲜橙、红苹果、青提子摆满。

从巷头走到巷尾，就是爷爷家的"御记双皮奶"了。

江时一拖着行李箱，走到小店旁的狭窄楼梯入口，一级一级慢慢往上走。这楼低矮逼仄，墙壁尽是污垢，每两层就有人将垃圾放置在阴暗角落，也不知道是幻想谁会替他们清理。有条件改善居住条件的都已搬走。邻居们大多只剩下租户，五湖四海，人间声色。

箱子很沉。走到五楼，全身已经湿透。江时一掏钥匙，开门。

铁闸门被拉开，生锈的金属仍发出嘎吱嘎吱的声响。推开里面的木门，进屋，迎面便是敞开的窗户，映出对面"东记猪杂粥"剥落了撇捺的霓虹字，在地面映出横七竖八的河流与支流。远处建筑物低矮错落，如莽山寂寂。在建筑物之间，可以见到最明亮辉煌的那座，便是新建的星河城购物中心。

上次回来时，爷爷说，星河城开业后，到传统甜品店吃的人眼见变少。

她没开灯，放了行李，绕到洗手间，开水龙头洗脸，抬头看镜中的自己，开始觉得不对劲。

是屋子不对劲。

浴室里挂着半湿的毛巾，阳台上还晾着几件男人外衣，被晚风撩得晃来晃去。她想到爷爷走得这样突然，连晾挂的衣服都还没收，这一刻才真切意识到，他真的离开了。

她用手指按住眼眶，平复情绪后，飞快洗了个澡，换上睡衣，进了卧室。

床上被褥是乱的，摊开平铺着。江时一心里闪过诡异的念头，但旅途疲累让她头脑麻木，直接躺倒在床上。

爷爷走了，以后怎么办？

她盘算着明后天要去办的手续，慢慢闭眼。突然一个念头闪过来：浴室里的毛巾，怎么还是半湿的呢？

不是错觉，屋子当真不对劲。

就在这一刻，有气体喷在她后颈上。

是小时候看的怪谈里，妖精吸纳人气的那种感觉。

她浑身寒战。

耳边忽然有人声，男人的声音，低沉，听不清，但深夜里异常瘆人。

她全身僵硬。

幻听？

她扯过被单，蒙住脑袋。心里想：今晚是爷爷的回魂夜？

幻听暂时解除。然而下一刻，触觉也迷幻起来。一条冰冷的手臂从后面绕过来，将她团团抱住。她在震惊中，真真切切，听到身后有人低语。

那把男声，含糊不清地叫唤着："叶小辛子……"

啥玩意儿？

江时一的眼睛已适应黑暗。她转过头，见到旁边躺着个人。她向来胆肥，一把掀开被单，抓着对方头发就往上提，只听对方啊呀一声惨叫，她已经将他的脸推到窗下，最靠近霓虹灯与夜光的位置。

对方怪叫着，坐起身来。窗外月色像流动的火苗，一点一点照亮这人，凌乱头发下是一张年轻周正的脸，到结实有肉的赤裸上体，再到赤裸的……

江时一顿觉双目被强奸，一跃而起，跑到墙边，啪一声把灯按亮。像《聊斋》里被捉住的妖精，裸男在亮光下无所遁形。但他机警非常，一手抓过单薄的空调被，裹住下半身，边死死按住被子，边以手指向江时一。

两人同时开口："你是谁？"

互相瞪着对方，又同时开口："你怎么在这里？"

有那么一瞬间，江时一怀疑自己走错门，因为对方如此笃定。虽然头发凌乱，全身上下只披着条单薄被子，但他就像所有认定自己孩子是世界上最聪明最可爱的妈妈一样，对自己住在此处，深信不疑。

男人见到江时一不开口，认为她心虚，便大度地挥挥手："你现在出去吧。

我不会告你性骚扰我的。"被子一路下滑，他又往上提了提。

江时一的眉头拧成问号。

不是，她清醒过来了。这里确确实实是她家，就连这个男人身上裹着的被单，也是她大二那年给爷爷买的。她想起以前看到过的社会新闻，"无业男子闯入空置民居"什么的。

她警觉性强，走到门边，要是对方意图不轨，还能马上逃离。掏出手机，她的屏幕亮了亮："我现在打电话报警，说你私闯……"

男人却突然上前，一手将她手机夺过来。江时一心里抽紧，正要高声喊人，只见对方打量她手机屏幕上跟爷爷奶奶的合影，抬起眼睛瞧她："你是江伯的孙女？"

江时一抬眼看他，对方露齿一笑，突然换了嘴脸："我是江伯的租客，叫作许柏乐。"

后来江时一回想两人初次见面，只觉得是个荒诞的开场。这个开场以许柏乐裸睡登场，在他们俩互相质问"你怎么认识我爷爷？租约在哪里呢？"跟"你这个不肖子孙，有话留到清明拜山再问江伯！"时升华，又被阵阵敲门声打断。

江时一气势汹汹去开门，而许柏乐裹着被单如狼似虎地翻租约："对我态度好一点啊！江伯走的时候，可是只有我在他身边的！"

江时一落在门把上的手滞了滞，转身问："他……走的时候说了什么？"

"他说，做姜撞奶时要把锅抬高……"

江时一骂自己白痴，怎么会跟这人认真起来。

她转身开门，隔着铁闸，能够看到外面站了个女人，只露了张白净的脸，黑色长发微鬈，二十七八岁模样，墨镜也掩不住明艳瑰丽。显然不是来找爷爷或是自己。

江时一忍不住心里骂了句脏话，回头就喊："许柏乐，有女人找你！"他把这里当什么地方了？什么蜘蛛精、狐狸精都来了？

"长得帅就是麻烦多！等我先把裤子穿上再打发她走！"许柏乐叨叨着，"喂，到底我的租约在哪里……"

这时，那女人悠悠问："请问这里是御记双皮奶的江伯家吗？"

江时一微怔，才木然道："你找爷爷？他不在了。"

"我深表遗憾，请节哀顺变。"女人微微点头，然后摘下墨镜，眼睛清澈，黑白分明。江时一觉得她凝视自己的目光中，竟像饱含着深情。她开了铁闸门，推开半边，这时看到在暑热的盛夏岭南，女子松松披着件奶茶色男式外套，半遮乳白色真丝衬衫，棕咖色修身长裤，只有手部露出皓白的肌肤。江时一注意到她身后有行李箱，也不知道是长途跋涉还是什么原因，她发顶些微乱，但恰到好处，像电影里的逃跑新娘。她看着江时一，红唇微启，欲言又止。

许柏乐只穿条海绵宝宝图案短裤就从房里冲出来，拿张破纸递给江时一。

上面是用中英文手写的租约条款，只写着他有权在这里住两年，却没列明租金。唯有落款两边，一边是爷爷的名字，一边是许柏乐歪歪扭扭的繁体字签名，还有他港澳居民来往内地通行证上的号码。

江时一一眼瞥见上面有一句"以英文条款为准"，脸一黑，手里捏着这破纸，在他脸前抖啊抖："你就是这样骗老人家的？"

许柏乐却没听她说话，两只手臂抱在胸前，用欣赏艺术品一样的眼神，看向站在门外的美人。江时一翻了个白眼，没理会他，只对美人说："你也看到了，我家现在乱得很，你请回吧。"

她正要关门，年轻女人却一手按住铁闸门："不，我找的不是江伯，是你。"

江时一抬头看她。屋里大窗外的"东记猪杂粥"霓虹牌闪了闪，映得女人脸上忽明忽暗。只听她说："时一，我是你妈妈。"

[2]

"我要见我女儿……"

十九岁生日那天，胡培月被父母反锁在房间里。手机没收，电话掐掉。她一双手拼命捶打房门，但房门纹丝不动。她跌坐在地板上，地毯软软的，陷进去，出不来，就像她现在的困境。

过了好一会儿，妈妈在门外轻声说："囡囡，你不能为了一个野男人，葬送自己一生。这道理，你现在不懂，以后就明白了。"

胡培月不说话，脑袋抵在墙壁上。持续不断地锤门，她的手又红又肿。突然想起了什么，她开始翻箱倒柜地找。

妈妈在外面听到声音，开始急："你在找什么？"

终于从柜子里翻出安眠药。那是她攒了一段时间的。

妈妈在外面大声喊她名字。

胡培月拧开盖，倒出药丸在手心上。

"囡囡……你应一下我呀……别吓妈妈……"

胡培月稍一犹豫，将药丸全部倒到嘴里，伸手取过玻璃杯，昂头喝下。

她整个倒在地板上时，妈妈正焦急地喊人来撞门，而她脑中闪过一年前，十八岁生日那天，她对那男人说："海文，我觉得这一刻很幸福。我可以随时为你死。"

生于西湖边，长于富贵家庭，胡培月的世界从来跟江时一不同。

小小的白净女孩儿，是父母的心头肉，母亲燃一撮百步香，盈香满室，培月倚在父亲身旁，读着在他膝盖上摊开的《野天鹅》绘本。耳濡目染，她从小就知道，人要为穿在自己身上的东西负责。八岁跟着母亲在欧洲各国像逛街一样逛博物馆，十岁那年听别人推荐卡其裤，已会发问："哪种？超窄？slim-fit（修身）？over-size（超大码）？喇叭还是直身？"十二岁建立起自己的一套美学价值。

她的眼睛，看不到阴暗潮湿的角落，油漆剥落的墙壁，老鼠飞快窜过的街巷，为几百块医药费发愁的人家。世界是她的游乐场，遍布三件头套装、玫瑰红领带、黑色腕表、意大利白菌、暹罗燕窝、黑海鱼子酱，她心仪俊美的大卫像，倾心精美繁复的糕点，迷醉剧场的光与影。当她念完高二，准备到英国念艺术史跟文学时，身边人毫不意外。他们还预见到，她以后会走"对的路"，嫁给"对的人"。

若干年后，她挽着青年才俊丈夫在同学聚会上现身，大家觉得她不过自证了对本身的预言。

他们不知道的是，在她青春期即将结束时，也曾经有过短暂的脱轨。

十七岁那年，她拿到大学offer（录取信），到香港找朋友玩。朋友是新移民，住在西环，地铁港岛线尚未延伸到此处。唐楼潮湿，攀爬至朋友家那一层，半层楼的灯是坏的。胡培月天真地诧异，这跟朋友在杭州那个敞亮开阔的家，相差甚远。

附近就是海味干货市场。坐在朋友家窗下聊天，市声像潮声一样涌进来，把咸鱼腥味也灌进来。她捧着杯子，低头喝一口，总疑心杯子里也有腥味。

晚饭后，胡培月乘车回铜锣湾酒店。已是十一点多，沿路所见，崇光三越酒楼食肆外，竟都是行人。她去过的地方不少，但每次都有父母、长辈、老师陪伴在侧。一个人独自出门，还是初次。她临时起意，不去酒店，决定信步走走。

逐个橱窗地看，渐至迷路不知归处。那时候没有智能手机，在人生地不熟的异乡，只得拉路人问，开口说普通话，对方面带疑惑地听完，张口讲一串粤语，又给她指引方向。她点头谢过，迷迷糊糊往那个方向走，直至走到一条巷前，十分茫然。

这时巷内有猫叫声，在这人流稀少的地方，听来颇为瘆人。接着便是酒瓶子打碎的声响，她赶紧往回走，眼前却不知何时，在两旁已关闸闭店的食肆前，站着两个古惑仔打扮的男人，抽着烟，对她说了句什么。

"什么？"她下意识回话，瞬间后悔。她暴露了自己非本地人的身份。

两个男人对视一眼，其中一个把烟头一丢，踩在脚下，另一个挽起袖子，都向她走来。

这时突然斜着走过来一个年轻男人，直接牵起胡培月的手，用普通话跟她说："原来你在这里啊。"拉过她就往马路对面方向走。两个男人在后面盯着看。

胡培月任由他牵着自己，两人走到马路中间，男人低声说，不要回头。她嗯了一下。风吹过来，将她头发拂乱。她松开被牵住的手，拨开乱掉的头发，瞥见男人的侧脸，轮廓分明，端正好看。现在他们已经在马路另一头了，男人回头看，见那两个男人已经消失，便松了口气，对她说："这附近龙蛇混杂的，你小心点。"

胡培月嗯了一声。

她就这样认识了江时一的爸爸。一个年轻人，到香港来投靠亲戚找点事做，其他人叫他海文。但她总觉得他不像是个普通人，因为他送她回酒店的一路上，都有古惑仔模样的人跟他打招呼。她鼓起勇气，把这个疑惑向他发问，他笑起来："那些不是古惑仔，是财务公司的人。"他没解释自己为什么认识他们。她想，这个世界有很多她不知道的事情。

她在香港又多待了数天，打算在这里过生日。这么跟他说时，他微诧。她那时候年少，不知道跟男人这样说话，等于直通通地告诉对方，我喜欢你。他吸了一口烟，半晌，狠狠点头："好。十八岁生日，你打算怎么过？"

胡培月想了一圈，说："我要去澳门，我想看一看赌场。"

他们到码头，等船过澳门，附近传来杨千嬅的《少女的祈祷》："沿途与他车厢中私奔般恋爱，再挤迫都不放开。"他们上了船，在没人注意时，第一次接吻。

进了赌场，她看他坐在百家乐赌桌前，面前堆着筹码，他低头，缓慢而专注地将牌揭开，看到牌面的刹那，又轻声失笑，微微摇头，非常迷人。那一瞬间，她突然决定，要把自己像一件礼物一样送出去。

十八岁的第一个月，胡培月回到杭州家里。她发现，自己怀孕了。她爱的男人说："生下来，我养你们娘俩。"

这种言情小说里的桥段，胡家怎可能让它发生在自己女儿身上。尤其对方是来历不明的野男人。在得知手术会有危险后，他们被迫默许女儿将孩子生下来，像打发流浪猫狗一样，把婴孩打发掉。将孩子送到男人广东老家后，转手又准备按原计划将女儿送出国。

胡培月天真而稚嫩地抗争，唯一武器也只是自己的身体。服食过量安眠药醒来后，她看到妈妈瘦得像被抽干水，又听说在她洗胃期间，爸爸犯心脏病一度被送医院。她幡然，自己终归要牺牲一部分家庭。

被牺牲的，不是初恋跟女儿，就是爸爸跟妈妈。

她选择了后者。

被送到英国后，英国人阴天里疏离的礼貌，逐渐替代掉亚热带的潮湿回忆。一年多后，当她开始跟身边男生约会时，也不得不凉薄地承认，当年自己太年轻。她喜欢的，也许只是坐在电单车后飞驰，擦过悬崖边的少女情感。

这种情感，当时再壮烈，多年后的此刻，也只是一抹褪色的残血。男人的模样，她已经印象模糊了，心头时时萦绕的，却是她跟男人曾经有过的骨血。那一滴血不光没褪色，还越发鲜红。

那天她刷手机，在看到有人介绍广东江门美食时，提及御记这家店。这让她想起了十八岁那年，她喜欢过的男人。彼时，她只知道江海文是广东人，不清楚具体在哪儿，但依稀记得他提过，家里开双皮奶店，叫御记。

多年来，她凭借御记二字来找孩子。也不知道是玉记、遇记，还是什么，她都搜寻过。广州深圳，她没少去，也没少留意。听说顺德是双皮奶发源地后，还特地跑过顺德，当时正是农历新年，在广东轰隆隆的舞龙舞狮、敲锣打鼓的街头，她踏着满地红色鞭炮纸屑，一家一家寻过去，又在失落中，独自乘机回沪。

这次，在她联系上江伯时，激动得知，江伯真的是江时一的爷爷，又遗憾获知，海文早在十几年前已车祸丧生。但他俩的孩子还在，在北京念书，逢寒暑假回来。

胡培月这样一朵富贵花，即使落在凡间，也不会开在成年后江时一的视线范围内。虽有血肉连接，然而她们属于不同阶层，即使在同一家商城遇上，也分属不同消费光谱。江时一是一株野蛮生长的小树，小树是不会跟温室里的花朵相遇的。

但这朵花，此时此刻，拖着箱子，来到了这栋旧楼里，来到了江时一跟前。

[3]

"对不起，我来晚了。"胡培月真心诚意地说。

"晚吗？也就二十年。我还能再等个五六十年。"江时一沉着反讽。

两人隔着一道门说话，胡培月半垂着脸，翻来覆去地低声道歉。但江时一并没有让她进来的意思，只是问："你说完了吗？说完我就关门了。"

"时一，我……"

"只有我的家人才这么喊我。你不是。"

胡培月脸颊绯红，倒像是被母亲责骂的女孩儿。再抬起头来，神态已稍微带激动："我明白，我贸然找上门来，你对我的看法一定跟以前那样，没有变……"

"我的看法重要吗？"

"重要。"她顿了顿，"因为，你是我最重要的人。"

"哈……"江时一觉得好笑，不由得提了声音，"二十一年后才来找我，我还真是重要呢。"

"时一，我当时……"

隔壁突然开了一条门缝，贴面膜的脸递出来："大晚上的，能不能别在外面吵了！"砰地又把门关上。

胡培月跟江时一这边静了静。半响，江时一不情不愿，将门拉开，胡培月拖着箱子进来，对她浅浅一笑。

真是奇怪，这女人得有三十九岁了吧，笑起来却一丝纹路也无，端端少女姿态。她从口袋里掏出一支乳木果护手霜，轻轻涂在指尖，在掌心上揉搓，动作像她的声音般轻柔婉转："你这里有水吗？我一路赶过来，没顾得上喝水。"

江时一非常不耐烦，起身去找饮水机，这才想起爷爷家不用饮水机。她到厨房去翻水壶，找了半天没找到，却听到许柏乐在客厅一角，对胡培月笑言："你试试我这花茶，好喝的。"

她冲出来一看，许柏乐身后靠着的掉漆绿皮收纳柜上，正好搁着个电热水壶。这家伙已换上西瓜、太阳、鲜花图案的夏威夷风大汗衫，跷起一条腿，闲闲地靠在椅子上，一手摸着电视遥控器胡乱换着频道，一手摸着大腿，也不知道在看电视，还是在瞧落座眼前、明眸皓齿的胡培月。

这幕落在江时一眼中，简直是姣婆①遇上脂粉客。

她心头火起，将许柏乐赶回房间。

客厅里，又只剩下陌生的母女俩。一人占据沙发一角，比相亲现场互相对不

---

① 粤语，指骚包。

上眼的男女还要尴尬。后者起码心知肚明这是一期一会，这俩却是各怀心事。

江时一盯着她硕大的行李箱："你这是要我收留了？"

"我……"胡培月刚说个开头，电话就响了。她低头一看，脸色微沉，歉意地对江时一欠欠身，说不好意思，便走到角落里听电话。

客厅里很静，江时一能够听到胡培月小声说话。听得出来，那人是她丈夫。

只听胡培月轻声喟叹："我们俩永远说不到一起，你谈的是财产，而我说的是感情。"她一下子坐在沙发上，并未数落丈夫的不是，但江时一到底听明白发生了什么事。

胡培月结婚十二载，并没有为夫家生下一儿半女。丈夫似乎是真心实意地爱她，从来没给过她任何压力，她也自认心智未足，并不适合当母亲。这场婚姻马拉松般一路跑下去，并无岔路、弯道，连阴天都不多见，人人都艳羡他们金童玉女。

直到那天晚上，两人在外用餐，外滩的晚风吹乱她脸边的头发。她拨到耳后，又笑说起前阵子在伦敦读占星的朋友说，她生命中将有大变化。她把这事当玩笑一样说出来，然而丈夫脸上并无笑意。

他说："培月，我有事要跟你说。"

"什么？"胡培月咬一口松露巧克力，将身子微微前倾点。她的手碰到他的手背，很冰凉。"怎么这样冷？"她关切地问。

她越是温柔，他越觉得难堪，于是狠下心肠，转过脸："我依然爱你，但是发生了一些事，我不得不……我们离婚吧。"

巧克力掉到桌上。胡培月低头看，淡淡地说："脏了。不能要了。"又抬头，"你刚才说什么？"

"艾琳她怀孕了。"

没有前因后果，只有这句话，但是一切都很明白。

艾琳是丈夫的法律顾问，比胡培月小三四岁，职业履历却亮丽许多。她跟他们夫妻俩都很熟，胡培月曾把相熟的男性友人介绍给她，问起怎么样，她永远只是笑笑，说自己不适合长期关系。

胡培月笑自己天真，还真的相信了。

"什么时候的事？"

"最近……"

"不，我问，你们什么时候在一起？"

"半年前。那次是偶然，我们都喝多了。"

"但后面你们都清醒。"

他默然，最后说："培月，我对不起你。"他请求她的原谅，说他爱的是她，不爱艾琳，只是，他想要这个孩子。

原来睡在身边十二年的亲密爱人，跟其他人并没有什么不一样。

当夜，胡培月拎包住到酒店里。第二天丈夫下班回来，发现她已经将自己的物件全部清出，只有梳妆台上，搁着从无名指上退下的婚戒。他打开首饰盒，发觉里面空了一半，只留下他掏钱买的那几样。电话铃响起，他寄望是她，才发觉她连话都不想跟他讲，全都委托律师。

他没料到这温糯甜软的小女人，在这种事情上，还能如此果决高效。

江时一在旁听着，心里像放了一面明镜。她从小帮爷爷奶奶跑腿，见的客人不少，比同龄人成熟得多。她知道像胡培月这样的人，尝遍世间一切的甜，唯独没试过酸苦。丈夫外面有女人，她就要证明自己比那个女人厉害。

真以为这个世界是她的游乐场？从回旋木马上跳下来，队都不用排，就能坐上过山车。

江时一气结。

许柏乐突然在身后说："哎呀，好狠心啊。亲生女这样对阿妈！"江时一气势汹汹扭头，见他指着屏幕上的本土情景喜剧《乘龙怪婿》。谁知道这家伙什么时候跑出来的。

"你……进去……"把不屑对生母发的火，对牢这厮。

"嗯？"许柏乐徐徐抬头，指着鼻子，"我？"

他像翻垃圾一样，将江时一扔在杂物里的一纸破租约抽出来，递到她跟前："认真看。"

江时一不看那破纸，只冷眼瞧他。

他也不动怒，拿着租约，没头没尾开始念："即日起，其中两间卧室租给许柏乐先生，为期一年……"他看也没看江时一，倒是冲胡培月一笑，"我向来大力支持女性独立自主，重获新生。大房东不收留你，我二房东可以留你。再说了……"

有蚊子飞过，许柏乐伸手一拍，没拍中。这次他把脸转向江时一："江伯说担心你太倔，要我好好看着你。他走得很平静，就是不放心你。"

"东西可以乱吃，话不能乱说！爷爷怎么会让你看着我！"江时一嘴硬，片刻后，又问，"爷爷他，还说了什么？"

"没什么啊，就讲了两句话呗。"许柏乐反客为主，大剌剌在沙发上盘腿坐下,又顺手调到TVB正在重播的旧港片,津津有味看了会儿,才对牢电视屏幕,漫不经心道:"哦对了,他说啊,第一,你一定要守住御记,这是他跟你奶奶的爱情见证。第二,如果你妈来找你,你要接纳她。"

江时一看向胡培月:"你一早找过爷爷?"还让爷爷替她说话。

这女人,好心机。

胡培月徐徐解释:"我这些年都在找你。数月前,一看到御记的报道,就尝试联系江伯。我们说好了,等假期结束,我就过来找你。没想到江伯走得这样急。"

江时一没吭声,开始咬指甲。她在迅速思考。

她现在想起来了,爷爷之前在电话里的确说过,认识了个香港的有趣年轻人,聊得很投契。虽说她认为许柏乐不靠谱,但他传达的话,像极了爷爷会交代的事。御记是爷爷奶奶毕生心血,不消说,爷爷一定会交托给她。

只是接纳眼前这个女人……

她不甘心,不愿意。

胡培月的电话又响起,她很有礼貌地再次欠身道歉,转身走到角落里听电话。这次,她的声音压低,但江时一仍不失时机地捉住关键句子——

"你听着,我不会要你的钱。一分钱都不会要。"

她挂掉电话,转过身,面朝客厅时,脸上仍有些怅然。

屋子里很静,只有电视屏幕上,王羽饰演的刀客空着一边衣袖,孑然一身走来。许柏乐在沙发上翻了个身,居然睡着了。江时一看着胡培月,突然下定了决心。

胡培月也差不多在同一时间,下定了决心。她径直走来,从桌面上直接抄起剪刀。

剪刀在手,手背却被按住。江时一站在她身后:"要死出去死,别弄脏我屋子。"半秒钟后,她口气稍缓,"离婚而已,犯得着自杀吗?我被生母抛弃,还不是好好活下来了。"

"什么?"胡培月搁下剪刀,从黑色长钱包里摸出信用卡,"我只是打算把附属卡剪了。每个打算独立生活的女人,不都要经过这样一个仪式吗?"

"销卡又不是销户。剪成十八块也没用,里面还有个人信息。"

真是个傻女人。

但二十秒钟前,她偷偷下定决心,决定收留这个傻女人。

江时一这么仔细盘算时,胡培月正认真凝视她。

真神奇。这个年轻女孩一脸素颜，下巴还有痘痘，随便套件灰色圆领短袖，短发略蓬松，看起来很是随意。但她脸上有她年少爱过的男人的痕迹，也有她自己的痕迹。她想，啊，女儿似乎有点讨厌自己，面是冷的，但心终究有点热。

她才不知道，江时一对她不是讨厌，而是怨恨。

她决心收留胡培月，不为别的，只为看她潦倒。再说了，江时一现在没工作，需要钱。许柏乐有契约护体，可以不交租，但胡培月不可以。此刻她内心有些许快意，因为她发现，原来这个曾经弃他们父女而去的女人，也终于堕落至此，站在门前，求她收留。

江时一说："这里还有一间房，你可以暂时住下来。"

看到胡培月露出感动神色，她立即摆手："别多想，你要交租。"

"交租？"

"月租一千。每月二十八号，交下个月的租金。迟交两天，直接把东西扔出门。水电网费另算，三人平摊。"

"我这次离家出走，剩下的钱不多。卡里的钱都是老公的，我不打算花他一分钱。"真话出口，她才意识到这是跟女儿相处拉近距离的绝好机会，立即道，"但我有珠宝、黄金跟包包，生活不会成问题。不会拖欠租金的。"

她笑起来，眼睫毛像黑蝴蝶羽翼，上下翻飞。为多跟江时一套近乎，她又问："这儿哪里有卖二手包的地方？"

江时一抓过桌上废纸，翻转过来，开始计算："房租收你八百算了，那是这屋子最大的房间了。伙食费总得九百吧，在家做菜能便宜些……"抬头看一眼胡培月，又漠然低头，"像你这种上等人，要是不吃沙县小吃、川菜小馆，只去 fine dining（高级料理），就没法算了。"她又在纸上写日用品、水电杂费、交通费等花销。

江时一把计算结果递到胡培月跟前："你要独立是吧？那得知道自己每个月花多少。"

胡培月看着那堆数字，开始在脑中计算，自己卖一个包，能在这里生活多久。但她对新生活一无所知，全无概念。而江时一才刚大学毕业，一切都头头是道。

胡培月刚表现出些许崇拜，就被江时一喝住："别用这眼神看我。我不会让你一直住下去。"

她用手指了指沙发上背朝她们睡着的许柏乐："一年后，这位许生搬出去时，你也要走。"

"但是……"

"一年内，你得学会养活自己。"

胡培月知道江时一是动真格的。她无声地摸了摸额发，明白自己要在一年内，像收复失地一样，将女儿的心捕获回来。

她问："那，我现在要做什么？"

"找工作。"

[4]

胡培月在广东也有认识的人，但基本都在广州、深圳。再说那些人，基本都跟丈夫在同一个圈子。

胡培月并不害怕一双双窥探的眼睛，她只是不愿意麻烦。她也心知肚明，找过去圈子里的人帮忙，算不上独立生活。

她一边搬家，一边开始投简历。

但在这种小城，没有买手店、没有设计工作室，她能做什么？只得跟二十出头的女孩儿一样，投简历，应聘前台。

江时一没过问她找工作的事，同住这些天来，她对自己始终是不冷不热的样子。江时一跟许柏乐说过的话，比跟胡培月对上的眼神还要多。

终于有个回应了。

这天下午，胡培月骑着共享单车，慢悠悠地到了应聘地址，在购物城C座，左边是小花园，右拐是中国银行，直走便入了诺亚集团在当地项目的办公楼。她走向前台，对方抬头看她走来，一眼便注意到她暗红色无袖上衣外罩了件黑色翻领外套，藏青色阔腿裤，走起路来宛如女王。

"你好。"胡培月微笑，用手拨了拨头发，露出黑色腕表。

前台眼睛被炫到，下意识站了起来，身体保持笔直。

胡培月又说："我来应聘前台。"

对方这才明白，这是哪个富二代来打闲工了，没说上两句话，就开始跟她说起东家的坏话来。

诺亚集团是家地产公司，总部设在上海。近年发力华南市场，在深圳设立华南分公司，江门星河城是该公司在粤第三个商业项目。诺亚在江门市中心拿下地块后，招聘本地团队，由总部完成招商引资，本地团队做后续运营。

招聘前台的，正是诺亚集团下辖的江门星河城项目公司。

前台小妹说："别看这公司听着光鲜，可苛刻了。"又喜滋滋地说，她现在结婚了，要辞职。胡培月只是微笑，一路听着。

因为只是招收前台，人资经理压根没露面，来的是一个职员。三十岁出头，施很淡的妆，说话没表情，语速也快。她问第一遍问题，胡培月没听清，微笑问："什么？能再说一遍吗？"

对方面无表情，放慢语速道："你在英国念大学，后来又考了加拿大麦吉尔大学艺术史专业，毕业后，十几年来工作履历一片空白？"

胡培月毫不介意，开始对这初次见面的陌生人，说起自己的前半生。对方并没有被她的心无城府打动，脸上现出不耐烦，正要打断时，胡培月正说到丈夫出轨。对方于是决定继续听下去。

谁都不想听别人秀恩爱、晒幸福。但不幸嘛，倒是值得一听。

这职员叫冯霄。她第一眼瞥到胡培月的简历，又看她衣着气质，以为又是一个白天闲着没事，到大企业前台打工的富二代。只是再看年龄，三十九？她非常纳闷，这个年龄段的富婆，有时间也不会出来体验社会，应该把更多精力、心力放在老公孩子身上。

这个困惑，持续到冯霄看见胡培月真人。脸跟身材都是二十六七岁的模样，在服装、首饰跟香水的加持下，比照片还好看。说什么都是微微笑着的，即使提到自己的婚姻也不例外。

这种女人，冯霄在江门没怎么见过，脑袋有片刻空白，清了清嗓子，然后说："那么，你因为婚姻失败……"

胡培月睁大眼睛："婚姻失败？不，我的婚姻没失败。"

冯霄抬头："你刚才说，你跟丈夫离婚……"

"是的呀。"胡培月点点头，"但那不是失败。我们只是不再相爱。"

这一刻，冯霄确定，她这一辈子都没遇到过胡培月这样的女人。

于是她说："本来你年龄不太适合，但是我们临时也需要用人。你什么时候可以来上班？"

胡培月几乎像少女一样天真微笑："我最近正在搬家。搬完家后，下周吧，下周就可以。"

胡培月搬进来的第五天，江时一循例被电话声吵醒，坐起身，例行听到胡培月一口软糯的普通话。前天清晨是跟丈夫秘书通电话，昨天是她的离婚律师，今天则指挥物流小哥帮她把东西送上来。

"哎哟，行行好，好吗？这里没有电梯，我一个小女人也搬不动的呀。"说着,她咯咯咯笑起来。

这个女人,又在散发女性魅力了。

江时一隔墙听着,总觉得十分耻辱。仿佛小孩子推开门见到母亲在跟其他男人调情,一股热血涌上来,只管咬着牙。

她只当过孙女,压根不知道怎样当女儿。小孩子跟母亲起冲突时,是怎样一个状况,撒泼打滚吗?

江时一披上外套,砰地推开房门,扭头看见隔壁房门也敞着,许柏乐抱住手臂,盯着胡培月方向。

工人抱着大箱子进进出出,胡培月正弯身清点着地上物件:"画册和书、酒具、咖啡机、枕头被单……"胸前沟壑起伏,若隐若现。

江时一扯下自己身上的披肩,搭在胡培月身上。

胡培月抬头,受宠若惊地微笑:"谢谢。早上好啊。"她误会了江时一的好,以为她的心结终于解开,母女关系终于缓和,微微倾前,想亲吻江时一的脸颊。

江时一躲开:"屋子里有色狼,要小心。"

胡培月正打开她的LV箱包,像挖掘宝贝似的,从里面捧出一套玫瑰金色的酒具。那颜色像在她脸上镀上一层淡金色,此时江时一为她带来好心情,脸颊的淡金色上,又覆了一层玫瑰粉。

而江时一口中的"色狼",不知何时站在她身后,弯身要朝胡培月抓去。江时一正要打落他的手,他却已掀开半边箱子,拎起一个石膏半身像:"大卫?"

"对啊。"胡培月眉眼弯弯。

"你学美术?"

"不是。"胡培月把大卫像抱到怀里,四处打量,终于找到客厅一角柜子,将大卫像端正放好,又轻轻在他唇上一触,"这是我男神。我每次搬家都要带着。看到美丽的人,用美丽的物品,人的心情才会好起来。"

江时一不知道胡培月心情好不好,反正她自己心情不太好。

胡培月没见识过广东巨型蟑螂,江时一常见她优雅地打开柜子,要取一瓶酱油,一只蟑螂快速爬过,酱油瓶在胡培月的慌叫声中落地粉碎。胡培月自告奋勇要省钱,口口声声不下馆子,由她来做菜。提着购物袋走进湿漉漉的菜市场,刚好遇上一只田鸡从笼子逃出,在地上蹦蹦跳跳,到了她脚边,她头也不回地走出去,那天三人的晚饭是饺子跟面。

次日,胡培月又重整旗鼓,重新进入菜市场。她想给江时一煲点鱼汤,还没走到鱼贩子跟前，不知哪里来的脏水溅到她的大地色衬衫裙上，她一躲闪，随身背的收音机包磕到另一边摊档，转头一看，砧板上的粉红色猪肉正朝向她。站在那儿的阿姨冲她吼吼："你的包包差点弄掉我的猪肉！要你赔啊！"

虽然听不懂广东方言，但并不妨碍胡培月感觉震惊。虽然在杭州、上海时，她有阿姨，但不代表她没去过市场。但是，巴塞罗那的市场不是这样子的，京都的市场也不是这样子的。她久久回不过神来。最后，她还是到星河城里干净亮堂的生鲜超市买了菜，许柏乐跟江时一终于吃上了热饭菜。只是饭后，江时一问她买菜多少钱，胡培月支支吾吾，又岔开话题，说广东丝瓜小小的，跟上海丝瓜可不一样啦。许柏乐在厨房里捡起一张小票，说："哟，在星河城那家超市买的？好贵哦。"江时一心里冷笑，赌她撑不过一个月。

有一天，她说包包拉链坏了，问江时一去哪里修。江时一告诉她，6路公交车坐一站就是。胡培月默默听着，低声问："公交车是……用钞票的吧？"这下轮到江时一震惊。她刚好有事，没好气地冲她说："跟我来吧，带你坐一趟。"胡培月说："等一下，我拿零钱。"江时一又震惊了，现在谁还用现金。

胡培月也觉得不好意思。她跟着江时一去坐车，两人靠窗而坐，她在江时一身边轻声软语，说自己也想起来了，她表妹到尼泊尔做了两三年公益，回来后说发现自己跟时代脱节了，原来公交系统早就不用投币了。江时一瞥她一眼："你还有要坐公交车的亲戚？"

但胡培月带给江时一的，也不全是白眼。她搬进来这数天，老屋大变样。一直搁在门边角落的拖把不见了，掉漆的收纳柜消失了，阳台上的杂物都被整理了，该扔的扔，该放杂物间的放杂物间。屋子从来都是香香的，有咖啡、精油跟女性香水混合的味道。推开胡培月的房门，赫然是家设计师工作室，两件长礼服吊在窗边，日光映得银薄片熠熠生光，缝制上珍珠，衣底镶有亚麻蕾丝。新添置的梳妆台上，首饰盒里有圆拱形宝石、三十年代奥地利产纯银镶嵌莱茵石胸针、香奈儿金色鸟笼耳环等。鱼子精华紧颜液、睡莲滋润活颜面霜、玻尿酸液等瓶瓶罐罐，被小心翼翼地放在两枚喜马拉雅水晶柱之间。她枕头边，搁着一枚粉水晶原石，说是冥想用。

对胡培月来说，重建生活新秩序的第一步，就是重建衣帽间。她的衣物一箱箱寄送到，她按照季节与场合，一一分门别类放好，郑重而温柔，如同对待久别恋人。

另外两人看得瞠目结舌。江时一忍不住问："在广东用得上吗？"

"用不上的那些，我都没带来。"胡培月摆出每一只腕表，认真应道。

江时一真想知道，胡培月把这些玩意儿带到这儿来，到底有什么用。在常年高温酷暑的江门，她总是小衬衫加短裤，脚蹬小白鞋就到处跑。有时候下楼喝碗及第粥，她踢着夹脚人字拖就过去，方便得很。

许柏乐凑热闹，边摸着大卫像的头，边对江时一说："你妈跟你完全不一样，一个精致，一个糙。"

"妈什么妈。她就是个租客。"江时一低头系鞋带，提起包就下楼。

爷爷后事料理好了，御记双皮奶店的事，就要提上日程。

江时一对御记双皮奶店的感情，就像对生母那样复杂。

作为遍布粤港澳的美食，双皮奶的起源，在佛山顺德。爷爷是顺德人，把家传手艺带到江门，以此谋生，就靠这家双皮奶小店，养大了江时一爸爸。时一爸爸离世后，他们又靠小店养大了时一。

每次寒暑假回来，爷爷总假装不经意地问她："几时返来接管御记啊？"阿御是奶奶的名字，大二那年，奶奶走后，爷爷变得有点偏执，把这店当奶奶分身一样看顾。

在一个年轻女孩儿的人生宏图里，并不包括当一家小双皮奶店的老板。在她念书这几年，国内一二线城市顶级楼盘对园林规划要求越来越高，她认为行业"钱景"光明。计划中，她会找家大公司干着，再趁年轻能扛，多接私活，攒钱把爷爷接来北京。但她只是稍微跟爷爷提那么一下，他就拼命摇头，说自己不能离开御记。

御记还在，两位老人家却都离开了。

此刻，江时一站在小店跟前，看着残破店面上，金色褪成铁锈色的招牌，意难平。

好容易找到钥匙，开了铁门的锁，却怎样都推不动。再坚信女性力量，此时也不得不承认生理构造有别，无奈转头，看向许柏乐。那家伙正在接电话，光天化日下大声问："所以你们那里的按摩是哪一种？"

江时一懒得理他，信手找来不知道谁扔地上的木棍，一头支地上，一头抵门上，借力往上推了一半，从半卷铁门下钻进去。

尽管关门了一段时间，但这里仍散发着广东餐饮小店特有的气味——奶茶、柠茶、牛奶跟消毒药水混杂的味道。

她只手按下开关。靠近门的灯坏了，闪了闪，彻底灭掉。小店只开一半的灯，角落供奉了关公像，神像前的电蜡烛在灭了灯的半边餐厅里，发出红幽幽的光。旁边一台小电视，江时一记得在她高一那年就搁那儿了，从来没开过。她上前，拧开电视，居然还能看，但只有五个频道，不管调到哪儿，都只有黑白绿三色。

江时一失笑，关掉。

简直像她那个从来没出现过的母亲一样，搁那儿碍事，挪开可惜，是个麻烦。

另一个麻烦人物，许柏乐，男，香港人，目测年龄在二十六到三十岁之间，心智年龄在六到十岁之间。此刻跟进来，穿着黑色外套加红色短裤，跷着腿，像念情书一样念着墙上爷爷的手写餐单："杏仁西米露、椰汁西米露、红豆双皮奶、姜撞奶、雪耳炖糖水……"他从头念到尾，最后一个字重重结束，才惋惜地说，"可惜再也吃不到了。"他扭头看江时一，"你应该得到了爷爷的单传吧？"

江时一原本就纳闷，这家伙为什么老跟着自己，原来是眼馋爷爷传下来的手艺。

小时候，爷爷手把手教她做双皮奶、姜撞奶的记忆纷纷涌上心头。

她从冰柜里取出水牛奶，倒到锅里，中火煨开，趁热倒在鸡公碗里，凝结出表层厚厚的奶皮后，用筷子从奶皮中挑出一个小口，又依次用白糖搅拌鸡蛋白，将蛋液导入奶液中，筛网过滤。

整个过程如行云流水，自己也意外。

胡培月突然出现在后厨。大热天里，她穿着黑色垫肩呢子上衣，盖住里面的白色衬衫，着渡边淳弥流苏牛仔裤，蹬方扣鞋，头发松松扎在脑后，边走进来边微笑说："时一，我想把老屋重新刷一下墙，漏水啊、瓷砖剥落什么的，也修一修。物流小哥给我介绍了装修师傅，我顺便带他们过来，看看小店要不要也翻新一下。"

江时一斩钉截铁："不打算翻新。这里吃的是味道，不是装修。"

"但是……"胡培月还想说什么，江时一一抬头，见她手握一杯杧果杨枝甘露，显然刚从附近购物城的精致港式甜品店里出来。

完全是老式传统甜品式微的注脚。

江时一说："你要给家里搞好看点，我不反对。但我一分钱不掏。"

胡培月微笑："那当然。"

"你哪里来的钱？"她忍不住问。

"哦，珠宝我舍不得出手，把包包卖了。"她如数家珍，"还是LV最保值，即使五六千的货，转手还能卖个两千。不像迪奥，三万港币买回来，一会儿就发黄，金属又掉了，最后两千出手，亏得厉害。"

还要细细往下数，外面突然闹腾，男人们扯着嗓门进来了。胡培月到外面招待，让大家坐："这是我女儿的店。待会儿你们试试她的手艺，我请。觉得好的话，大家帮忙宣传宣传。"

外面的男人都哄笑起来："你女儿才多大啊，已经是店主了，还有手艺？"

江时一利索地倒了五六碗，端着盘子走到外面。外面的笑声停住，有人低声说："原来是继女啊。"都觉得胡培月不到三十，哪儿来这么大个女儿。

江时一发觉自己忘拿勺子，转身回后厨，一眼见到许柏乐毫不客气地自顾自吃起来。她也不理会，埋头将勺子送出去。

师傅们似乎是为了掩饰刚才的尴尬，又或者是真饿了，都默默低头开吃，又同时吐出来。

江时一说："忘提醒了，很烫的。"

坐在最里面那人，似乎是这批工人的头，突然站起身来说："刚想起来，水电还有点问题。得马上回去看看。"

他这么一说，其他人也恍然大悟般起身，快步跟随出去，边走边喊："老板娘，下次我们再来！"

江时一跟胡培月看着他们离开，都有点莫名。这时，许柏乐面无喜怒哀乐，从后厨快步走出，擦肩经过她俩身侧，头也不抬，无声加速。

江时一擒住他后背，他也没回头，目视前方："我有事，先走。"

"直说。到底怎么了？"

许柏乐终于转过脸来，语气肃正："你猜。"

"很难吃？"江时一难以置信。

"你自己没尝过？"

江时一用小勺挖了一口双皮奶，齁甜中带点怪味。她抓过纸巾，吐到纸上："一定是这水牛奶过期。"

一抬头，许柏乐正从冰柜里拿出水牛奶，大口喝着。

江时一被打脸。

一下想通了，人流量少、受港式新甜品威胁等，都不是问题。

难吃才要命。

她挣扎着，挽回尊严："其实也没关系，我可以请人。"

许柏乐啜一大口水牛奶，又放下："请人？你知道这种小店一个月赚多少，请人又要花多少？"

江时一被问倒。

"你研究过餐单没有？哪种菜品利润空间最大，知道吗？卖哪些饮品，不卖哪些，有什么讲究？地方小，台面少，翻台率怎么提高？"

这个叫许柏乐的家伙，在香港开过茶餐厅吧，怎么这样懂？江时一被他彻底问倒。

在外念过几年书，她总认为自己的世界大了，回头再看这家养育自己的小店，总认为格局小，不上台面。她寒暑假回家，看爷爷在这儿做街坊生意，赚点小钱，就替他不值得。她想帮爷爷在点评APP（应用软件）买"水军"，爷爷听不懂，但明白是骗人的，就苦口婆心说这样不好。江时一也只好放弃。

跟所有被成功学洗脑的年轻人一样，她有时也把找风口、流量入口什么的挂在嘴边。一旦让她从头做起，就被打回原形。

天气太热，小店没装空调，许柏乐喊热喊了半天，看江时一伫立原地，像个机器人一样。他只得一个人到角落，去开吊扇开关。但吊扇数日没开，扇叶上的尘垢洋洋洒洒飘下来，落到江时一头顶上。

胡培月上前，替她拍拍头发，细声细气安慰："没事的，这种事情都是小事，钱的事情好解决，做生意也是一步一步慢慢来嘛。我刚开始到外面念书，自以为英语很好，但原来到菜市场一看，有些东西都没见过，更加不会讲……"

江时一不作声。

胡培月又道："什么事都总有第一次。我初次在英国看病，又痛又焦虑，病情都描述不清楚。当时就想，如果爸妈在身边就好了……"

江时一还是不说话。

胡培月说："那时候是我第一次思乡吧，觉得真辛苦。要不是有朋友帮忙，还不知道怎么熬过去呢。现在啊，你就慢慢学，我会一直在你身边的。"

江时一终于抬头，眼珠子幽黑得像井口，从底部凝视着眼前的人："一直在我身边？"

"对，一直在你身边。"

胡培月在英国念文学，她的最爱是王尔德，很难说是因为他的深刻"毒舌"，还是华妆美服。此刻这样的对白，几乎应在剧场上演，舞台灯打下来，演员在戏里流着自己的泪。但胡培月的人生戏，她自己导演，她自己上演，她自己感动。

而她的对手，江时一，续上这样无情的对白："那我小时候突然高烧呕吐，爷爷奶奶在江边里街坊的帮助下，将我连夜送急诊时，你在哪里？"

胡培月语塞。

"你工作找到了吗？"

"找到了……"

"什么时候上班？"

"下周……"

"早点上班，忙起来就没空矫情了。"

这是许柏乐第一次发觉，这母女俩看起来，妈妈像女儿，女儿像妈妈。胡培月还在反省自我，江时一已经提包出门。这一走，直到大晚上才回来。

许柏乐正在客厅里打游戏，没留神她什么时候进屋的，饿了就到厨房找吃的。冰箱门架上有奶茶，他拿来喝，冰箱门一关，见江时一站身后，眼窝深陷，像只女鬼。

他被吓到口吃："你、你、你怎么了？"

"刚回店里做甜品。"

看她表情，许柏乐明白，做得怎么样这种话就不需要问了："江伯只是说保住这家店，没说一定要卖双皮奶。你可以卖个芝麻糊、杏仁糊什么的。"他拧开杯盖，摇着里面的奶茶，"虽然未必赚钱，但应该死不了。"

"姜撞奶、雪耳糖水、芝麻糊……这些我刚在店里都试过了。"江时一语气蔫蔫。

许柏乐懂了。眼前，就是传说中的"地狱厨神"。

江时一回头，刚好看到他在喝奶茶。

"这是什么？"

"这是什么？"

两人异口同声。

"你的奶茶！"

"我的奶茶？"

又是异口同声。

江时一问："你怎么喝了我的奶茶？"

"你的奶茶？"许柏乐还在重复这四个字，好像不会说别的。

"是我的。我自己做的。"

许柏乐看着她，那样子像要将她生吞。她觉得诡异，往后退一步。两人靠得近，她这会儿才意识到，其实他长得很不错，只是古里古怪，头发略长，随便在脑后一扎，胡子也没剃干净。身份不明，不知道出于什么原因待在江门，有时候几天几夜没回来，也不知道去哪儿了，有时候却一直闷在屋里，除了出来拿外卖，就没见过他离开房间。有次她骑单车到大马路，发现他在启名里那边的旧屋群外探头探脑。

越想越觉得他古怪，而屋子里只有两个女人，万一他要使坏……江时一又后退一步："你想干什么？"

许柏乐拿起手里的奶茶，在她跟前晃了晃："怎么做出来的？"

"我爷爷擅长做奶制品，我奶奶是潮汕人，懂茶。我喜欢芝士。就这么调出来的。你到底想问什么？"

许柏乐一把放下奶茶，用两只手抓住她两边手臂，晃了晃："喂，你知不知道，这是我这辈子喝过最好喝的奶茶。"他前所未有地认真，"你有没有想过，御记可以不做双皮奶，改做奶茶？"

[5]

星河城多了一个新前台，因为着工作服，也没引起多大关注。长相是好看的，但只要会打扮，漂亮的女孩子哪儿都有。只是每天冯霄经过那儿时，发觉自己的目光总会不自觉瞥向那边，要是胡培月也刚好抬起视线，那她便会冲冯霄微笑，那笑容毫无芥蒂。

只是冯霄故意维持自己的那份冷漠，克制住对她的关注，收回目光。

但即使只是一瞥，胡培月的气质谈吐也掩饰不住。她用手将碎发拢到耳后，露出一小圈墨绿色皮质表带，还能看到表盘镶钻，如围绕一圈盛放的花。

冯霄刷卡过闸机，站在电梯前等待，听到旁人议论，说新来的前台有点厉害，上次听到她接待老外，一口英式英语说得极漂亮。说到这儿，身旁人转过脸，对冯霄笑说："你们哪里请来的大神？"大家都将注意力转到冯霄这儿来，笑着看她。

无论在学校，还是职场，冯霄从来都是不起眼的存在。她没想到，自己第一次受到别人瞩目，居然是因为胡培月。

冯霄是当地人，在本地上的大学，像她这样本地招聘的，大约在公司里占一半。其余人大都是从诺亚华南分公司过来的，原来在深圳工作，两者之间泾渭分明。本地派更为悠闲，下班就走，宁愿去逛东湖公园也不情愿加班，聚餐时拢在一起，用粤语说说笑笑。外地帮清一色"985"院校毕业，大部分是硕士毕业，普通话夹英语，加班是常态，晋升也更快。

冯霄虽是本地人，却总对另外一半世界憧憬好奇。只是她一直无法融入他们，也没人留意到她。大家说起冯霄，有的人会哦一下，说："就是那个三十二岁还跟老妈住一起，一直没恋爱的？"

"嘘……她恋爱过啦……就是……"

就是什么？

冯霄一走进茶水间，后面的闲谈就像被窗外的风吸走一样。

但即使如此，也比不被人注意要好吧？她用手拢了拢头发，慢慢想。

谁能想到，胡培月当个前台，都能成为话题人物呢。

冯霄突然感觉到一种叫作嫉妒的情绪。

这感觉在两天后，到达顶峰。

运营部居然到人力资源部要胡培月档案，说是他们有人休产假，招的实习生太年轻不上道，想让胡培月过来试试。

冯霄盯着电脑屏幕，将胡培月的简历调出来时，心里有微妙的情绪。说到底，这人是她招进来的，她总觉得胡培月要谢谢自己。另一方面，她又被她的光芒所眩，更痛恨这光芒映得自己更为平凡。

她本以为，失婚妇人都是自怨自艾的，就像她母亲那样。

谁知道，竟然还有胡培月这种人。

最让冯霄气恼的是，尽管胡培月离婚了，但看她的样子就知道，她是真正恋爱过的人。跟她一比，冯霄仅有的两段感情，倒像是到了年纪，不得不为结婚而做打算的算计。

想着想着，她的脸部表情都开始扭曲了，脚下不自觉加速，刚好在走廊上碰到胡培月。她笑意盈盈，与冯霄打招呼，冯霄假装没看到，扭头走开。从玻璃上张望，胡培月居然没有半点怨气。

她怎么能够这么像圣母，这么充满爱？

正纳闷，手机突然进来胡培月的微信："周末到我家，一起玩？"

冯霄想要拒绝，但一只手不由自主地敲下"好"。胡培月就像一面镜子，将她的窘迫映得一览无余。但就像小孩子跟动物第一次见到镜子，先是惊叹、好奇，然后会模仿镜中的自己。冯霄都没察觉，她对胡培月，就是这样一种感觉。

胡培月大步迈入新世界时，江时一正疲于奔波。

御记到底是在邻里街坊中，小有名气的甜品店，现在要抛弃双皮奶，转身做奶茶？

江时一重新计算铺租、人工，觉得压缩成本，还是可行的，只是利润低些。这期间，又面试了两个人，都因为价码谈不拢，只得作罢。就在打算放弃时，网上忽然有人联系她，说是当地五邑大学的毕业生，对广式甜品充满热忱，想要一试。

　　收到消息时，江时一正在麻园郊区，跟当地甜品店老板聊天，学学招。看到消息，她立即回复"三点钟，御记见"，跳上单车，赶回店里。

　　夏天即将过去，但华南的暑热直到初冬才会结束。大太阳下，她骑得费劲，动一动就满身黏糊糊。热风吹过来，她稍微清醒一点，但脑子仍停留在刚才。车子骑到市中心，她还想着刚才老板跟她说压成本的事，车轮碾过马路时，她没注意到交通灯信号，迎头要撞上驶来的网约车。

　　"你这店这么小，要请人的话，量得做上去才行……"这番话在脑中像车轱辘一样转动着，周遭突然喇叭声响起，她蓦然回到现实，抬头便见眼前有车驶向她，脑子里下达"快躲"指令，一双手却僵住，不听使唤。

　　车子即将撞上她的单车时，立即停了下来。单车横倒在地，她摔到地上，看后座的人推开车门，向她走来。她只顾扶起单车，摇摇晃晃骑上去。刚要蹬起来，车子又歪倒，那人一手扶车，一手轻拉她手臂："小心！"

　　她抬头，对方笑了笑："是你啊。"

　　是飞机上那个男人。

　　他又问："原来你也在江门。没事吧？"

　　她摇摇头，什么都没说，蹬上车，慢慢骑远。膝盖疼，到下一个路口，她停下看，破皮擦伤了，出了点血。

　　她下地，推着单车行走，身边摩托车呼呼而过。太阳烈，她边走边出汗，一步一步走到御记时，早已过了约定时间。门口没人。她掏出手机看，才发现有一条新信息，对方说自己改变主意，不来面试了。

　　江时一面无表情，将手机塞回口袋，往前走两步到家楼下，把单车一锁，拖着腿扶着墙，一点一点往上走。

　　一进屋，家里居然热闹得很。屋里放着音乐，光线像音阶一样，调低再调低，恰到好处地烘着屋内气氛。胡培月擎一杯香槟，正跟身边人细语，一屋子人颇有职业调调，看来都是她的同事。见江时一回来，胡培月笑说："你回来了？"

　　同事们奇怪地问："咦？你室友？"又热情地跟江时一打招呼。

　　"对，我是室友。"江时一把包扔沙发上，随便一坐。

胡培月不好解释什么了。

冯霄在旁，低头静静吃着盘里的水果，眼睛却留意到这两个女人之间，似乎有些情绪在流动。

这时，许柏乐穿条短裤衩、大背心，从房间里蹿出来，一句话不说，直奔厨房。其他同事看看胡培月，又看看江时一，从衣着跟气质上断定，如果其中存在什么男女之事，那许柏乐跟江时一才会是一对。

有人开口求证："也是室友？"

胡培月点头印证："室友。"

许柏乐从冰箱里取出一瓶奶茶，这是他给江时一布置的作业。无论她最后卖不卖奶茶，他都会从她手上花三十块买下一瓶奶茶。为此，他居然乖乖将之前欠她的账还掉。

他喝一口，捧杯正要返回房间，厨房门外站了个小孩，将他的出口堵上。他看着小孩，小孩看着他手里的奶茶。

"我的。"他毫无怜惜。

小孩的妈妈走过来，将娃一把抱起："哎呀呀，又调皮捣蛋了，别缠着叔叔。"许柏乐摸了摸下巴胡楂儿，对这个称呼有点不悦，只听孩儿妈又说，"这样吧，给叔叔表演一个，怎么样？"

许柏乐假装没听到，转身要走，小孩却伸手拽住他衣尾，巴巴看着他。他跟小孩对峙三秒，放弃，搁下奶茶，悠悠然坐了下来，抬手看表："好，给你三十秒时间。不要太长。上次隔壁家老王的儿子演了三分钟，把我催眠过去了。让我看看你的催眠功力强，还是小王更强。"

小孩清了清嗓子，开始唱一首英文歌。许柏乐捧着奶茶开始喝，喝了两口又放下，做放空状。

小孩唱完，孩儿妈用期待的眼神望向他，许柏乐心里默数一零零一、一零零二，数到一零零五，才摆回过神状："嗯，唱完了？哦，还好，也不是很久。"矢口不提唱得怎样。

大人小孩无趣，转身离开。倒是小孩转过头来，看了看他身旁那杯奶茶，许柏乐瞬间同情起他来。胡培月端着酒过来："怎么样？"

"什么怎么样？你只提供酒，又不提供'快乐肥宅水（指碳酸饮料）'。你看小孩多不高兴。"

胡培月笑笑。

许柏乐又说："不高兴的，好像不只小孩。"他说的是江时一。

从进门到现在，江时一除了那句室友外，就没说过别的。

她拿着棉签跟创可贴，端个小板凳，在阳台跟客厅之间坐着，涂抹伤口。天气热，她前两天把头发剪得更短了，脸上没有脂粉，鼻翼掉了点皮。跟光艳照人的胡培月相比，她像个愣头小崽子。

偏生有人喜欢这类型。一个白净细嫩的男同事走过去，笑吟吟跟江时一说话。先从这屋子谈起，又问她的腿怎么了，他讲十句，她应一句。

男人笑着说："你下次可得小心点。不然爸妈该多心疼。"

江时一慢慢拧上药油瓶盖："我妈不在，我爸死了。"

男人脸色一滞："真不好意思。"

江时一把药油往桌上一搁："你不好意思什么？我妈抛下我们父女俩，还没说过不好意思。你不好意思个什么劲？"

周围好几个人听到这话，现场气氛突然不对。胡培月沉默，半晌，往江时一这边走来。她放下香槟，一只手搭在女儿肩上："时一……"

江时一挣开，平静道："不用安慰我，你甚至不用跟我说不好意思。这些社交语言对我通通无效。"转身便进了房，房门闭上。

冯霄看胡培月脸色苍白，心里想，这个女人身上的所有疑点，是一只只线团，但这个叫江时一的女孩儿，似乎是解开线团的那根线。冯霄捏住这根线，一路追着胡培月的简历跑，便猜到了一些。

如果她们不是母女，胡培月怎么会从上海跑到这种小城来？如果不是被丈夫发现她的过往，她又怎么会离婚？

冯霄觉得自己解开了谜团，心里有种说不出的高兴。她看着其他同事尴尬围观，跟胡培月告别，自己也跟在后面走。

出来后，众人开始讨论："那个女孩是什么人啊？怎么突然开始发脾气啊？"他们见到冯霄在微笑，于是拥着她问。这是冯霄第二次成为焦点，居然也是因为胡培月。一来二去被套话，她终于不小心将胡培月的年龄、离婚这些事说出来了。

胡培月并不知道，这些刚刚才被她热情招待过的同事，现在正在背后议论她。她只顾对牢江时一虚掩的房门，一只手举在半空，终于敲了三下。

门没关，这意味着她能够进去。于是她轻轻推门，站在门边。

江时一背对她，坐在电脑桌前，似乎正在看着墙壁。胡培月看不到她的脸，但看不到脸，也许是好的，这样她才能够跟她继续单向交流下去。

她说："对不起……我一直没听你提过你爸，我还以为你的伤痛已经愈合。"

"因为你从来没问过。"江时一说，依然脸朝墙壁。墙壁是白的，像一张没有表情的脸。

"我……"

"你搬进来这些天，从来没问过他是怎么离开的。"

"他，是怎么离开的？"

"车祸。"江时一的声音，没有半点抑扬顿挫，"他自知配不上你，一心想赚钱，开始创业。早出晚归，每天睡两三个小时，最后疲劳驾驶……"

胡培月从没想过，背后原来还有这事。久远的初恋，对她而言不过是荒唐的少女心事。她的青春，因为爱上那个男人开始，但似乎从未结束。她终其一生都活在恋爱中。她总觉得爱情跟金钱没有半点关系，但现在，江时一告诉她，她的初恋，原来间接因她而死。

她半天说不出话来，情绪起起伏伏。倒是江时一，冷静地转过头来："我还要打电话找人。如果没别的事，麻烦你出去，好吗？"

江时一无父无母，从小到大，别无所长，唯情绪控制能力过人。她甚至若无其事，开始教育胡培月，说如果她打算开展独立生活，跟同事进行社交的话，建议尽快找房子，单独居住。

[6]

许柏乐出去一趟，再回来时，已经是夜晚。

江边里的喧嚣已消散，月光远远挂在电线杆上面，居民楼阳台上晾晒出来的内衣裤，映着淡淡的月光。他大老远看见御记开了灯，门边桌旁坐了个人。

他跟江时一打招呼："这么晚了……"瞥她手里的啤酒瓶，"借酒消愁？"

没等对方应声，他径自开了冰箱，取一袋水牛奶出来，在她身旁坐下。喝完一袋奶，见江时一仍是闷闷的，不吭声，自觉吃人嘴软，于是很套路地安慰着："想这么多干吗？都过去了。"

江时一手里把玩着啤酒盖，这时才抬眼看他："什么过去了？我在想御记的事。"

"哦。还以为在想你妈。"

"我没妈。"

"对，一看你这个性，就是石头里蹦出来的。"

对面居民楼透出灯光，传出阿妈打仔的声音："教你这么多次，怎么还是不会？！"

江时一压根不想继续刚才的话题，转头问："喂，你真觉得，双皮奶店做不下去？"

"能做下去的话，你早就开店了啊。"

"不是，我现在偶尔还是开店的，也有人来吃。"

"那你发现来吃的是什么人，都吃些什么了吗？"

江时一怔了怔："是爷爷的熟客。买芝麻糊、杏仁糊、水牛奶之类的。"

"都是不需要你制作，直接在外面买回来的成品。很明显，他们都只是看在江伯的分儿上，照顾他孙女的生意。再过些时候，这些熟客也不会来。你还能撑多久？"

江时一焦虑，开始咬指甲。

"不卫生。"许柏乐一把打掉她的手，"我也是话多。你把钱看得这样重，这些道理，怎么会不懂嘛。"

"谁说我看重钱的？"

"你不是？"

"我……是吧。"江时一像小孩子喝汽水一样喝啤酒，咬着吸管，半天才松开，"钱很重要，这一点，我很小就知道了。如果不是要辛苦赚钱，我爸不会疲劳驾驶出车祸。如果不是要赚钱供我上学，爷爷奶奶也不至于那样辛苦，早就安享晚年了。"

"对啊。所以你应该卖奶茶，赚钱。"许柏乐总结，"你看，那些大集团不需要每个品牌都出去赚钱。有的老板有追求、有坚持，愿意用赚钱品牌来养那些不赚钱但有格调、有意思的品牌。你可以用奶茶来养你的双皮奶——虽然你的双皮奶没什么意思。"

"别说我了。你，为什么来江门？在香港的茶餐厅做不下去了吧？"

"什么茶餐厅？"

"说真的，你在这里干吗？"

许柏乐居然迟疑片刻："找人啊。"

"女人？"

许柏乐喊了一声，不应。

江时一伸了伸胳膊："江门的？说出来听听，看我能不能帮你。"

许柏乐上下打量她："你才几岁，怎么会认识。"

"原来你喜欢比你大的女人。"

"我没说是女人啊。"

江时一冷眼瞧他："你看起来……不像是……"

他作势要抱她："要不要感受一下我的男性肌肉？"

"留给你的叶小辛子。"她起身收拾桌椅，赶他走。两人一前一后走着，他亦步亦趋，絮絮叨叨："你怎么知道我有一堆叶小辛子写真集？你是进我屋了？你不会对我有非分之想吧？"

街边有大排档，鼓风机将炉火扇至半米高，让人想起烈火烹油。食客在热锅冒着的白烟中，大快朵颐。江时一想起幼年时，大排档沿马路两边一字排开。寒暑假爷爷奶奶带她到广州，那景况更盛，让她在北方深夜撸串时，也不时想起。只是现在年轻人更爱夜店酒吧，海鲜啤酒大排档只坐着黯然销魂的夜行人，光景不复从前。

许柏乐一脚踢开路边石子，闲闲道："哪，我不是为胡培月说话，不过呢，她生你的时候太年轻。她需要的只是爱情，不是家庭或者责任。突然要当人妈妈，怎么顶得住？"

江时一嘴巴不及脑筋快，许柏乐又说了："这事也怪你爸，身为男人，怎么没做好措施？"

"关你屁事。"

许柏乐话多，他胡诌五句，江时一会顶他一句。就这么走回家，推门，胡培月正在收拾。屋角堆着三大袋黑色垃圾袋，地面湿答答、光滑滑，被踩过的水渍脏黑脏黑，一直延伸到胡培月脚边。她手里握着拖把，尾巴还往下滴水。

江时一脸色一沉，就在另外两人以为她要发作时，只见她上前，夺过胡培月手中拖把。

"水都没挤干，怎么就直接拖起来了？"她手把手教，说姿势不对，拖完地就会很累，"你注意到地上的黑脚印没有？对，就是你踩到留下的……先湿拖，再干拖一遍……可以加点小苏打之类……"

胡培月在旁认真听着，像个好学生，半天才道："对不起。"

江时一弯腰一推一拉，从里往外擦："拖不好地，犯不着说对不起。下次花点心思就是了。"

"我是说，我对不起你。"胡培月语气真挚，"你从小受苦……"

"拖个地，能有多苦。"江时一打断。

"江伯他们要看店，做饭、洗衣服、写作业，应该都得你自己来。如果有父母在身边，你不会过着这样的生活……"

"行了,别给我文艺腔。"江时一将拖把往她手里一塞,"真觉得内疚,好好把这地给我拖干净。"

好像就是从那天起,母女俩关系开始破冰。

江时一不再躲开胡培月,才意识到两人的生活细节相差多远。

胡培月在家里有两套拖鞋。一进门,先换上一对拖鞋,淋浴后换上家居服。她还有一双毛茸茸的粉灰色拖鞋,只在自己卧室里穿。上床睡觉前,再泡澡一小时,出来后另外换睡衣。

江时一有次进她卧室说话,发觉她表情很不自然,转身出去后,她发觉胡培月用鸡毛掸子在拍墙壁,又往空气里喷茶树混尤加利精油。江时一低头一看,自己正穿着从外面回来的外套,衣服跟鞋子都没换下来。

也许因为要早起上班,但更要睡美容觉,胡培月晚上十点就入睡。江时一晚睡晚起,她受不了胡培月一大早起来边听古典乐边吃早餐,也受不了她洗澡洗太久。好几次江时一直接拍门,冲里面吼:"这屋的水费你得交三分之二!"她估计,胡培月也难以接受她的习惯。那天胡培月打开冰箱,天真地诧异,不懂为什么冰箱里永远有剩菜。后来她发现,江时一继承了祖父母的老人家习惯,食物总是先从不新鲜的开始吃。

江时一想,假如她跟爸爸当真结婚了,即使不是因为钱,两人也很难生活到一块儿去。

胡培月没有江时一那样多心思,她现在跟女儿关系转好,心情愉悦得很。她自觉适应不错,跟江时一去饮早茶,她倒了茶开始喝,抬头才看到,江时一跟许柏乐齐刷刷地用第一趟茶来烫碗筷。第二次再去,她就记住了。江时一跟许柏乐都爱吃路边摊,但胡培月进到这种小店,总是面有难色,许柏乐开她玩笑:"吃不惯平民美食吧?"胡培月当即从筷子筒里抽出一双还水淋淋的筷子,夹一大口干炒牛河。

感觉自己融入环境,这番心情形之于外,她的衣品更显欢脱,一屋子黑白灰当中,只有她时而赤红如新嫁娘,时而姜黄如白金沙漠,时而葱青如水边青草地。

但周边观众,不再对她报以赞歌。茶水间里叽叽喳喳,都在公司里传开来。

"看不出来呀,居然是四十岁的人啦!都有个二十多的女儿了!"

"听说她离了婚,才从上海到这里来的?"

"对啊,老公在外面有人了呀。捉奸在床!"

越传越歪。

"她生不出娃，外面女人给生了个！"

这倒半真半假。

"小肥仔呢，还是两个！"

越说越没边了。

似乎因为胡培月褪去光环，大家再打量她，便觉没有过往惊艳。外语是说得溜，但办公软件、复印扫描一概不会。最重要的是，工作场合跟上级说话总没分寸，上级有意表现亲和力，她还真把人当朋友，勾肩搭背。

冯霄觉得，这些闲话应该是真的。因为她就亲眼看见过，有次准备开会前大家都在闲聊。行政部经理开起运营部张经理玩笑，说他怕老婆，其余人都在笑。老张也边笑边抗议。冯霄回头，看到胡培月居然也在看着他们笑。

难道她不知道，有些玩笑，管理层可以笑，他们不可以吗？

果然，会后她就听到老张对胡培月婉转提点："我跟其他人熟，他们可以开我玩笑，大家都有分寸。但你不该跟着一起笑。"

可惜胡培月背对自己，冯霄看不到她的脸色。她猜想，一定不会好看到哪里去。

浴室梳子断了，江时一在胡培月跟许柏乐两扇门外取舍，最后决定跟前者借。她进到胡培月卧室，发觉她正埋头做PPT（幻灯片）。

"加班？"她问。

"也不算吧。"胡培月不太好意思，"效率太低，没干完带回家。"

现在连江时一都发现了，当胡培月不再是普通前台，外语带来的红利优势便过去了。

当胡培月正儿八经坐办公室后，她的优势不再突出，劣势却格外明显。她在家里，还是照样练瑜伽、贴面膜，泡澡一小时，但做瑜伽时呼吸不稳，贴着面膜做PPT，边泡澡边看视频网站学入门课。

江时一没打算跟她母女情深，拿了梳子就出去了。半夜起来上洗手间，发觉她房里还亮着灯，好奇之下，敲门进去，见到她还在研究怎么插入视频。

"我来吧。"江时一给她演示。

"你真厉害。"胡培月由衷地说。

"是你太弱。"

胡培月笑："我的确弱。"

新生活对她而言，就像过关升级打怪。她前阵子才学会跟装修的、卖花的、卖菜的讨价还价，现在又要从头拾起职场"ABC法则"。

江时一也不困，索性听她说话。听她说起上次搞砸的某件工作后，江时一问："你跟进这事时，没跟老板汇报过？"

"汇报什么？"

"工作进展、工作成果什么的。"江时一心想她是真不懂，"你接手时发现有坑，怎么不提前跟老板说？后面出了事，责任肯定都在你身上。"

"怎么能这样？这也不是我害的呀。"胡培月很吃惊。

"职场不就是这样的吗？生活不就是这样的吗？"生母天真至此，轮到江时一吃惊了。

"你才二十出头，没正式上过班。怎么懂这么多？"

"大学要实习，也是个江湖。每天晚上干到一两点才回家，第二天还要回去打卡。在楼下排着队，轮到我时，已经迟到了。后来我就硬是让自己再早一点起床，利用排队打卡的时间，跟周围的人聊聊天，处处关系。"

胡培月又开始佩服江时一："我要是像你这么厉害，该多好。"

"穷人才要排队打卡。我要是你，宁愿回家忍气吞声伺候老公，胜过伺候老板。"

这话说完，两人都静了一静。江时一觉得自己造次了，但她不愿给胡培月道歉。最近她们俩处得太平静，她都快忘记初心了。她原本是想看热闹，看胡培月潦倒的呀，现在怎么还给她当起人生导师了。

只听胡培月说："我觉得现在挺好的。让我再过以前的生活，我不愿意。"

江时一有点反叛地想：那是因为你才刚吃几天苦，吃久了，自然会怀念以前。她不相信她能支撑一年。当时年少轻狂，爱得痴迷时，她尚且不能抛下富贵日子，陪爸爸挨穷。现在人到中年，更不可能甘于贫贱了。

但她嘴上没说，只淡淡道："你也有属于自己的优点。"

"我的优点？"

"上次你把同事叫来，我就发现了。你很会社交。我有留意到，那些人并不都是跟你同一个部门，但你都认识，而且你会照顾到每一个人，不让任何人落单。你跟女同事谈护肤、健身、画展，跟男同事谈从上海到江门的不同。而我就做不到。"

遭了女儿夸奖，胡培月微笑起来，眉眼弯弯，很是动人。这天晚上，她终于感受到母女促膝长谈的温馨氛围，还想接着聊。但江时一无心恋战，将手机倒过来，横在胡培月眼皮底下：“这几个帖子，当时对我挺有帮助。你可以看看。”

"真的呀？太好了。"活生生少女口吻。

"不过很长，我发给你，你慢慢看。"

胡培月没说话，半天，才缓缓微笑：“那我……加你微信？”

像少年要心仪女孩联系方式一样卑微。

江时一二话不说，把二维码递给她，等她扫完，打个哈欠，回房睡觉。只是次日醒来，发觉胡培月给她发了一大堆表情包，又是谢谢，又是比心的。还给她发来三个不同表情的早安。

江时一一条都没回。

胡培月重整旗鼓，三十九岁开始学excel（表格软件）、学操作打印机，又主动为办公室其他人买咖啡、带下午茶。

人性微妙，年轻男同事对她不再殷勤，但女同事又都认为她已解除威胁，接纳起她来。她告诉她们，防晒霜要挤一个硬币大小才管用，VC精华注意拧紧瓶盖别让氧气跑进去，遮阳伞要选择面积大、弧度大的。

胡培月的出现，激励她们暗自立志：过了三十五岁，也要美成她这副模样。

女性情谊从此建立起来。胡培月在心里想，如果江时一也这样，那该多好。只可惜，她现在天天不施脂粉地跑店里去，开始研究起卖奶茶了。

胡培月将胶囊咖啡扔到咖啡机里去，隔壁物业管理部男同事上前，主动跟她说话。"今天口红什么色号？"他笑嘻嘻地问。

她端着杯子，微笑："我没涂口红。"

对方愣住，转念一笑，仍不死心："没化妆也这么美呀。"

胡培月也不是傻子，只是在某些世事上要天真些。她发觉近日，有好些已婚已育男同事居然跟她调起情来，就猜到八九不离十了。应该是随着自己的真实年龄、婚姻状况曝光，年轻男同事对她失去兴趣，已婚已育男倒觉得她会是好的出轨对象，因为料定她不会纠缠。

她不给任何人机会，只笑笑，倒了咖啡就走开。

这天下午，诺亚上海总部派人到江门考察星河城项目。

人马未至，八卦先行，都传开了。

"听说其中有个，是诺亚太子？"

"谁啊，谁啊？"

保密工作做得好，除了领头那几位，其余都不知道谁是谁。有现场人士将照片拍下来，发到同事八卦群里。

里面有几个年轻人，都穿得很精神，但前额也没凿上"太子"二字，哪知道谁是谁。几个脑袋凑一起猜时，有人认出其中一人穿纪梵希，于是都估计是他。

胡培月瞥一眼照片："也可能是纪梵希隔壁那位吧。"边说边将文件放夹子里，"这人的衣服是中国年轻设计师牌子，国内知道的人少，但在国外已小有名声。而且，他穿的是Tramezza手工皮鞋。"

大家哦了一下，都不好意思地表示没听说过这个牌子。但还是有人不死心追问："这鞋很贵吗？"

胡培月不懂怎样解释，有些事跟钱无关，奢侈品说白了也只是一种生活态度。就像她在欧洲市集上，常遇到富婆阔太穿着ZARA，轻踏白色凉鞋，提着布袋来买花。买完花，骑着单车回大别墅。

老张打来电话催促，胡培月取文件到会议室。出门时，正遇上总部众人迎面而来。胡培月仍侧立一旁，静候他们走过去。

前头几人正在交谈，对她视若无睹，倒是跟在最后面那两位年轻人，对她点头示意。她也点头，认出一位是"纪梵希"，一位是"手工鞋"。后者外套上有一枚大象胸针，是尚美巴黎的。

她转身要走开，"手工鞋"突然停下脚步，试探般喊道："伊莎贝？"

这是胡培月的英文名，她不曾告诉这里的人。她下意识回头，见"手工鞋"站在那儿，笑起来淡淡的，看着她："真是你。"

原本已经往前走的其他人，此时也都回过头，看着他们。胡培月有些尴尬，她打量眼前这年轻人，他高而瘦，静悄悄的，带着笑意，外套上的大象胸针也静悄悄的。

走廊上的人都静悄悄的。

胡培月确定自己不认识他，但她不动声色，说声你好，静候对方发觉自己认错人。

对方却没接过话，只带着他那静悄悄的笑意，跟随众人进入会议室。

这一幕发生得莫名其妙，但对旁观者而言，已经足够冲击。胡培月回到自己位置上，其他人凑上来："小章先生，你认识？"

"谁？"

"诺亚老大的独子啊。"

胡培月没有印象。

其他人一哂，也是，他们怎么会认识。

老张目睹这场面，却上了心，晚上接待总部的人，非留胡培月参加不可，那年轻人却没出现。老张忍不住追问总部的人，说小章先生是不是来江门了，对方只是笑笑，说没有的事，在场其他人一时没忍住，流露出失望神色。胡培月当了一晚上"花瓶"，被灌了不少酒，回家后搂着马桶吐。

江时一靠在门边看她，忍不住引用《老友记》里面的话："Welcome to the real world.It sucks.But you are gonna love it.（欢迎来到现实世界。它糟透了，但你会爱上它的。）"

[7]

江时一终于把芝士奶茶放到餐单上。许柏乐那番理论还是打动了她。

他还说，江边里有中学，可以到学校门口发传单，用促销打开市场。

江时一半信半疑，试着跑去发传单。又在小店里安了喇叭，一天到晚喊着买一送一。

凡是年轻人多的地方，奶茶店也多。光是这条江边里，已经有好几家。即使是二十三块两杯，江时一的价格也比其他店贵。

她想着，许柏乐这家伙，虽然有餐饮经验，但不是也没做好？不然也不至于从香港跑到江门来。

一开始，御记靠熟客帮衬，还有点生意。后来，就被许柏乐这乌鸦嘴说中，熟人来得也少。那天江时一骑车去进货，见到以前跟爷爷很熟的陈叔，蹲在一家大排档那儿，吃一碗双皮奶。

他扬手："再来一碗。"又对老板笑说，"以后得多帮衬你们了。江伯走后，我还愁吃不到这么正宗的了。总不能跑顺德吧。"

一回头，见江时一站在身后，他神色尴尬。江时一喊了声陈叔好，掉头上车骑走。膝盖的伤早愈合了，但重新长出的皮肉像一坨粉色糨糊，难看得很。她噔噔噔骑车回到店里，把车尾的牛奶、杏仁跟芝士卸下，逐一塞到冰柜跟厨房里。

她背对店面，店里进来人的时候，她只听到脚步声，还有拉开椅子坐下的声音。水槽堵了一堆杂物，她边戴胶手套，边侧着半边脸问："要吃点什么？"便开始伸手清理。

"我之前看杂志介绍，说这家双皮奶不错。"那人说。

"哦，真不好意思。"江时一用三根手指抠出一坨黄粉色物体，下意识闭着眼睛，将它扔到垃圾桶里，边洗手套边说，"那是我爷爷在的时候。现在没有了。"

"是没有双皮奶了？你不是店主吗？"

"对的，但是呢……"她利索地洗完手套，甩了甩水，搁到夹子上，用手背抹一把脸颊上的碎发，转过身来，"恐怕你不会想吃我做的。"

出现在她眼前的，是飞机上那个男人。彼此都有些意外，男人笑笑："真有缘。"又问，"你上次摔倒，没事吧？"

江时一没想到他会记得，更意外了。"没事。"她想了想，补充一句，"有心。"

男人还没走，环视一下这家小店："上次你说回家奔丧，是你爷爷？"

"嗯。"又更意外了。他居然连这都记得。

"节哀顺变。"

"嗯。"她低下脑袋，避开目光。

男同学都视她为男仔头，她从没感受过年轻异性的关心。大学时，跟一男生走得近，对方也向她告白，这初恋维持才一个月，手都没牵上几回，就终结于另一女生的贴近。男友最后选择了那位女生，原因是"她更敏感脆弱，更需要我"。他在背后跟人说，江时一比男人还硬朗，谁会担心她。

店内，这陌生男人接了个电话，江时一在旁边擦桌子。下午三四点，正是下午茶时分。学生们没下课，街坊们又不再来，附近白领不会到这里茶歇。小店冷冷清清，她背对男人，听到他跟公司那边讲话，竖着耳朵听，听出了一二三四。

原来他叫关奕山，原来他是港人，原来他在内地工作，上海、深圳两地飞，近期常跑江门。

小店拢共就五张桌子，都抹完了，江时一伫着，对牢冰柜，取出一瓶芝士茶，放到关奕山面前。关奕山电话没完，用手指了指，似乎在问这是什么，又用眼睛示意，弯弯的笑容。

胡培月怀抱一束紫色马蹄莲走进来："刚送完客人，我在路上买了花……咦，你不是那天那位……"她看着关奕山，认出他就是那位"纪梵希"。那天晚宴，他也在，但一直没怎么说话。

关奕山的电话已收线，对胡培月点点头："对，我是关奕山。那天我们一起吃过饭。"

那瓶芝士茶放在他眼皮底下，但他此时没有投以任何关注。不知怎的，江时一有些微妙的妒意。她跟她那瓶小小的芝士茶一起，成为生母盛赫光环边沿的一帧帧虚影。

关奕山说："那天晚上，你一双手始终没碰过食物，用刀叉剥开一个橘子吃，令人印象深刻。"又笑着看看江时一，"你们俩认识？"

胡培月看看江时一，吃不准她是否想暴露真身，只点点头。

关奕山说："世界真小。"

他终于留意到那茶："这是什么？"

"新产品。"江时一补充，"算是，谢谢你之前帮忙吧。"

"飞机上那次，我也许该谢谢你。算起来，我还是欠你一次。"他将芝士茶握在手里，向她们告辞。

江边里街尾，学校铃声大作，有学生拍着篮球跑出来，追着闹着，篮球弹到关奕山身上，在他的西装外套上擦出一个白印。

"对不起！"学生仔大声说，声音仍是笑嘻嘻的。

关奕山面无表情，瞥了对方一眼。

学生立即转身走开。

小城里，车辆随处停泊，小小一条内巷，行人可走之处并不多。江边里的老居民楼很是破败。关奕山在破旧水电表、开锁档、五金铺、手机店间穿过，走向他在当地租的车时，不期然想起小时候，他也曾住过这样的地方。

不，比内地宽敞的屋子差远了。

刚到香港时，全家挤在深水埗一栋八层商住楼的劏房里。爸妈在他的床帘外吵架，他独自对牢电视里的儿童节目《闪电传真机》，一字一句学谭玉英讲粤语。学完粤语，调到明珠台看《芝麻街》学英语。只看得起免费电视台，但对他来说，已经足够。

他的心理医生阿曼达说，童年自卑内在驱动为成年后的狼性。最后她下结论："所以你什么都想要。"

他抬头，很近地看她："是，我什么都想要。"

关奕山开始对心理治疗产生怀疑，就是从阿曼达逃避他追逐的目光开始的，也是从她下的那个定论开始的。自卑？他不认同。从青春期开始，周遭女生看他的微妙眼神，老师、长辈对他投来肯定的目光，已注定他与自卑无缘。

坐进车里，他边翻看手机信息，边信手拿起茶饮料喝。口腔内都是芝士味，有淡淡的咸，他细想想，是陈皮粉。他不曾喝过这样的东西，抬起手来认真打量，透明杯子上没印任何字样，显然还没彻底商品化。

他心里想，这小城虽小，有意思的地方却不少。

驱车驶离江边里时，他依稀觉得车窗外路人里，闪过许柏乐的脸。他扭头再看，发觉是自己认错人。

是的，许柏乐怎会在这里。

尽管那件事发生后，他们俩，谁都不愿意再待在香港。

胡培月学记账，才发现自己花钱像流水一样。开头数月，她到广州、深圳去将包包卖二手，后来索性连珠宝都要卖掉。但有些心爱物什实在不舍，于是她尝试减少支出。江时一说，喝咖啡、买花这些早该断掉。她不忍，但频次终于是降下去了。

但身为星河城员工，好处还是有的。以工作证在其中购物餐饮，都有折扣。她给自己找了个借口，每天逛购物城，也开始看出点门道来。而她也在公司见过关奕山几次，听同事说，他在诺亚华南分公司投资岗。他们猜测，公司有意在江门再拿块地。

胡培月从前当全职太太时，对丈夫的工作一概不上心，唯一只懂如何宴请招待他的生意伙伴。但现在，同事聊的每个话题点，都值得她学半天。她进来后，弄明白了像星河城这种商业综合体的管理体系，是物业租赁加经营，日常工作以租赁管理、促销跟文化活动为主。但投资岗，她还是头一次听说。

低头问同事，才知道原来房企的投资岗，正是负责前期拿地工作的，招拍挂或者收并购。胡培月低头做起了笔记。

正是会议前夕，这时老张走进来，便都静了。只有胡培月还在写字。跟在老张后头的，是上次那位疑似小章先生的年轻人。但现在他全身上下，没有价值超过五百块的行头，像孔雀敛住浑身亮丽羽毛，微笑着进来，坐在角落处。

老张坐下，简单说起部门来了新实习生，叫张云程。大家相互交换眼神，坐在张云程旁边的那位娜姐索性低声问他："他们说你是集团章先生的儿子？"

张云程听了，眼睛微微眯起来，无声地笑起来。他在本子上写下自己名字，将姓氏重重刻画，又看着娜姐微笑。倒把娜姐笑得不好意思，低声嘀咕一句："胡培月说你身上的东西可值钱了呢。"

张云程终于笑完，仍是眉眼弯弯的，压低声音说："高仿。下次带你去，广州三元里。"

娜姐点点头，立即用藏在会议记录本间的手机，把消息发给要好同事，同事又发给同事。十分钟后，除胡培月跟张云程以外的人都知道了。

老张问起涨租反馈，突然点了娜姐。娜姐从八卦信息里抬起头来，清清嗓子，无缝接上："大部分租户都对加租一成不反对，有意续租。除了东区角落15至17那三家店，说经营困难，一直诉苦。"

老张低头看图，迅速找到那三家店的位置及店名，一哂："诉苦？我还嫌他们定位太低级，跟商场基调不符呢。"一抬头，"到期赶走便是。"

坐娜姐对面的大佬飞倒有话说："其实上半年，东区门外一直施工，正对他们店面，的确影响生意。"

这虽是实话，娜姐却觉得大佬飞针对自己，瞪了他一眼。大佬飞刚过四十，但为人跟小年轻一样耿直，才被人喊大佬，他接着说："其实之前我跟16、17那两家谈，一切还算顺利，而且他们也有意提升店铺装修。这周突然变卦，很可能是受15这家的影响。如果能够攻下15这家，这事应该能成。"

有理有据，老张当场拍板，继续由大佬飞跟进。娜姐轻轻在鼻孔里哼了一声，耳边听到有人轻声失笑，她一扭头，见到张云程含着点笑，正转动手中的笔。

"你笑话我？"她有点不高兴。

"嗯？"张云程抬头，晃了晃手机，"不，我在看视频。"

娜姐迅速给要好的同事发消息："新来的实习生不行啊。"

会议开到后面，老张过了一遍今年盛夏大促推广计划，又循例问大家，有没有别的意见。

胡培月一直枯坐，埋头记笔记，此时忽然抬头："我可以吗？"

老张意外，示意她讲。但像娜姐这样的同事，此时着急下班，脸上不带表情，心里难免认为胡培月不懂事。

胡培月低头，迅速翻到笔记前几页："我这段时间都在星河城里逛，从顾客角度，还是发现了一些问题。"她一口气说了好几个，包括主力店较少、没有母婴室，甚至从停车场引导客户进入商场的道路不够明亮。最后，她说："15那家湘菜馆，听说之前生意不错，但后来西区开了家新派湘菜，环境好、服务优，价格还跟他们差不多，客人都被抢光了。估计他们对此有意见。"

老张嗤一下："自己经营不好，还要怪我们？"

"是这样，但是15至17那三家店位置差，租金跟其他店是一样的。"胡培月在纸上唰唰画了几笔，翻转过来，"你们看，这三家店前头是顾客问讯处，旁边是洗手间，然后是一家大超市入口。人们进入超市后，直接从另一面出来，基本不会再往15到17方向走去，而商场给予他们的指引也不够。如果是我，也要生气的呀。"言下之意，即使这三家退租，换了别人，一样如此。

老张静了静，最后说："胡培月，你跟大佬飞一起去谈吧。"

"嗯？我？"胡培月瞬间像被戳中的大气球，开始变得软塌塌，"我……能行吗？"

"你刚才不是说得挺在理吗？"

"那是……那是因为，我逛街逛了十几年。上海十六区，光是淮海路的商场我就能逛一天。哪个商场好，哪个商场不好，这家店有什么特色，那家店哪里不足，我一清二楚。星河城的问题对我来说，不难发现，但你要是让我谈……"她露了怯。

大佬飞笑了笑："没问题。你就跟着我，算是大家互相学习吧。"

这事就这么定了。只是角落里，忽然传来张云程清爽的声音："我能跟着学习吗？"

老张说："行啊，你就跟着他们吧。"

散会后，胡培月跟大佬飞交换了微信。大佬飞真名叫李翰飞，去年才从诺亚华北调整到华南，现在又运营星河城项目。他扫完胡培月微信，微笑说："刚才你的话，真的挺有启发。"

"我也是瞎说的。"胡培月没好意思说，她记录下来的意见还不止这些。

江时一告诉过她，作为新人，还是要夹起尾巴，想说的话、想做的事，只说一半、只做一半就好。当时胡培月听了心酸，心想女儿去实习去打工时，到底吃过什么苦，才变得这样成熟克制。

人情世故嘛，胡培月不会不懂。但职场是另一个江湖，水深水浅，还得自己去试。

李翰飞又夸了胡培月一会儿，约她明天上午在星河城西门星巴克见，又说晚上部门同事聚餐，让她一起去。似乎怕显得过分热情，他转身跟张云程说："你也一起来吧？"

张云程伸个懒腰，笑笑："谢了，我晚上还有事。明早，星巴克见。"直接就走了。他这次没再喊胡培月伊莎贝，她想他终于知道自己认错人了。

晚上饭局，娜姐便说，觉得张云程这样的新人，估计也就是家里有钱，靠关系来这里刷个履历。她对胡培月耳提面命："你可别指望他能像别的实习生那样帮忙，干出点啥。"胡培月想起她刚来第一天，娜姐就让她跑腿取快递、拿外卖、领文件，而那些她干完的活，老张一开口问，娜姐立即朗声回应，把功劳都抢完了。

这种职场隐性霸凌，她可没打算对实习生做。而且她想起张云程那种笑着看人的神情，觉得他也并非好拿捏的。

饭桌规则是，谁没参与，谁就是被八卦对象。话题落到人资部冯霄身上，众人都对她三十二岁没有男友，还跟老妈同住，颇有讨论欲。

娜姐用筷子夹了片茄子，一副"这你们就不知道了"的表情："她之前不是没谈过男朋友，都是在见家长后分手的。"

"怎么回事，怎么回事？"大家都激动追问。只有胡培月没参与，埋头吃碗里一片青瓜，李翰飞问："你不吃米饭？"胡培月说自己每天控制主食，吃得少。李翰飞笑说，还是要注意身体。胡培月也笑："放心好了，我可不是将减肥挂在嘴边的人。没有健康身体，哪来的持久美貌。"这话再次让李翰飞刮目相看，觉得她那副漂亮皮囊下的肉身，又增添了几分灵魂之重。

一旁，娜姐还在说冯霄的事："她呀，之前跟核算部一个男的一起，男的特别爱她，条件也不错。只是比她小五岁，暂时还没有结婚打算。然后呀，冯霄妈妈到公司来大闹一场，就在公司大堂那儿不肯走，说女儿白陪人玩了，说得特别难听。行政部叫冯霄下来劝她走，但哪劝得动呀。场面可难堪了。听说那男的当场黑脸，当天就递辞职信走人了。"

"去哪儿了？"

"去澳洲了吧。江门是侨乡嘛，好多人上班只为打发时间，都等着叫家人接出去。不过这男的算挺有上进心那种，从没混过日子。"

"那冯霄岂不是走宝①了？"

"是呀。"娜姐带点八卦见证人的得意，"那男的回国时，带上未婚妻来公司，给大家带手信，请喝下午茶。她那天提前知道了，索性没上班。"

"那后来呢？"

"后来？后来就一直没找男朋友啰，一直像现在这样啰。"

大家将别人的痛苦摊开，布在桌上，像对待菜肴一样品味一番。

"这么丢人。怎么她还留在公司，自己不辞职？"

"去哪里不一样吗？她甩不掉的是她妈，又不是同事。"

胡培月低头喝水，抬头时，发觉沉默的不止她一人。好几人也突然不吭声，也许被家庭所伤害的人，何止冯霄一人。

次日，胡培月跟李翰飞、张云程在星巴克碰头，便到东区15去谈。老板娘是

---

① 粤语，指错过宝贝。

女人，单亲妈妈，靠这家店把女儿拉扯大。

"我们原本在小街小巷里开的餐馆，后来做大了，就打算到你们星河城这种大商场来闯一闯。没想到生意反倒一落千丈了。现在还要涨租。"老板娘越说越愤愤不平。

李翰飞正要解释他们的租金政策，胡培月忽然开口："您女儿多大呀？"

"马上要高考了。"

"你一个女人家，把女儿带大，可真不容易。"她轻声说。

突如其来，老板娘的眼泪直接下来了。她跟胡培月说："你不知道，一个女人在异地打拼做生意，有多么艰难，要应付多少事。"女儿叛逆期，为了一些事，直接跟她吵起来，威胁说要离家出走。她大晚上的睡不着，睁着眼睛看夜色中的天花板，心里想，自己这是图什么呀。

胡培月握着她的手，一边听一边点头，没有半点敷衍的意思。最后她说："我知道的。我也有一个女儿。"

"你不知道的，你那个还小……"

"她大学毕业了。"胡培月苦笑，"她甚至不愿意认我当妈。"

老板娘泪水纵横的脸，现出惊讶的表情。李翰飞跟张云程在旁，也无声对视一眼。

胡培月说："你女儿现在经历的，我以前也经历过。"

这两人慢慢聊开来，最后老板娘放下对星河城方面的敌意，同意带他们跟隔壁两家好好谈。李翰飞趁热打铁，上前将早已想好的优惠条件，在此时提出。

胡培月退到后面，听他们讨价还价。

张云程递上来一张纸巾："擦擦。"

"我没哭。"

"你的包。"他说。

她低头看，发现自己背的包不知道什么时候被蹭脏了。接过纸巾，她道了声谢，边擦拭包包边说："也没关系，江边里小店里买的，开价两百，砍到五十，不值钱。"

张云程说："我不记得你会背这种包包，也不记得你跟Uncle Tom有个这么大的女儿。"

胡培月将纸巾捏在手里，这次抬起头来，认认真真打量眼前这年轻人。

这天他浑身上下没有一件贵重物品。而他藏起来的，又何止这些。

胡培月前夫姓唐，他那些生意伙伴的孩子，都喊他"Uncle Tom"。淘气的小小孩，也会叫胡培月"Auntie Tom"。但年纪大些的，会喊她伊莎贝。

张云程说："再次自我介绍，我叫章云程。立早章。"他笑了笑，带点孩子气的调皮，"当然，希望这里只有你知道。"

李翰飞这时跟老板娘说完话，走了回来，看两人低声交谈，便微笑："你们聊什么这么起劲？"

章云程指了指胡培月的包包："在说胡培月的包弄脏了。"他连名带姓称呼，不喊她姐，在李翰飞这种老职场人听来，多少有些刺耳。

胡培月问李翰飞，他们谈得如何，李翰飞低头看表："到饭点了，我们找个地方吃饭，边走边说。"他们俩走在前头，章云程跟在后面。进了餐馆，李翰飞到外面接了个电话，章云程低头翻着餐单，闲闲说着："十年前，在你家书房里，你念波兰女诗人的诗。我们都听得入了迷。"

"辛波斯卡？"

"你终于想起来了。"

"不，我只想起她，但想不起你。"

这话有点意思，章云程听了，放声笑起来。胡培月想，他比江时一只大个五六年，但看上去开朗明快得多。

是有那样的日子。她像昔日欧洲沙龙女主人，将丈夫生意伙伴的妻儿拢到偌大书房里，推开窗，端出干果花茶，一人念一段书。这个叫章云程的，当时还是十五六岁的少年吧。

胡培月想起同事们说的诺亚老板独子，老张说的小章先生，就是他了。认真想想，前夫的朋友里，似乎是有两三个做房地产生意的。

"想什么这样入神？"章云程问。

"谢谢你，让我有机会反省自己。"胡培月说，"我离婚一事，虽说是爱情淡了，但偶尔也会像刚才那位老板娘，大半夜睁着眼睛看天花板，自问自己做错了什么。现在想来，我对前夫关心不够。我从来没问过，他在做什么，他有哪些生意伙伴需要应酬，有什么烦恼需要拆解。"

"我上次在星河城见你时，刚回国不久，但猜测你已离婚。回上海数天，果然听说Uncle Tom再婚了。"他笑了笑，"真可惜，我本来还挺喜欢汤叔的。"

"他姓唐。"

"这个不是重点。重点是，他的新婚妻子，实在是……"

"不用再说了。"胡培月打断。也许章云程认为，在她面前说情敌坏话，能够让她好过一点，但她压根没存这片心。

从前种种，譬如昨日死；以后种种，譬如今日生。从她拖着行李箱出现在江边里时起，她已经跟过去告别。

章云程带点意外，很快又笑了。他拊掌，啜一口美式，又问："对了，那你女儿……"

李翰飞这时候走回来："娜姐非得让我把东区翻新效果图发给她。看来这顿饭要早点吃完了。"

胡培月跟章云程都微微笑，说好呀，又对视一眼。现在他们知道对方身份，也藏着彼此的秘密了。

李翰飞是个很好的搭档兼师傅，胡培月跟了他数天，开始对这一行真正产生兴趣。老张只将她用作普通生产力，她也一度误以为，自己在职场上能使上的，除却外语，也只有当年招待前夫生意伙伴的礼仪，如何布置摆放一场宴会等名媛技能。而办公设备软件等短板，让她对上班畏惧不已。

"这些都好应付，花点时间上手就行。又不需要多高智商。倒是你有自己的优势。"李翰飞好心鼓励她。

胡培月知道他说的优势指什么。逛街是她的乐趣所在，即使江门缺乏奢侈品牌，但对她并没有什么影响。她喜欢的是美的事物本身，而美是稀缺的，因此才昂贵。她对这个行业有着天然的了解，无须埋头夜读，她也知道会议上说的上海南京西路某购物城对一线奢侈品牌不光免租，还给出高达数千万元装修补贴的，是哪一家。也明白同事嘴里议论的某二三线城市LV门店开张后，附近连锁快餐关门，是什么原因。

但她至今也不知道，自己那异于常人的共情能力，对职场人士来说，是好是坏。毕竟，不是所有人都像老板娘那样单纯。李翰飞提醒她，这世上，居心叵测的人多的是。

她笑笑："也包括你吗？"

李翰飞突然红了脸，停下脚步："不，我不会。"又重重补充，"起码对你，我永远不会。"

胡培月听得明白，暗想自己说错了话，让对方误会。那天他们特别早地回到办公室，一直没再说话。对李翰飞来说，是心怀忐忑，生怕唐突了她。对胡培月而言，是刚从婚姻中走出，一切都没准备好。

而且，要说现在她唯一想好好爱、不愿意辜负的，只有江时一。

[8]

芝士块、炼奶、全脂牛奶、黑白淡奶、玫瑰盐、赤砂糖、果糖、乌龙茶叶、红茶叶、绿茶叶……

江时一入少量货,逐一试验,看哪种口感好,哪种成本低。却沮丧地发现,要想好喝,就没法压缩成本。一旦价格高,附近学生就买得少。

问他们好不好喝,都说好喝。但是,零花钱就那么多,还要省钱买"爱豆"周边、买游戏。不然,跟同学们没有话题啊。奶茶?好喝,但是不好聊啊。

胡培月见江时一早出晚归,面色如灰,总想问问她情况。但江时一面对胡培月,并没有多少倾诉欲。胡培月面对她,也总有些怯怯的。

上次她意图安慰,反过来被她当面质问的场景,还记着呢。胡培月是那个被蛇咬过,惴惴面对草绳的人。她只得默默关心,御茶的每种新品,她其实都仔细尝过。

江时一晚上到家,见屋子里打扫得干净发亮,水果篮里放着香蕉、橙子、苹果、葡萄。她懒得洗水果,抓起香蕉,一边剥开一边打量这屋子。

自从胡培月搬进来后,这屋子就被翻新过。一整面墙壁贴上纸艺花朵,明媚亮丽,一扫以往阴沉压抑的陈旧感。爷爷一直使用着的旧木凳木桌、旧电视、旧风扇,被擦得铮亮,端端正正放置于角落,像间怀旧博物馆一样展示着。新家具电器重新占据客厅位置,长沙发跟土豆沙发,三个人都有各自空间。角落里放一台小投影仪,背靠满书柜的英文杂志。

也不知道胡培月从哪里翻出来江时一的画,画的都是江门地区的旧风物。岭南骑楼、万历年贞节牌坊、华侨碉楼、舞龙舞狮、骑单车的路人、手里拿着雪糕的小学生、公交车站等车的穿校裙的少女。

江时一几乎忘记这些速写了,没想到被爷爷保存得这样好,更没想到被胡培月一一翻了出来。

她没开灯,独自坐在黑不溜秋的客厅里,吃完一根香蕉。提着蕉皮走向垃圾桶,面前突然闪过一个白脸黑衣人,像极了《千与千寻》里的无脸男。江时一手一抖,差点把香蕉皮扔掉,白脸人轻声说:"是我,是我。"摘下面膜,是胡培月水光饱满的一张脸。

江时一没有给她好脸色:"大半夜的,在这儿吓人。"

胡培月却微笑,注意到她手里的香蕉皮:"我在星河城超市里买的。我也不太会挑水果,但我注意到你平时不是叫外卖,就是在家随便下个面、下个饺子。担心你营养不均衡。"

"哦。"

"如果你不介意的话，以后晚饭我多做一份……一起吃？"是小心翼翼的语气。

"客气，不用。"

胡培月手里捏着摘下来的面膜，上面的营养液直往下淌。她将面膜在手心揉成一团，扔掉，又没话找话："水果可以吗？"

"还行。"江时一骤然意识到，这是糖衣炮弹，立即正色，"下次你不用买了。"

胡培月微笑，用纸巾轻轻擦拭手背手心的面膜乳液，慢条斯理解释着："我是觉着，一来呢，多吃蔬果对身体好。二来呢，你现在不是做奶茶吗？把不同水果混到奶茶里，口感也许不错。对了，你等等。"说着，她自顾自往房间里奔，再走出来时，顺手拧亮室内灯，翻开双软皮红蓝撞色小笔记本，上面列得清清楚楚，全是御茶品类，以一星至五星打分，以文字记录口感。

江时一向来跟她不多言语，但只要跟御茶相关，她就有足够耐心。她坐下来，边翻阅边听胡培月讲话。她说："品种有些单一，过分依赖芝士、鲜牛乳和新鲜茶叶这三样结合。就像一款设计，很容易就被抄袭了。"

江时一没说话，只埋头翻她的本子。她发觉，胡培月的字如龙飞凤舞般灵动美丽，中文造诣似乎相当不错，因为她形容一杯茶的文字，特别有意思。比如她点评芝士奶盖茶，写"芝士像化作雨，落在大地般的舌头上"，她写茶叶的回味，是"用茶水稀释奶与糖那失真的甜"。

胡培月说："还是要保持产品研发速度跟实力……"看江时一不说话，她提议说，"我知道只有你一个人，可能不够。但是还有许柏乐，也有我，都可以替你尝试新品。比如，奶茶里可以加入葡萄、草莓、杧果、桃子等水果。名字也可以起得诗意些、有趣些，比如芝品桃红、芝品萄绿、芝品杧黄。对了，调色一定要好看，让人看了就移不开眼、就想买，甚至想拍照分享给朋友。"

"哈，拍照分享？"江时一觉得她在说外行话，"谁喝杯奶茶，还会拍照分享了？"

"美的东西，就是有这样的魔法。在我眼里，一切行业都是服务业，而在服务业，美是生产力。"胡培月娓娓道来，也许因谈论她喜欢的事物，眼睛含着光，"护肤品跟奢侈品，为什么设计得这样美？因为它们给所有潜在消费者传递出'只要买下我，好好使用我，就会更美更幸福'的信息。"

这还是第一次，江时一觉得胡培月的矫情，居然还有几分道理。父辈从物资紧缺时代过来，购物只考虑性价比，但她的同龄人不一样，东西不仅要好，还要好看。

江时一果真开始研发水果茶。一杯饮品，有芝士有奶茶有水果，推出后大受欢迎。江时一要不就在店里看反馈，要不就在家里厨房折腾。胡培月告诉她，水果茶多彩艳丽，让她找个好摄影师，给产品好好拍照。

虽对胡培月不太服气，但江时一这次还是听了她的意见。胡培月每天路过御茶，见到漂亮的海报，总觉得那也是江时一接受自己的证明。她在家里更加勤快。过去，她跟唐铭深的家里虽有阿姨，但她闲时也下厨，口味清淡稍偏甜，唐铭深很爱吃。现在她天天在家做菜，许柏乐蹭饭蹭得高兴，江时一却躲回房间里吃盒饭，敲门问她，她说吃不惯。许柏乐生怕江时一不吃，胡培月不再下厨，硬生生拽她出来，死皮赖脸让她吃，活像逼唐僧吃荤。

江时一尝一口，鄙夷说："好甜。还是爷爷烧的粤菜好吃。"她挺了挺腰杆，维持顺德人的颜面。

许柏乐喊了一声，说："有我这位新界厨神做得好吃吗？"

他亲自下厨，执铲炒了碟牛河，江时一夹了一口，的确有爷爷的味道。

三人当中，唯独江时一做饭难吃，后来便是胡培月跟许柏乐轮流掌勺。胡培月嫌粤菜没盐没油，江时一又觉得胡培月做的菜"鸡没鸡味，鱼没鱼味"。许柏乐擅做菜，但不会煲汤，而江时一每天都要喝爷爷的汤。爷爷走后，她馋广东靓汤馋得不行，只得自己学着煲。

许柏乐抱臂在旁看热闹，笑嘻嘻："终于学煲汤了？以后你跟你老公可以在家喝汤、吃汤渣。"江时一反手举起汤勺，许柏乐夺门而出。胡培月不喜粤菜，但江时一煲的汤倒是必喝。就算再不合口味，她也视其为拉近母女关系的修行。更何况，用许柏乐的话说，煲汤实在简单，把所有汤料扔进去，完事。没花多长时间，即便是江时一，也终于煲得一手靓汤。三人围着餐桌吃饭，有一句没一句，胡培月心里开了花，感觉跟女儿的关系在缓缓结果子。

这也许是她的错觉，家里水果消耗得快，却是肉眼可见。胡培月这天下班后便到超市买。在水果区里挑拣一番，将选中的火龙果跟苹果、葡萄打包，值班经理刚好在巡场，见她提着水果出来，赶紧上前替她拿。胡培月怎么推却，对方就是不放手，最后找人来："直接送到胡小姐办公室。"

胡培月当然知道对方意思。她最近跟着李翰飞跑，李翰飞此前负责租赁业务，在普通租户眼里手握大权。李翰飞是个油盐不进的，值班经理眼瞅着着急，一心想通过他身边人搭关系。胡培月最后从超市出来，两手空空。

倒是一眼看见冯霄，一个人，一手挽深棕色通勤包，一手提超市大袋子，还夹着两个文件夹。无论哪个，她都紧抓不放，仿佛那不是通勤包、袋子或文件夹，而是被她母亲驱走的前男友们。

胡培月上前："我帮你拿。"

冯霄吃一惊，发觉是胡培月，脸上露出些厌恶的神色，拾掇起傲气，说不用。就在她拒绝时，鼓鼓囊囊的超市袋子崩开，藏捂着的橙子蹦跶出来，一个一个跳到地上。胡培月二话不说，直接替她捡起橙子，冯霄像赌气一样，也弯身去捡，非要捡得比她更快，才不至于欠她太多人情。

胡培月从通勤包里掏出环保袋，把橙子塞进去："还是我帮你提吧，你东西太多了。"冯霄沉默，胡培月说，"还要犹豫吗？就算是我谢谢你把我招进来，行不？"这话冯霄听得舒服，便不再拒绝。

程母生病，冯霄去医院探病。胡培月坚持陪她到医院。两人摸到住院部，冯霄提着一袋橙子，胡培月替她拿通勤包跟文件。刚走近病房，就听到一把中气十足的女声说："谁让你这么傻，自己掏钱治病的呀？肯定花儿女的钱啊！"

胡培月跟在冯霄身后，见她脸色一紧，停下脚步。随后，又听那把女声道："我跟你讲，他们逃不了的，有赡养父母的义务。自己的钱自己留好。女人啊，过不了情关，你不花她的钱，她指不定以后花在哪个野男人身上呢……"

这话没完没了，似乎不打算停下来。冯霄再尴尬，也得硬着头皮走进去，对着那女人喊了声妈。

程母转过头来，一脸愕然。想起刚才跟隔壁床的对话，脸上也有些不自在，但她动了动那片薄薄的嘴唇子，扬声说："来了怎么不说一声？"

冯霄没吭声，将一袋橙子放到她床前。胡培月走上前，跟程母问好。程母早留意到她这号人物，还以为是隔壁床的亲友，现在看这光鲜美人也来探望自己，顿觉脸上有光，下意识瞥了隔壁床一眼。冯霄早习惯老年人之间的无聊攀比，只觉好笑又可气。

程母知道胡培月是女儿同事，对她客客气气，又让冯霄给人端椅子，又让她去切水果。胡培月连声说不用，说自己坐坐就走。程母对冯霄说："你看你，人家来这么久，也不去倒杯水。"又嗟叹，说自己年纪大了，身体不好，也只能指望冯霄了，但她也不给自己省心，一直单身。冯霄边倒水，边露出尴尬神色。

胡培月想起进来前，程母说话还中气十足，冯霄一进来，她就摆出病恹恹的模样，显然在跟女儿卖惨。然而当冯霄跟她提起，自己明天要加班，不一定能来看她时，她又立即警惕地问："怎么？你该不会学其他人一样，将老母亲扔在医院不管吧？"冯霄哭笑不得："我工作、房子都在这儿，我把你扔了，还能逃得了吗？"

程母这才面色稍缓，笑笑说："那是。我一手教出来的女儿，可不会这么不孝。"胡培月上来前买了花，又在小超市买了个陶瓷杯，将花摆在里面，耳边听到冯霄向程母汇报今天行程，做了什么，见了什么人。她从没见过这种亲子关系，感觉窒息，将花放好后，借口有事，匆忙离开。

次日一天有会，连午饭都是在会议室吃外卖。大家对翻修方案讨论了整整一天，胡培月直到傍晚才得空到茶水间冲杯咖啡。隔壁组女同事也在，问起她皮肤过敏的问题，两人正低首交谈，突然听到后面桌子砰然一响。

她俩回头，见冯霄怒气冲冲，握着杯子，直直瞪胡培月一眼，转身奔出去。

女同事张嘴半天："她怎么了？"

"我想起还有点事，晚点再跟你聊。"胡培月说着便追出去。

办公楼就在星河城后面，而星河城西门前方有一片广场，胡培月猜想冯霄会去人少的地方，她沿广场往外走，很快追上冯霄。

"冯霄！"她喊她名字。

冯霄站住，背对着她。胡培月上前，小心翼翼轻搭她左肩，绕上前说："其实……"她说不出话来了。

因为冯霄眼里都是泪。她声音颤抖，低声说："对不起……"

"什么？"

"我刚才满脑子念头，都是你们在讨论我，笑话我。但我刚才被冷风一吹，终于冷静下来，这才觉得可笑。"她双手捂脸，"我觉得我妈戾气重，但我偏偏又像极了她。"

她们此时站在西门入口附近，来往的人都对这埋头哭泣的女子好奇，转头去看她。胡培月一手搂过她，任由她将脸贴着自己，轻柔道："先去喝点热饮，好吗？"

胡培月点了杯热巧克力，冯霄双手持杯，埋头在可可热气中，将多年来积累在心中的话，对眼前这个她不喜欢的女同事倾诉。她说，跟父亲离婚一事，将母亲的心力全数耗尽。她还记得年少时，母亲在听说父亲再婚后，声嘶力竭推她出门，让她将父亲找回来。她还记得自己站在门外，眼瞅其他邻居偷偷打开一条缝，像她一样听着母亲在门内冲她咆哮："把他找回来，你才能进屋！"

在她的成长过程中，母亲既强势又软弱，时而对她嗔怨，说她不够漂亮可爱，没能成为父亲的掌上明珠，才让他走掉。时而又对她防备，认为她迟早像父亲一样离她而去，因此对出现在她身边的每个男人都恶言相向。时而却又对她撒娇示弱，清醒地表达着这些年来，女儿对她的拖累。

"多少次，我想离开她。但是一想到她年轻时被丈夫抛弃，如果连我也离开，她一定无法接受打击，只能作罢。因为她，我甚至恨这座城市，因为无论是上大学，还是找工作，我都被困在这里，动弹不得。我也想去北京，想去上海，即使像广州、深圳那样近的城市也行。离开她身边的感觉，我真的非常向往。有时候我甚至想，如果她……"她牵动嘴角，那神态像是活了大半辈子的老妇人，"不，那么想，太不孝了。我知道，如果哪天她离开，我会非常伤心。她向我需索情绪，但是她也曾经是一个活泼可爱的少女，在那个年代上过大专。如果没有结婚，没有生下我，她的人生会有更多可能性。"

星巴克里人多，暖烘烘的，冯霄将自己的前半生悉数交代。胡培月算是听明白了，像程母这样的母亲，不曾为自己活过，也不允许子女为自己而活。她握住冯霄双手，睫毛微颤。

冯霄过去总看不惯胡培月，觉得她精致而矫情，但这时相对而坐，才发觉她是现代都市里难得会将心肝摆出来，呈在你跟前的人。

胡培月安慰道："每个人性格不一样，所以才有各种各样的亲子关系吧。我也是个不合格的母亲，总是一厢情愿地对女儿好，打算补偿这些年对她的亏欠。但现在想来，有些童年时受过的伤害，是永远无法弥补的。"

"但你不会成为我妈那样的人，不是吗？"

"为人父母的心情都是一样的。你别被你妈妈的想法带着走就是了。我见过很多人，说自己被家庭、被子女所累。但子女不在身边的时间里，他们也只是聊八卦看电视而已。抱怨父母或者子女、抱怨原生家庭或者小家庭，都只是不愿意承认自己的失败罢了。"

冯霄问，她女儿，是否就是跟她一起住的那个女生。

胡培月说："是她。我虽然是妈妈，但女儿比我更成熟，更值得依赖。"

"我妈也在依赖我，但她比你强势多了。"

"你母亲之所以强势，只是为了试图掩饰自己的软弱。"

冯霄默然。

胡培月说："跟她好好谈谈吧。"

"她非常固执。不是能够好好说话的人。"

"把你的心意传达给她，至于接不接受，是她的事情。就像我对我女儿，如果她接受我，那最好不过。如果她不接受，我也只能承受自己的因，自己的果。"

"我会尝试一下。"冯霄脸上终于有些血色，她起身，"该换我给你买热饮了。"

人一站起来，胡培月才留意到后面那桌，坐着两人。男人穿衬衣，边说话边拢头发："奶茶容易做，机子一套，人两个，就能支起一家奶茶店。但想赚钱？那可不太容易。给我五万，我可以给你做培训，保证能挣钱。如果需要我推广，我也能安排。"

坐他对面那个女孩，明显心不在焉，侧着一张脸，不知道在想什么。那是江时一，听到胡培月跟冯霄对话的江时一。她轻抬头，看向胡培月时，目光复杂而微妙。

胡培月不知道江时一会怎么想，内心始终忐忑。这天她在公司待到很晚，又跟冯霄一块儿吃了晚饭才回家，到家时，发现客厅幽暗，只有阳台上亮着一盏灯。江时一穿全套运动衫裤，靠椅子上剪指甲。

听到门响，她凭借脚步声猜出是胡培月，头也不抬，用背影对她远远说句："你回来了。"

"嗯。"胡培月心虚，连脚步也放轻。

"这么晚下班？"罕见，江时一居然主动跟胡培月说话。

"是，跟同事吃饭。"

江时一将剪下来的指甲碎用纸巾仔细包好，从阳台亮处走入阴暗室内："今天我见到的那个人吗？"

"是……"

"你们关系还挺好，什么都能说。"

胡培月突然觉得屋内闷热，背脊缓缓往下淌汗。

江时一淡淡道："下次有这些话想说，不一定要找外人啊。"

胡培月没吃准这话是什么意思。生气？不满？

江时一又说："反正你的心意，我是接收到了。"

胡培月想了又想，终于明白这话的意思。

就像懵懂的男孩子，在暗恋心爱的女孩儿很久很久以后，发觉喜欢的人终于也喜欢上了自己。就是这样一种心情。她心里像是装了一瓶气泡水，盖子掀起，咕噜咕噜往上冒着透明小泡泡。

她张了张嘴:"我其实……"

江时一嫌弃地打断:"该不会又要道歉吧,能不能换点新鲜的?"

胡培月扑哧一笑。

这天晚上,许柏乐很晚才回来,发觉这母女两人居然在阳台上,一人搬一张椅子,相对而坐,秘密交谈。他几乎要怀疑那是两只《聊斋》里的女妖,借了两人的脸皮子。

江时一的腿上放着一个铁盒子,生锈的地方,像流下几滴绿色眼泪。她打开盒子,将爸爸的照片掏出来:"老爸不爱拍照,爷爷奶奶又只有他小时候的照片。年轻时候的照片,只有这几张,我翻来覆去地看。"

胡培月拿起江海文的照片,白炽灯光下,端详初恋情人的脸:"你爸爸真是帅。当年我第一眼看见,觉得他很像竹野内丰。"

"竹野内丰?那个大叔?"

"我年轻的时候,他还不是大叔。而且帅哥老了也是帅哥,美女老了还是美女。哎哟,这个不重要啦。"胡培月回想当初,微微一笑。

许柏乐突然抱着手臂,在后面像鬼魂一样现身:"我没看错吧?你们俩坐在这里,一起聊男人?"

江时一将他赶回房间,又回到阳台上。这时一阵夜风吹来,她从后面看着胡培月,穿一件深蓝V领背心,浅蓝色碎花长裙,一双腿斜坐着,风钻进裙摆,在里面变幻出光影游戏。附近是这老城区的点点星光。江时一立在那儿,像静看一幅会动的画。

胡培月久久不见她回来,转过头,莞尔:"怎么站在那儿?"

"看你。"

江时一走过来,靠在她身旁坐下:"小时候我觉得自己不好看,不像爸爸,一定是因为妈妈很丑。现在觉得有趣,原来是我浪费了帅哥美女的基因。"

"你怎么会不好看?"胡培月用手捧起她的脸,将女儿的头发拨到耳后,"每个女人,都是世界上唯一的花。"

"竹野内丰说的?"

"不,木村拓哉唱的。"胡培月瞎唱,跑起调来,"不做第一也没有关系,本来就是特别的唯一。"

现在江时一明白,为什么爸爸会喜欢她。细说起来,她享受美食,也不节食,但也许是过早生育影响身体,偶尔胃口不好,便迅速瘦脱相,有时吃得多,又很快丰腴起来。她喜爱艺术,穿衣打扮只跟从自我品位,不随潮流,偶尔有些搭配在大众眼中，未免怪诞乖张。她的五官也并不完美，下巴不够尖，眼睛不够大，鼻子不够挺，然而凑在一起，分外舒服匀称。她打破了江时一对美女的狭隘定义，让她过去的认知无处安放。

江时一当然不知道，打破认知的，同样也有胡培月。跟江时一生活的这段时间，她被迫学会独自换乘公交车，吃饭、买咖啡都用优惠券，在公立医院一坐三小时，只为看医生三分钟。真实世界的一切，比在父母、前夫庇护大伞下的日子要苦要累。但想到她终于跟女儿一起生活，那就是微苦里不限量的糖。

江时一趴在柜台前，边哼哼"世界上唯一的花"，边算账。上次她找奶茶连锁加盟的人，想跟对方学习运营，对方张口五万，闭口稳赚。不靠谱，感觉不靠谱。

去问许柏乐？那家伙更不靠谱。而且，江时一总觉得，他在香港的餐饮生意一定也做不好，否则跑来这儿干吗。

大暑天翳焗①，御记小店天花板吊扇嘎吱嘎吱，悠悠转动，江时一的头发在吊扇风下，一起一伏。

"今天有芝士茶吗？"人声随脚步声趋近。

江时一抬头："有。"

面前是一张好看的脸，抿着嘴笑，非常友善。她认出他，脱口喊他名字，关奕山。

她实在是没有任何经验，在关奕山听来，这无非是在告诉他"我在关注你"。那次之后，他也来过数次，但刚好有其他客人在，两人说不上话。这次，在等待她调配茶饮时，他随口问："生意怎样？"

江时一回头看一眼空无一人的小店。关奕山懂了。

她也不想被他看扁，又说："现在学校没下课，待会儿下课就有学生来了。"

他边付钱边问："二十几一杯，快赶上星巴克了。现在内地中学生的零花钱这么多吗？"

江时一上下晃动银色瓶子，勉强笑笑。

关奕山低头看表，距离他下一个会议开始还有时间，他可以在这里慢慢打发半小时。他说："定价这么高，是因为成本压不下来吧。上次我喝了，口感惊

---

① 粤语，指天气热得人像在蒸笼里一样。

艳，应该是用鲜牛奶跟茶叶做的，水果也用了最新鲜的。"

"我算过了。如果量上去了，进货成本还是能压缩的。"

他笑了笑："压缩成本前，你只能卖这么贵。量怎么上去？"

江时一答不上来，只得继续晃瓶子。

"你在原料供应商那儿，有议价能力吗？"

江时一心烦，手头使上了劲。

关奕山拉过椅子，坐下："你知道麦当劳高速发展期里，他们的奶昔没有牛奶吗？"

她抬头看他，手上的动作稍微缓下来。

"当时他们快速扩张，盈利跟不上。为了压缩成本，用奶昔粉代替牛奶。合伙人之间为此发生过争执。后来，坚持用奶昔粉的赢了。后面才有现在的全球品牌。"

江时一将奶茶调好，压到塑料杯里，递给关奕山。她说："奶昔没有牛奶，怎么能叫奶昔？"

他笑了："你问的问题，创立原始品牌的麦当劳兄弟也问过。你知道后来怎么样？他们被踢出局了。对方承诺给的授权费，也一分没给过他们。"

江时一默然，看关奕山喝下一口芝士茶。她问："好喝吗？"

"不然呢？你以为我特地开车过来，是为了什么？不过，并非每个人的味蕾都这样敏感。试着一步步减少茶叶、鲜奶用量，混茶粉，水果也不一定要用最好的。大家尝不出来，也不影响最终口感。反正芝士味会盖过一切。"他说，"当然，我是资本世界的雇佣兵，看任何问题，都从资本角度出发。你不一定要听我的。"

"我听懂你的话了。想赚钱就听你的，不想赚钱的话可以随意。"

关奕山笑笑。

"我还有个问题。你为什么要帮我？"江时一说，"像你这样的人，时间宝贵。不会浪费在没用的人身上。而你不可能是为了追我。所以，你有什么原因？"

关奕山没料到她这样敏锐。再想起来，当初在飞机上，她也是同样敏感地发觉自己跟那个空乘的关系。

洞察力强，是好事。

他放下杯子，身子压在柜台上："胡培月是你什么人？"

江时一想，果然被她猜中。关奕山感兴趣的不是自己，而是胡培月。她一直以为，只有姊妹间才有暗涌，原来母女间也有。她心里自嘲一番，小草就是小草，居然会相信自己当真是世界上唯一的花。她脸上尽量不动声色："她是我的……亲戚。"

如果关奕山喜欢胡培月，他应该不会想知道她有这么大的女儿。

他又问："那唐铭深呢？"

"什么？"江时一抬头。

"唐铭深，著名投资人。他是胡培月前夫。"

见江时一茫然，关奕山突然笑了："你该不会以为，我对胡培月……"

她埋头，使劲擦拭早已干净锃亮的柜台。玻璃映出她的脸，深深浅浅，自己都看不清。

"我不认识唐什么深。"

"我还以为，离婚后第一个来投靠的人，一定是最信任的人。"

"我们刚相认。"

"看来是一个旧故事的新结局。"

江时一抬头："你这种资本世界的雇佣兵，不会对这些故事感兴趣。"

"那要看，这个故事是否对我有价值。"他的工作不也如此吗？评估一块地的价值，看哪块地值得投。

她问："这是你判断人和事的一套准则？"

"这是所有人判断所有事的准则。"他晃了晃手中杯子，"难道我们买一瓶奶茶，不是因为它给我们提供了美味的价值？"

才说两句话，他接听电话，匆忙离开。江时一想，他哪里是雇佣兵，简直是繁忙的将军。

而这将军，擅收买人心。走开几步，他又微笑回头："你刚说我不可能是为了追你，可不一定。"

江时一不傻，不喜欢男人动不动玩暧昧，没接话，只拿着抹布，一声不吭。但她不自觉用手摸摸脑袋，突然懊悔，怎么自己又剪短头发了呢？男仔头，洗得发白的单色T恤衫，硬净伶仃，活脱脱一个中学生，像白开水一样无味。搁在空气中，像不存在似的。

男人话锋一转："你比你认为的要出色得多。"

她顿成他手下败将。

关奕山摆了摆手，算是说再见。

片刻挣扎，几度犹豫，江时一终于调起茶粉跟奶精来。加一勺，味道似乎没太大差别，加两勺，敏感的人能尝得出。就这样，她在茶叶、鲜奶、奶精、茶粉跟芝士间做加减法。没用完的鲜果，也不会当天扔掉，留下来接着用。像踩高跷的人，终于在预算与品质之间，找到平衡点。

  这天，九中学生下课后经过御记，发觉这里的奶茶从二十三块降到十五块，买二送一。

Chapter 2

[1]

胡培月心细,发觉江时一有点不同。

她不再嘲笑胡培月往家里带花是浪费钱,反倒给她指路,说菜市场买花便宜,修修剪剪同样好看。胡培月一大早听音乐练瑜伽,她不再冲出来抗议,反倒铺开瑜伽垫,加入同练。她不再绷着脸,拿计算器左算右算。

当她在星河城大堂里,见到有人握着御记芝士茶走进来,她才后知后觉。听说御记奶茶店终于收支平衡,难怪江时一心情大好。

总是听说,母亲的心情会跟着儿女变化。胡培月总算明白了。现在,她跟江时一再无芥蒂,两人周末还给江伯、江海文扫墓,御记生意又转好,像有一束阳光打下来。胡培月着紫罗兰色窄袖上衣,黑色直筒长裤,穿过摆满绿色植物的星河城办公楼大堂去乘电梯时,脸上挂着笑。

冯霄跟她打招呼,上下打量:"心情很好。有约会?"

"我像是没约会就没心情的人吗?"

两人说笑着,一起等电梯。电梯从负一层停车场上来,门打开,李翰飞站在最外面。他跟冯霄打招呼,神态自然,又跟胡培月打招呼,腼腆忐忑。

胡培月上午要整理租客需求。她的办公技能依旧很烂，但她想清楚了，每个人都有长处跟短板。像李翰飞说的，跟人沟通交流是她所擅长的，对时尚与逛街的喜好也是她所拥有的。

正想着这话，李翰飞发来消息："晚上一块儿吃饭？"

上次李翰飞说出那句略显暧昧的话，而胡培月又没接过话头，此后两人总隔着点距离。胡培月在国外念书时，颇多约会经历，婚后十几年，对恋爱这门"手艺"虽已生疏，但总归态度坦然。

李翰飞却因截然不同的人生轨迹，走出另一番心路。他跟女友是青梅竹马，两人同样优秀，上同一所地方重点中学，考到南京同一所著名大学。他保研，女友留学，他打算念完研究生，也到美国找她。但某天，中学同学语焉不详地告诉他，美国有一桩"留美女大学生艳照门"事件，让他关注一下。他从同学的语气里，嗅到了异常。上网一看，事件女主角赫然就是他女友。

此事对他打击甚大。再度找女友时，已是四年后。也是一朝被蛇咬，十年怕井绳，他属意长相普通、个性温顺的女生，也很快跟一个平凡温柔的护士在一起。但很快，他面临了双重艰难：对方空空如也的脑袋，以及她那等着坐收数十万嫁妆跟婚房的家人，都让人难以忍受。

后续认识的女性，总无法让他找到平衡。年轻优秀的女性，他自觉高攀不上，又也许是潜意识认定，无法真正掌控。平庸腼腆的女孩子，是母亲眼中的谈婚论嫁对象，但只消看一场电影、谈一次话，他便对对方的空洞灵魂大感失望。

如此这般蹉跎，刚过三十岁时，还有热心人士为他张罗相亲，眼看同学的孩子都会讲话了，他也颇感焦虑。然而到了四十岁，那些英年早婚的男同学，便又回过头羡慕起他来，认为他只恋爱不结婚，可太聪明了。就连焦虑的母亲，也渐渐受那些娱乐圈男性启发，明白无须急躁。到时候，儿子自然也有生育焦虑。而造物主的确是偏心男性的。

李翰飞心想，如果老妈知道自己喜欢一个三十九岁的女人，不知道会怎么发脾气呢。

胡培月刚入职时，他并没将她放心上。他清楚，自己的条件对普通女孩儿，算是"笋盘"。对年轻美貌的姑娘，则绝对不足。她们心高气傲，认为美貌能够换取一切。

但当他知道胡培月原是离异熟龄女子，这张美丽的脸，突然又对他展现了可能性。跟她接触下来，他发觉她喜爱文学艺术，两人聊起看过的电影，虽观感不尽相同，但也颇有聊到一块儿之处。

他小心翼翼伸出试探的手，在胡培月没给予任何反应后，又迅速后退。但数天来，他每天都在想她。于是他明白，自己是真的动了心。而非过去那般，理性摁着他的脑袋，大声在耳边说"这人适合结婚"。

　　这天，李翰飞再次发出消息，如少年般，焦虑等待心仪女孩儿的回复。不一会儿，胡培月回他："今晚约了女儿。"

　　他的心被揉成一团，往深海里沉没。

　　五秒后，又一条消息发来："明天？"

　　他的心被摊开，迅速在海面上升起，如鲜艳旗帜。

　　御记每天有两波销售高峰期，分别是中学午休时、放学后。从九中走出的最后一个学生，在江边里消失时，御记便拉下闸门，关店休息。

　　她转过身，胡培月戴墨镜，一手提着通勤包，一手提着菜篮，里面装着市场里买的花，笑盈盈站在她跟前。

　　两人往巷尾方向走去，上人行天桥，过马路对面。对面是江门一中，江时一的母校。她边走边说，一中附近有家吃粽子的，特别好吃。胡培月一想到广东吃咸肉粽，就想提议换地方。但江时一看上去心情好得很，微微笑着，说起最近除了九中跟一中外，还有大学生跟白领跑来喝她的芝士茶。

　　"那就好。"胡培月说这话时，两人正缓缓沿天桥往下降。左边是一大片岭南民居，在大马路、人行天桥、学校医院等建筑物之间，赫然横亘在地上，显得很是突兀。

　　胡培月很感兴趣。这片烂地旧屋，江时一早已见惯，并不觉得多特别，但仍带她在小窄巷内穿行，边抬头看那一间间大屋。

　　胡培月不解："为什么有西方圆柱？"

　　江时一耐心解释。百年前，海外华侨在这里兴建第一间大屋，后来越来越多侨胞回乡，慢慢形成村落。建筑材料悉数从国外运来，风格也是中西合璧，楼距开阔，门厅高深。

　　嘴上说起来，都是辉煌。眼底下，民居却都破损颓败，走近后散逸出年久失修的霉味，青砖石脚布满青苔。大部分都没人居住，倒还有若干户在那里坚守，趟栊门外挂出一件又一件地摊市集购入的短袖、背心、短裤衩，缓缓往下滴水。

　　一声哎哟传来，是大裤衩上顺流而下的水滴，有幸降落某人头上。那位某人用手拨拨头顶，咒骂两声，又趴在一户人家门口，跟人说着什么。里面住户说："未听讲过哦，你走啦。"

暮色跟夜色交拢之际，江时一看到那个不情不愿转身的男人，不是许柏乐又会是谁。

十分钟后，坐在小店里，江时一跟许柏乐一人一只咸肉粽，胡培月只喝矿泉水，不敢碰店里碗碟食物，又总觉桌面黏腻污垢，撕开酒精棉片在位置上擦了又擦。许柏乐快手剥开条形粽叶，大口啖糯米跟五花肉，说比他在香港吃到的更好。

胡培月奇道："你是港人，怎么这样……"

"接地气。"江时一精准补充。

许柏乐问清楚接地气什么意思，一哂："香港又不是只有港岛，油尖旺就很接地气。不过，我是新界的。"他操新界原住民的围头话道，"就是香港的乡下人。"

江时一正翻看他掏出来的信件，全是从江门启名里退回香港新界的。收件人是同一个，但结果一致，均查无此人。

她追问，他含着满口糯米跟五花肉应答："我奶奶小时候，就住在启名里。"

"江门？"江时一得到肯定答复后，很是鄙夷这位伪同乡。

"哈，可能我们五百年前是一家？你还要喊我叔伯。"许柏乐已飞快吃完一只粽子，将粽叶叠起，"本来大部分港人就是从内地来的，超过六成祖籍在珠三角。"

胡培月不忘听故事："所以她要寻亲？"

许柏乐用湿纸巾擦拭手指，慢慢道："太爷是台山[①]人，在印尼揾食，寄钱给太奶奶。太奶奶用这笔钱在江门建屋，就在启名里。"

在母女俩追问下，他边拆另一只咸肉粽边说："后来太爷那边突然断了音讯，人们都说，他是另外娶了当地的有钱老婆，才狠心抛妻弃子。反正，太奶奶一个人带着两个女儿，最后无可奈何，就把大女儿交给邻居一对郑姓夫妇养。幸好就在同一个地方，两姊妹还能经常见面。"

"后来呢？"两人同声问。

"后来，太奶奶带上奶奶，到香港去了。奶奶一开始还跟她姐姐书信来往，五十年代开始，书信中断。到了八十年代，她再写信回来，就怎样都找不到人了。"

[①] 台山，现属江门，同为侨乡。

胡培月翻阅信件，看老人家字迹工整秀美，信中提及旧时人与物。既有丈夫在美国寄钱回乡，置办大屋，妻子在空闺夜夜等待丈夫回国。也有父亲将毕生积蓄买下大屋，作为给儿子的新婚礼物。她感慨："这真是本地财富。如果不保护好，就会荒废掉吧。"不期然想起被妥善保护前的上海老洋房，拆分成不同家不同户，每个窗口撑出一杆晾衣竿，迎风晃啊晃。

　　江时一说："现在也荒废得差不多了。江门城区还有十来个这种百年历史的华侨古村落，外墙美是美，但居住环境恶劣。我小时候还有同学住那里，但陆陆续续都搬走了。"这么一说，她又道，"与其逐家逐户拍门，还不如去问问我同学呢。"

　　许柏乐歪在椅上，立即直起："一言为定。"又扬手再叫一瓶可乐，作慷慨状，"请你喝的，以示答谢。"

　　"你的答谢真不值钱。"

　　"物轻情义重。"

　　又一瓶可乐送上来，江时一拿纸巾印在嘴边，擦掉口红。胡培月用指头揩一下她脸："什么时候开始化妆的？"

　　"只抹了BB霜跟有色润唇膏，不算化妆。"江时一居然语气心虚。

　　许柏乐坐对面，忽然打了个喷嚏。胡培月抬头看他，又看两个年轻人继续你言我语，心里轻轻哦一下。她想，原来如此啊。她又想，这许柏乐到底是什么人，江时一竟会喜欢上他。她可得问清楚底细："你在香港做什么？怎么会跑这里来的？"

　　"来找人啊。"许柏乐说这话时，移开眼睛，埋头喝茶。

　　胡培月又问："那你抛下原来的工作……"

　　这时，江时一轻拍胡培月手背："口红借我一下。"

　　晚上回到家，胡培月到江时一房里借眼药水。她穿象牙白睡裙，把披散的半湿长发拢到一边，仰躺在江时一床上，伸着两条光洁的腿，边撑开眼皮滴药水边问："你今天怎么故意岔开话题？"

　　江时一正伏在桌上算账，头也不回："谁都有不想提起的事。许柏乐也不例外。"

　　胡培月滴完左眼，滴右眼，闭眼躺着："你怎么会这么体谅他？"她想将话题引到许柏乐身上，江时一却闷声道："谁都一样。小时候我被同学追问，为什么去开家长会的只有爷爷奶奶，我爸妈在哪里。"

　　胡培月这才想到，江时一在保护的人，不是许柏乐，而是过去的自己。她从床上坐起，睁开眼，眼药水从两边眼角往下淌，像两行假惺惺的眼泪。她擦干液体，从背后轻轻搂住江时一，把脑袋埋在她肩膀上，什么都不说，什么都说不出口。

江时一将手探到后面，摸到她的脸："哭了？"

"不是，眼药水。"

"鳄鱼的眼泪啊。"

"鳄鱼也有真哭的时候吧，真冤枉。"胡培月无声半晌，突然问，"我跟海文的事，会不会影响你对爱情的信心？"

"嗯？"江时一侧过半边脸。

"你有喜欢的人吗？"

江时一左手握着的计算器，突然掉到地上来，砸到她的脚，她叫了起来。两人同时弯腰，手忙脚乱捡了一会儿，一人拿着计算器的一边，突然都笑起来。

江时一直起身："都是你，突然讲这种话题，吓我一跳。"

"咦？当妈的不会跟成年的女儿讨论这种话题吗？"

"我同学的妈妈不会。"

"她们讲什么？"

"上大学前，让她们好好念书考上好大学。上大学后，让她们找好工作。平时就是提醒吃饱穿暖，注意安全什么的。"

"不谈论男人？"

"大学毕业后会谈吧。我几个女同学的妈妈，已经催她们赶紧找男朋友了。喂，别光说我。"江时一蹩脚地转移话题，"外婆是怎样的人？也跟你谈男人？"

胡培月倒是怔住了。她的母女关系，到底算什么呢？幼年时，母亲是绵密的衣衫针脚，热牛奶上的那层白色皱皮。少年时，母亲是博物馆里的一场交谈，穿衣镜前的赞赏。然而青春期后，母亲变成了一双会戒备地看着女儿身边的男人、警惕地盯着她肚皮的眼睛，一条告诉女儿什么男人值得、什么男人不值得的舌头。

现在，在她离婚后，母亲成了一抹褪色的阴影，说女儿太傻，没能保住自己的婚姻。

"你才是他的妻，外面有多少个女人跟孩子，都不重要。"那张曾对她念聂鲁达跟波德莱尔的嘴，现在如是说。

自离婚后，胡培月听说前夫一直在找她。但是她的父母，没有了消息。这事比离婚本身，更让她难受。

于是，次日李翰飞跟她一起吃日料，为她拉开椅子，各自落座后，他小心翼翼地问："有心事？"

胡培月才惊觉，自己将心思都写在脸上了，赶紧摇摇脑袋。

李翰飞笑："还说没有。我看你今天一整天都魂不守舍。"也许他是不巧流露了对她的关注，也许他有心如此。谁知道呢？男人总是狡猾的。

胡培月赶紧换了个话题，说起她昨天发现启名里这个地方，挺有意思。李翰飞给她带来其他信息：政府有意对那边进行街区改造，正在招标。

"诺亚华南分公司也在争取。"

两人一路说着，又提到关奕山在跟进项目的事。不知不觉，他们已走进江边里。

刚下过雨，路上有些湿滑，他们便走得特别慢。一轮象牙色的月，也像浸在湿润空气中似的，自居民楼间朦朦地探出。胡培月向来喜爱有点旧、有点历史的东西，还想聊旧区改造，李翰飞却渐渐敛了声息。越近胡培月住处，他越是安静，偌大的巷子里，除了楼宇里的声色外，便只有他边走边踢动小石子的声音。

"我到了。"胡培月说。

李翰飞一下不慎，石子被踢飞到阴沟里，只听一阵清脆响。

胡培月微笑："脚滑了？"

他心不在焉："谁狡猾？"

胡培月知道他听错了，笑起来。李翰飞静静看着她笑，终于忍不住说："要是每天都能看到你笑，那就太幸福了。"

这话说得再直白不过，她无法再假装听不懂。李翰飞注意看她神色，见没有厌恶或嫌弃的意思，便壮着胆子，轻轻碰了碰她的手指。

他本来也不缺恋爱经验，在那些世俗条件不如他的女性面前，他向来信心十足。但面对胡培月，他小心再小心。也许心底的自己也知道，若非她已年近四十，离婚，有成年女儿，住在江边里小破楼里，他是断断不敢追求她的。

胡培月结婚多年，与丈夫的关系与其说是夫妻，更像恋人。恋爱是她所擅长的，只是十二载已婚生涯，早让她忘却被追求的滋味。她呆立在那儿，手指被李翰飞轻触，见她没抗拒，他更大胆，直接握住她的手，而后轻而快地，在她脸颊上一啄。

身体反应永远真实。那一刻，她发现自己并不讨厌他。还在婚姻状态中时，她就常跟人讲，女人需要终生保持恋爱状态。于是她想，既然跟李翰飞相处愉快，尝试约会，甚至发展一段关系，也未尝不可。

但该说的话，还是要说。

"我刚从一段婚姻中走出来。"

"所以你需要疗愈。我不在乎当你的疗愈师。"

"我也没有伤痕累累那么夸张啦。但要说完全不难过，那也不可能。那不就说明过去十几年的感情，都是假的吗？"她说，"我不抗拒重新恋爱，甚至还有点憧憬，但我对婚姻会更慎重。"

李翰飞微笑："我知道。本来也没打算立即向你求婚。"

胡培月也微笑："我当然清楚。知道我的年龄跟婚况后，我突然多了好几个中年追求者，除了你以外，都是已婚甚至已育的。还不是图我没有结婚打算？"

李翰飞有被说中的尴尬，但也有男性的小小虚荣。男性得到追求者众多的女人，总是欣喜的，就如猎人获得他的美丽战利品。两人微笑着，牵手在江边里慢走，从巷头走到巷尾，又从巷尾到巷头，胡培月终于说："这样没完没了了。我还要回去赶PPT呢。"

李翰飞笑说："晚点交也一样。老张明天出差，没空看。"

两人又说笑一会儿，李翰飞再次把她送到楼下，轻声对她说："我明早过来接你上班。"胡培月犹豫，李翰飞知道她不想太快公开，体己道，"以后再说吧。"

胡培月跟李翰飞说谢谢，他在路灯下看她，只觉皮肤通透红润，忍不住在她脸颊上轻轻一吻。他的嘴唇离开她脸颊时，她瞥见不远处电灯柱后闪过一男一女两个人影。她起初并不在意，跟李翰飞说再见后，掏钥匙上楼。忽然听江时一在她身后喊她名字。

她搬进来后，江时一就直呼其名。两人和好后，她也不习惯喊妈，于是两人像姊妹一样处着。但这次，胡培月听到自己名字，忽然肩膀抖了抖。

江时一站她跟前："刚才那个是你男朋友？"

胡培月一时不知道怎么回。

这时有人过来，奇怪地看一眼这两人，粗声粗气地问能不能让一让。胡培月赶紧掏钥匙，母女俩一前一后默默上了楼。她在前面走着，心里忐忑。

她并无当母亲的经验，尽管秉持"女人需要终生恋爱"理念，但在她缺失的亲子关系之前，这理念不知道该在她的人生拼图里，落在哪个位置上，才好跟亲子拼图无缝衔接。两人就这么默默进屋，像冷战中的一对闺密。

江时一先进屋洗手，胡培月跟着进来，迟疑再三，在镜中看着她道："我是想找个合适时间告诉你。但事情太突然，我也刚刚才……"

江时一用干毛巾仔细擦干手，才转身道："我们都是成年人，你有你的生活，我有我的生活。你不用向我解释什么，就像我……"她丢开毛巾，笑了笑，"也不用向你交代我今晚见过什么人。"

若是寻常母女，胡培月要怀疑她说的是赌气话了。但江时一有一说一，胡培月想了想，只好再试探："你是真的不介意？毕竟我们刚相认。"

"也不是完全不介意。"

胡培月一阵紧张。

"如果你找的男人没有我爸帅，这二十年岂不是白过？刚才我没看清，那男的，像竹野内丰吗？"胡培月笑了，摇头，江时一又问，"那，像吴彦祖，还是金城武？"胡培月又笑起来，江时一念了三四个她知道的帅大叔，顺手亮了阳台上的灯，收起晾干的衣服，背朝胡培月，"其实，你当时跟我爸，是真的爱彼此吗，还是一时头脑发热？"

"我从不考虑这些。我喜欢的人，也喜欢我，这样就够了。总觉得，感情中还有理性，不像是真爱呢。"

"真爱难道就不用吃饭？"江时一将带柠檬味柔顺剂味道的衣服，都堆到胡培月怀里，以粗糙与柔软的衣料填满她手臂，"我要是你，别人做错了事，我才不会净身出户，白便宜对方。"

这时门铃响，江时一让胡培月把衣服扔她床上，满脸不忿去开门："许柏乐你又不带……"

关奕山站门外，带些笑："不带什么？"

"没、没、没什么。"

"你没发现自己落了东西在我车上？"他将手机递回给她。

"哦，谢谢。"她接过，"你怎么知道我住这里？"

他微笑："一抬头，就见到你在阳台上收衣服。"

江时一摸了摸头发，又说了声谢谢。关奕山忽然掏出手机："我还没你的联系方式呢。"

她无声，默默跟他加了微信，又再说了声谢谢，才目送他走开。刚关上门，胡培月走出来："咦，不是许柏乐？"

"不是。"

"那怎么聊这么久？"

"有人捡到我手机。"

"呀，这样不小心啊。"

江时一抬手捋了捋头发，笑笑："是啊，真的不小心。"

关奕山下了楼，跨了几步，走到对面楼下，上了车。他并未立即驶走。不一会儿，手机亮起，江时一给他发来消息，又说了一遍谢谢。

一小时前，他在公司附近见到正躲雨的江时一，捎上她。没想到在楼下见到胡培月跟男同事。他心想，唐铭深的前妻，居然还真的跟普通人玩上了，也是有意思。他当时送走了江时一，刚把车开走，她落在车上的手机便响起了。

来电的人，叫许柏乐。

他想，重名的人真多。

电话响得急，他想了一会儿，摁下接听，将手机放耳边，也不说话。许柏乐自顾自说起来："我刚过珠海，忘带钥匙了。记得给我留门。哦，对了，冰箱里留杯芝士茶，要加枇果。"一口气说完，又自顾自将电话挂掉。

是他认识的那个许柏乐了。

此刻，关奕山在车厢内静默而坐，夜空中不知何时又飘下雨点。他降下一半车窗，点燃一根烟，橘红色烟头在蒙蒙雨色中，像一盏很小很小的红灯。窗外的雨越下越大，他抬头，见到江时一阳台上还剩下三五件未收的衣物，都是男人衣裤，在风雨中激烈晃动。江时一匆匆奔出来，收掉衣服，又匆匆进屋。

枯燥机械的雨刷声中，关奕山在等。

终于等到，一个穿黑色风衣的男人冒雨奔跑，闪身进了江时一那栋楼。隔着车头雨幕，他还是认得那张脸。他跟他，曾经是伙伴、战友、知己。

[2]

这雨，一下就是好几天。

江时一告诉胡培月，广东的台风天来了。中学时，一到台风天，她就挑最旧那套校服出门，反正也会弄脏。

胡培月偏不，每天依旧打扮得光鲜闪亮，一副随时随地准备赴宴的姿态。她的哲学是，一个人穿什么，她就是什么人。在广东，她这年龄的女人，大多不怎么收拾就上街。而此地上了些年纪的人，无论男女，说话嗓门都大，连打嗝、打喷嚏也肆无忌惮，对时间、身材、外貌跟职业都缺乏管理。年轻人倒是全国统一，收拾精致，打扮入时。

但胡培月浑不受年龄桎梏。她连下楼取快递，都要换身行头，收拾挺括。

她跟李翰飞发展地下情，江时一虽说不介意，但她始终将这女儿放在心上，一次都没邀过他上门。江时一说："你不用在意我。反正房门一关，你有你的世界，我有我的天地。"

嘴上这么说着，但江时一的释然，都落在胡培月眼里。这姑娘，现在一改过去随便用清水洗把脸就出门的习惯，每天都抹完BB霜跟唇釉，化个眉毛，才出门。除运动衫外，也开始穿起长裙，而且头发留到肩膀上，也还没剪。

胡培月觉得，江时一在偷偷恋爱。

她起初以为对象是许柏乐，细看，似乎不像。江时一到家后，便如释重负般踢掉小皮鞋，换上人字拖，又奔到洗手间，再出来时已是清清爽爽、额头长痘的一张脸，头发随便扎成一小团，耳边后颈全是碎发。就这么一副状态，跑去敲许柏乐的门，跟他大声说话。

百思不得其解，便小心翼翼试探，问她最近有没有认识有意思的人。江时一正将芝士跟全脂奶倒进机子。她摁下开关，机子轰隆隆作响，她回头大声说，没有啊。胡培月又旁敲侧击，趁机问起那天送她回家的男人。

许柏乐突然出现在厨房里，睡眼惺忪，拉开冰箱门，又迅速关上。他看着江时一："今天的芝士茶呢？"

江时一正往盘里倒入打融的芝士、淡奶油跟炼奶："等一下，正在做。"

"你店里冰柜不是有吗？我去拿。"说着就走出去。

江时一赶紧喊住他："你别拿店里的。这个才是给你的。"

他又回头，一脸警惕："该不是下毒了吧？"

"你何德何能要我亲手下毒？"

"嗯，也是。"许柏乐点头，冷不防问，"那送你回来的男人呢？"

江时一还以为这话题已经过了，没想到许柏乐居然听到她俩对话。她一下紧张，抓起打蛋器，把探头伸到盘里，机器发动，又是一阵轰轰声。在这响声掩盖下，她才想到借口："你不是让我帮你找人吗？我那天去找我同学问啊。"又趁机跟许柏乐讲事情进展，总算圆过去。

胡培月见她这模样，猜到几分。又见她既没有彻夜打电话，也没有时常对着手机傻笑，更猜到那只是一场少女心事。

"不过，我的女儿也到了恋爱季节啊。"胡培月边喝雪梨银耳糖水，边自言自语着，然后下了个决心。

这天，江时一回来后，发觉自己房中多了三面镜子。一面全身镜，一面装饰镜，一面化妆镜。她惊恐地问："发生什么事了？"

胡培月坐在她床上，跟她说，每个女人一天要照镜子十次以上："只有了解自己肌肤的真实状态，面对自己脱衣后的真实身材，才能保持变美的决心跟动力。"

江时一将她推出去，摘掉镜子。

第二天回来，她房间里多了鲜花，还有一张胡培月留下的字条——只要有花，就能提醒自己，是个值得被爱的可爱女人。

江时一留下字条，把花捧到外面餐桌上。

第三天，她桌上多了一个蓝绿双色发带。江时一稍犹豫，戴上发带。房间里没有镜子，她到洗手间去看，用手将前额头发揪出来一些，镜中人变得俏皮些。她冲镜子笑笑，镜中人也冲她笑笑。

许柏乐突然出现在镜子里，她像被捉现行，一把扯下发带。他二话不说，抽出自己那条毛巾，转身往外走，突然丢下一句："扯什么，不挺好看的嘛。"

这以后，胡培月对江时一的"改造"，就自然顺利得多。她告诉她，要把脖子、背部跟手当作脸一样来保养。她带她去选购合适的内衣，江时一才明白十年来她都没穿对尺码。她教她怎样行走坐卧，因为姿势迷人比一张可爱的脸更重要。她说健康才是真的美，循循善诱她早睡美容觉，每天坚持锻炼。

江时一问："这么辛苦，就是为了打扮得漂亮，成为男人眼中的可爱'花瓶'吗？"

胡培月非常认真："打扮不是为了取悦男人，是为了让自己感觉更好。"她可无法接受自己在别人眼中邋邋遢遢。

若非这场"改造"，江时一不会开始懂这位与她有共同血缘的女人。胡培月带她购物，江时一习惯了抠抠搜搜，直奔大促销区域，一挑便一堆。胡培月检阅后，都扔回去。挑挑拣拣一下午，最后只买一条裤子。跟金钱相比，江时一更心疼她的时间，吃晚饭时全然没有一般女性购物后的神清气爽。

胡培月瞧出她想法，闲闲翻着手中餐牌："买衣置装就像谈恋爱，贵精不贵多。只选自己负担得起的，久而久之，只会越来越将就。反之，就会越来越讲究。"

两人下了单，江时一笑话她："你还挺多恋爱心得。"

"你把时间花在研究省钱赚钱上，我将时间用在变美与被爱上。"

港式茶餐厅里，热柠茶跟冻柠乐递上来。江时一用吸管戳冻柠乐里的碎冰："听说有的女人，如果感情不顺利的话，就会失去恋爱的勇气。我还挺佩服你，一路高歌猛进。"

"并没有。"胡培月托着下巴，半天才道，"爱上江海文，选择生下你，已经花光我所有勇气。"

江时一咬住吸管，抬起眼睛："你后悔吗？"

她微微一笑："我没告诉过你吧。当你还是小小一团时，我在心里给你取各种名字，后来偷偷喊你，江不悔。"

两人同时放声笑，引来旁人侧目。江时一从没见过胡培月如此开怀，心想，她跟旁人眼中的离异女性真不一样。她忽然想，也许自己体内流着她的血，才这样干净硬朗吧。就像初恋选择别人，跟她摊牌时说的："你不会受伤害，也不需要我保护。"

胡培月看她出神，问她在想什么。江时一老实交代："我在想，之前跟男友分手时，我跟他说，难道因为我伤口好得快，你就能随便用刀子扎我吗？"她笑起来，"现在看来，原来疗愈能力强，是遗传你的啊。"

胡培月不语，伸手按住她手背，半天才说："以后，别随便被人用刀子扎了。我会心痛。万一，万一真的被扎，我永远在你身后等你。"

"你真的这样跟你女儿说？"李翰飞哈哈大笑。胡培月连声阻止他，又愤愤道："她跟你反应差不多，也这样大笑，还怪我矫情。"

两人此时已买完单，正一起往外走。为避人耳目，他们特地驱车到离公司很远的餐厅吃饭。牵手往停车场走时，忽然有人喊李翰飞名字，胡培月立即松开他手。那人上前，拍拍李翰飞肩膀，笑说好久不见，原来是他大学同学，到江门出差，刚好遇上。

寒暄完后，李翰飞不言不语上了车，胡培月察觉气氛不对："你在生气？"

"没有。"他看车窗外，半天不语，转过脸，"你很怕被人看到我们？"

"我怕同事。"

"我明白，我明白，我明白。"李翰飞连说几声，但他看上去不像是坦然明白接受的神态，只是闷声不语。

胡培月道："都是成年人了。你有什么想法，直接说出来。没准是个误会。"

"没事。"李翰飞换了个话题，说起公司两天后有晚宴，说是接待上海那边的人。胡培月无心谈工作，但也明白一个人不愿谈的事，不应勉强他。

后面两天，两人虽同在一个办公室，但李翰飞似乎显得很忙碌，老张又让胡培月筹备晚宴的事，两人也没机会深入交谈。

胡培月过去只懂如何准备家宴，但这些经验，偏生阴差阳错派上用场。在这小城的公司里，她的见识是其他人的天花板。她能辨出不同酒色泽香气的异同，知道如何用鲜花装点长餐桌，也明白如何点菜能够满足不同地域人群的口味。餐桌花艺、宴会厅布置，都不合她心意，她从选花到杯碗碟摆放，至现场灯光，都要逐一指导。

老张让章云程协助他，这年轻人，在胡培月跟花艺人员交谈时，一直坐在旁边椅子上低头打手机游戏。等她忙完后，他才抬头："有什么需要帮忙？"又笑笑，自说自话，"其实你何必这样紧张，人家酒店做得多了，何须你逐一打点？对接好就行了。"

"这是我第一次负责一件事。"

章云程微笑："别的项目没找你，宴会的事才让你牵头，还不是拿你当'花瓶'？觉得女人只适合负责做这个。看你还一脸高兴。"

胡培月不出声，只望定他。章云程是聪明人，知道自己造次了，但他不愿认错，一双眼也看牢她。两人仿佛对峙一般。半响，胡培月说："你说的这些，我也明白。但我又能通过什么证明自己？手上拿到什么牌，我就打什么牌。只要不下牌桌，赢过这一局，后面还有机会翻身。"

"你觉得，这份工作能替你翻身？"章云程终于收起手机，站起来，这天不用回公司，他着一件红色卫衣，双手插袋，笑看她，"对了，有件事忘了告诉你。这次上海来的人，除了总部的，还有唐铭深。"

这时胡培月接了个电话，她跟那头重复说，要换一个宴会厅。挂掉电话，她转过头，慢慢说："我知道的，我知道得比你早些。我看过名单。"又问，"还有什么事吗？没别的事，等会儿我们再过一遍名单跟座次。"

章云程此时才发现，她跟当天立在窗旁念诗的唐太太，有些不一样了。他好奇，会是她女儿影响了她吗？

那些从上海流落到江门的晚礼服跟饰品，今夜终于派上用场。只是女主人一心在工作上，稍欠风情，但在这个宴会上，也已经足够。李翰飞从盘子里取一杯香槟，跟人聊着天，目光却始终离不开她。

直到上海总部的人抵达。

胡培月正在查看最终出席名单，听到声响，她抬头，从窗玻璃上见到进来几个人。总部的人正跟人寒暄，旁边站着一个男人，保持微笑。有人早听到风声，说诺亚老板的朋友唐铭深今晚也来，有人上前围着他交谈。

唐铭深进来后，目光便在宴会厅内环视。他跟围上来的人说声抱歉，快步穿过宴会厅，追逐那件黑色礼服。推开另一扇门，外面露台上有个穿黑色礼服的女人，正背朝他打电话。他上前几步，一只手捉住她的手腕："培月……"

女人转过脸，迷惑而惊恐。

他松开手："对不起。"

退回宴会厅，他心事重重。身后有人喊了他两声，他才听到。

转过头，见到胡培月，着一袭黑色礼服，除珍珠链子外，别无其余首饰。她持手拿包，礼貌询问："唐先生，没事吧？"

"培月……"他微微张口。

胡培月打断："我们邹总找您。"她将右手一展，非常公事公办，"这边请。"

她转身就走，而他紧紧跟随，在她身后，低声说："我找你很久，前两天才知道你在这儿。"

她不语，而邹总已上来。胡培月退开，立在大厅角落的悬浮绣球花旁。章云程不知何时站在她身旁，微笑说："职业女性，不好当啊。"

胡培月没理他。

"李翰飞好像注意到你跟唐铭深了。"

她觉得章云程多管闲事，但目光微抬，见李翰飞的确在看她。见到她望过来，又赶紧转移目光。

章云程又说："我觉得他配不上你。"

"谁？"

章云程笑笑："唐铭深，或是李翰飞。都配不上。"

"失陪了。"胡培月懒理会，转身走开，去看看酒水是否足够。她跟酒店方确认完，一转身，见到唐铭深站在她跟前。

他说："我们谈谈？"

胡培月的声音中，有种漫不经心的忽视："好啊。还没恭喜你，艾琳快生了吧。"

唐铭深有点尴尬："下个月。"

"真快。"她说，"再次恭喜。"

"我一直想跟你好好谈，但是你没给我机会。你躲到这里来……"

"胡培月……"章云程突然走过来，热情而亲昵地拍拍胡培月肩膀，"他们找你。"又抬头，笑笑说，"唐叔叔，好久不见。"

唐铭深面露尴尬，但不得不应酬友人之子。趁他们周旋时，胡培月转身，一眼见到李翰飞伫立在那里,脸色苍白。她知道他听了去,然而眼下不方便解释,低头从他身旁经过。

晚宴正式开始后,胡培月终于得片刻空闲。她站在露台上,静静眺着外面夜色中的绿树,不知道在想什么。

"在躲人吗?"

不用转身也知道,又是章云程。

她问:"你不用回去?"

他嘻嘻一笑:"我现在只是个普通实习生。谁会找我?"

她抬头,看他一眼:"你还挺自由自在。"

"也只是这几年。"他将身子重量压在栏杆上,"我清楚自己后面要过什么日子。不过现在跟他们谈好了,从一线做起的这几年,我会尽量远离家人。"

"也没多远。"

"心理距离。青岛、南京、武汉、杭州,这些地方都不够,谁还不是会隔三岔五出差去到这些地方。我特地选了江门这种小城,他们鞭长莫及,我也自由自在。"

胡培月这才发觉,这个年轻人对人生有清醒的规划和认知。她忽然想,如果当年江时一留在自己身边长大,也会是个富养出来的孩子,不用吃苦,更不用省吃俭用。

章云程突然问:"你女儿是什么样的人?跟你像吗?你跟什么人生下的她?"

她对男女之事敏感,一听便警惕:"她有喜欢的人了。"

他却笑嘻嘻:"那我更要看看,她喜欢什么样的人。"

胡培月没理会他,只见他在手机上飞快敲下什么,接着抬头说:"走。"她微讶,问去哪儿。他说:"去见你女儿啊。"

"晚宴还没结束。"

他晃了晃手机:"我跟老张说有事,提前走。他批了。"

"但我……"

他笑:"我说的是,我们俩都有事。"

胡培月气结。但她确实不愿面对晚宴结束后,灯光大亮,老张让她陪同送唐铭深出门,而李翰飞跟在身后的场面。跟对接人员再三确认后续无事后,她在散场前离开。

胡培月带章云程到御记时,江时一正挽起袖子,使劲擦桌子。抬头见胡培月进来,身后跟着个年轻人,随手指了指:"那边擦干净了,别坐。"胡培月抗议,江时一说,"我可累死了,没工夫重擦一遍。"

"就这么对客人的啊。"

章云程边低头玩手机,边偶尔抬一下头,微笑着看母女俩抬杠。胡培月替他点了杯芝士茶,江时一送上来两杯,又冲章云程扬了扬下巴:"不好意思,招呼不到。"

他浅笑:"请便。"

江时一进后厨搞卫生,这两人则占着小圆桌,一人捧一杯奶茶喝。章云程说:"你女儿,跟我想的不一样。"

"你以为她什么样?"

他放下杯子,缓缓微笑:"她不会出现在这种路边小店,而应该跟你一样,坐在窗边念书。有风吹进来,拂过她的头发跟脖子。"

胡培月又想起自己在露台上的幻想,一时无话,低头默啜奶茶。章云程见了江时一后,也有点提不起兴趣,边喝奶茶边玩手机,只是喝到一半时,突然夸了句好喝。

章云程走后,胡培月留在那儿陪她关店。江时一用力扯下铁闸门时,胡培月盯着脚边晃动的树木影子,问她:"今天你没化妆?"

江时一掏钥匙的手顿了顿:"是啊。"又说,"懒了。"

"之前不是挺好的吗?我们女人啊,可不是为了某个男人才变美的。"

江时一将门锁好,转过身:"你今天怎么话里有话啊。"

"我看是有人心里有事。"

见江时一沉默,她推了一把:"不说就算了。"

母女俩笑着,走了几步到家楼下。江时一嘴上道:"你那个同事还挺有趣的,大晚上跑来这里喝杯奶茶……你在看什么呢?"她顺胡培月沉默的目光看去,见对面停着一辆车,驾驶座上坐了人,靠着车身站了个男人。男人向前迈步,朝她们走来。

江时一不认识他,疑惑地转头,见胡培月目光呆滞。她忽然猜到,这人就是胡培月的前夫唐铭深。

男人已站在她们跟前,江时一抬头打量这成熟男子,想在他脸上寻找生父的痕迹,却是徒劳。此人如同他一身规整的西服,整个被资本世界规训过一般,身上没有半点野性气息。长得整齐周正,规矩挺拔,有种靠金钱堆砌出来的气质。

说不上原因，江时一直觉地不喜欢他。

　　江时一缺乏父爱，在她的幻想中，将生父无限升华。她潜意识里喜欢生父那种男人，像豹子一样，漂亮，难驯，危险。她还不知道，像唐铭深这种游走资本世界多年的人，其野性与攻击力早已内化，外人只能看到一张温和的脸皮。

　　唐铭深上前："你提前走了，还好我打听到你住这里。我们可以单独聊聊吗？"

　　"聊什么，你在这里说吧。"胡培月表情坦然，没有故作冷淡，有种全然抛却过往的潇洒劲。

　　然而南方小城内街里，对面大排档已摆出桌椅，煎炒煮炸，镬气十足，脚边湿漉漉，躺倒了数个啤酒瓶。不时有人骑摩托车，风驰电掣开过，引擎声震动耳膜。唐铭深站在这潮湿路边，问："这里？"

　　胡培月知道，他想上她家里，单独详谈。但她为难起来，扭头看了看江时一。

　　江时一主动开口："上去吧。"

　　唐铭深跟在她们身后，边攀爬这逼仄幽暗楼梯，边想，胡培月竟要住在这种地方。

　　江时一掏钥匙开了门，进屋后，对胡培月说："我在房里，有事叫我。"说这话时，她握住胡培月的手，看进她眼里，片刻后，轻轻放开。

　　待她房门关上，胡培月跟唐铭深一人坐沙发一端。唐铭深先开口："你的室友还挺体贴。"

　　"她是我女儿。"

　　唐铭深轻轻一撼。

　　胡培月牵动嘴角，苦笑一下："我们结婚这些年。你有事瞒过我，我也不曾对你坦白。"

　　江时一在房间里坐着，觉得外面安静过头了，她"脑补"出胡培月对着前夫无言垂泪的画面。犹豫再三，终于决定不出门。百无聊赖，她点开手机微信，一路往下滑拉。

　　数天前发给关奕山的微信，还停留在她那句谢谢上，而他始终没回复。她讥笑自己想多了，删掉那段只有单方面交流的聊天记录。

　　外面屋门开了，片刻后，又关上了。

　　江时一走出来，见客厅里空无一人。阳台上亮着灯，胡培月独自站在阳台上，只留一个背影。江时一走出来，见她垂首看唐铭深从楼里走出，上车，离去。胡培月眼眶通红，两边脸颊随鼻尖微微牵动。江时一无声搂过她，她顺势将脑袋靠在女儿肩上，如相依为命的二人。

[3]

江时一去找许柏乐。

他跟人打球，着运动鞋，满球场跑，一头一脸的汗。抬眼瞥见江时一，便朝她敷衍地挥挥手，一个回身截球，运球，上篮。

江时一在旁边空地上，盘腿坐下，继续在手机上跟胡培月聊天，手指快速敲入："所以，李翰飞有新女友？"

胡培月回："冯霄看到的。"

江时一以手速发泄愤懑："那家伙一点都配不上你。"

好一会儿，胡培月回复一个猫咪表情，又发了句："我俩只是不合适啦。"

江时一懒得关注李翰飞，问起冯霄近况。胡培月说，前阵子，程母想让冯霄借钱给她侄子买房，冯霄不愿意，程母握着剪刀，坐在家门外的台阶上，又哭又闹，引得邻居都以劝架之名看起热闹。过去，冯霄每次都被她逼得就范，这次她在邻居议论声中，转身回屋。

后来，程母又将她哥喊来，要给冯霄做思想工作。两人一进门，就见到冯霄房里行李箱摊开，她正收拾东西，准备搬家。程母知道这次女儿来真的，陡然心虚，嘴上虽硬，但身段立即软下来。冯霄搬出去后，每天穿什么衣服，怎样打扮，见什么人，不再受程母控制，精气神都不一样。

江时一正在敲字："那真……"

突然一个篮球飞过来，她立即侧身，篮球弹回，许柏乐接住球，一个跨步上去："来看我打球？"

"我跟你说，有你姨奶奶消息了。"

许柏乐将篮球抛给队友，坐到江时一身边："怎样？"

"我同学说，的确有一户姓郑的，但七十年代就搬走了。"

"没法联系？"

"暂时联系不上。不过我同学说了，她还会继续打听。"

许柏乐站起来，用力拍了拍手："等会儿打完球，我请大家喝全世界最好喝的奶茶。"他叉腰，回头对江时一笑说，"给你带大生意来了。"

一群人打完球，风风火火直奔御记。御记店面小，江时一也只请了一个叫小雪的姑娘帮忙，两人同时应付，手忙脚乱。许柏乐闲闲倚靠在柜台旁，像男主人一样招呼着，连小雪都不禁低声问江时一："这是你男朋友吗？"

"我瞎了吗？！"江时一跟许柏乐同声说，彼此听到对方声音，又狐疑地转头，看看对方。

许柏乐正应付他的球友们。他们也都纷纷问江时一跟许柏乐的关系。看许柏乐这副义愤填膺劲，一球友笑着："既然不是你女人，那我就出手啦。"

他有非常快的静默，迅速得没让任何人察觉，然后开口："随便你啊，如果你不介意她洗完澡后弄得浴室都是水，睡觉时又磨牙又说梦话，抠得要死家里经常不开灯，诸如此类。"

所有人瞬间安静。

当事人江时一并不知道发生什么，还在那边调奶茶。许柏乐见那边气氛诡异，走过来替她拿奶茶，交给球友，又问："我那杯呢？"

"你的跟他们不一样，最后再给你。"江时一低声。

刚才声称要追江时一的球友，接了个电话，匆匆离开。许柏乐露出得逞的笑，直接取过吸管，把要给对方的那杯拿过来喝。他喝一口，低头看看杯身，再喝一口，停下来。身旁球友们客套地赞叹，说的确好喝。许柏乐却将剩下的半杯搁下，再没动过。

中学下课时间到。许柏乐坐在店里，抱着手臂，看中学生们围堵上来，买走一杯又一杯芝士奶茶。他现在注意到，江时一她们用茶粉跟桶装奶茶，部分替代了原来的做法。学生们热闹极了，靠在柜台前，握着刚到手的奶茶，跟朋友们闲聊。

球友说："这家御记生意真好啊。"

许柏乐不吭声。

中学生握着芝士茶，坐进来，一人要一碗芝麻糊。江时一从后厨端出来，他们边玩手机边笑着吃，没吃几口就放下走了。

天色渐暗，学生们都走了，球友也都走了。小雪到后厨搞完卫生，跟江时一说今天有事，江时一正弯腰扫地，摆摆手，让她早点回去。

店里只剩她跟许柏乐。她扫完地，擦完桌子，见许柏乐像个石像一样，蹲踞在那儿，一言不发，心想他该是在烦心启名里寻亲的事。她洗干净手，用淡奶油、牛乳、茶叶跟芝士调出一杯奶茶，递到许柏乐跟前："这杯才是你的。"

许柏乐看她一眼。

"喝啊。"她语气轻快，取过吸管，戳了杯盖，再递给他。

他低头，喝一口，抿了抿嘴。

"我说了，这杯才是你……"

许柏乐拿起刚才剩下的那半杯，起身走向后厨。江时一莫名其妙，像流浪猫跟随喂食它的人，也跟进去。

他撕开杯盖，将混了茶粉奶精的奶茶倒水槽里："这就是你降价的秘诀？做得跟满大街的奶茶一样？"

"我只是有效压缩成本，没有人尝得出来。"

"对，顾客尝不出成分，但他们分辨得出好不好。"

江时一争辩："我只是稍微改变做法，但是加入芝士跟水果的奶茶，市面上还是只有我这家。"

"这不是你的护城河。很快会有人仿效，而且仿效你的人，店铺规模比你大，资金比你多，供应链比你完善，人手比你充足。"

她一只手紧紧扶住桌角，慢慢说："你知不知道，当年麦当劳在它的发展初期……"

许柏乐语速极快："奶昔粉的故事？呵，他们后来又换回牛奶了。"语气稍缓，表情依旧严肃狰狞，"这些事情，我比你熟悉。资本怎样进场，把一个项目搞浑砸烂，我比你清楚多了。"

像小学生面对大学教授，江时一第一次发觉，这个人也许不是个普通餐饮店主。她往后退一步，嘴角牵动，极力想争辩，但最终归于无声。

许柏乐看进她眼里，再次放软语气："我跟你说，你的东西有价值，这话绝不夸张。你知道你的茶有多么稀罕吗？至今为止，外面没有一模一样的东西！你为什么要做得跟其他人一样呢？"

她被轻轻震动。

他又说："就像你这个人，虽然举止粗鲁说话粗声粗气，一点没有女人味。洗完澡把浴室地板弄得都是水，我还要替你拖干净。把公共空间的东西弄得乱七八糟，还整天占着阳台上的椅子。一边刷牙一边跟人讲话，牙膏泡泡都流到衣服上、地板上。也没什么分寸，经常当着我的面跟胡培月讨论你的经期……"

他没有丝毫要停下来的意思，就在江时一即将发作时，话锋陡止："但是，你是独一无二的江时一！外面没有跟你一模一样的人！"

她盯牢他。

他难得正经："江伯没有将双皮奶手艺传给你，但你有更好的东西。为什么不发扬光大？"他两只手搭在她双肩，"听我说，将餐单上的其他品类全部撤掉，只做奶茶。赚到钱后，不断开分店。"

江时一很是震动，呆立半晌："但是……"

"继续恢复你原来的制茶方式。"

"不可能，太贵了……"

"你要参考的不是麦当劳，而是星巴克。"

"星巴克？一杯奶茶卖成星巴克的价钱？"她像看怪物一样看许柏乐，"谁会买？"

"星巴克诞生前，美国人还不习惯在街头享用好咖啡。耐克诞生时，市面上一双好运动鞋的售价，也就只有二十美金。"他晃她的肩膀，"你明白吗？"

她脑袋被他晃晕。

"好的产品，可以推动行业发展，甚至可以带来蝴蝶效应。"

"你别开玩笑好吧。"她指指自己鼻子，"我？我江时一做出来的奶茶，你说可以带来蝴蝶效应？你是黄子华吗，跟我讲'栋笃笑（一种表演形式）'？"

江时一拉过椅子，歪歪扭扭坐下："我只是个普通人，想赚点小钱。现在御记终于可以盈利，等以后销量再做上去，我就可以请更多人，抽出身来，做自己想做的事了。"

"你要做什么？"

她一怔："做……我做园林规划。"

"你喜欢这行？"

"就，前景好，能够……多赚点什么的。"她声音有点低。

许柏乐漠然失笑，略暴躁地将头发往上拢，又笑了笑。他转过身，又转回来，看着江时一，又笑了："好，我知道。我明白了。"他什么也不说，就这么往外走。

江时一忍不住站起来，喊住他："你，你明白什么？"

他背朝她，侧过半边脸："我现在明白，你跟其他人没什么不同。你就是个原始生物体，一直在重复同样的事，不敢改变自己。就这点来说，你还不如胡培月。她起码还有勇气离开原来的生活。"他走到外面夜色中，发觉脸上有细细水珠，抬头看，见到路灯被晕成橘黄色一团的小小云雾。他无端想起很久之前，自己跟关奕山下课后常到球场打球。夏季香港多雨，他们冒着细雨，直打到精疲力竭。那是他无忧无虑的少年时代。

但现在，他跟关奕山，位置变了，各有队友。

他身边是江时一。江时一在后面大声辩解，说自己不是他所说的那种人。

"下雨了啊。"他耸耸肩，把江时一当透明人。也不再想过去。

江时一说:"我能够把御记做到现在这样子,已经很满足了……"

他伸出掌心,接住雨滴:"还行,不是太大。"江时一在他眼里还是透明状态。

江时一说:"我没有野心,也不敢有。我怕会像爸爸一样,死在创业路上……"

许柏乐用手拍了拍肩头上的雨水,回过身:"就因为怕淋雨着凉,一病不起,所以你宁愿始终躲在屋檐下?"

江时一站在屋内,看着细雨一点点打湿许柏乐肩头。她迟疑,终于迈出一步,又迈了一步,身子立在雨中。

许柏乐看着她:"怎么样?"

江时一不说话。

许柏乐喊了一声,转头就要走。江时一在后面大声喊住他。

"又怎样啊?"他看上去有些不耐烦,但还是回身看她。

"我觉得……"江时一也学他,用掌心接住雨滴,终于道,"淋雨好像,也没那样可怕。"

江时一终于像个创业的人了。

她向来说话快,走路快,同时做着好几件事。因为心里藏着事,非常焦虑,胡培月每次见到她,她都在啃指甲。胡培月大批购入冥想精油,把屋子熏得像仙境一样,放着爵士乐当背景音,对她反复说,放松,放轻松。又把江时一拉到沙发上,让她盘腿而坐,闭眼,深呼吸。

胡培月说:"现在,想象自己在大草原里,你闻到阵阵清香……"

江时一睁眼,一跃而起,边掏手机边说:"我想到了!可以用乌龙代替绿茶。"

许柏乐的意见是,既然只做奶茶,那不能只有芝士茶跟水果茶,产品线要拓宽。关店装修的日子里,她跟许柏乐几乎天天在家里厨房,捣鼓研究新产品。她跟许柏乐说起自己冥想的收获,用乌龙代替绿茶,被他毫不留情地嘲笑,说这算什么创新。

胡培月在商业运营上,帮不上什么忙,但审美是她领域。她建议江时一,利用自己会画画的特长,给御记手绘设计个logo(标志)。江时一趴在白纸上,画了好几个图,她跟胡培月、许柏乐三个人选,最后选中手绘小茶杯。

在学校里受的教育、深夜里画过的图,原来一直藏在她的手心里。从她右手心流出的线条，汇成小店翻新设计图。过去所有的经验，都没有浪费。

胡培月看了江时一的设计图，一言不发，直接扔到垃圾桶里。

江时一不服气，捡起设计图，问她有什么问题。

"没问题。就是太常规了。"

"年轻人就是喜欢这种卡通的、小清新的，你不懂。"

胡培月悠悠然道："也许吧。我只懂什么是好的。潮流风向会变，只有真正好的东西才隽永。"她指着店内的卡通图案设计，跟桌椅和墙面的强烈撞色，提议换成更具持久品位的风格。她说，现在的风格，太不中产了。

江时一求救一样看向许柏乐，心想，头发蓬乱的许柏乐，也许会认同自己。没想到，许柏乐抱着双臂，点头表示认同。

许柏乐是个严厉的创业导师，对江时一研发的产品，不是直接说难喝，就是说太常规了。"杧果、草莓、葡萄、黑糖……这都没有什么让人眼前一亮的地方。"他想了想，建议加上布蕾。他说，这是法国的普通甜点，可以加到芝士奶茶里，口感也许不错。

一抬头，看江时一目光呆滞："你没吃过？"

"我穷人一个，又没去过法国。"

"北京也有。很普通的。"

"我在北京也是穷人啊。"

许柏乐举手投降，答应请她。

他吃遍江门，也就是陈皮炖水鸭、恩平腊鸭、上南烧肉、司前夜鱼、古井烧鹅这些，哪里知道布蕾在哪儿。索性拉上江时一，坐轻轨到广州吃。到了广州，布蕾端上来那一刻，江时一笑："这个啊？江门也有啊。用得着跑大老远吗？"许柏乐想捏死她，但嘴上只不动声色地哦一声，让她将他的车钱跟饭钱也付了。江时一立即闭嘴。

他们在珠江新城那边用餐，窗外就是"小蛮腰（广州塔）"。刚好旁边有一桌高谈阔论，也是港人。江时一说："喂，叫你老友声音低点。"许柏乐说："怕什么，你声音比他高就是了。只要你比他吵，过来叫人声音小点的就是他。"

这时，隔壁桌的人往这边看来，江时一尴尬地转过脸看窗外。她在窗玻璃上看见那人直直往他们走来，在桌边停下："许柏乐……真是你！"

她转过脸，看到许柏乐勉强起身，点头。

那人又道："这么长时间没见你，大家都说你不在香港。还以为你在国外，原来跑内地了。"

许柏乐又敷衍点头。

那人拍了拍他手臂："关奕山呢？也好久没见他了。"

江时一怔了怔，心想，同名吧。

那人又说："我听说他跑内地的商业地产去了，好像是诺亚？"

江时一又怔了怔，知道是同一个人。

许柏乐淡淡应着："我也很久没见他了。"他指了指江时一，说自己正跟朋友吃饭。那人对江时一点点头，又跟许柏乐讲两句没意思的话，就离开了。

后面这顿饭，不知为什么，气氛立即就淡下来。江时一不住走神，想起那天加上联系方式后，关奕山没再联系过她，也不曾在御记或别的地方出现过。整个人像消失一样。她有点失落，布蕾也不再甜，近乎苦涩。

还是许柏乐主动提起御记的事，说应该改名，江时一才又提起精神，说叫御茶好了。他提醒她，务必记得注册商标，她在手机上记下来。两人又说了一会儿话，无非是新产品研发、视觉系统、翻修设计后怎样营销之类。但这趟广州之旅，似乎忽然给了她无尽灵感，江时一发现，奶茶跟咖啡不一样，什么东西都可以往里面添加。芋泥椰果、焦糖布丁、各种水果、雪糕，甚至酒精跟面包。

饭后，两人乘大巴车回江门。车上空调温度太低，出风口对牢江时一脑袋，刚还在滔滔不绝的她，很快就不舒服起来，昏昏沉沉。她打起盹，脑袋一顿一顿，车子经过佛山时，她醒过来，发觉身上披着许柏乐的外套。

"谢谢。"

"哦，只是免得你感冒，然后传染我。"

"喂。"

"什么？"

"你看你胡子拉碴，修剪一下吧。"她想起关奕山的脸，那是张干净俊美的脸。

许柏乐摸了摸下巴："不觉得有男人味吗？"他嬉皮笑脸，抱着手臂，"才不听你的，我只听两个女人的话。"

"谁？"

"阿妈跟老婆。"

江时一意外："你结婚了？"又去打量他手指。

"未来老婆啊。"

她喊了一声，知道他又发神经，也不再理他，将耳机塞耳朵里，听着歌，靠椅背上，又睡着了。脑袋不自觉地，微微坠在许柏乐肩头，他想推开她，但回头看了一会儿她的睡颜，便还是保持不动。他僵着半边身体坐着，在摇晃的车厢中，一路抵达江门。车内空调温度低，但他觉得自己好像穿多了，背脊微微发汗。

[4]

江时一到家就病倒了。

胡培月当妈这数月，第一次拿上"照顾生病女儿"剧本，慌了手脚。还是许柏乐说，江时一都这么大人了，又不是小孩发烧，她才缓下来。但要上班，到底走不开，于是她特地交代许柏乐，按时提醒她吃药，隔一段时间给她量体温。

上班后，胡培月又担心起来。许柏乐虽看起来靠得住，但到底孤男寡女，江时一还在生病呢。正惴惴不安，想着要是在家里装监控就好了，许柏乐啪地给她发来表单，清楚列明江时一吃药时间、每隔两小时量的体温、喝几杯水、吃几碗热粥。下班回家，发现厨房里热着粥，许柏乐手持大汤勺，正在放盐。许柏乐听到声响，用后脑勺告诉胡培月，江时一退烧了。这次以后，胡培月对许柏乐好感大增。

江时一刚退烧，就去监督御茶店铺翻新装修，每天都在店里蹲着。Logo、店铺设计图、店内图案，都由她亲手画。许柏乐有事回了一趟香港，她没人可商量，遇事更沉着，胡培月常见她眼里有股锐气。那是自己欠缺的。

偶尔，在公司里遇到章云程，他还会开玩笑一样问起江时一。胡培月跟章云程说起她的观察，章云程笑，说在父亲的世界里，他见过太多拥有这种眼神的女人。胡培月觉得他有种轻蔑的意味，心里不喜，不再跟他说话。他也不主动缠上来，跟她闲扯。

胡培月虽不喜欢章云程，但在此地，只有他跟自己能聊到一块儿。席间，公司众人聊到去巴黎度假，她无心提起在法国小城霞慕尼滑雪，没人理会，只有章云程微笑，投给她一个眼神。饭后，她手机上收到他发来的照片，山上的冰雪未化，能看见散步的羊，以及把肚皮贴在冰块上的土拨鼠。是她口中的霞慕尼了。

但跟章云程比起来，胡培月更喜欢在寒风中站菜市场里讨价还价的冯霄，跟装修师傅一块儿吃盒饭的江时一，甚至见到她会立即移开目光的李翰飞。这些才是她的新生活。

许柏乐从香港回来那天，胡培月提议在家里准备好点的晚餐，三人坐一起好好吃饭。江时一边嫌弃地摆手边下楼，再上来时，已提着肥美叉烧。胡培月让她把叉烧放冰箱："上次公司晚宴剩了些好酒，今晚开酒喝。"

胡培月又买了鲜花，花色跟桌布、餐具颜色搭配得正好。御茶还有两天开张，小店装修完毕，江时一到楼下打扫卫生。一会儿工夫再上来，胡培月像变魔术般，从厨房里端出姜葱龙虾球、鹊巢豉汁露笋带子、红烧蟹黄翅这些菜式。江时一进厨房来看，胡培月笑着驱赶，江时一百无聊赖，只得给许柏乐发消息，问他什么时候回来。又拿起晚饭配的红酒，自己先倒了一杯，又倒一杯，信手拍张照发给他。

许柏乐回复："红酒配炒米粉？我的挚爱！"

江时一失笑，心想胡培月精心准备的菜式啊、蜡烛啊、鲜花啊，都用来喂狗了，不禁笑了出来。胡培月在厨房里问她笑什么，她趴在厨房门口，笑着问："许柏乐像不像我们捡回来养的野狗，会嗷嗷叫的那种？"胡培月也笑："那他也是只忠犬啊。你生病时，他对主人可好了。"

这时门铃响起，胡培月说："狗子找主人来了。快去开门。"

江时一大笑着，跑过去将门打开："回家啦！"

关奕山站在门外，风尘仆仆，但依然挺拔得像一株玉雕的高树。她怔在那儿，从没想过还能再见到他。

"我出差去了一趟北京，一到江门就想喝你做的茶。刚开车到这儿，发现御记装修了，正在关店。我想碰碰运气，看看你在不在家。"他微笑。

"是的，那个……御茶，不，御记……啊，御茶装修了……但是很快会开的……"她发觉自己有点结巴。手腕上的手环一阵剧振，她低头一看，心率飙到一百三十。

他笑笑："你没事吧？"

"没事。"她抬起头，走廊上的灯也许是坏了，特别刺眼，又也许，耀目的是他，她微微眯起眼来，"我还以为你不辞而别，再也见不到了。"

她脸颊绯红，微有酒气，关奕山觉得她很是可爱，下意识地伸出手，揉了揉她头顶。她低下脑袋，手环又振起来。

胡培月在里面问："许柏乐回来了吗？"

"不是他……"江时一急急说。

关奕山说："你有事，那我先走。可惜没能喝上……"

"没事……"江时一又急了。

胡培月要走出来。江时一脑子冒出许多小星星，她突然对里面说："我出去一下,马上回来。"又低声跟关奕山说,"走吧。我找个地方,能够做给你喝。"

胡培月从厨房走出来,只见大门半敞着,江时一走得匆匆忙忙,手机还搁在桌上,连鞋都没换。像生怕来不及逃离十二点舞会的灰姑娘。这灰姑娘,踏着凉鞋就奔出门了。胡培月担心,奔到阳台上往下看,见到江时一跟一个男人走出来,上了他的车。

胡培月认出来,那男人是关奕山。

原来,灰姑娘扔下她的生母,跟着王子跑掉了。胡培月难以相信,这莽撞少女般的行事,怎会在她成熟沉稳的成年女儿身上呈现?她想了想,终于明白,江时一的青春期来得太晚。

也许每个女孩的青春期,都在她们遇到王子的那一刻才开启。

然而胡培月忧心忡忡,因为她觉得,关奕山可不是什么王子。

许柏乐到家时,只有胡培月一人开门迎接。她带点苦笑:"江时一有事出去。今晚只有我俩。"

"好啊!更好!少个大胃王跟我抢吃的!"他一把拉开椅子,大大咧咧坐下。胡培月收起鲜花跟烛台,亮了客厅的灯,一人占一张椅子。这时她才发觉,许柏乐这次回来,活像变了个人。半长的头发修剪过,胡子剃干净,一张脸白净秀气,过去那股野犬般的气质,现在只闪现在眼神跟举止里了。

东西好吃,红酒幼滑,但两人都尝不出什么味道,也没人说话。良久,胡培月默默切下一片鱼肉:"你怎么不问问,江时一去了哪里?"

"嗯?她又不是我养的猫。她去哪里浪,我也管不着的。"

这两人,互相以猫狗称呼对方。胡培月莞尔,而冯霄此时打来电话,她说声抱歉,从桌边起身,走到角落里接听。

两小时前,她委托冯霄替她查一下关奕山资料,没想到冯霄带来履历以外的更多消息。许柏乐一人独食,听着胡培月沉吟道:"所以你说,这个关奕山到内地后,只跟富家女交往过?"

许柏乐放下筷子。

胡培月说:"好的,我知道了。对了,今天我找你问的事,你别跟其他人说。"

许柏乐喝了一杯水。

胡培月又讲了两三句,匆匆收线,坐回去。她拾起勺子,却心驰远处,这张长饭桌只留下她的肉身，拘不住她的魂。

许柏乐给自己倒上半杯红酒，在手边晃了晃，终于开口："你说的关奕山，跟江时一有关系吗？"

"是我们诺亚的一位同事。"胡培月三言两语，说出她所知道的事。

许柏乐低头翻手机上的照片，将屏幕递转给她："可是这人？"

相片上，两个少年是白衫黑裤的中学男生打扮，头发都剪得很短，脑袋贴脑袋，笑望向镜头，分别是许柏乐跟关奕山。只是两人的眼神都充满朝气，跟现在浑不相同。

胡培月惊讶："他是你朋友？"

"一个……"他静默半晌，"故人。"

"你知道他现在在哪里？"她紧张起来，"我同事说他电话关机了。"

许柏乐摇头，半晌，又道："他不会对江时一怎样的。他不是会起什么歹心的人。"他像无事可干般，随手晃了晃那杯红酒，又无事可干般放下，"他身边，从来不缺女人。"

胡培月惨笑："你不是女人，你不明白。这正是我最担心的地方。"这样一个男子，江时一怎是他对手？

两人又沉默了一下。

胡培月细细咬牙，终于开口："许柏乐，如果你真的喜欢江时一，就应该想法找到他跟时一。你不该让她受到伤害。"

许柏乐非常错愕。连自己都没意识到的心事，突然被人戳破。他看胡培月目光如闪电般，便瞬间明白，她其实从来都不笨，只是不擅市井生活，又乐于在江时一面前表现出弱者一面，由此可以依赖她。

她又问："他是怎样一个人？"

许柏乐说："那是他们两人之间的事。"

胡培月又重复一遍："他是怎样一个人？"

他沉默，盯着她双眼，片刻才道："关奕山不是什么坏人。"

"我要听'不过'后面的。"

"不过他心思复杂。"

"所以，时一玩不过他的。她会被他伤害的。"

许柏乐同样重复："也许关奕山不适合她，但那是他们两人之间的事。"

胡培月激动起身，她的大腿撞到桌角上，碰翻桌上酒杯，红酒洒到桌布上，像女人为男人殉情的血。

"她是我的女儿！她跟其他男人的事，怎么可能只是他们两人之间的事？！这也是我的事！"

她颓然坐下，那红色液体沿着桌布，缓缓滴落在她大腿内侧。她涩然："我还以为，她喜欢的是你。我还以为……"

"你以为她喜欢我，她就不会离你那么远，是吗？她就可以一直留在你身边，对不对？换成关奕山，就不好控制了，是吧？"许柏乐起身离座，"你跟那些强势的妈妈，并没什么区别。"

酒只喝了一半，饭菜尚温，人不欢，宴席散。许柏乐提前离席，胡培月听到门砰地关掉，他再没回来。

时钟敲响十二点，江时一还没回来。

室内漆黑，胡培月坐在瑜伽垫上冥想，呼吸吐纳，皆是浮躁。指针缓慢，一点一点走向十二点五分时，楼下传来车子引擎声，又停下。这晚，她无数次为车声所动，奔到阳台上看，又失望而归。但江时一就是她的南墙，她从瑜伽垫上跃起，又撞过去。

阳台像往下折叠，像一面倾倒的墙壁，她的灵魂顺墙而下，贴在角落里，看到灰姑娘乘车归来，她的王子为她开车门，看她下车，又目送她上楼，才驱车离开。

胡培月像恶毒继母一样，堵在室内。

门开了。

江时一进来，亮了灯，意外而小心发问："还没睡？"

"是，第一次等女儿回家。"

江时一听出她话里有话，解释说自己忘带手机。她当然知道胡培月在想什么，于是滔滔不绝，说她一直在关奕山那里做奶茶："他那个短租公寓，什么厨具都没有，我们还得到超市买厨具。鸡蛋、奶油、牛奶，也都是现买的。"她从提着的袋子里，拿出一杯奶茶，"你试试。新鲜调配的。"

胡培月瞧也没瞧桌上的奶茶，尽量用平静语气问她："你知道，如果有事出去，或者一段时间回不来，需要打个电话回家吗？"

江时一怔了怔，随后说："我打了。我试过用他手机打，但当时信号不好。"

"多打几次，或者给我发消息，也是可以的。"胡培月平静地盯着她的双眼。只有经历过女儿青春期与母亲对峙的人，才能发现，那是平静湖面下的窥视，是紧盯诱饵的鱼群。

"我当时在忙，没想那么多。"

"忙什么？跟男人一起？"

江时一静了一下，缓缓道："你什么意思？"

"你二话不说，突然跟一个男人跑出去。你应该知道家人会担心。"

江时一拉开椅子，在她对面坐下来，两人之间隔着一张长长的桌子。她说："爷爷也好，奶奶也好，从没操心过我。"

"他们不一样，光管你吃喝就够累了。你读书、你交友，他们顾不上。"

"是啊，毕竟有人年纪轻轻生下孩子后，将孩子抛弃，扔给他们。"江时一缓缓微笑，突然起身，将椅子往桌底狠狠一推，"谁都可以说我，就是你，没有资格。"她转身往外走，胡培月在后面喊她："站住。"

江时一站住，转过身来，轻描淡写道："哦对，忘拿这个了，谢谢提醒。"抓起袋子，转身出门。

下了楼，她才感觉自己无处可去。御茶是不能现在过去的，不一会儿，胡培月就会追下来。她害怕那种母慈子孝、母女促膝长谈的肉麻场面。

在街上信步而行，茶叶铺、五金铺、茶餐厅，早已关门。这里不比广州、深圳，那里夜再深，也有店铺食肆灯光相伴。除了酒吧餐饮聚集区外，江门的长街一片孤冷清淡。她顺路而行，想发消息给同学借宿，双手放口袋，发觉手机还是没拿。连身份证也没有，想投宿都没法子。

江边里本来是她跟爷爷奶奶的家，现在居然自己跑出来，她觉得也是好笑。再抬头时，她发觉自己竟已站在关奕山楼下。抬头看那栋公寓楼，她用手指，一格一格往上数，见到他窗口的灯还亮着，窗帘半拉半掩，她能够看到人影晃动。

犹豫再三，她决定上楼。刚好有住户提着行李回来，她跟随进入，上电梯，到他家门外，按门铃。

有人来应门，彼此都愣了愣。

江时一眼中，对方是只着短裤的长腿美少女，头发蓬蓬的，在脑后扎成一团，一只手握着棒棒糖，咬在嘴里。在对方眼中，站门外这姑娘脸颊红润，手里提着个破纸袋子，微张着嘴。

美少女吐出棒棒糖："你找谁？"

江时一静了半秒："我送外卖的。奶茶，拿好。"

美少女奇怪地看这外卖小妹，将纸袋硬塞她怀里，转身就跑，嘴里说："真是个怪人啊。"

浴室门开了,关奕山着运动衫裤走出来,边用大毛巾擦头发边问:"谁来了?"

"不知道啊,说是送外卖的。"美少女把手伸纸袋里,取出两瓶奶茶。关奕山看到奶茶的一刻,脸色变了变:"送奶茶的是什么人?"

"一个女孩子,大概这么高。"美少女将棒棒糖扔到垃圾筐里,用手比画着,"对了,内地大半夜叫女孩子送外卖的吗?很好看的女孩子,还有点英气……喂,哥,你要去哪里?"

关奕山换好鞋,匆匆往外跑:"我出去一下。"

美少女莫名其妙,看着关奕山跑出去,又信手取过奶茶喝一口:"哇,好饮!"

关奕山追到楼下,早已不见江时一踪影。他站在路口,左右看一下,判断她会往自己家方向走,他往左拐,一路追上,最后在一家关了门的奶茶店前找到她。

她蹲在那儿,小小一团人影,埋头抱着手臂不知道在干什么。关奕山走过去,轻声喊她,她抬起头来,眼眶微红。见他突然出现,她吓一跳,茫茫然看着他。

他问:"你在这里做什么?"

"我、我看到这家奶茶店的宣传语挺好的,用笔记下来。"她摊开掌心,翻转过来,递给他看。

他轻轻握住她指尖,好像她又会随时跑掉:"你刚找过我?"声音也又轻又软,怕吓跑这东窜西逃的小动物。

小动物不吭声。

关奕山耐心,重复一遍问题。

江时一说:"嗯,你女朋友说你在忙,我放下奶茶就走了。"又补充一句,"本来也没什么事。"

她想抽回手指,他却使上了劲,顺势将她手心也握住。她说:"不要!"

他看她。

她说:"掌心上的字会花掉。"

关奕山失笑,掏出手机,摊开她掌心,往掌心上的字拍了一张。"现在可以了。"他又握牢,这才缓缓道,"那个是我妹,亲妹妹。大学要研究世界记忆名录,叫侨批还是什么的,跟同学到潮州转了一圈。今晚你走了以后,她才突然通知我，自己到了江门，又自己摸上门来。"

江时一还是不说话。她对恋爱经验不足，对男人信心不多，对感情患得患失。

关奕山说："你怎么蹲在这里，不累吗？"

她慢慢站起来，发觉腿已麻了。关奕山笑："慢慢走几步。"他问，"你还有什么要问我的吗？"

江时一认真地想。

他又笑："等等，我们就要站在这里说话？"

江时一想了半天，开口："御茶重新装修，你要去看一下吗？"

回到江边里，整条街都已安静入睡。虽说胡培月在楼上听不见，但江时一还是小心翼翼拉开铁门，两人猫身进去，她又拉下铁闸："这就是刚装修完的店。面积虽然小，不过起码是家好看的奶茶店了。"她伸手去开灯，只开了一半，关奕山从后面走上来，突然弯身，轻轻在她嘴角上一吻。

关闭的铁门里，自成一个寂静无声的世界。江时一觉得这世界越缩越小，只剩下关奕山的手，他的嘴唇，他的呼吸。他的呼吸在她脸上乱窜，嘴唇离开，一只手拥住她后背，嘴唇又贴上来，这次在她唇上。她双腿裹在褪色半旧裤子里，微微发抖。

关奕山松开："对不起。"他一只手轻轻拨开搭在她额角的柔软头发，"我好像太不绅士了。"江时一不说话。

店内很热，她往后退到柜台上，手肘撞在空调遥控器上，空调突然启动。室内只有嗡嗡嗡的空调发动声响，而外面世界，除了偶尔一两声野猫发情叫喊，便沉静得像个谜一样。

江时一觉得，关奕山也是个谜。

他静默，她也静默。好一会儿，他突然笑笑："这个风格，跟一般奶茶店还真不一样。"

"嗯，是我设计的。"她想起来刚才看到的宣传语，一下跳起来，在柜台上抓了本小备忘录，提笔记下来。他在后面看她写字，耳后头发一直往下掉，他帮她拢起来，又说："刚不是拍下了吗？我发给你就是。"

"我习惯了不依赖人。"

他自嘲："你说得对，而我也并非一个靠得住的人。"

江时一知道他误解，要跟他解释，他却说："啊，我知道自己是个怎样的人。"店内有靠墙长沙发,他坐下,朝她招招手,她也到他身旁坐下来。

他低声道:"我喜欢你,但不可能跟你在一起。"

王子给灰姑娘一双水晶鞋,却告诉她,只能穿一晚。江时一觉得这水晶鞋,在她心里碎了一地。

他说:"我认识的女孩子,有事业心的不多。拥有事业心的那一撮,又将奋斗等同于钩心斗角、尔虞我诈。而你,跟她们不一样。"

她耐心等待他的转折。

他说:"但是,我知道,你会对我失望,我也会对你失去新鲜感。我的人生,就是不断追逐。追逐资本,追逐刺激,追逐女人。"

"从我见你第一面起,就没有对你的私人生活有过期望。"

关奕山想起飞机上被泼水的初遇,笑起来。

江时一笑不出来。逼仄小店内,只开了一半灯,昏晦但有光。她扭过头,看她喜欢男人的侧脸,一半陷入光里,一半埋在阴暗中。他从幽暗进入光中,用手抚了抚她的鬓角,又退回幽暗中,声音低低的:"对我来说,女人就像一个个项目。我进场时,全心全意对待她们,完事后离场,她们跟我,再无瓜葛。"

看她抿了抿嘴,他说:"不,我说的不是性,而是两人的关系。不过……"他似在微笑似在轻叹,"也差不远。你问我想不想跟你上床,我当然想。此时,此地,我就想。不,你别紧张……"他按住她手背,发觉她连肩膀都在轻抖,"我会像评估项目一样,首先评估每个女孩,看看她们玩不玩得起。你是玩不起的那种。而我怕麻烦,怕收拾烂摊子。"

他说,他对待女人如此,对待项目也这样,绝对不容许自己投入过多感情进去。

江时一想,他果然不是王子,而是战士。一路攻城略地,怎会对沿途攻克下的城池真心。不过为功名,不过为自己。

他也许真心喜欢她,但最爱的,也只有他自己。

胡培月一夜没睡。

但"社畜"的生活就是如此。发生天大的事,第二天还要爬起来上班。江时一说得对,一心要赚钱的人,没空矫情。

她坐在餐桌前喝一杯牛奶,心事重重。门推开,江时一回来了。

两人看着彼此。

胡培月微张口,江时一知道她要说什么,面无表情:"没有。什么都没发生。我在御茶睡了一夜。你不用对我进行性教育，也不用带我去买事后药。"

胡培月张开的嘴合上。有如此清醒的女儿，还需要她这个混沌的妈妈做什么呢？

江时一又说："以后我会尽量带手机，尽量把行踪通知你。不过我是成年人了，也希望你给我私人空间。我昨晚没睡好，先休息去了。"说着便进屋，澡也没洗，关上房门，将脑袋蒙在被子里。

胡培月怎会看不出来，并非江时一说的没事发生。恰相反，事情发生过，又迅速结束掉了。她当然有当母亲的担心，但是前车之鉴，昨晚碾压过她心上的车轮痕迹还在，她站在房门外，想说什么，又犹豫，最后以指关节在门上轻敲三下："我要去上班。你一个人可以吗？"

"嗯。"门内传来软弱的声音。

"我可以请假陪你。"

"不用。"

"那我……我不会再问你发生什么事，但我会在你身边。需要我的话，给我打个电话，我随时……"

门突然开了，江时一从里面走出来，两只手臂圈住胡培月，将脑袋埋在她肩膀上。胡培月用手搂住她，有点心酸。她知道，女儿也许正在经历她曾经历过的。唯一的区别是，大部分女人遇到的，都不是江海文。

一瞬间，她脑中闪过一个念头：江时一会自杀吗？

然而下一秒，江时一的举止就让她打消了念头。因为她突然抬头问，许柏乐什么时候回来，说御茶这边还有事想问他。

胡培月想，多少女人栽在情爱上，而江时一并非"恋爱脑"，这让她省心了。

江时一一睡就是大半天，醒来时已是傍晚。房间里下着窗帘，她在暮色中睁开眼，只觉房间里昏昏沉沉，桌上清水玻璃瓶里，插着一朵花，却是数天前的。过了花期，已见破败相。她看着那朵花，发了一阵呆，屋子里很静很静，外面一声一声的叫卖破铜烂铁，她突然掉下泪来。

起床后，她快速洗漱换衣，边咬三明治边抓起手机看。许柏乐没回来，也没回她消息。她开始有点担心，出事了？于是拨他电话，那边响了好一会儿，终于接通，电话那头也传来一声一声的叫卖，跟屋子外是一样的。

她怔了怔："你在哪里？"

"御茶门口啊。"还是那副死相的语气，江时一鄙视自己，白担心了。她说:"我下来找你。"

她下了楼,见到许柏乐蹲在御茶门口,不知道在看什么。她上前,重重用手拍他后背,他啊一声跳起来,大喊:"江边里谋杀事件啊!"

他头发剪短,胡楂儿刮干净,脸容秀气,像换了个人。只是走路说话还晃晃悠悠,像条小鱼,滑溜溜的。

江时一问他去哪里,又问他在干吗。他揉了揉眼睛,打个哈欠,什么都没说,扯上其他话题:"我在想,把你上次画的茶杯也放在店面logo上,才够醒目。"一转头,"对了,商标注册好了吧?"

"正在弄。"她又补充,"应该快好了吧。"

许柏乐嗤笑:"怎么会那么快?你自己盯牢就好。"

江时一使劲将他从地上拉起来:"有你在,不会不行。"她给他看手机上的记事本,一路下拉,全是她的想法跟执行计划。拉到最后一条,是早上五点多记下来的宣传语。他瞥了一眼:"你起得还挺早?"又瞥她一眼,"昨晚没睡?"

她看挂在他眼睛下的黑眼圈:"你也没睡啊。"

两人又说了一会儿话,许柏乐依旧没皮没脸,但江时一总觉得他今天有点不一样,好像跟她有点隔阂。许柏乐忽然问起找人的事,江时一说还在找,但是让他放心,说她同学靠得住。

许柏乐伸个懒腰,闲闲地说:"没有放不放心的,找到人了,我就可以回香港交差了。"

她这才想到,这家伙迟早要离开江门。她莫名想起关奕山的话,想起他那种不投入任何感情的价值观。可是她想,她还有她的御茶呢。她跟她的御茶,都要独自成长。

[5]

江时一没想到,御茶的成长,来得这样迅猛。

御茶重启后,她听许柏乐的话,冒险将旧御记餐单上的其他产品撤掉,一心一意做芝士奶茶。她为御茶设计了VI(品牌视觉设计),开了微博,搜集每个粉丝的意见,不断改良产品。

一开始,还是附近学生、白领过来,也都会嫌贵。但渐渐地,江时一发现年轻人会给小小一杯茶饮料拍照,发朋友圈,于是学生的朋友,白领的朋友,又都会找过来。本地流动人口少,东西做上去纯靠口碑,御茶名号很快在全市打响。

她每天都在忙,一大早跑郊外新鲜蔬果批发市场扛货,握着计算器,跟老板讨价还价。学生们特别爱水果茶，胡培月当初对水果茶的研发、口感跟美学的建议，直接转换成账面上哗哗流入的现金。许柏乐偶尔来店里坐，默默要一杯葡萄芝士茶，江时一发觉他口味跟大众惊人一致。研发阶段他喜欢的饮品，大部分会成为店内王牌。

她忍不住说："不愧做过餐饮老板，你还是挺懂。"

许柏乐扯扯嘴角，呵呵一声。最近他的话少了很多，言论像凌乱头发一样，也被剪掉。

忙极的时候，江时一也想起以前。那时候她忙念书，忙打工，忙实习，没珍惜爷爷奶奶在的日子。子欲养而亲不待。这话时时涌上她心头。她瞥一眼正在瑜伽垫上凹造型的胡培月，心想这女人应该能活挺久的。但等胡培月从瑜伽垫下来后，还是提议，一起看个电影什么的。

胡培月一拍手："好呀！我们看《妈妈咪呀》吧。"江时一心想，她可终于不再看什么阿莫多瓦了。

到了晚上，母女俩一人一罐啤酒，坐沙发上看电影。胡培月说："真羡慕呀，妈妈跟女儿一起勇敢追爱。"江时一拿肩膀碰碰她："你不也是？"胡培月说："现实社会嘛，对女人的要求到底不一样。"

江时一问起李翰飞，语气很是不屑，胡培月趁机替他解释："他不是渣男，只是比较理性。男人跟女人不一样，考虑感情也现实得多。"

胡培月突然想起关奕山，不语。

那次之后，胡培月一直没找到机会跟女儿聊天。在电影中的妈妈目送女儿身披嫁衣离开，依依不舍唱出"你的世界怎能没有我"时，胡培月适时开口："那你呢？"

"我？我有御茶。"

"可是……"

"我又不是你，没有爱情就活不下去。"

江时一越是密不透风，什么都不提，胡培月越是有些担心。那晚以后，她看她处事干爽利落，便放心去上班。但过后数日，江时一忙得有点不对劲，天天待在店里，倒让胡培月觉得她在借机逃避。

再后来，胡培月从冯霄那儿，听说了关奕山跟一个富家女在交往。冯霄问："你猜是谁？"胡培月说："我怎会知道。"冯霄神秘笑笑，告诉她："就是我们诺亚老板的女儿，章云莱。"胡培月想，那不是章云程的妹妹吗？胡培月在上海时，跟她母亲和她本人一块儿吃过饭，饭桌上话不算多。印象中，就是那种白净漂亮，对家世颇有优越感，又觉得自己能不靠父荫干出点事的女孩儿。

时移世易，兜兜转转。关奕山半只脚踏入那个圈子，胡培月却已在数月前被除名。

御茶的生意，在广东一家面向年轻人的自媒体来采访后，迎来涨幅。自那以后，江时一发现，居然有中山、珠海、佛山等地的人驱车来喝茶。在御茶前拍照的年轻人也越来越多。她又多请了人手。她在灯下算账，发觉现在的收入，早已超过她当园林设计师的行业平均水准。

至于关奕山的名字，她再没跟任何人提过。好像这样就能将他封存起来。胡培月三番四次想要试探，有次甚至说漏嘴，告诉她关奕山有女友的事。江时一正在纸上画着新店设计图样，头也没抬，轻声说："这样啊。"看不出任何表情。胡培月想继续打听，江时一放下笔："我早就放下了，只有你还记着啊。"胡培月看她样子不像在说谎，这才释然。

关奕山像幻影一样，消失在江时一的生活中。倒是他妹妹来过几次。扎着头发的美少女，拍肩搭背，粤语夹杂英语，跟身边朋友讲这家奶茶好喝。江时一认出来，这是关奕山妹妹，好像叫关珊珊，还是关山山？这么一想，江时一走了神。

关珊珊到她跟前，一口气点了五杯茶，转身跟朋友推荐，说她哥哥特别喜欢这家店。江时一将茶递给她时，她还看看江时一，后者想，莫非她认出了那晚的"外卖小妹"。

但关珊珊什么都没说，仍是嘻嘻哈哈着，跟朋友拿着茶就走了。再后来，御茶又开了一家分店，但关珊珊没再来过，估计已经离开江门了。

御茶在中山开出首家分店。胡培月特地请假过来，说要帮忙。江时一嘴上说不用，又嫌弃地说她帮不上忙，但眉眼里是开心的。她这天特地穿上红色战袍，嘴上抹正红色，在镜子里映一映，是要上阵杀敌的花木兰了。

毕竟，是冲出江门的第一站。

胡培月在车上显得有些兴奋，像个送学霸女儿奔赴考场的妈妈。江时一有一句没一句应着，扭头瞅着车后座的许柏乐。他躺在后排，用帽子盖住脸，睡了一路。

这几个月来，许柏乐都是这副不情不愿的神情。这次到中山，还是江时一死拖乱拽，才捎上了他。她让他给意见，他说可以啦；让他看看流程，他摆摆手说没问题啦。

她沮丧。

胡培月也回头看看，见许柏乐一直在睡觉，便转过头来，低声说了句："你迟早要习惯的。"

"什么？"

"他啊，迟早要回去的。"

江时一怔，嘴硬："我知道啊。"

"你知道，但是你还没接受啊。"胡培月悠悠道，"许柏乐知道了，也接受了，所以他想让你尽早独立，减少对他的依赖。"

江时一不吭声，只将眼光投向窗外快速后退的公路。

她心知肚明，没有许柏乐，不会有今天的御茶。她有时候想，如果自己是御茶的妈妈，那许柏乐有点像御茶的爸爸。御茶这个小怪兽，成长得太快，此前还在垫子上爬呢，马上就要自己走了。她熟悉江门，那是她生长的地方，一旦跨出去，御茶会水土不服吗？许柏乐这时候离开，她身边没有一个可商量的人，真的应付得来吗？

她开始焦虑得啃指甲。

数十年经济高速发展，中国许多城市都长着相似的脸，相似的高楼，相似的连锁。胡培月初次到中山，觉得跟江门并无多少不同。新店选址在中学附近。江时一有理有据，说是要复制总店的成功经验。

胡培月发现附近有大型购物中心，提了一句："以后御茶可以开在那些地方呀。"江时一说："租金太高了，我们这小奶茶店负担不起。"

许柏乐一直没说话，只抓着宣传单当扇子用，这时闲闲插了一句嘴："星巴克不也开在商业体里？还是最显眼的位置。"

开店那天做促销，吸引不少人。许柏乐在店里占着位置，边喝奶茶边玩手机，江时一在忙前忙后，店员弄错了调配流程，她一急，忍不住高声吼起来，胡培月赶紧拉住她。

江时一不得不急，她认为自己的脚步，必须得跟得上御茶的成长。为提高出品效率，她把原来一个店员做一杯奶茶的流程，分拆成几道工序。就像工厂流水线一样，每人负责一个模块。一个模块出错，后续就会受影响。

胡培月让她到外面松口气，平复心情再进来。她摘下手套，走到外面去，抬眼看马路对面那家购物城，心里又想起刚才胡培月跟许柏乐的话。

进驻大商城？真可以吗？

她又开始啃指甲。

"多不卫生。"有人在她身后说。

她转过脸，没有一点防备，数月之后，首次见到关奕山。

他的脸上还是带着那种软软的笑意："我来中山看项目，顺路过来看看。第几家分店了？恭喜。"

"这是江门外第一家。希望，能做下去吧。"她说话时按住自己手腕，生怕手环又剧振不已。

两人站在门外，像不太熟悉的人一样说着客套话，心里却都想着事。江时一心里在想：手环争气了啊，不，争气的是我自己。关奕山看她脸颊红润，为新店跑前跑后，忽而对那晚放手感到后悔。是自己判断失误了。这显然是个事业心跟自尊心都强的孩子，哪天他转身要走，她绝不苦苦挽留。

他问："生意还好吧？"

她说："还可以的。"

他问："有什么新品吗？"

她说："这张宣传单，你看看。试试布蕾芝士茶，不错的。"

寒暄一会儿，胡培月从里面走出来喊她，她见到关奕山，便站在那里，也不说话，只用警戒的眼神看他。关奕山感受到她的敌意，便跟江时一微笑，说自己还有点事，告辞。江时一转身，往店里走时，差点摔一跤，胡培月一把拽住她手臂，平静道："在这儿跌倒不要紧，可别在其他地方摔了。"

江时一假装听不出来话里的话，继续忙碌。

关奕山手里握着宣传单，走出几步，抬头在人群中见到许柏乐。两人在人群中，眼神交错。就在关奕山迟疑的片刻，他倏忽又消失了，像是他的错觉。

对江时一来说，在江门以外见到关奕山，也像是她思念过度的错觉。然而中午时分她出去吃饭，发觉手机里安静躺着一小时前关奕山发来的消息："我最近都在江门。你什么时候有空的话，约出来吃饭？"

她没理会，将手机塞回口袋里。

他们随便在当地小餐馆吃了饭，走出来时看到隔壁有家甜品店，有卖特产杏仁饼。胡培月伫立在那儿挑半天，说要带回去给同事。许柏乐到旁边抽烟。江时一闲来无事，又掏出手机看。关奕山那条消息仍躺在那儿。

其实，跟有女朋友的男人也能当朋友吧。

胡培月问："这包杏仁饼怎么样？"许柏乐说："不都一样？反正你给同事，又不是自己吃。"

江时一想，跟朋友吃顿饭，并不过分。

胡培月说："手信也要挑好的呀。时一，你说是吗？"

"嗯？"江时一抬头，"是的。"

许柏乐看她心不在焉，冷不防问："胡培月刚才问你什么？"

江时一答不上来。

许柏乐又走到一旁，继续抽他的烟。

胡培月选了几盒杏仁饼跟老婆饼，三人一起回去。江时一回到店里，瞅着另外两人没注意到，给关奕山回了个"好"字。

胡培月待了一天就回去上班了，许柏乐闲来没事，也在当地逗留数天，只为品尝杏仁饼跟石岐乳鸽，偶尔也到御茶店里坐坐，却并不怎么跟江时一说话。江时一在店里搜集顾客意见。

头三天促销期过去，御茶中山店恢复原价。这天刚好下大雨，路上人少，更显凄清。江时一在店里坐了一整天，只有隔壁沙县小吃老板来买了杯。快关店了，全天也只有四十块营业额。她坐不住，跑到沙县小吃，要了碗排骨面，顺便跟老板打听。

老板笑了："小姑娘啊，你不知道，你在这里开店之前，中山已经有这种芝士茶啰。而且价格比你的低。"

江时一谢过老板，第二天一大早，天空还飘着细雨，她就撑伞去找那家奶茶店。那家店开在购物中心附近，尽管是工作日，但不时有人来买。她买了杯茶，坐在店里喝。中午时分，她等来两个堂食的女学生，看样子是熟客，于是她搭讪着，问起这家店来历。

这店开了好长时间，一直卖普通奶茶，上个月开始卖芝士奶盖茶，风靡全中山。江时一心里明白了。她细品这店的芝士奶盖茶，尝出淡奶油跟奶精味，茶的口感很冲，不够细滑。口感不如御茶，但胜在品牌在当地早有影响力，价格也稍实惠些。

她打包两杯回去，拿给许柏乐喝。

回到御茶，店员告诉她，许柏乐说有事先回江门。江时一心想，许柏乐居然不直接跟她说话，要通过别人给她传话。

江时一回到江门，已经是三天后。还在车上，她就接到关奕山电话，说他明天要飞上海，问她今晚是否在江门，有事要跟她讲。

"事关御茶。"他这么说，她便家都没回，直接跟他约时间地点。

两人心照不宣，在地点选择上，避开了星河城。似乎彼此都知道，不愿在那里巧遇胡培月。江时一心想，自己嘴上说着只是见个朋友，但是否也在心虚呢。

抵达江门，刚好是晚饭时间。关奕山早已等候在餐厅里。江时一坐下，他单刀直入，交给她一份材料："我有个媒体朋友，之前做了个年轻人喜爱的奶茶品牌选题。虽然被毙了，但里面有些资料还是有价值。"

江时一低头翻看，越看越觉手脚冰冷。在她不留意时，广州、中山、东莞、珠海、佛山等地已冒出多家以"芝士奶盖茶"为主打的奶茶店。价格区间都在御茶以下。

关奕山说："我知道你后来坚持了原来的做法，价格也没有降下来。你一定有自己的考虑。不过我想，这些资料你应该知道一下。"

"我知道了。谢谢你。"江时一右手握住杯子，喝了一口柠檬水，只觉得五脏六腑都冰凉。她原本就为中山的事心烦，此刻发现，形势比她想得更严峻。

她静了好一会儿，才想起跟关奕山寒暄。她问他工作怎样，又问启名里项目进展。关奕山说诺亚集团已投得那块地，还拿下了启名里文旅项目的经营权。他们边吃边聊，但都默契地避开私人话题。她没问他是否飞上海见女友，他也没问她再见到自己是何心情。

两人饭后走出来，关奕山说送她回去，江时一说自己走回去即可。关奕山微笑："那我陪你走。"她稍犹豫，终于说："我不习惯跟有女朋友的男人一起……"

"一起怎样？"关奕山打断，在她面前展示两只没有任何婚戒的手，"你跟我都还没结婚，就不能再有异性朋友了？我很遗憾，你是这样保守的人。"

她说不过他，两人一路同行。

既然冰块已破，两人终于聊起那个不被触碰的话题。她问他女友是个怎样的人，他说，她刚从美国念完书回来，家人想让她进公司随便做点什么，她却想当艺人。江时一问："演员吗，还是歌手？"关奕山说："更偏向'爱豆'吧。"她微笑："原来你喜欢这一类型。"他不言语，很牵强地笑了笑。

两人一路走到江边里附近，关奕山忽然问："要去看看启名里吗？"

启名里在蓬江河西岸，还是原来那样子，但江时一看到已经有局部区域开始施工围蔽。关奕山说，当地的长堤历史文化街区活化已经启动，启名里是首个试点工程。江时一对街区活化很感兴趣，他告诉她，内地不少地方都有这种做法，既保留历史街区，又改善人居环境。

"当然，对我们来说，主要是看中他们带来的商业价值。"

夜色中，启名里的老房子都亮起了灯。他们在青砖石路上走动，江时一听到周围的市声，只觉异常亲切："我最喜欢看这些旧房子里的人间烟火。"

"住在里面的人，未必这样想。如果我是住在这种破旧房子里的小孩，我会立志出人头地，赚大钱，住在更好的地方。"

江时一转头："这是你的想法？"

"一个从小住劏房的人，如果不努力跃升阶层，他的后代，也只能世世代代住劏房。"他微笑，"启名里这种老房子，比劏房好太多了。虽然残破，但胜在地方宽敞。"

他们信步而行，不知不觉走到启名里旁的村落。这些村落就在江门市中心，青砖外墙，紧闭的屋门外贴着春联，挂着红灯笼。江时一说，她小时候发觉市区居然还有村子，也觉得很神奇。她还有个小学同学住在这里，但后来出国了，屋子不知道有没有留着。

关奕山环视这些岭南村落："我过去有个好朋友，就住在新界围村。但那里更热闹，更有人气。"他想起许柏乐，想起少年时一起爬山看日出的日子。

两人回到启名里，刚踏上江边里方向的人行天桥，忽然听到有人在后面喊江时一名字。她跟关奕山回头，江时一的旧同学朝她挥手奔过来，身后远远站着许柏乐。他在天桥上，就像一抹灰色影子，像要融入夜色。

同学跟江时一打招呼，说真巧呀，说自己打听到许柏乐亲人的消息，又刚好在江边里御茶碰到许柏乐本人，就一同吃了个晚饭，详细告诉他。

江时一意外："真找到了？"

"是啊。等等，我接个电话。"同学手握电话，走开几步远，"什么啊？没听清。"又走开几步，往天桥下走去。

桥上只剩江时一跟许柏乐，还有藏在路灯暗影里的关奕山。

江时一真心替许柏乐高兴："什么时候去找你姨奶奶？"

"过几天吧。"他看起来兴致并不太高，"还要收拾。"

"嗯？要先回香港一趟吗？"

江时一发觉许柏乐没在看自己，似乎在透过她的肩膀，打量她身后。而后面传来脚步声，她扭头，见关奕山也透过她的肩膀，正往这边看过去。他跟许柏乐目光交错，彼此都移开一点点，终于又交会。

两人同时出声："好久不见，世界真小。"

他们又静下来。沉默像灰尘一样，落在夜色中，天桥上，有他们三人。天桥下，有呼啸而过的车辆，车头灯映着路面，暗沉如天桥上两男子的脸。

江时一突然想明白，刚才关奕山说的那个"过去的好朋友"，兴许就是许柏乐。同学还没回来，她小心翼翼地说着废话："你们上次见面，还是在香港吧。"

"嗯。"关奕山的声音从喉咙深处发出。

许柏乐点了点头:"是葬礼那次吧。"

江时一再迟钝,也知道说错话。等同学回来,她忙不迭拉上对方就溜,说是请她去喝御茶。半小时后到家,见许柏乐已经洗完澡,在初冬岭南,仍穿着他的西瓜香蕉衬衣跟短裤,正蹲在他床边收什么。

江时一靠在他房门上,见他东西丢得乱七八糟,顺手替他捡起:"怎么这么早回来?"

"不然呢?你又没请我喝奶茶。"

"还以为你会聊一段时间。"她这话说得小心,声音低,脑袋也低下去。信手捡起一本书,封面赫然是个水手服少女坐在海边,捧脸而笑。上面赫然印着"叶小辛子写真集"的字样。她的手像沾到鼻涕虫,一把甩到旁边的书堆里,又用脚尖扫了扫书堆,发现书堆里什么都有,居然哲学跟历史的占多。

"喂,别扔我的叶小辛子。"

"恶心。"她蹲下来,用脚踢开那本写真集,又慢慢蹲下来,"其实,你跟关奕山……"

"曾经是朋友。"

"现在不是了?"

许柏乐突然站起来:"喂,你的脚,离叶小辛子远点……"

江时一用脚尖勾起写真集,轻轻踢到他身边。许柏乐小心拿起,小心抚平:"这本写真,是叶小辛子一年前拍摄的。现在她已经发胖了。"将写真集扔床上,他弯腰继续收拾,"人会变,感情也会。比如我跟关奕山的关系——过去是最好的朋友,现在是陌生人。"

待要细问,见他往行李箱里塞了一件厚外套,江时一突然警觉:"你回香港,怎么要穿这么厚的衣服?"

许柏乐抬起头:"谁说我回香港?"

她怔住。

"你同学没跟你说吗?姓郑的夫妇全家搬到福建,奶奶的姐姐一直住那里。"

江时一又怔住。

许柏乐将最后两件大外套塞进箱子,拉上拉链,蹲地上抬头看她:"这段日子,承蒙关照了。"

Chapter 3

[1]

虽说成年人的伤好得特别快，但接到李翰飞的喜帖时，胡培月还是吃了一惊。但她很快反应过来，站在其他同事身旁，对他微笑说着恭喜。

倒是李翰飞有点不好意思，眼睛也不太敢瞧她，只顾跟其他同事说话。人们打趣，问他妻子做什么，是哪里人，他支支吾吾。胡培月识趣走开，他心下松了口气，才告诉大家，对方是幼儿园老师，是朋友介绍的。

胡培月背着身子，遥遥听到了他们的对话。

包括他跟妻子认识的时间。

那不是他俩分手后才没多久吗？

冯霄愤愤不平，在微信里对她痛骂李翰飞，胡培月却并不认为李翰飞做错。现代速食爱情，既然A餐不合胃口，B餐太贵，C餐又太油，还不允许别人转头选D、E、F吗？这番理论，冯霄听不懂，江时一没空听。回到家，她一个人对着空荡荡的屋子，多少有点无聊。

半个月前，许柏乐搬出去了，没过多久，江时一说要去找好茶叶，也跑福建去了。冯霄听说后，大笑起来："女大不中留啊。找男人去了！"胡培月弱弱反驳，说江时一才不是这种人，她对事业比感情可要上心多了，一点不像自己。

冯霄又微微一笑："那你到底希望她像你，还是不像你更好呢？"

胡培月答不上来。才意识到，这是所有母亲的终极难题。

这晚留在公司加班，为次日的促销展台做最后监工，她跟工人一块儿吃着盒饭时，不期然想到这问题。一走神，身上紫色褶皱衬衫和领结套装便沾了菜汁，她到洗手间处理。转身出来，见到章云程捧着杯奶茶，正笑嘻嘻跟师傅们在大堂聊天。

胡培月蹙眉："怎么了？"

章云程笑，晃了晃手里奶茶："我在跟师傅推介御茶。"

"不是，怎么都站在这儿聊天，不用干活吗？促销活动明天开始，展台到现在还没完工。"

两个师傅指指外面，说下雨了，这位小哥让他们进来歇会儿。

胡培月不声不响往外走，绕一圈，又回来。脸上明嘴角都带着笑，连身体语言都含着笑，嘴上说哎哟外面只是小雨，粤语说"湿湿碎①"嘛，还有一会儿工夫就做好。这么说着时，正好那位湘菜馆老板娘从外面进来，边收伞边跟胡培月打招呼："还没走哇？外面的雨突然大啦，你可得带伞。"胡培月点头微笑，优雅而尴尬。

几位师傅相互看一眼，都不说话，非常默契地看向章云程，等待他开口。显然，都不想冒雨出去。

章云程啜完最后一口茶，捏扁空杯，弯身塞垃圾桶里，再起来时，整个人轻松地笑着："我只是个小实习生，还是要听姐姐的话。"

胡培月知道师傅们不情不愿，只得继续软声软气，好言劝说，再三麻烦师傅，又说自己会跟老板争取多点开工费。师傅们又相互看一眼，胡培月看一眼工头，重点击破，终于说服他们。她到便利店去买回来雨衣，每人发一套，还亲自替工头将雨帽整理好。

她在雨中撑着伞，替他们打着气时，章云程冷不防也撑把小伞，噙着微笑说："你还挺有一套的。"

"马死落地行。"胡培月说了句不咸不淡的粤语。谁让她流落江湖，骑的老马还死了，不下地自己走，难不成还等人抬轿救驾吗？

---

① 粤语，指小意思。

"我是说……"章云程直接回了句上海话,"侬对付男宁蛮老巨额①。"

江时一说过类似的话,但语气跟用词不同,味道就不一样。江时一的话是糖浆,章云程则是烈酒。胡培月喝一口,被呛到。

雨越下越大,师傅们这回再不肯出去。胡培月给了一人一瓶可乐,好声好气劝他们留下来,雨小一点,终于又开工,展台还是搭了起来。胡培月撑伞绕一圈,又绕回来,检查出安全问题,又劝师傅们返工。等一切完工,工程废料清掉,时间已到凌晨一点半,胡培月身上的套装已从浅紫染成深紫。

章云程提出送她回去,胡培月淡淡道:"不用了,我住很近。不劳烦你。"章云程微笑:"生气了?"

"我怎么能对小孩生气。"

"我是小孩?"章云程似笑非笑,看起来倒是有些生气。

"你只比我女儿大六七年,不是小孩是什么?"胡培月撑伞走入细雨中,章云程用帽子盖住脑袋,双手插袋,跟了上来。他像闹别扭的小孩,但态度硬气得很:"我跟你女儿是小孩,那你是什么?人近四十才开始独立生活的巨婴?"

胡培月是真生气了,不理会他,黑色高跟鞋落在路面上,雨水落在水坑里,一阵混乱的噼里啪啦。章云程像追逐乌云的夜风,走快几步:"我不是在嘲讽你,我是真心佩服。从巨婴到独立女性,你花了多长时间?几个月?一年?唐铭深要是看到你现在这模样,一定会后悔……"

乌云突然停下脚步,夜风骤停,盯着她的背影。她的影子罩在伞下:"像你这种人,我没少见。从小看惯别人到家里攀交情,觉得他们特钻营市侩,对吧?长大后不用看人脸色,想说什么就说什么,觉得自己很真性情,是吧?"

章云程一时说不出话。

胡培月说:"唐铭深也好,星河城也好,都是我人生中的一段经验,让我更强大。我努力到今天,既不是为了让唐铭深刮目相看,也不是为了让你围观。"她抬头,江边里就在眼前,"我的目的地到了。你的呢?"

她若无其事转身,紫色身影很快融入江边里夜色中。

章云程请了个假,没出现在冬季促销活动上。胡培月跟老张都没在意。活动很顺利,李翰飞站在人群中,低头捧一杯美式,在胡培月空下来后,微笑对她说恭喜,她也对他说恭喜,问他什么时候摆酒席。

两人和和气气地说着话。那天重遇唐铭深,胡培月意识到,李翰飞也许充当

---

① 上海话,你对男人挺有一套的。

了她走出婚姻伤痛的"工具人"。李翰飞却另有一番心事，他虚荣而伤感，心想跟唐铭深前妻谈的这一段，也许是他一辈子的高光时刻了。

后面几天，章云程也都没回来。胡培月再度见到他，却是在人力资源部外面。他见到胡培月，还是那样懒洋洋一笑，算是打过招呼了。

胡培月跟冯霄吃午饭时问起，才听说章云程被调到深圳去了。她想起他提过，在江门这种小城，才好逃离父母耳目。心想，也许他身上自由的绳索，又被收紧了一些。她想起他提过，说父母对妹妹的男朋友既欣赏又猜忌，已经敦促自己早点回去，尽早替父亲干活了。

冯霄并不知道章云程的身份，看胡培月在想事情，以为她在挂念江时一，便随口问起江时一近况。胡培月给她看江时一发来的视频，视频里，她穿得像个采茶妹一样，戴着斗笠防晒，但手脚还是晒黑了。

冯霄羡慕江时一自由自在，胡培月说："她才不自在，白天看茶园，晚上学'创业101'，财务知识、人才管理、客户开发、避免法律风险等，都要摸爬滚打。"

冯霄笑："看你自豪的。"

胡培月微笑："那是，我的女儿。"心里却想，什么时候，江时一也能为拥有她这样的母亲而自豪呢。

一到泉州，许柏乐就发现，自己衣服带多了。

对港人来说，过了罗湖或落马洲，就算"北上"。但他们对这片土地仅有的了解，大多也就仅限于北京、上海、广州、深圳。

许柏乐背着行囊抵达泉州，在连排式骑楼下的路边摊，吃上一碗面线糊时，听着周围跟台湾人差不多的口音，忽然想起江门。也是同样的南方小城，有点旧，有点新，有烟火气，有人情味。他连汤汁都喝完，又扬手要一碗石花膏，将糖水喝到肚里时，他想起江时一做的芝士茶。那是另外一种甜。

吃干抹净，他提起大背包上路。

姨奶奶住天后宫附近，许柏乐不赶时间，也喜欢走路，拿着地址，用他的粤音普通话问路，大姑大伯用闽音普通话热情指路。七拐八拐，终于站在一栋小破楼前面。

一个五六岁的小女孩在门口空地上跳绳，见许柏乐探头探脑，不像个好人，警惕地放下绳子，用闽南话问："你找谁？"

许柏乐对着姨奶奶的名字，念了一遍，小女孩瓮声瓮气，说没有这个人。

他不怒反笑："这整栋楼的人，你都认识？"

"不一定，但他们都认识我。"

"那你怎么知道没有这个人？"

小女孩被问住，很认真地想了一下。许柏乐在她那认真的倔脸上，捕捉到了江时一的眉目，忽然来了兴致，开始逗她说话："没准这个人认识你，但是你不认识她。你说没有她，但是有她啊，就等于她知道有你，但是你不知道有她。"

小女孩被这逻辑绕晕，怔了三秒，突然大哭。

许柏乐吓坏了，下意识用手捂住她嘴巴，连声说，拜托别吵了。但小女孩越哭越响，惊动附近一个阿姨。阿姨走过来，小女孩扑进她怀里喊妈，又指着许柏乐说："坏叔叔。"阿姨上下打量，又说了一串许柏乐听不懂的话，他赶紧掏出地址跟人名以证清白。阿姨一看，像小女孩一样怔住了，然后用普通话问："你找我妈（吗）？"

"不是，我不是找你。我找这个人。"

阿姨点头："就是我妈（吗）。"

"不是你。"

阿姨嘴角抽搐："这个人，就是我老妈子啊。"

这抽搐的嘴角，就像一根蜡烛，将许柏乐的脸庞照亮，这张脸跟在阿姨和小女孩后，上了楼。半小时后，像蜡烛灭掉，脸庞转了灰，人也灰溜溜地回了酒店。他倒在床上，想起自己被隔绝在一扇掉漆的铁闸门外，姨奶奶的声音从屋内传出来："我不要看见她们的人……"

第三天、第四天，他死皮赖脸，继续出现在那铁闸门外，但姨奶奶就是不见他。阿姨请他到楼下吃姜母鸭，告诉他，姨奶奶的心结多年来都没打开。她先是被父亲抛弃，然后又被母亲抛弃。"换了是你，你会不会心死？还是别在这里浪费时间，回去吧。"阿姨这么劝他。

回去哪里？许柏乐背着行囊，失了方向。每天在对面马路的茶叶店里喝茶瞎聊，他听说泉州安溪是中国第一产茶县，茶品多，种类繁。反正没事，踏上前往安溪的车散心旅游。

风过处，茶林飒飒作响。山间有鸟叫声，鸟叫声一歇，便听到摘茶响与人声。都是他听不懂的当地话。绿叶轻摇，在戴斗笠的采茶女跟采茶女之间，他听到一把熟悉的声音在问："叶子成色怎么看？"

奇怪，他觉得那一刻，风停了下来，鸟不再叫，茶林不再响。江时一站在静止世界的边沿，戴着闽南风斗笠，背着窄口宽肚茶篓，像个好学生。好学生的目光越过老师，也落在许柏乐脸上。

彼此都是一愣。

风突然又起来了，茶叶被刮得簌簌作响，日光落在薄薄叶片之间，小鸟在地上跳动，一闪，又消失。隔着好几个人，江时一大声喊他名字，引得别人都朝他看过来。许柏乐也大声喊："吵死了，吵死了。"茶园里其他人看这两人，互相冲着对方大喊大叫，语气装得多不耐烦，嘴角却是欢喜的。

傍晚时分，他们坐车回泉州市区。最后一抹日光收尽，车上的人都安安静静的，只有江时一靠在许柏乐身旁，压低声音跟他交代来龙去脉。说她尝试用好几种好茶叶来制茶，口感明显更好。只是价格太高，所以她跑到原产地来碰运气。最后，她沮丧地下结论："但这里的茶还是很贵。"脑袋低下，又抬起来，问他寻亲的事怎么样。

车子到泉州车站停下，两人顺着人流下车，许柏乐用三言两语说清楚。江时一没想到，他这番寻亲之旅，最后竟是如此结局，也是意外："那你打算怎么办？"

"什么怎么办？"他弓着背，低头问她。

"难道放弃吗？"

"不然还能怎样？"

她用手抹了抹被汗水黏在鬓角的头发："想办法啊。一定有办法的。"

夜晚的泉州老城区，附近不知何处传来拜神诵经的声音，高楼后面探出一角闽南彩雕飞檐，烟雾缭绕中，是市区嘈杂人潮的脸。他们一前一后，走在汹涌人潮里，他说："哪里来的这么多办法。"她说："你跟我具体说说，我来想。"他说："你想也没用，心结这玩意儿，哪里是外人可以解开的。"她问："那你的心结呢？"

许柏乐突然站定，回头看她："这是我的家事啊，又不是你的。你跟胡培月待久了，也变得婆婆妈妈了吗？"

江时一怔了怔，忽然意识到，自己跟许柏乐待久了，分寸感也松弛掉了。她将他视作朋友，但从没问过他，是否也视她为朋友。是的，如果他把她当朋友，又怎会在离开后，一条消息都没给她发过。又怎会在她说自己到福建后，也矢口不提自己在哪里。

她说："我知道了。"低头，见到鞋带松了，她弯身去系，手指几次分合，才终于将鞋带系上，再起身时，她又重复一遍，"我知道了。"

"知道就好。"许柏乐扯了扯她的衣服，"你之前一直在安溪？我带你在泉州觅食。"一路上，他努力活跃气氛，但芥蒂的种子在江时一心里种下了。

她本来就是个心事重重的孩子，擅长伪装。从小到大，在爷爷奶奶跟前假装自己不需要父母。长大了，在朋友面前假装自己不需要关爱。胡培月这艘船，将她这冰山撞开一角，但从小学会的本领，她至今没丢。这晚上，她装得若无其事。两人住的酒店只隔一条街，他们在路口说再见，她轻快转身，瞬间脸色由亮转暗，像有人将藏在她眼睛里的星星摘掉。

许柏乐也转身，到酒店外吃海蛎煎跟姜母鸭。他想，今晚这厨师手艺不行啊，海蛎肉不鲜嫩，姜母鸭无姜香。他又喝一口水，连水都是苦涩的。他想，今天自己是怎么了。如果带江时一来吃，她一定也会失望。他又喝一杯水，往里面加冰，告诉自己，不要再想她。

胡培月却在这时来电话，他懒懒接起，她在那头焦急地讲话，连江浙口音都出来了。许柏乐没听懂，让她慢慢说。胡培月道："我刚不是看朋友圈嘛，见到关奕山订婚了。我就想着，不知道时一听到这消息没，就打算打给她，看看她心情如何。"

许柏乐有点烦，心想江时一跟关奕山的事，你整天找我干吗。

胡培月说："但是她电话打不通……你现在不是在福建吗？能不能想想办法，比如找找那边的派出所，或者那边有没有认识的人……"

许柏乐咬一口姜母鸭，敷衍地安慰着，说她不会有事。自己刚刚才见过她。

"什么时候？"

他看了看表："一个小时前吧。"

"她当时还没收到消息。"

他只好又胡乱安慰了一阵，挂掉电话。独自往酒店走去，他心想，江时一是谁？事业狂啊。哪里会为了个男人就要生要死了？即使对方是关奕山，一个睡了自己的心理咨询师，还能让她患上抑郁症的男人。

他在房间里拿起遥控器，从第一个频道调到最后一个频道，又用酒店的劣质茶包泡了杯茶，茶水搁凉，喝了几口，他突然放下，转身往外走，边走边给江时一打电话。江时一的手机关了机。

他又给胡培月打，胡培月也没接听。

他走到楼下，外面市声隆隆，他逆人流穿过一条街，来到江时一的酒店，拍门，没人在。再打电话，依然关机。胡培月这时回电，说一直没联系上。许柏乐走到街头，在路旁商贩的叫卖声中，四顾茫茫，突然想，自己这是在做什么。从香港到江门，又从江门到泉州。他在躲什么，在逃避什么。香港的事，已让他追悔莫及。如果江时一出了什么事，他是否又会在日后无数个夜晚，辗转难眠？

他在两人刚分手的路口，抓住在那里闲聊的人力车夫，比画着，问他们有没有见到一个女孩子："穿黑色针织衫，瘦瘦的，看起来像没吃饱饭，溜肩，发尾有点开叉，走路体态不太好……"边说边比画，车夫们顺着他的手指，"脑补"出一个丑女。有人笑起来："媳妇儿跑了？不正好，找个漂亮的，换掉这个丑的。"

他不高兴了："说谁丑呢？江时一比谁都好看！"

"那跟叶小辛子比呢？"突然有人在身后问。

他急急转身，江时一站在他面前，掌心握着手机，眼眶是红的。他动作比脑子快，一把抱住她，反应过来后，才立即松手："那还是叶小辛子比你好看多了。"仔细看，她眼角还有泪，他想抬手替她擦掉，但立刻笑话自己矫情，又笑笑说，"哭什么哭？这世上又不是只有关奕山一个男人，像他这样的，中环满大街都是啦。我给你介绍一个。"

"什么？"

"订婚有什么大不了的。你要是实在想要男人，我先借你用一晚。"

"订婚？"江时一一怔。

许柏乐也一怔："你不是为了关奕山订婚在哭，还把手机关了？"

"我刚在小餐馆吃饭，电视上报道贵州山区儿童，看哭了。"她掏出手机，黑屏上映出她凹陷的眼窝，"没电了，关机了。"她用手按了按眼窝，开起玩笑，说把许柏乐借一晚也不错，出卖他的劳力脑力，能赚一毛是一毛。她的话多得异常，像完全忽略了关奕山订婚的事。

他说："先给胡培月打个电话报平安吧，她可担心你了。"

江时一用许柏乐的手机打过去，胡培月在电话那头哭起来，当女儿的只好反过来劝慰她。胡培月断断续续说着话，说什么自己是个不称职的母亲，万一女儿有什么事怎么办。江时一只好反复说："没事的……对，我不会为了男人自杀……也不会为了御茶自杀啦……反正我身体健康、思想阳光，不要担心……"

许柏乐坐在闭门小店的门前台阶上，有流浪猫在附近翻垃圾桶，他在口袋里掏出袋装零食，撕开口子，挤到地上。江时一挂掉电话，也坐他身旁："你喂它们什么？"

他从口袋里掏出猫条，递她面前。

"你随身带猫粮？"

"因为路上经常会遇到，所以随身备着一两条。"

江时一重新打量他:"没想到你是个好人。"

又一只流浪猫围拢到他脚边,开始舔地上的三文鱼酱。许柏乐低头看那两只猫,平静道:"我可不是什么好人。喂流浪猫,只是对弱者的照顾。"

"你还帮奶奶寻亲。我从没见过这样有孝心的年轻人。"

许柏乐又往地上挤了一点三文鱼酱,又一只流浪猫围拢过来,聚在他脚边。他就像这小小猫国度的王。古老港口城市的灯光,入夜后逐一熄灭,光影落在他身上,他的声音落在地上:"那是因为,我背负了一条人命。在香港,我没有一个夜晚能够睡得着,如果不给自己找点事情做,一点跟过去无关的事情,我会疯掉。"

附近小店都陆续关门,远远近近传来拉闸门的声音。江时一静静听着哐哐闸门响,过一阵,又是一阵寂静。她动了动嘴唇,但说不出话来。

流浪猫吃饱了,发出满足的喵呜声。许柏乐突然起身,拍了拍手:"哈,被我吓到了吧?真好骗!"又一拍她肩膀,说快回去睡。

江时一一动不动。

"怎么站在那儿?真以为我是杀人犯了?"

"不是。"江时一定定看他,"我在想一件事。"

"想男人了?"

"胡培月说过一句话,她说,为人父母,心情都是一样的。虽然她自己是个不靠谱的妈妈,我到福建这段时间,她打给我的第一个电话,居然是问水电费怎么交。"她轻咳一声,"不是,这个不重要。重要的是,试着代入你太奶奶的心理。"

许柏乐撇嘴,一笑:"听不懂你说什么。"

"我是说,如果你是妈妈,两个孩子只能留一个,两个都是心头肉,你会怎么选?比如说,一个更强更容易生存,另一个比较弱。"

她用掌心推一下他,两人异口同声:"选最弱那个!"

次日一早,小女孩又见到了那位怪叔叔。这次,他居然还带了个姐姐。他们跟妈妈说了一番话,妈妈听完后,就进屋去找外婆了,她们在屋子里一直待着。小女孩在外面,抬头看那位姐姐,发现她看起来有点紧张,比怪叔叔还紧张。过一会儿,妈妈走出来,说外婆愿意见他们了。

小女孩也想跟进去,但妈妈不让,说是小孩子不要听大人说话。哼,她才不是小屁孩呢。她趴在窗外偷看,见到屋子里的女人都在哭,外婆哭,妈妈哭,连那个姐姐也流了点眼泪，怪叔叔很尴尬地站在一旁。他今天刮干净胡子，头发也剪短了，看上去很精神帅气，像个大哥哥了。等几个女人都哭完了，大哥哥说，他奶奶一直病恹恹的，可能小时候身体就不好，所以太奶奶只能留下最弱的小女儿在身旁。他说："虽然老一辈的想法，我也没法向她本人求证。但我猜，与其说这是出于偏心，不若说是一个母亲的本能。她孤苦无依，被丈夫抛弃，独自一人，想让所有儿女都活下来，只能这样安排。"外婆又呜呜哭起来，妈妈却在这时发现了外面的偷听者，出来把门窗都关上。

小女孩独自在客厅里玩。房门打开时，外婆居然握牢大哥哥的手，对他说："当时妈妈怕我活不下去，将所有财物都偷偷塞给我。现在想来，其实有一半是属于你奶奶的。"她手头有个玉镯，圆润剔透，在她手上跟哥哥手上转来移去。外婆见哥哥不要，突然就转过身，要往姐姐手腕上套。姐姐急了，躲在哥哥身后。外婆笑眯眯地看着他们俩，小女孩突然也悟过来：姐姐是怪哥哥的女朋友啊。

走出大楼时，两人面朝太阳，都像劫后余生。江时一没见识过这种场面，心有余悸，许柏乐倒是强装镇定，嘴上说着老人家就是这样子的，伸手摸口袋时，手还是抖的。他看一眼江时一，江时一看他一眼，两人忽然大笑起来，越笑越大声。周围经过的人看着他们，不知道哪里跑出来两疯子。

江时一问："寻亲目标达成。你后面打算做什么？"也不打算给他机会胡扯，直接问，"要不要跟我一起去贵州？"

他从口袋里摸出五块零钱，弯身放在路边乞丐的小碗里，没听清楚，扭头问："什么？"又说，"贵州？你去那里干什么？"

"我跟人聊过，知道很多外面公司进场运作，收购当地茶农产品，把茶叶价格炒到天价。天价茶叶之下，受益的往往只是茶商跟中间炒作的人，茶农其实是受害者。"

许柏乐一听就懂。当地茶园被外来商人买下，过度包装，市场混乱。短期来说，会造成中低端茶滞销，长远来讲，对整个行业健康发展都不利。他还在江门时，江时一就跟他抱怨过，坚持好品质实在太难。好茶叶要看品种跟产地，她试遍世界各地的茶叶，但在运输折损、制茶工艺跟产地品质上略有差异，就会影响口感。而前阵子好不容易找到的合作商，又传出产地土地污染问题。加上各地拙劣模仿竞争者众多，找到合适的茶源，已迫在眉睫。

江时一说："我上次看到新闻说，贵州的贫困县其实有自己的茶产品，但是缺乏好的销售渠道。我想去看看。"

许柏乐看着江时一，脑子里忽然想起当初见她时那模样。那时候，她刚接手御记，连怎么撑起一家小甜品店都不懂。产品定位，不清晰；市场策略，没有。在他离开江门前，她还什么事都依赖他，什么都跑来问他。丢开他这支"盲公竹"，她已经用自己眼睛看世界。

　　她的手在他脸前挥了挥："你怎么了？目光呆滞。"

　　"哦，没什么。"他用小指头抠了抠耳朵，漫不经心道，"我在想，既然是陪你去贵州找茶，那机票食宿是不是都由你包？"

　　从小到大，江时一都视金钱如父母，把钱看得可重了。但她咬咬牙，开始跟许柏乐讨价还价，最后确定，机票她出，食宿他负责。

[2]

　　当时谁都没想到，他们俩在贵州，居然一待就是四五个月。

　　为了照顾御茶，江时一每个月都有十五天要返粤，但她已经培养出几个成熟店长，御茶品牌规模初显。胡培月过生日，她又在那儿多待了一段时间陪她。两人吃生日蛋糕时，江时一终于问出困惑已久的问题："为什么外公外婆从来不找你？生日也不联系你？"离婚多日，胡培月早已坦然面对，她说："也许我不是他们想要的那种女儿。"

　　许柏乐也回了一趟香港。连通视频，将手机搁在奶奶跟前，看姊妹俩对着屏幕那头，说着她们才懂的乡音，流着她们才懂的眼泪。许柏乐站在门外喝一杯阿华田，心想，真好。

　　江时一跟许柏乐发消息，感叹说生日蛋糕真好吃，说他应该来江门陪胡培月过生日。许柏乐懒得跟她解释，他对胡培月避而不见，只因不愿看她那副使劲撮合两人的模样。江时一嘴上不说，但许柏乐看得出，她一天也没忘记过关奕山。

　　许柏乐抵贵州第一天，就见到江时一蹲在地里，往上卷起的裤腿全是泥，跟农业大学的人聊着土壤、温度、降雨量、日照的测评情况。"上次送检的水源土壤，达到有机标准了吗？"她问，又侧耳细听，一抬头，见到许柏乐迎面走过来。

　　"你等我一下。"她冲他扬手，又回头看农大人给她看的送检报告，好一会儿才得闲，转身对许柏乐笑说，有好消息。

　　他指着她肚皮："有喜了？"

　　她没理会他发神经，只告诉他，她已经确定要在这里自建茶园。"测评结果非常好，而且我跟这里的农户待了这么一段时间，了解到他们世世代代在这里种茶制茶，都是天然农耕，没有污染。"她眼睛亮如星宿，"你跟我说过，御茶对标的不是路边奶茶店，而是星巴克。星巴克当年宣传自己的精选咖啡豆，而我们御茶，要主打有机茶叶。"

到贵州以后，她穿得像个村姑一样，常常头上戴斗笠，穿着透气防风的衣服，挽着裤腿，在地里踩一双看不出原色的大雨鞋，跟大伙儿一起手工采摘大半天，才采得一小篓。她抓着许柏乐叨叨，说山区里住的大多是贫困的留守老人，儿女都在广东、浙江等地打工。有次她到一个老人家里做客，发现他的筷子居然是用粗糙树枝一分为二制成的，碗里也没几片肉。

许柏乐断断续续地听着，多少有些心不在焉。这里多山而蜿蜒，层层叠绿，风从远处水库吹过来，将她头发拂乱一些。他忽然有点羡慕这风。

江时一又说："如果我在这里自建茶园，就能让他们靠采茶维生。老人不用见不着儿女，孩子不用没有爸妈。"

许柏乐点头。他见到她头发又被吹乱，看得他有些心烦，转过脸去。

江时一问："你是担心资金问题？现在御茶现金流健康，利润可以用来建茶园。"

许柏乐的心事，不在江时一的关注之列。她全副心思投在茶园上，中间又跑回江门几趟，胡培月每次都发现她晒黑一点，下次回来，行囊里都是胡培月给她塞的防晒霜跟晒后修复乳。

晚上通视频，胡培月又心疼起来："又晒黑了。把脸靠过来，我看看！"

江时一将脸贴近一点摄像头。

胡培月摸着自己两边脸颊叫："都晒脱皮了。日光伤害是不可逆的呀。你这样子，以后怎么办？"

江时一笑嘻嘻："我又不打算嫁人。"

"那总要谈恋爱吧？"

"不会了。"她说。

视频那头，胡培月静了静。江时一若无其事道："不跟你说了啊，还有事忙。"中断了通话。胡培月愁得起身在客厅里走过来走过去，最后站在阳台上抽烟。她仰头看着星空："江海文啊，你女儿才二十几岁，现在就说不打算恋爱了呢。"也说不上来，到底是遗憾自己的恋爱天分没传承下去，还是担忧她被关奕山伤得太深。

胡培月一宿没睡好，第二天上班时，用厚厚的粉盖住黑眼圈。这早有个重要接待，因起床晚了，她无暇细细化妆打扮，衣服也只换上小西装，便匆忙出门。赶到公司时,还是晚了,老张电话通知她:"不用上办公室了,直接到正门等。"

她往正门赶去,远远见到老张他们已经站在门外,两辆黑色小车正好停下,华南公司的人从上面下来。她急急站在老张身后,调整出笑脸,但终究还是慢了,只对着这些人的后脑勺。她脸上肌肉松懈,收敛了笑容,转过身来,眼前赫然站了个男人,矜持有礼:"我这外套弄脏了,请问可以替我找地方挂着吗?"

一抬脸,仿佛见到二十年后的江海文,站在她眼前。她怔怔站在那儿,像陷入二十年前的梦中,不曾如此失态过。对方看她出神,又小心翼翼重复一遍问题,目光移到她胸牌上,轻声唤:"胡小姐?"

胡小姐立即专业起来,把搭在对方手臂上的西服外套接过来,她说:"我去替您处理一下。"

那人微微一笑,更像江海文了。他说,那就谢谢了,然后递过来一张名片。胡培月看到他叫陆海文,连名字都一样,是诺亚集团华南公司的。名片上没有头衔,但以前唐铭深说过,越是没有头衔的人,越要慎重对待。

胡培月跟干洗店的人相熟,很快取回外套。将外套递还给陆海文时,他笑说谢谢,又提议请她吃饭,以示感谢。他说这番话时,会议刚结束不久,老张还在附近跟其他人握手,李翰飞也在旁边竖起耳朵。胡培月有片刻犹豫,但陆海文立即换上公事公办的语气:"一来作为答谢,二来我也想了解一下江门情况。"他态度诚恳,语气真挚,胡培月不好再推,只是提议地点由她来选。

于是,当陆海文穿戴整齐,抬头看那个著名的金拱门标识时,忍不住笑出来。他心想,这女人为了不让用餐地点带有约会意味,居然特地挑了这个地方。

胡培月说:"地点可以改。"他连声说不用不用,又忍不住笑。四十多岁的男人,笑起来脸上有些褶子。胡培月想,老天真不公,那些褶子要是长在她脸上,是枯萎的花瓣。落在男人脸上,则是经过岁月历练的好看。胡培月向来是个注重外在的人,但精神与灵魂的美同样重要。因此当陆海文说起他将常驻江门,负责启名里项目,并且给她看手机里启名里旧宅主人写的家训、题词时,整个吵吵闹闹,弥漫着炸薯条、汉堡肉跟咖啡味的麦当劳,好像瞬间安静下来。

他的声音像醇酒,低声念出:

"德门集庆,仁宅迎祥。顺德俊男,新会善女,既见倾心,喜结良缘。莲生五蒂,德财日增,资市此屋。祥云映天,五蝠绕梁,芳菲满堂。故名五福,五蒂常青,福寿康宁。

"诗书传家远,耕读继世长……"

念罢，他收起手机，抓起一个汉堡就咬下去，没有半点作态的扭捏，这让她顿生好感。她看着他的手指，他留意到她的眼神，笑笑，向她展示手背，又指了指无名指位置："还给前妻了。"

五个字，交代完前半生。

胡培月觉得也有义务交代自己，接口道："真巧，我那只也还给前夫了。"

陆海文笑了起来。

两人看着彼此，心照不宣，这次是棋逢对手。

胡培月想，如果李翰飞是让她逃离婚姻阴霾的救生圈，那陆海文，就是出现在她新生活中的，第一个让她心跳的男人。而且，他还长得像江海文。谁也说不上来，也许是出于对江时一的补偿心理，她忽然幻想起三口之家的情景。

因为心里藏着事，她这一路很静。陆海文也很静。但两人的静不一样，对后者来说，是明白捕获女人的心绝非难事，因此不急不慌。送她到楼下，他就告辞了，也没主动提出上楼喝东西，这让她更有好感，也更觉得此人颇有阅历。

上楼后，胡培月也不开灯，踢掉高跟鞋，摘掉耳环，慢慢洗了手，从冰箱里取出苏打水喝了两口，才走到夜色中的阳台上。她低头往下看，竟看到陆海文依旧站在楼下，正抬头看。因她终于露面，他在路灯下的脸，便现出微笑。

她像被弓矢惊动的鸟，看不见的翅膀上下扑腾，尖鸣着：危险……此人危险……快逃离……

江时一纳闷，前段时间，胡培月还天天要跟她通视频，每天发好几遍消息给她，跟热恋期似的。现在怎么突然销声匿迹了？许柏乐说，肯定是恋爱啦。

说这话时，他们刚从茶农家里出来。江时一喝了点小酒，月色下，两人磕磕碰碰走着山路，一下搭在许柏乐肩膀上，一下又不小心踢到他后脚跟，他没好气，拽了拽她，又往前走。两人身上腿上都是泥土跟灰。她絮絮叨叨，谈兴可浓了，说御茶坚持用好茶叶，口感打败了众多模仿者，市场占有率还是无人能撼动，又说以后要拿下有机产品认证。许柏乐泼冷水："使用有机肥、人工养护，你知道维护成本多高，知道认证时间多长吗？而且，每年的有机茶都要重新认证，而全年只采摘春季跟夏初两季。"

"我知道我知道。"光顾着点头，她打了个闪，一只脚踏到许柏乐脚上去。许柏乐顿时龇牙咧嘴，面部狰狞。

两人相互扶着搀着，跌跌撞撞终于到了家里。他们在山上租了一间大屋，一人住一个房间，窗户朝向大茶田。屋后有片大荒地，许柏乐在那里种菜养鸭，

——给鸭子命名，大点的叫江时二，小的那只是江时三。江时一好气又好笑。

这里民风淳朴，大家还以为他们是小两口，见面就喊许先生、许太太。江时一没法解释，只得嗯嗯哼哼。她也没法对村民们说，他们天天待一起聊个没完，不是在谈谈情、说说爱，而是讨论坚持直营还是允许加盟，讨论供应链跟门店管理，谈给品牌做估值。

这晚进了屋，江时一直接奔到洗手间，对着茅坑吐起来。许柏乐给她扔了条毛巾，盖在她脑门上："不会喝，还要喝。"又不放心，补充了一句，"你一个女孩子在外面，注意点行不行。"她哇哇吐完，扬声说："我高兴啊。"

她走路不稳，许柏乐半拖半拽将她扔上床，一脸嫌弃地走开，又绕回来，替她盖上被子，听到她小声喊爷爷喊奶奶。他掩上房门时，又听她突然喊许柏乐。他回头，见她只是说梦话。只听她嘀咕着："许柏乐，我知道你说的话是真的。"

许柏乐掩门出去，没想明白。洗漱完，准备躺下时，才注意到手机上的日期。"又到时候了。"他对自己说。这时想起江时一的梦话，他忽然明白过来是什么意思。

江时一半夜里醒来，忽然看到窗外有火光，她一下从床上跳起，要去敲许柏乐的门，却发觉他房门敞着，人不在床上。

江时一匆匆披上外套，穿着拖鞋就往外跑，发觉蹲在屋前，往大盆子里烧东西的人，正是许柏乐。冬夜里，他衣着单薄，缩着背，手里一页一页撕着什么，往火盆里递。江时一走近才发觉，他撕的是叶小辛子的写真集。撕完一本，又见他把一堆照片扔火盆里，居然是高达手办的照片，他用枯枝挑着火，火苗瞬间舔尽照片。他对着灰烬低声说："手办呢，就没法烧给你啦，不是我嫌贵，而是烧那种东西，也不知道会不会污染环境。至于叶小辛子的写真集，我知道是旧版啦，但没办法，她现在只拍电视，不拍写真啦。"

这火烧得旺，一阵风刮过来，将灰烬燃起，送到半空中，落了他满头灰。许柏乐被熏得眼睛红，又站起来拍拍头发，抖落身上的灰，一回身，见到江时一也正站在那儿揉眼睛。

他站在那儿看她，她说："我不是故意偷听的，我以为外面起火了。"

"偷不偷听又有什么所谓。"许柏乐故作轻松，"只是烧个纸嘛。"

江时一静静地问："这就是你说的那条人命吗？"

果然。许柏乐想。她的梦话，就是这个意思。他说的"玩笑话"，她都听进去了，还记着呢。

山间的风刮过来，一阵紧过一阵，火盆里的火烧得极旺，火光烈烈地映着他们的半边身子。许柏乐被火光劈成两半，一半在过去，一半在现在；江时一被火光劈成两半，一半在试探，一半在犹豫。

终于，试探那边的火光，盖过了犹豫。她是说过别打听别人过往的话，但那是过去。那时候，她还没把许柏乐当朋友。现在，她终于开口："你……"

"是。"这一个字，像蛇一样吞掉她后面的话，他又吐出一句，"这就是我所说的，背负的人命。"风吹过来，将灰烬吹到两人身上脸上，他将手里枯枝扔掉，"故事不长，但长夜太冷，你确定要在这里听？"

长夜里，两人坐在屋子里，一人裹着一张毯子。她的酒醒了，才能清醒地听。他却需要酒，才能微醺地讲。故事里，有他，也有关奕山。

"中三那年，我转到九龙读书，认识了关奕山。当时一起玩的，还有另外一个男生，叫阿俊。在其他人眼中，我们形影不离，后来又都读港大，我跟关奕山读金融，阿俊读化学。"

在贵州山区的星空下，港岛灯火显得多么遥远，关奕山也好，阿俊也好，都像活在梦境巨人呼出的一口气里。

从哪里说起好呢？他又犹豫了半响，喝下一口黄酒。她摸了摸酒壶，起身替他把酒温一温。回来后，却发现他站在窗边看星星，他说："喂，过来呀。这里看星空，很美的。"江时一披着单薄毯子，与他并肩立在窗前。

他静了好一会儿，突然又开口："还有个人，是我们三个人的中学老师，我们叫他钟Sir。钟Sir很喜欢关奕山，总觉得关奕山是他理想中的儿子。哦，对了，我好像没交代，阿俊是钟Sir的儿子。唉，这些都不重要，我还是直接跳到关键的地方吧……"

"不，你慢慢说。"江时一在许柏乐眼中，总是对他暴躁又不耐烦，这次却难得温柔。他想开她玩笑，但笑不出来，于是又喝一口酒，终究跳到大学后："说来奇怪，我跟关奕山个性不同，但居然是很好的朋友。我们专业一样，毕业后，又都身光颈靓地在中环上班。"

江时一忍不住打断："你是，做餐饮的？"

"哈，谁说我做餐饮？当年，我也是金融才俊。"

江时一努力想象他着灰色西装、系红色领带的模样："所以你们是商人……"

"我们不是。我们是跟商人合作的人，寄生在资本世界里的虫。合并收购、上市圈钱，哪样来钱，我们做哪样。有一次关奕山问我，觉不觉得我们像港片里的杀手或妓女？我们讲数、办事、收钱、离场。杀手跟妓女，对自己的主顾没有感情，我们这种人也一样，项目就是项目，我们不会投入任何感情。资本市场洪水滔天，而我跟关奕山在角落里笑着数钱。"

江时一懂了一半，又有一半不懂。她明白了，为什么许柏乐指点运营御茶时，会如此头头是道。她又不明白，他说的这些，跟阿俊和钟Sir，又有什么关系。

许柏乐解释说，假设你卖一样东西，抛给第二手、第三手，但整个社会价值是没有增长的。"我们像炒河粉一样，什么都炒，也赚得多。虽然年轻，但海外度假、头等舱、五星级酒店、高级会所，一样都不缺。"他看一眼江时一，轻咳一声，"女人当然也不缺，而且不需要我们主动去找。"

江时一假装抬头看星星。他又说："当然，如关奕山所说，主动送上门的女人，并不矜贵。只是男人永远不会拒绝。"江时一觉他这话不懂尊重女性，皱了皱眉，他摊开双手解释，"不不不，我并不是在说港女势利现实。设身处地想想，她们没法不现实。香港这地，房子永远买不起，也没有覆盖全民的退休保障。"

她打断："说回你的事吧。"月光下，她的脸庞白净可爱，睫毛微颤，山里吹来的风停留在这睫毛上。许柏乐忽然想象自己是那阵风，现在这风钻进她毯子里去了。他想，自己真是喝多了，在她跟前瞎说什么女人的事，而自己又在瞎想什么呢。

他说："我继续说阿俊吧。他在上水开了家药妆店，钟Sir对他这个儿子很失望，他觉得阿俊应该跟我们一样，赚大钱，而不是'赚点女人钱'。但在我看来，阿俊是绝顶聪明的一个人，是个不为外界所动的疯狂天才。药妆店只不过是他的山洞，用于闭关而已。我跟关奕山都知道，他在做自己的事，哪天出山了，就会震惊世人。"他又喝一口酒，"反正，我们一直跟钟Sir、阿俊他们保持很好的关系。阿俊妈妈煲得一手靓汤，我经常到他家蹭饭。阿俊最喜欢的女星是叶小辛子，因为她长得跟他暗恋的女生很像，可是那个女生拒绝了他，声称不会跟爸妈一起住公屋的男人结婚。"

此前，江时一隐隐约约觉得许柏乐的烧纸对象，就是阿俊。听到这里，她更确定了。对后面发生的事，她也有个朦胧的猜测，而许柏乐后面的话，印证了她的猜测。

"有一天，阿俊主动来找我们。我们才知道，他捣鼓出一个护肤品品牌。"夜风刮得紧，一下一下拍打着许柏乐的脸。江时一伸手去关窗，他说不，还特地将脸扭向窗外，像是要清醒一点。他回忆起，当时阿俊告诉他们，自己研发出一个新品牌。他将每个护肤品产品做成原料单品，每款单品只添加烟酰胺、维生素C、海洋透明质酸这些成分，以超低价出售。他的理念是，好品牌与价格无关。他在自己的店里售卖，销量不错。

"他来找你们，是希望你们替他把品牌做大？"

"是。"许柏乐笑了笑，那是一种不像笑的笑，"可惜，他看错人了。"江时一屏息聆听，许柏乐却用三言两语打发掉这故事，"他的品牌被收购，他赚了一大笔钱，但因为他太真性情了，整天在社交媒体上乱讲话，又不满意母公司政策，最后被炒。他的精神状况极不稳定，就自杀了。"

这结局太简单粗暴。只因他觉得既不需要，也不忍心说细节。阿俊怎么死的？在人来人往的闹市区，全身赤裸，只裹着一张毯子，跪在母公司大楼外，直接持刀划开大动脉。那天的港闻版上，都是打了马赛克的现场照片。

她问："你跟关奕山觉得对不起他，就离开香港了？但你们并没做错什么。"

"我们知道那家公司是什么样的风格，也知道他多么重视自己的品牌。但资本为王，我们当时都认为，只要帮他把品牌做大，就是对他的帮助。我们还告诉他，把项目卖掉，赚了钱，再创另一个品牌，再卖，圈子里都是这样做的。我们当时完全没关注到，母公司已经对他个人污名化、妖魔化，关于他患精神病的消息传得整个圈子都是。他当时最需要的是照顾和关心，我跟关奕山却都忙于在资本中逐利，直到悲剧发生。"

夜风啪啪打着他的脸，这反倒让他生了赎罪的快感。他跟关奕山在港的最后一次会面，是在什么时候呢？阿俊的葬礼上。钟Sir声嘶力竭，让他们滚。他们低头看棺材里的阿俊，他的脸那么白，身体缩得那样小，好像所有血液都在尖沙咀那条街上流光了。

他跟关奕山在烈日下走出来，觉得头跟脚颠倒，头是重的，脚是轻的，觉得天空与大地颠倒，天空是黑的，大地是白的。他们彼此对视一眼，一句话都没说，在下一个分岔路口，走向不同方向。

现在想来，那是他们人生的一个隐喻。

那天以后，关奕山求助于心理医生，然而当他跟自己的心理医生睡到一起，且对方试图为他自杀后，他突然放松了下来。他意识到，每个人都要为自己的人生负责，别指望谁能救谁。他告诉自己，阿俊的事跟他无关。钟Sir也要为自己的家庭教育负责。至于他，只需要对自己的项目负责。

许柏乐则辞掉工作，手机换掉，回到新界围村老家，在那里陪奶奶，听她说小时候在江门启名里的事，说她还有一个姐姐，也许在内地。他坐在那里，给奶奶剥橘子，突发奇想要到内地来。

他们说完话，天边慢慢变了颜色。灰蓝透白的天空下，山头那边跑过来当地村民阿水，边跑边喊：“时一姐，我爸我妈从广东回来咧，要请你们来吃饭啊。"

才十五岁的少年，一早辍了学。江时一刚到这里时，便在这少年家搭伙吃饭，少年家里只有爷爷奶奶。知道江时一是从广东来的，使劲打听广东的事，只因爸爸妈妈都在那儿。他又问，去那里打工好不好咧？她说：“不好不好，天气又湿，又不吃辣，你还是留在家里。留在这里读书、种茶，一定会富起来的。"奶奶在旁听了，咧开没有牙齿的嘴笑。江时一忽然觉得她长得真像她奶奶啊。

江时一喊许柏乐去，他摆摆手说要补觉，她跟阿水都硬拉他去。往山路上走时，许柏乐头脑清醒，知道江时一不想让他独自在家，东想西想。到了阿水家，阿水爸妈站在门口等他们，憨笑着欢迎。他们在东莞打工，热情地让他们进来吃饭，江时一他们因为在阿水家搭伙吃饭，每个月都给他们钱，其实是帮补了他们的家计。阿水爸妈都感激得很。

他们的话乡音重，许柏乐听不懂，就在一旁跟阿水说话。阿水边翻爸妈带回来的东西，边应着他，许柏乐突然发觉夫妻俩用来包特产的铜版纸上面，印着御茶字样。他一下站起来，朝阿水伸手："我看看……"

阿水迟迟疑疑，将杏仁饼递过去，许柏乐说不是这个，直接抽了那张纸，低头去看。那的确是御茶无疑，只是logo略有不同，旁边有个小圈，写着"上品"。他没吭声，等一顿饭热热闹闹过去了，跟江时一往回走，到家后，才将这纸拿给她看。她刚一脚踏入屋内，没站稳，许柏乐赶紧抓她手臂，在耳边说："不用紧张，你回去处理一下就行。"

见她一声不吭，他说："这里有我。"

他当时想，国内商标保护法完善，江时一很快会回来。他注意到她脸色惨白，想着她有点过虑了。

[3]

谁都看出来，陆海文对胡培月有意思。

他常出现在她办公室，跟其他人说话，眼睛却微笑着看她。男人们出去喝酒，微醺时说些下流话，吹嘘年轻女孩儿大把大把往自己身上扑，他却说，不同年龄的女人有不同的美态。他跟李翰飞不同，不去考虑被拒绝会不会丢脸，因为有足够自信，更因为深知，感情不是博弈。两个人能不能够在一起，与条件无关。

他约胡培月四五次，她答应出来一次。内心是忐忑的，自己也诧异。明明是终生都要恋爱的女人，为什么会在他面前不安呢？在唐铭深、李翰飞跟前，她不曾有过。

终于想明白了，对唐铭深，是因为他是她丈夫，对李翰飞，是因为她只有淡淡的喜欢。对这两人，她都不会患得患失。

但陆海文不一样。

胡培月有种种心事，想跟好友讲，但冯霄毕竟是同公司的人，她不确定陆海文是否介意。

只能找江时一。她鼓起勇气，在电话中，向女儿悄悄提起。劈头第一句话，就是"我认识了一个男人，长得跟江海文好像哦"，她心里笑话自己，竟要借着江海文来壮胆。

江时一一听就懂，但毫无芥蒂，管她要陆海文照片看，又一起评头论足。两人年龄虽相距十八年，但母亲天真烂漫，女儿成熟多虑，完全是闺密姿态。她偶尔也借题发挥，跟江时一旁敲侧击："其实即使不结婚吧，恋爱也是美好的。即使不恋爱吧，暧昧也让人感觉在活着。"江时一只是笑笑，又借口说有事在忙，结束对话。

那阵子，广州西关也在筹备活化项目运营，陆海文邀胡培月前往。一路上，两人聊的不是李小龙祖居，就是粤剧会馆，矢口不提自身。胡培月在逃避自己，陆海文则是顺着她的意思，逃避他们俩。直到从广州回江门路上，两人忽然便沉默了。胡培月提出要回公司拿点东西，他陪她回去，两人都心不在焉，进了电梯，都忘了按电梯，随着人流下到地下车库。电梯门开，有人踏入，看一眼陆海文，跟他打招呼，问他儿子怎么样。他微笑："准备升五年级了。"胡培月脸上没有表情，顺着人流而上，到公司拿完东西，两人走出门，都不说话。

他先开口："我不希望你从其他人口中知道我的情况。但我又以什么身份跟你说好呢？"

她哪里会听不懂。只是不说话，两人走了几步，上了网约车，又是一阵静默。在江边里下了车，她忽然说："那你呢？你不是从其他人口中，都知道我是谁了吗？"

"如果你介意，那我要说对不起。"陆海文说，"但我没有窥视你过往的心，只是无意听人说起。"

"我上一个男友，在发现我前夫是唐铭深后，跟我分手了。也有另外一些人，因为知道唐铭深跟我的关系，反而开始追求。你是哪一种？"

陆海文听完她这番话，脸上骤然变色，似乎受到了羞辱。胡培月意识到，自己这话说过了。正要辩解，他说："我知道你前夫是谁，我也知道你有个二十几岁的女儿，是御茶创始人。但这些跟你有什么关系？他们只是你身上的一些标签。但我喜欢的，是那个请我吃麦当劳儿童餐的你，是那个会为了启名里老屋故事落泪的你。我从没见过谁会用钻扣丝缎超小号手拿包来装巧克力发给小孩，也没见过谁去吃个外卖，也能够随时掏出三支眼线笔、两只口红、一瓶花精、三支唇线笔跟一小瓶手霜。许多女人都是为了取悦男性才打扮，但你不一样，你追求的是纯粹的美本身。只是我没想到，我在你心目中，原来这样丑。"

他颓唐地放下手，说声"就这样吧"，转身就走。胡培月站在那儿，不知道哪里传出来杨千嬅的歌声，乍听之下，她以为是《少女的祈祷》。当年她听着这首歌，跟江海文上了前往澳门的船。然而乐声一变，她发觉那是另外一首歌，女声唱着"下半生不要，只要下秒钟"。

也只有少女，喜欢一个人，才会如此不顾后果，不考虑一切吧。

但不知道为什么，她在混着市声的歌声中，对陆海文的背影喊他名字。他停下脚步，转过身，见到她对他说："陆海文，你有时间听我重新介绍一下自己吗？"

两人的感情发展得快。

只是中年人的恋情，再爱彼此，也有理性的影子。两人默契约定，不在公司公开关系。跟李翰飞相比，陆海文相当理解她的决定。他并没有将她视为美丽的猎物，因为发自内心，反而更加谨慎对待这段感情。除了冯霄外，别人都不知道他们的关系。冯霄问她，要不要查查陆海文的背景，胡培月说不需要，因为陆海文已经带她见过家人了。冯霄对他们的感情进展很是吃惊。

冯霄自己也有感情进境。她参加同学聚会，旧同学都对她眼前一亮。她跟其中一个聊得挺好，约会了几次。她感慨说，男人果然真是视觉动物。五年前参加同学聚会，她一直躲在角落没人理睬。胡培月笑说："也许别人当时就注意你了，只是你的内心拒绝所有人。"冯霄说，是吧。她也即将见家长，于是跟胡培月打听她跟陆海文的情况。

胡培月现出一点点发愁的模样。冯霄这才知道，陆海文的儿子很不喜欢她。

他想让两人有机会相处，带他到游乐场、吃大餐，小孩子高高兴兴的，一见到胡培月出现，立即开始闹情绪。

冯霄问："你是对他干啥了？"

胡培月苦笑，摇头。冯霄突然明白，跟胡培月没关系。无论陆海文带谁回去，他儿子都不会喜欢。

胡培月故作轻松，跟陆海文说，反正自己不打算结婚，也不需要跟陆海文儿子相处下去。陆海文一开始也认同，胡培月对感情的豁达态度，也是她的魅力所在。然而随着时间过去，他们发觉，要开始跟小孩斗智斗勇起来。陆海文离婚后也不是没约会过，但小孩敏感地认识到，这次的女人，跟以前的都不一样。

陆海文近几年要常驻江门，于是他爸妈也带着孩子到江门来，孩子在当地上小学。孩子十分敏感，一到晚上或者周末，长时间没见到陆海文，就给他打电话，电话不接听，他就闹。好几次，两人的约会都被打乱。那天正在看电影，陆海文手机在口袋里振动，他低声说声抱歉，就走出影厅听电话。回来以后，电影已经接近结尾，陆海文没明白剧情，想问胡培月，却见她一脸萧索。他知道，那不是为了电影，是因为他。

电影放映结束，大厅里亮了灯，观众啪啪离座。清洁大叔一排一排走过，见到只有后排这两人，还陷在深红色椅子里，盯着电影字幕，不舍离开。

"没有彩蛋啦。"大叔忍不住说，再细看，发觉这一男一女神情严肃，便赶紧低头。

男的说："我儿子考得不好，心情差……"

女人说："我明白。"

大叔想：嚯？偷情男女？

两人静了好一会儿，男的突然说对不起，女人说："你不需要说对不起的，这事很小。"大叔低头，专心致志对付椅底的几粒爆米花。对准，清扫，刚直起身，就听男人说："我不想耽误你，分开吧。"

这天晚上，胡培月失了魂落了魄。唐铭深外面有女人，她虽伤心至极，但硬要在他跟前拾掇起自己，不给他任何脸色。但在陆海文说出分开的刹那，电影字幕刚好打完，屏幕一片漆黑，就像一个张着嘴要将她吸进去的深渊。

她不记得自己怎么出电影院，只记得陆海文的话。他说，都是成年人，及时止损吧。

"趁我们还没有为了对方要生要死的时候。你是那种活在爱情里的、纯粹的女人，而我在儿子结束青春期前，都无法提供这样的爱情。"

陆海文照旧送她回家，两人一路上都没说话。这让她想起了他们从广州回来那天。唯一不同的是，那天是开始，这天是结束。经过一家花店，陆海文想起来，他们恋爱以来，他还没给她送过花，于是他将车停下，让她在车上等。她隔着车窗看他，看了好一会儿，在他捧着花向车子走来时，她突然转身下了车，任由陆海文在身后喊她，她独自穿过车流，跑回江边里。

跌跌撞撞上楼梯，她抬头见江时一坐在楼梯口，怀里抱着大背囊，脸容憔悴。

"怎么突然回来了？"她立即背转身，擦干眼泪，拧头装没事人一样，"也不跟我说。"再看江时一，她居然也眼眶通红，说："我、我没带钥匙。"

胡培月诧异，边开门边说："没带钥匙，用不着哭啊。怎么不到楼下御茶坐呢？"

江时一站她身后，不吭声，只是将脑袋贴在她后颈上。她突然觉得不对劲，转身去按灯，江时一却一把抱住她，脑袋埋在她胸前。胡培月缺席江时一的童年，从没感受过女儿的撒娇，然而对方一开口，她顿时明白这不是撒娇，更近似闺密求安慰。江时一声音低沉，近乎哽咽："我很可能……会失去御茶……"

胡培月让江时一坐下来，给她倒茶，让她慢慢说。

江时一说，御茶的商标一直没注册下来。

"因为存在已注册的相同或者近似的商标吗？"

"不。是因为御茶这个名字，会让人理解为特供皇室御用的茶。"《商标法》明确规定，这种属于"带欺骗性，容易使公众对商品的质量等特点或者产地产生误认"情况，禁止注册使用。当时江时一没直接用"御茶"二字，而是加了前缀后缀。尽管许柏乐提醒过她，商标这事要慎重，但她当时没想过，自己过去两年积累起来的知名度，都为各地御茶"李鬼"做了嫁衣。

"我现在不知道怎么办……刚刚回到江门，我在几家御茶走了一下，生意很好……我不想放弃这个名字……而且这是爷爷奶奶御记的延续……但是如果不放弃，后面局面会更难收拾，我会一直给假御茶输血……"她捧着胡培月端过来的热茶，一双手都在发抖。

"不要慌。"胡培月说，"我记得以前唐铭深跟朋友吃饭时，也有聊过类似这种事。"她心想，当母亲真奇怪，难怪别人都说，为母则刚。前一秒，自己还在为了男人掉眼泪呢，现在为了女儿，马上将男人丢到脑后了。

江时一抬头看她："他们怎么说？"

"他们说，这种时候……"她犹豫着，"应该及时止损。"

男人的思维真相似。事业上，感情上，都如此理性。

她看江时一脸色苍白，立即握住她双手："许柏乐呢？他不是还在内地吗？"

"他在。"

胡培月又说："我建议你问问他的意见。虽然说他在香港只是开茶餐厅的小老板，但我觉得他这人藏得深，知道得多，也是个有故事的人。见过世面多，也许能给你一些建议。"

江时一沉默。她不愿意遇到什么困难，就转身向许柏乐求援，尤其在她知道他的过去之后。他的没皮没脸、没心没肺，都是装的，心里的东西比谁都多，包袱比谁都重。

胡培月见她不语，以为她在犹豫什么："我知道，他对内地情况可能不太熟悉。不过商业社会的法则都是一样的。你需要一个带路人，一个信得过的人，暂时来说，除了许柏乐，我也想不到别的人。"

她轻叹口气，此时忽然想起唐铭深来。过去她笑话他铜臭，说做人为何要那样复杂，整天应酬这个应酬那个。他微笑回应："你不懂没关系，因为你被保护得很好。"现在她走出他为她打造的花园，走入真实世界，总算明白了他的话。江时一也意识到，在过去两年来，她埋头苦干，疏于经营人脉，身边除了许柏乐，竟没有别的能指望的人了。她心头闪过另一个人的名字，但立即被理性摁了下去。

她心思纷乱，在手机通讯录上滑着，拨过去，那边却传来另一个声音。关奕山说："喂。"

她脑子里突然空白了一瞬间，下意识便将电话挂掉，才意识到自己竟拨错人。胡培月问："怎么了？他怎么说？"

江时一用手把头发拨到耳后，头发掉了下来，她再拢上去，非常焦躁："信号不好……我待会儿再打……"

"不要急。"胡培月软声安慰。

手机在江时一手心里振动。她坐着，一动不动。胡培月看着她："电话。"

"嗯？"

"你电话，响了。应该是许柏乐。"

"哦。"她捏紧手机，低头看。如她所料，关奕山打过来了。她的头发又不听话了，总掉下来，她脸颊痒痒的。她边把头发往耳后拨，边往房间走去："我在里面听。"又关上房门。

房门一关上，她的脑子是彻底清醒过来了。

初恋男友是怎么说她的？说她硬朗得很，不需要别人也能过得很好。她也是一路独自走过来的，没少胳膊少腿。怎么自打遇上胡培月跟许柏乐，她就学会依赖了？更可怕的是，她突然明白了，自己在福建、贵州转了一圈，矢口不提关奕山的名字，却原来始终没忘记他。

忽然感觉自己可笑。

关奕山的来电还在振。她接听，在他那句"你找我"后，若无其事地说自己打错了。他静默片刻，又从她的缄默中，感受到了拒人千里的疏离，于是也疏离地说再见。

挂掉电话后，江时一埋头桌前，开始在iPad（平板电脑）上查资料。二十分钟后，她给读法律的同学打了个电话，简单说了情况。同学给她推荐了个专业人士，时间在两天后。但江时一这两天坐不住，跑去珠海看山寨御茶，尝对方的产品，跟前台和客户套话。又到中山分店，分别跟御茶和山寨御茶的客户聊天。

情况令她沮丧，客户压根分不清哪家是御茶本尊，而且，他们也并不十分在意。倒是回到江门总店，她听店长小雪说，有不少客人从广州、深圳等地开车过来喝。小雪是个从外省来这里打工的，机灵勤快得很，很快做到总店店长。有年中秋前夕，江时一见她从洗手间出来，眼眶红了，一问才知道她奶奶病倒，她想家了。江时一借钱给她回家，本想着她也不会再回来，没想到中秋节那天，这孩子提着大包土特产，从家里回来了。江时一邀她一同吃月饼赏月，再后来，胡培月母女俩便常让她到家里吃饭喝汤。小雪特别感恩，对店里的事比谁都上心。

小雪看了看表说："这个点，估计快到了。"江时一留在店里，握着一杯茶，接近深圳来的客人，心里默默记下对方喜欢御茶的点。

出乎她的意料，对方说，除了喜欢御茶的口感，她还喜欢这里的设计："连杯子都设计得很可爱，但又不是廉价的可爱。跟路边摊卖给中小学生的那种奶茶不一样。"她打包十杯，说要带给同事。

江时一被这两端反馈所撕扯，就像个棉絮一样。商标的事又压在心头。这天到了点，她到事务所，跟同学介绍的知识产权师陈先生谈。对方建议让她买个商标："注册商标费太长时间，你已经浪费了一两年。再耗下去，损失会越来越大。我建议你购买已注册成功的商标，最快半年可以拿下。"

走出事务所，江时一感觉背脊都是汗。她想起陈先生的话，说即使新商标也有可能遇到山寨，但商标在自己手上，就受到保护，就可以借助法律处理纠纷。

她当然明白专业人士的专业意见，但也不得不从创业者角度，替自己捏把汗。尽管御茶这个品牌，一直在法律的保护伞外裸奔，但她到底舍不得这个孩子。换个名字，等同自废武功。建立的影响力，积累的用户群，一朝尽失。

冬日的太阳依旧毒辣，她站在路边，看眼前车流不息，一时不知如何迈步，又该迈向何处，只捏紧矿泉水瓶，仰头饮尽，仍觉得渴。她回头，见事务所旁有家星巴克，进去点杯星冰乐。

刚坐下，胡培月打来电话，她将情况一五一十说清楚。胡培月问："你现在怎么打算？"

"不知道，还在考虑。两个方案都有利有弊。"她托着下巴，低声问起唐铭深提过的案例详情，听胡培月说完，她又长吁一口气，怕胡培月担心，又强打精神。挂掉电话，她喝掉半杯星冰乐，转身出门，沿路边信步而行。

她全副心思都在此事上，过了好久才意识到，有车子对她亦步亦趋地跟着。半降的车窗上方，是关奕山的脸。他说："我听说了。"她一下没反应过来，直到看到他搁在驾驶席旁的星巴克纸杯，才明白。他让她上车，而后面陆续有人骑着单车，在他们之间穿过，她便上了车。

他也没问她去哪里，只道："刚才在里面想跟你打招呼，但看你全神贯注，后来无意中听到你跟胡培月说的话。"

"是啊。"

他看她一眼："我在珠海、东莞等地也见过御茶，还以为是你把分店开到那里了。说起来，如果我跟你提一下，也不至于让你现在这样被动。"她牵强地微笑，而他又问，她倾向哪个方案。

她低头看自己双手："无论选择哪个，都是一场赌博。"

关奕山缓缓将车子驶向江边绿道，有很多人在绿道上慢跑。江时一本想说些客套话，问问他近况如何啦，未婚妻跟他十分般配啦，什么时候回港呢，诸如此类，但她现在殊无心情。关奕山却冷不防道："如果我是你，我会从头开始。放弃的瞬间是痛苦的，但我相信自己的能力，就视作二次创业又如何？这次的我，会比第一次更强大。"

在这江风习习，从车窗外灌入的下午，江时一忽然想起阿俊。对关奕山来说，香港发生的一切，也是如此毫无意义吗？他到内地来，只是让跌倒的自己重新爬起来，而且变得更强大？

她又听关奕山道："我知道你现在未必听得进去，但你是我见过最强韧的女人，我看好你用新商标另起炉灶。"

最强韧的女人。

江时一忽然笑笑，因想起初恋男友的话。关奕山注意到她这转瞬即逝的笑意，从镜子里打量她。她说："谢谢。"

"听起来不像真心话。"

"不，我真心谢谢你。我知道你的时间宝贵，不会浪费在没有价值的人身上。而现在的我对你来说，就是一个没有价值的人。因此，你在我身上花的每一分每一秒，都出自真心。"

关奕山一下没明白，这番话是褒是贬。他将车子靠到路旁，停下。她说："我会慎重考虑你的建议，真的。"

她眼神清澈，语气诚恳，他便明白她还是那个心无城府的女孩。他刚要说什么，电话在此时响起，他看了江时一一眼，便接听电话。她听他说话口吻，一开始以为是他妹妹，后来明白应是他未婚妻。听上去，她最大的烦恼，无非是又胖了一斤，或是错过想看的展览。多么顺遂如意的人生。江时一在副驾驶席上，还在为她的事业而头痛。

"好了好了，我下次陪你。现在我有事忙，再说，好吗？"他非常耐心，哄小孩儿般的语气，终于挂掉电话，然后问江时一要去哪里，她说回家。关奕山便送她到江边里。还没到她家楼下，他便将车子停下，微微笑说："就在这里停吧。免得胡培月见到我。虽然自我从星河城辞职后，也很久没见到她了。"

江时一问："怎么了？"

他说："她不喜欢我。"

她不解，他说："如果我是她，也不会喜欢我自己。一个会让女儿的心背向自己的男人。"见她不语，他又道，"如果有需要我的地方，一定告诉我。"

她下了车，客气点头，利落离开。

上了楼，她发觉门没锁，心想胡培月怎么又这样大意。推门进去，抬头见到许柏乐正坐在桌前吃一碗车仔面。她用手指了指他嘴角，他用纸巾揩掉海鲜酱。

她问："你怎么在这儿？"心里其实猜到几分。

胡培月从厨房走出来，手里端着一杯玫瑰花茶："我找他的。"她眼神闪躲，"我看你好像一直很烦恼，我又不想打扰你，就打电话给许柏乐了。"

许柏乐用筷子挑起面条，顺着她的话往下说："没想到我完全不知情，哈！"

江时一往沙发上靠，声音闷闷的："我是不想麻烦你。"

许柏乐放下筷子："那我走了？"

她将茶几上的草稿纸揉成团，掷他身上："吃完面就想走？"

他低头，继续大口吃面，忽然若无其事问了句："现在什么情况？"她将这几天发生的一切详细告诉他，包括她在珠海等地见到的山寨御茶、陈先生的意见，只隐瞒她见到关奕山这事。许柏乐一直专注地吃着面，始终没发问，好像并没有在听。

江时一总觉得，这事怪她没经验。许柏乐已多次问过她商标注册的事，她这颗心却放得太宽，认为总会解决的。她多少有点心虚，跟胡培月喊了声自己下楼倒垃圾，就提着垃圾袋走了。

下了楼，她见到关奕山的车还停在对面，有些意外。扔了垃圾，她到御茶去，果然见到他坐在那里，手里握一杯水果茶。旁边都是三两成群的好友情侣，他一袭杏色软呢外套，黑色高领毛衣，孤高清瘦，看上去很扎眼。江时一转身要走，关奕山却已抬头见到她，她不好装没看到，只得上前跟他打招呼，用老板的语气问怎么样，好不好喝。

关奕山从不跟着她的话题走："我刚在想，如果你愿意重新开始，也许我也能够重新开始。"

他这话里有话，试探意味跟暧昧气息，说不清谁比谁更强。江时一既敏感又迟钝，以一己肉身在创业江湖闯荡的她，触到感情问题，就立即将手脚缩回来。现在她往后退一步，关奕山瞬间辨别出她的身体语言，立即道："我是说御茶。如果你要重新出发，那我手头还是有些资源，也许你能用得上。"

他知道，这是她无法拒绝的话题。果然，江时一开始追问。他说他有不少媒体朋友，无论她是否决定换商标，他都能够让媒体朋友帮忙推广。"按照这个态势，没准还能为你介绍投资人。"他笑了笑，"但这个，也许你未必需要我。"

"为什么？"

"胡培月、许柏乐，他们也有认识的人。"

江时一轻声说："他们已经不是以前的他们了。"但又道，"无论如何，谢谢你。"

"我喜欢广结善缘，喜欢帮人。谁知道哪天我帮过的人，会以怎样的方式，在我需要的时候，扶我一把呢。"他顿一顿，"不过，我帮你可不是出于这个原因。"

两人坐在小店一角，无人留意，但江时一依然将脸垂下来。碎发随着她的脸庞，一同往下滑落。他想伸手替她拨上去，又怕冒犯。她转过脸来，带点僵硬的微笑："还没恭喜你订婚呢。"

他坐直了身子，两人间的距离瞬间拉远一些："谢谢。"

"什么时候结婚？"

"他们还在选日子。年内吧。"关奕山说这话时，仿佛此事与他无关似的。然而江时一看他吃穿用度、行为举止，又分明跟她初认识他时，有些说不上来的不一样。最初的他，有种因为见过些世面，反倒怕被人小瞧了去，硬要撑起来的态势。尤其在内地富人面前，更不能丢了港人的架子。但今时今日，他已经一只脚踏入那个圈子，不再需要无关痛痒人员的认同，反倒松弛了几分，有点新贵气质了。

因两人都静下来，他倒忽然想起了什么，问她："听说许柏乐离开江门了，你跟他还有联系吗？"

"我们一直在一起。"江时一说完，见关奕山脸色一僵，明白这话有歧义。而他顺着这歧义，拐到另外一个意思上。她解释："我在贵州找茶，而他……闲着没事。"

"找茶？"

"啊，是的。我在那里刚签下一片茶园。"她说这话时，突然带上些微微歉意的笑，"很可笑吧。觉得自己是个理想主义者呢。明明商标注册、市场开发这些事情，要迫切得多，我却始终埋头做产品。"

关奕山微笑："这是你可爱的地方。"不知怎的，他忽然想起了阿俊。他不知道，江时一此时也突然想起阿俊。她问："你找许柏乐有事？"她说许柏乐现在正在她家吃面，因为多管闲事的胡培月把他叫来了。关奕山把刚脱下的软呢外套穿上，起身说他去看看。

两人一前一后上了楼。楼道还是这样昏暗狭窄，江时一习惯了，走起路来特别快，关奕山却想起了小时候住的劏房。但他告诉自己，那样的日子不会再有了。他看着眼前江时一的背影，忽然低声说："也许说出来，你会觉得我自私。其实，我听到御茶出了问题，心底里有些高兴。"

江时一已走到二楼平台，回过头来等他。等他这个人，等他后面的话。

他却停住，在比她低矮的台阶上，仰起面庞："因为我终于有机会再跟你说话，甚至还能帮上忙。"

她没接话，轻声催促："走吧。"

他一动不动，她下意识地伸出手去，而他轻轻迈步，一下走到她前头，她也在后面走，却见关奕山突然停住。她问："怎么了？"他在前面，微微侧过身，她才看到许柏乐正从上面下来。他双手插袋，似乎听到刚才的话了。

许柏乐像是没看到关奕山，只越过他的肩头，冲江时一懒声道："胡培月见你倒个垃圾倒了一小时,又没带手机,强迫我下来找你。"他转过身,耸耸肩,"我就说你没事嘛。"

关奕山喊他名字,问道:"可以聊几句吗?"

许柏乐给他一个背影:"有什么可以聊的吗?"他继续往上走。

"钟Sir患了肝癌。"

许柏乐停下脚步。江时一也意外。

关奕山说:"上次回港,我去见过他。他变化很大,像另外一个人。他已经不再恨我们。他说,阿俊后来想不开,主要是因为自己逼得他太紧。"

这时有人从楼下往上走,关奕山静下来,三人都往旁边靠了靠。等那人的脚步声消失,关奕山又补了句:"阿俊的家庭造成了他的个性,而他的个性造成了悲剧。"

"这不是对赌。"许柏乐说,"不是其他人不输,我们不赢的游戏。不是钟Sir有问题,我们就没过错。当初为了促成项目,我们明知道后面会发生什么事,依然让阿俊卖掉公司,还跟他说这对品牌有利。"

"我们说错了吗?没有。事实证明,这个决策的确对品牌有利。他的人不在了,他的品牌还在。"关奕山意识到自己的话过于残忍,他尽量平缓道,"他遇到的,是大部分成功创业者都会遇到的问题。到底是控制公司,还是创造价值?到底是当国王,还是当富豪?"

"那是别人,不是阿俊!我们了解他,知道他的梦想。他要亲手创建一个品牌,给它浇水灌溉,为它披荆斩棘,看它长大。而不是靠它圈钱。"

关奕山几不可闻地失笑:"这只是其中一面的阿俊,但另外一面的他呢?他精神状态不稳定,有时抱着下属感动大哭,有时又声嘶力竭地骂人,谁受得了?创业路上九死一生,不是遇上野蛮人,就是遇上巨头。他能承受压力吗?卖掉公司是他最好的选择。我们没做错。如果说有什么问题,那只是当时我们都不在他身边,没有很好地关注他的状态。"

这栋旧楼,过道墙壁都是污垢与涂鸦,不知道哪层楼哪家人开着门窗,飘出炒菜的呛人辣椒味。又不知哪家人的小孩在看动画片,高分贝的日语台词喊出"中二"的梦想。这两人就站在这楼道里,抖落着彼此不同的价值观。江时一此时并不明白,她应该站在哪边。后来,当她也像当年的阿俊一样,站在国王跟富豪的十字路口时,才明白这场争论的分量。

只听许柏乐说:"你说的我都知道,因为过去的我,跟你一模一样。没有感情,只为资本服务,只考虑利益。"

这时楼上传出砰的开门声,两人都静了一下,有个妈妈骂孩子:"还要跑出去玩吗?快把门关上!"小孩哼哼呜呜着,又砰地把门关上了。

楼道里,再度被以市井声为背景的静默所盖过。

关奕山低头捻起外套上的一根细猫毛,抬起头,漠然开口:"那你呢?躲在山区里逃避问题,是不是觉得在为自己赎罪,为正义赎罪?你认为我铁石心肠,但我起码有勇气面对钟Sir。而你,连自己喜欢的女人都没勇气面对。"

许柏乐脸色一白。江时一也是一怔,不明白为什么话题突然拐到这里。

关奕山转头看一眼江时一,又打量许柏乐:"难道,江时一还不知道你喜欢她?"

谁都没注意到楼上脚步声传来,胡培月站在楼梯口,探出身子。她听到刚才的话,非常疑惑地看着眼前这一幕。

关奕山又拍了拍外套,对许柏乐说:"我要说的话,已经说完。"转身下楼。他走得很慢,因为太久没走这种破旧居民楼。他用了前半生去走这段路,现在终于离开了阴暗潮湿的平民世界。

江时一跟许柏乐,谁都不擅长处理感情的事。

关奕山丢下那样一句话,他们谁都没接茬儿,只愣在楼道里。还是胡培月说了些场面话,说她蒸了杭州小笼包,让他们回来吃。但饭桌上,他们俩都没吱声,场面尴尬。幸好胡培月又问起商标的事,两人才算提起点劲。但这三人的交谈有趣得紧,全部以江时一跟胡培月说、许柏乐跟胡培月说,如此进行下去。实则,他们都隔着胡培月在对话。

最后,胡培月将碟子收了,拿到厨房去。外面这两人便静了。半晌,江时一问:"你要回去看钟Sir吗?"

"不知道。没想过。"

当时,许柏乐是这么说的。

但说这话的次日早上,他就背上行囊,消失了。江时一醒来,手机里躺着他的消息,说商标的事,有需要的话给他发消息。

江时一放下手机,仰头看外面平静的江边里。街尾九中的课间铃声响起,又传来学生们的喧闹笑声,又有人骑着自行车沿街喊:"老鼠药!蟑螂药!"她将脸贴在窗帘上,默默想了一会儿,脑中乱纷纷,一会儿想起爷爷奶奶,一会儿又想起关奕山那番话,还想到了阿俊裹在毯子下的冰冷身躯。思绪像蛇一样扭,最后扭回商标这事上。

昨天饭桌上,胡培月托着下巴,细声细气:"这些事情我不懂。不过,从头开始，虽然需要壮士断腕的勇气，但既然过往不堪，现状又理不出头绪，重新开始不是挺好的吗？我本人是这样，御茶不也是这样吗？当初，御茶还是家双皮奶店呢。"

江时一攥紧窗帘一角，下了决心。

[4]

又是一年中秋。

往常，胡家总是高朋满座，人来人往。虽然胡教授这几年已退休，但都知道他女婿是唐铭深，笑脸相迎的人比过去更多。直到两年前，胡培月跟唐铭深离婚，情况就变了，来看他的只有学生。

夫妻俩并非暴发户，自身家底厚，因此面对比他们更富有的女婿，也总维持不卑不亢的姿态。这姿态多少有些撑场面的意思，是告诉他"我们不比你差"。胡教授教经济学，骨子里露一半知识分子的清高，藏一半商人的精明，他用商人那份精明与社会周旋，用知识分子的尊严来面对富人。胡太太是画家，跟不少画廊老板、博物馆主人是朋友，也常有画作在国内外展出，这让她在女婿跟前，分外拿腔拿调。

此前总有人打趣，说女婿有钱，他们何须这么辛苦。胡教授、胡太太立即摆出"他是他，我们是我们"的脸，让人肃然起敬。然而当胡培月跑回家哭诉说要离婚，那两张令人起敬的脸，立即随着眼神一沉。胡教授双手搁在膝盖上，不言不动，宛如一尊塑像。胡太太立即站起来，嘴皮子翕动，说出的话跟过去她在公众面前大肆宣扬的女性应该追求灵魂自由，大相径庭。

胡培月离开家时，暗示过自己会到广东。他们心里清楚，她是去找自己抛下的那个女婴。她料定他们虽一心寄望她跟唐铭深复婚，但断不至于将自己在哪儿泄露给他。结婚前，胡培月想将孩子这事告诉唐铭深，极力主张要瞒下来的，却是他们俩啊。

两夫妻都是要面子的人，自从胡培月离婚后，他们就大量减少跟外界来往。唐铭深倒是个有意思的，每年春节中秋都还记得送礼过来，似乎跟他们的联系不断，跟胡培月之间就有条无形的线。离婚后，他初次上门，胡教授不见他，倒是胡太太穿得隆重，在客厅里接待她。说了两三句客套话，唐铭深正准备说是自己对不起胡培月，胡太太的泪忽然就落下来了："是我家培月没福气……没能为你生下一男半女……"声音渐至哽咽，唐铭深倒微诧了。唐铭深走后，胡教授走出来，怪胡太太失了分寸，胡太太也颇为懊恼。然而那次以后，唐铭深逢年过节都

134

来，这倒让胡太太底气足了些。她摸着胸口想，等哪天胡培月在外吃苦吃够了，回心转意，她跟唐铭深兴许还有希望。直到唐铭深跟艾琳生了个儿子，她的幻想破灭。

两年过去了，胡培月一直没回来。倒是唐铭深中间提起过，他在广东见过她，说她在诺亚集团上班，跟她女儿一起住，过得很好。胡太太听到"她女儿"的字眼，手指都颤了，唐铭深看在眼里。

这天中午，胡太太正在房里看书，外面门响。她坐着不动，等阿姨开门，后来才想起阿姨买菜去了。她起身开门，胡教授也从阳台上出来，托着眼镜问："谁呀？"

门打开，胡培月站在外面。她说："爸，妈，我回来了。"

这句"我回来了"，意义颇多。在胡教授、胡太太心目中，这个女儿在外撑了两年，吃了两年苦头，终于想起要回家享福了。对胡培月而言，含义更为复杂，既是两年没回家的愧疚，又有自己活得好好的自豪。无论如何，绝不包含回头是岸的意思。

这一家人再度见面，目光都颇为复杂。胡教授还在生着气，胡太太到底心疼女儿，又开始掉眼泪，说回来就好。她打电话给阿姨，让她多买几个菜，她今晚要亲自下厨。胡教授问了胡培月几个问题，胡太太也问了几个问题，但都避开了江时一的存在。在胡太太看来，要是当初没有那个野男人，就不会有那个不该有的孩子，也不会有后面那样多事。胡培月多年生不出孩子，她跟唐铭深都检查不出什么问题。胡太太不得不相信民间的说法，说是一个人命中有多少子嗣，都是注定的。她恨江时一，恨她占据了胡培月的"份额"。

胡培月自然没想那么多，她看阿姨买菜回来，便笑盈盈地跟胡太太说，今晚她帮忙下厨。胡太太见她洗手做羹汤，边做饭边将厨房擦得锃亮，联想到她现在居然要做饭伺候那个野孩子，心里便藏着事。胡培月端出清炒虾仁、猴头菇响螺炖排骨、香辣螃蟹年糕跟牛肉羹，坐在胡教授跟胡太太之间，软声说话，感觉还是那个不曾离开过家里的小女孩。

灯光如水，桌上有花有茶。他们在灯下吃饭，饭后阿姨收拾碗筷时，胡培月又到厨房去切水果，端出来时，胡教授托了托眼镜："培月，你这次回来怎么没行李？"

胡培月啃一只苹果："就回来住两天，请了一天假，周二还要回去上班的。"

胡教授跟胡太太对视一眼，放下筷子。

他们的女儿，以前从不这样。

既不会为五斗米去打工，更不会边咀嚼边说话。

胡太太要开口，胡教授按住她手背，不动声色地问："你还要回去？"

胡培月微笑，但脸上有些转瞬即逝的犹豫，她也放下筷子，回头看了看厨房，见阿姨还在里面忙活，厨房门掩着。她才道："我这次回来，其实是有事想请爸妈帮忙的。"轻咳一声，她语气腼腆，"我想跟你们借点钱。"

胡教授没吭声，胡太太沉不住气："借多少？"

"六十万。"她逐一交代来龙去脉，从江时一继承御记开始，到她尝试做双皮奶，意外推出芝士奶盖茶，又到她现在已在各地有数家分店，言语中，都是母亲对儿女的骄傲。同为女人，胡太太能够明白她这种心情，但眼看女儿奔波至此，简直心疼。她正要开腔，胡教授的手背就像一面盾牌，将所有可能性驱逐在外："我们没有。"

这话非常果断，胡培月还没回过神，心里想着是否因为父母年纪大了，要看病花钱，又开始愧疚，她回家后，还没详细了解过他们的身体状况呢。刚要开口，就听胡教授道："我劝你也别管你那个什么女儿了。你现在应该为自己打算，先搬回家里，再慢慢一步步考虑。"

胡培月迷惑了："家？时一那里就是我的家。再说了，我现在有工作，还要考虑什么？"

"考虑什么？你连区区六十万都要跑来跟我们要。你当初要不是意气用事，一下子跟唐铭深断掉，现在至于这样窘迫吗？即使你跟他离婚，也不该一时冲动，不经我同意就提出净身出户。你现在是便宜了他跟那个女人，你知道吗？"

这话里有话，胡培月拆开来，细细品尝。她明白了，胡教授哪里是掏不出这"区区六十万"，只是不愿意，也许还有不甘。

她问："我跟唐铭深没有爱情，难道还不该离婚吗？我不想要他的钱，这个想法虽然天真，但我的亲生父母总不至于为了这个就跟我翻脸吧？"

胡太太赶紧打圆场："说什么翻脸呢，我们可想你了。你走了以后，我跟你爸都睡不着。"她眼眶红了，掉了些真情实意的眼泪，越说越将自己打动，"我们是不希望，你为了那个女孩儿毁掉自己的人生。"

"是我差点毁了她的人生。我想补偿。"

"是她让你补偿的吧？"胡教授说话毫不客气，"现在的年轻人，说什么创业，就是不想上班！反正亏的是你的钱。"

"她没花我一分钱，也没亏。事实上，她做得相当不错。"

胡教授失笑:"不错?做得不错?那你们母女俩还住在那个叫什么江什么里的破地方?"

胡培月微震,明白过来了,她的父母不是没能找到她。相反,他们一直知道女儿在哪儿,也知道她过得怎样。

她垂着脑袋,好一会儿,突然轻声笑了笑:"爸,我还记得以前你说过的。你说,很多小型加工企业靠出口赚到钱后,没有把利润用来购买更先进设备、引进人才跟扩大再生产,而是花在买豪车、豪宅、出国旅游上,所以,他们虽然富有,但行业水平始终落后。但是,时一她正相反,吃的穿的,跟以前没有不同,把钱都投在创业上面。"

胡教授木着一张脸,并没有什么表情。只有跟他很熟的人,才能察觉他有些不屑。

胡培月没有给他表现这情绪的机会,只微微点头:"是我天真了。对,是我亏欠江时一的,我想办法还给她。你们俩并没欠她什么。"她站起身来,拉开椅子,胡太太也站起来:"你要去哪儿?"

"找其他同学、朋友,想办法筹钱。"她轻声道,"对不起,我在杭州待的时间短,下周公司还有大促,请不了假。只能等下次再回来看你们。"

"站住!"在父亲的叫声中,胡培月停下脚步,她转头,听着她从小到大尊敬的父亲,沉声道,"你离婚这事,已经够让我丢脸了,现在还去找朋友借钱?还跟他们说,是为了被你抛弃过的野孩子?你让我跟你妈的面子往哪儿搁?"

胡培月微笑:"你们不想丢掉的不光是面子吧,还有那所谓的身份。是唐铭深的岳父岳母,还是培养出完美女儿的知识分子家庭?"她的笑容往下沉,对着他们鞠了一躬,"对不起,二十年前我在两边家庭间,选择了父母,请原谅我不孝,这次我想选择我的孩子。"

她直起身体:"我给你们俩丢的脸,时一会全部挣回来。她是我知道的,最勇敢能干的人。"

胡培月离家后,开始逐一联系老同学。现实真有趣。当年她富贵时,跟她来往甚密的人,在她离婚后都像露珠般消失。而当年因"看不惯她做派"的人,又迫不及待要围观她如今的难堪。

这天晚上,她蜷在表妹家里,脸上贴着面膜,一直给同学发消息打电话。她那刚过三十、矢志不婚的表妹,脸上一片面膜,膝盖上一只猫,重复问她,是否真跟小姨、姨父闹掰。胡培月解释,没闹掰,只是谈不拢。表妹又问起她在广东的新生活,她女儿卖奶茶怎么会亏了六十万。胡培月耐心跟她解释,说江时一不是亏了几十万，但钱都用来开分店了，加上刚签了茶园，腾不出钱。

说话间，一个同学终于接听电话，她立即撕下面膜，语笑嫣然，好话说尽，对方终于答应借给她五千。

从小到大，胡培月在表妹眼里都是个神人，她还真没见过她这般狼狈："你现在筹到多少了？"

胡培月说，快到十五万了。

表妹静默片刻："就……算上我借你的十万？"

"嗯。"

表妹感觉她怀里的猫好像翻了个白眼。她轻扫猫毛，小声说，小姨每年都出国玩，前年还买了大别墅呢。胡培月低头翻手机，不抬头，也不吭声。表妹又小声说，唐铭深这几天刚好在杭州。

"我不会找他。"

她的沉默跟否定，表妹都听明白了，再不说什么。她觉得表姐这次回来，似乎变化很大，只是说不上哪里变了。她依旧爱美，从江门坐车到广州再飞杭州，一路风尘仆仆，她头发丝都没乱，衣服不起皱。但过去的她，对金钱毫无概念，跟唐铭深离婚，为了那一口气，说不要钱就不要钱。现在却为了借来的五千一万，拉下脸来，跟人千恩万谢。

胡培月睡前跟江时一通了个视频，江时一让她外出注意安全，她说知道了。挂掉电话后，胡培月心想，真是个傻孩子，真以为她出差，这就被骗过了。江时一心想，骗谁呢，这出差住的酒店房里还摆着相框跟猫粮。

胡培月睡醒，表妹已出门上班，给她留下字条，说厨房里有麦片跟牛奶。胡培月坐在桌前，喝一碗麦片，猫在她脚边睡。她想起爸爸总爱笑话表妹一家，说他们没出息。但此时她打量这单身公寓，看一切井井有条，又想起自己刚独立生活时，连地都不会拖，便觉得爸爸对人对事的评判标准，不过唯有财富而已。

拨拉着碗里麦片，她忽然记起，当年自己服药自杀，住院期间，爸妈让江海文到杭州来，将江时一塞给他。谁知道，爸妈有没有对他讲什么难堪话，才让他憋着一口气，在创业赚钱路上狂奔不回头，直至撞得头破血流？一想至此，手中勺子重重跌坠，麦片溅到手腕上。

她再无胃口，起身端碗去洗。洗到一半，听到外面门铃响，她想表妹怎么会这个时间回来，擦干手，往门边走时，忽然闪过念头：是爸妈来找她了？这想法让她脚步稍缓，一只手搁门上，终于还是开了门。

站在外面的不是胡教授、胡太太，而是唐铭深。他彬彬有礼："我可以进来

138

吗？"她侧身，无声地让他进来，心想，爸妈的动作可真快。

唐铭深也不浪费时间，直奔主题："我听说你在到处借钱。为什么不来找我？"他声音温柔，是那种男人对心爱妻子说话的声线。

胡培月安静半响，只静静看着他，他以为她仍像之前那样清高自傲，便一心说服她："虽然我们分开了，但我希望你会将我当朋友……"

她开口，打断他的话："我的钱，现在可以要回来吗？"

他意外："什么？"

胡培月跟他说，她以前从不考虑吃饭问题，觉得尊严大于一切，现在，想要反悔。她说，江时一现在创业需要钱，很多钱："我要帮她，我想拿回属于我的钱。"

唐铭深忽然往后退了一步。刚才那张柔情万分的脸，此时又灰又白。胡培月从他脸上读到了答案。他看屋里的猫，看窗外的树，看厨房里的水池，唯独不看她的脸，良久才缓缓将目光移回她脸上。他说："对不起，我不能。你为了你女儿，我也要为我儿子。"他进来时，像是满腔心事要对胡培月诉说，此时却匆匆回头，说自己还有事要忙，转身就去开门。

他半个身子走出去，还留半截在室内，忽然停住了。他转过头，没有什么情绪地说："离婚前的财产……因为你没法证明我非法转移夫妻共同财产，所以即使起诉，也还是会维持原判。除此之外……如果你有什么需要的话，还是可以随时找我。"

前一秒，他还是温柔的旧情人，现在，已经是公事公办的前夫。这位前夫转过身子，就这样消失在她眼前。

胡培月这天行程依旧，四处约老同学，但同学之间已私下传说她在借钱，避而不见。她又抽空给律师打电话，问到的情况，跟唐铭深说的差不多。她说，对方出轨，律师问，有证据吗？她犯难。要不是艾琳怀孕，唐铭深提出离婚，她还一直认为自己是个幸福小女人。

打了两个电话，一低头，她发现自己账户上入账六十万。

她想了想，应该是他。想给他发消息说谢谢，又一转念，这里面也有自己的钱。她给他发消息，说中秋快乐，而他一直没回。

若是过去，胡培月是不会要他的钱的。但今时不同往日，众多已注册商标里，江时一相中了"一时茶乐"，胡培月也觉得这商标简直为她而生，居然暗合江时一的名字。两人当时都对这商标志在必得。唯一阻碍，便是需耗费八十万。

江时一打算找银行贷款，但没啥信心，于是约了在银行上班的小学同学。中秋在即，她提前买了哈根达斯月饼券，想着见面给人。下单时，她心里想，难怪搞钱的人都要搞人脉，她创业这段时间来，跟老同学联系的频率比以前高多了。至于大学同学，基本都干着本专业的活，用到的地方少，她忙于御茶的事，也很少在同学群里冒头。大家也只知道江时一在老家经营一家奶茶店。倒是大学里的广东同乡会，因各行各业的人都有，她觉得总有用上的时候，联系得也勤快，心底里笑自己，怎么越来越功利了。

她这天揣着月饼券，刚在约定的茶楼坐下，在点餐纸上勾选虾饺、烧卖、凤爪跟及第粥，胡培月就致电说，自己回到江门了："带着六十万。"江时一问发生什么事，她只说，自己把搁杭州家里的一套珠宝卖了。矢口不提，她那些珠宝不是留给唐铭深了，就是老早折价卖掉，支撑她最早期的独立生活了。手头只剩价值一两万元的，压根算不上珠宝，只是首饰而已。

江时一同学到了，她匆匆挂掉电话，把月饼券送给同学，又问了一些中小企业贷款的事。这同学以前是班草，现在还年轻着，已经有发福倾向。他先是客气地说，下次不用破费请饮早茶，又问清楚江时一在做什么，便笑笑道："其实一个女人，这么辛苦干什么呢。"江时一听过太多这种话，只一笑带过。

她想，跟性别有什么关系呢。大多数人也只是按部就班，过完一天，一年，一生。真正需要付诸热情的事业，她过去不认为会跟自己有关，直到御茶的出现。

眼看江时一买下一时茶乐，商标转让流程平稳进行，胡培月心情愉悦。她的情绪，永远体现在穿衣风格上。米色羊绒开衫，偏灰色阔腿裤，外面披上大风衣，如红衣烈女夜行黄沙白地般，大开大合。手捧一杯奶茶，无论跟谁说话，都面露微笑。

谁知道是歪打正着，还是怎样，她亲和力惊人，所有人都爱她。年底公司安排到上海总部培训的名单出来，赫然有她。

人人上前恭喜，她却犹豫了。

冯霄劝她，说这是好机会，接受完培训，下一步也许就要高升。她说，她舍不得江时一。冯霄没当过母亲，不懂那是怎样的心情，只替胡培月遗憾。她心里也想起强势的母亲，这才领悟，自己为母亲牺牲，困在小城动弹不得，但尚年轻的母亲何尝没有为她牺牲呢。如果不是带着一个小屁孩，她原本可以有更好的生活。冯霄从未见过外婆，也没听母亲说过。她将自己乖僻个性归罪于原生家庭，那母亲的原生家庭呢，又是怎么样？她第一次想这问题。

胡培月跟冯霄吃完晚饭，又留在公司加班。晚上到茶水间时，碰见陆海文，他正跟儿子打完电话，上前跟她打招呼。

他们俩分手后，依然是好友。陆海文不曾说过她半句不是，她也没觉得他有什么做错。倒是李翰飞，跟男同事出去喝酒，借醉宣称唐铭深前妻是他女友。好事的同事跑来问胡培月，她学章云程那般装傻，微微一笑："那我来这里干吗？体验生活吗？"大家又都觉得这个传闻滑稽，便没人相信李翰飞的话。李翰飞再次见到胡培月，她相当冷漠，他也不好意思。

这次，胡培月跟陆海文在茶水间碰头，他问起到总部培训的事。胡培月说："没决定呢，可能不会去。"

陆海文知道她是为了江时一，便笑道："父母不愿意离开儿女，但儿女总要离开父母的。"

她低头摸着杯子把手，也不说话。

他说："她的奶茶生意做得好，难道会一辈子困在江门吗？按照现在的发展趋势，下一个发展重点，不是广州就是深圳。难道你不想为她铺路吗？"

"铺路……"

"当了爸妈，自然想将一切最好的都给儿女。孩子上好学校念书，需要我们搭关系。孩子生病找好医生，也需要金钱跟人脉。我觉得啊，正是因为这种心态，人类才推动社会进步吧。"陆海文涩然微笑，"当然，当父母的，为儿女牺牲的，又何止这些。"

他追忆自己失落的恋情，而胡培月则反复想着他这番话。这天晚上，江时一洗完澡，在电脑前一点点敲着商业计划书，偶尔抬起头来往外看，见胡培月非常沉默，靠在阳台上抽一支香烟。

她走出去，将脑袋靠在胡培月肩膀上："有心事？"

胡培月回过神："没有，想公司的事情。"

"到总部培训的事？"

她抖落烟灰，回头看江时一："消息挺灵通，冯霄告诉你的？"

"那是。我跟霄姐保持良好关系，不然哪天你换了男友我都不知道。"

江时一注意到胡培月突然静下来，夺过她手中香烟，问她到底怎么了。胡培月说："我在想，自己是否浪费在恋爱上的时间太多。四十岁的人了，职场履历一片空白，哪天你需要帮忙，我这双手，什么劲都使不上。"

"你要怎么帮？帮我铺桥搭路？"江时一搂过她肩膀，"如果不是你手把手教我化妆，教我搭配，我现在还穿着半旧短衫牛仔裤去见银行的人。如果不是你，我现在也不知道原来生活是应该享受的，钱是要花在丰富个人体验上的。"

江时一劝她，为了自己，应该到总部参加培训。她说，过去胡培月见过的世面，无非因为她是谁谁谁的女儿，谁谁谁的妻子。唯独现在，她是作为胡培月出现的。

"别想着留在江门能帮上我什么忙，你要为自己而活。"

胡培月听了她的话，装上满满两大箱衣服，出发到上海。

公司安排在松江那边封闭培训，课程多且杂，胡培月坐在课室一角，像十几年前念书时那样，将运营管理、产品设计、行业趋势、工程成本都装到脑子里。课间时分，她碰上章云程，他正跟人说话，见到她，便冲她微微点头，她也点头。重新走进教室，她这才发现，原来章云程也在这里，只是他一直坐在角落，异常安静。

直到培训结束，他们都没说过一句话。胡培月想，这人倒是沉稳许多。又也许因为人在上海，他自觉身份不同。但培训课室里没有总部的人，都是华南华北两地员工，都不认识他。

课程结束前三天，总部在旗下酒店举办茶会，邀请几名优秀学员参加，胡培月在其中。她自知跟职场脱节多年，又非专业出身，短短三十天培训，她再埋头苦读，也比不上其他人。唯一出众的，也只有白猫一样的脸，天鹅一样的体态。

但她还是出现在茶会现场，认识公司里的人，含着一些笑，说着场面话。章云程也在，她本以为他又会说些嘲讽她是"花瓶"的话，但他没有。她想，他到底经历了什么。她握着酒杯走过去："没想到在这里见到你。听说你到深圳公司了。"章云程点头说是。她问起他近况，他说还是怀念过去在江门时候。在深圳，知道他身份的人还是多些，在上海就更多了。她回头看一眼，说："起码这场茶会上没有吧，否则你怎么会来。"章云程不答，只笑笑。

他现在似乎成熟好些，更像她认识的职场人了，不轻易表达自己的好恶。

又啜了两口香槟，章云程终于轻声提醒她："我有点事想问你，跟关奕山有关。"他看一眼周遭，建议到酒店咖啡馆聊。

两人坐下，各点了杯饮品。章云程说："你应该知道关奕山跟我妹妹在一起吧。"胡培月不懂他找她的原因，便不表态，只听下去。他又说："这么说吧，我有一个姐姐，一个妹妹。姐姐已经结婚，姐夫是个闲云野鹤的艺术家，不靠谱的地方肯定有，但跟姐姐关系还是挺好的。最起码，姐夫想什么，我们都知道，也吃定了他不会对姐姐造成什么伤害。但是关奕山……"

服务生端上来一杯美式，一瓶苏打水。胡培月静静听他讲。他抬起眼皮：

"我见过他跟你女儿在一起。"

胡培月心想,谁知道章家是一摊什么浑水,她尤其不愿意让江时一蹚进去。她说:"虽说我不太清楚他们的事,不过就我所知道的,他们只是普通朋友。"

章云程笑了:"我也是男人,分得出来是不是普通朋友。像关奕山这样的人,我们也调查过他。他在香港本来颇有前景,后来因为一些事,到内地发展。到内地以来,他搭上的每个女孩,都是富家女。而且,一个比一个家境更好。但是,江时一是唯一的例外。"

胡培月突然对章云程一家的做法有些反感。她固然不喜欢关奕山,但也看不惯章云程他家的做派。他们鄙视关奕山,瞧不上他贫寒的出身,努力高攀的姿态。他们把他当作一个零件,毫无隐私地剖析拆解,看他是否够格与他们家族匹配。

她忍不住替关奕山说话:"每个人都有自己的过去,关奕山固然不是一张白纸,你妹妹也未必是。"

"不一样。关奕山根本没资格在意。"

胡培月摸着瓶子,不说话。

章云程忽然一笑:"我好像又惹你生气了?"

"没有。我生什么气呢?"胡培月说,"对你们来说,选择伴侣,也是在做投资。当然要做尽职调查。"

"你是认为,我们没有把关奕山当人?"

"你们有没有把别人当人,跟我没关系。"她边把单埋掉边起身,"如果没有别的事,我得回去了。"

她往外走了几步,心里也笑自己孩子气。过去的自己,不也跟章云程他们差不多吗?她为了心爱男人生子、自杀,多年后却冷漠地问都不问一下他如何离世。她为了自己幻想的爱情所感动,对所爱的人被父母羞辱一事,浑然不知。她心事重重,磕磕碰碰,顺着电梯下到一楼,步出大堂,抬头见到上海的夜空。

两年多前,她跟唐铭深还挽手在这夜空下,恍如热恋情人。一抬头,唐铭深就在眼前。

胡培月微愕,心想是自己想多了。但当她看到唐铭深脸上同样的错愕时,发觉这是活生生的人。他放下手机,似乎刚打完电话,抬头见到胡培月,眼神流转,在她身上停留。

胡培月想起他转来那六十万,自己还没当面谢过,便上前跟他说:"真巧。上次的事,谢谢你了。"

"小事。"不知道为何,他说话简洁,语气急迫。她还没想明白,转眼见到艾琳着一身金色礼服走出来,目光紧锁住她,胡培月便知道是怎么回事,心里觉得好笑。

艾琳站到唐铭深旁,还没说话,便先伸出皓白手臂,挽住丈夫的手。她先附他耳边,用可以让对面人听见的声音轻道:"宴会结束后,我们要早点回去。阿姨说,宝宝又吐了。"而后,她仿佛才见到胡培月,偏过脑袋,对她微微点头,"真巧。怎么你也在?"

好像胡培月巴巴跟着唐铭深来似的。

"我们公司在这里开会。"胡培月想,自己从没导演过原配打"小三"这出,时移世易,艾琳倒是端起正室架子,防着她来了。

"哦?你自己的公司?"艾琳说,"你也开始创业?"她眼睛里有些笑,因为想起胡培月一天班也没上过,她语气如常,"其实我们也是朋友,你可以来找我。"

"找你什么?"

"借钱啊。"艾琳淡淡道,"我是很欣赏你迈出这一步,开始自主创业。对你来说,应该很不容易吧。但如果缺钱,你可以跟你爸妈要吧?你跟铭深已经不是夫妻了,但你爸妈找他借过钱,至今未还。现在你又来找他。这是拿他当一辈子提款机吗?"

胡培月脸色煞白。唐铭深按住艾琳的手:"别说了!"

"为什么不能说?"艾琳扬起脸,"既然是独立女性,为什么不学会离开男人走路?"

后面忽然传来年轻的男声,唤着胡培月的英文名。章云程笑着走过来,仿佛看不见其他两人似的,只对胡培月亲昵说话:"怎么走这么快呢,还生我气是吗?哦,Uncle Tom,你也在这里。这位是唐太太吧?我刚听到唐太太说什么独立女性的话呢。"他微笑,眼睛随之微微眯起,"我倒是好奇,独立女性是怎么个独立法?敢爱敢恨,包括爱好友的老公,跟他睡到一起?"

艾琳跟唐铭深都是一滞。

章云程又说:"一个履历好看的职场女性,当然可以瞧不上全职太太,但抢别人老公,未免姿态难看些吧?"

艾琳不知道他是谁,只道他是胡培月的朋友。她到底见过世面,也不恼不怒,但"小三"标签是她最顾忌痛恨的。她抢白:"别人的故事,你又知道多少?你们都把我当'小三',有没有问过我,当时发生了什么事?我不小心爱上一个男人，而他刚好已婚，只是这样而已。"

章云程微笑："呵，多典型的'小三'说辞。"

唐铭深拉住艾琳，但艾琳在职场上素来是女强人，舌灿莲花，此时面对这年轻男子，也不依不饶："你想过没有，我跟胡培月是公平竞争。唐铭深爱谁一些，他就跟谁一起。有什么问题吗？"

"打着真爱的幌子，用性资源跟生育能力当武器。"章云程言简意赅。胡培月在身后也拉住他，低声说走吧走吧。

艾琳似乎终于捉到对方破绽，不禁莞尔："你错了。我当时打算把孩子打掉。因为我不愿意铭深为了孩子，勉强跟我一起。从头到尾，我没提过让他离婚，是他主动提的，也是他主动说要把孩子生下来。"

胡培月从没跟唐铭深深入交谈过，对他这桩婚外情是如何发生的，她至今也不清楚。此时听到艾琳这样说，胡培月觉得被人用刀剜了一下心脏，她站在那儿，忽然就流下泪来。

"够了。"胡培月说。

章云程年少气盛，不愿认输："你说你们是真爱，别忘了，当年他对胡培月，何尝不是真爱？"

胡培月突然扬声："我说，够了……"

其他人都静了下来。章云程回头看她，见她咬紧牙，眼眶已经红透，拧头就走。他冷冷看了唐艾二人一眼，忙追上去。

两人都无意再回茶会。胡培月沿马路边胡乱走着，脸颊上都是泪。

道路繁忙，车辆川流不息，车头灯把夜空映得比白昼还亮。这热闹的市声车声，让胡培月想起了人生中所有孤独的时刻。她胡乱走着，忽然周遭汽车喇叭尖鸣，章云程从后面将她猛地往后一拽，过路司机骂着脏话，驾车呼啸而过。

"为了男人，不要命了。"章云程说，忍不住又补了一句，"这么爱他，当初就不要放手啊。"

"我放手不是因为爱他，甚至不是为了成全他，是为了放过自己。"

"现在话说得挺漂亮的，刚才怎么一声不吭。"看见胡培月不言不语，眼眶又红，他说，"好了好了，我乱讲的。你真的很厉害了。"

"我不需要安慰。"她用手按了按眼角，"无论如何，我要谢谢你。"

"我没有安慰你。"又一辆车呼啸而过，章云程再将她往路边拉过来。上海冬夜，比广东要冷得多，他呼出一口白气，"你也不用谢我。我只是在你的故事里，发泄着自己的情绪。我爸现在的太太，章云莱的妈妈，也是'小三'

145

上位。"

胡培月过去从没听说。

章云程说:"所以,你不要以为我打听关奕山的事,是出于对章云莱的关爱。不,我乐得见她栽在男人手上。但我不得不为自己打算。我能觉察到,章云莱她妈知道女儿靠不住,也有心找个能干的女婿。在她心里,我是个不靠谱的。只要关奕山跟章云莱的孩子也姓章,以后公司归谁,都不一定呢。"

胡培月说:"你们家这是有王位要抢啊,还分男女。澳门赌王都让女儿当家了。"

章云程打量她神色:"会开玩笑了?不哭了?"

在比自己小十三岁的男人跟前哭这事,胡培月多少有些不好意思。她手机响起,是个陌生号码,她生怕是公司电话,赶紧用手背拭干眼泪,调整出正常语调:"你好。"

电话那头却传来唐铭深的声音:"是我……"

章云程一把拿过手机,按下免提,唐铭深的声音在空阔的夜里,被无限放大:"也许有点冒昧,但你跟章云程到底是什么关系?"

章云程忍不住笑起来,笑声越来越大,唐铭深在那头听出来了,持续的沉默,仿佛是他愤怒的注解。不一会儿,他挂掉电话。

胡培月说:"你何必捉弄他呢?你们在一个圈子里,还要打照面的。"

"没关系。只要利益在,表面上就还是朋友。"

胡培月不语。她想,章云程虽然年轻,但到底见惯父母怎样跟身边人打交道。与他相比,江时一只是一株单靠蛮力,独力生长的杂草。上海的魅力就在于,既有不少章云程这般的玉树,更有大量江时一这样的杂草。这座她熟悉的城市,给予两者充分成长的气象,也见证过无数大树倾倒,杂草成茵的故事。

两人在这上海夜路中,走走停停,章云程忽然道:"说起来,你是逃避型人格吧。当年怀孕了,就把孩子扔下。后来老公出轨了,又把男人扔下。"

"我就是个逃兵,跟江时一比差远了。"

两人此时走到巨型广告牌下方,诺亚集团的广告在牌子上熠熠发光。夜风吹过来,将章云程的头发微微拂乱些:"可不一定。在事业上冲锋陷阵的聪明女孩儿,可能面对爱情,就会溃不成军,还不如你这种逃兵呢。更何况,她的对手可是关奕山这种人。"

胡培月自嘲:"我有丰富的失败恋爱经验,她会有一个很好的老师。"

章云程在夜色中扬起脸,冷不防道:"我能当你的门徒吗?"

她还没意识过来，那张年轻的脸已贴上来，暖热的唇轻轻地在她唇上，小心翼翼贴了一下，见她没有抗拒的意思，又再度吻下去。胡培月终于回过神，不知道是被冒犯，还是过分震骇，她紧紧抓着手包，转身匆匆离开，边走边扬手。她拦下一辆的士，又飞快跳上车，扬长而去。章云程站在黑暗中，看着她的脸藏在同样黑暗的车窗后，一闪而过。

[5]

后面两天，直至结业，胡培月都没再见到章云程。

那晚在路边吹了风，她硬撑了两天，回到江门就感冒了。老张给她放了两天假，她在家休息。江时一从贵州打来电话，信号断断续续，胡培月扯着嗓子说："小感冒……在家办公……许柏乐也在那边吗……"江时一也扯着嗓子："注意身体早点睡喝点粥……他回香港了……一直没回来……"

信号就这么断了。江时一举着手机，往蓝蓝的天晃一晃，往黄黄的地晃一晃，还是没信号。她给冯霄发消息，托她看着点胡培月。两小时后，她在家里院子里喂鸡鸭，捡新鲜的蛋，消息才发出去。她想了想，又把镜头对着满院子跑的鸡鸭，发给远在香港的许柏乐。

他一直没回复。

那天关奕山说完那番话后，许柏乐像自言自语一样，自嘲着："哈？我会喜欢江时一？怎么可能？"自始至终，没瞧她的脸。他背上包，不辞而别。一天后，从香港发来消息："照顾好我的鸡鸭狗。"

江时一的生命中，有过太多这样的不辞而别。把她生下来的妈妈是这样，爸爸也如此。出门前他还抱住时一，说晚上带巧克力给她，但再没回来。大二那年暑假，她跟老师同学一起到湖南乡下写生，在狗吠声中接到爷爷电话，说奶奶走了。大四毕业前夕，爷爷也走了。

她习惯独来独往，有时候，会有一些人进来，比如胡培月。但她心底总有这样一个想法：胡培月不知道什么时候，也会离开。

就像这次她从上海培训回来，江时一察觉她有点不一样。哪里不同，又说不上来。

胡培月休息两天，重新上班，倒是发现身边同事看她的眼神很不一样。会议间隙，在走廊上跟陆海文擦肩而过，他停下脚步，让其他同事先走，第一句问她在上海培训如何，第二句便是："有人听到你在上海跟唐铭深跟他妻子对话，你现在真身暴露了。"她这才明白，周遭的眼光到底是怎么回事。

她佯装没事："他们说他们的，我过我的。"陆海文道："但你的事业会受很大影响。以后你有任何晋升，他们都会说你不是凭借实力，而是靠前夫关系。"这时有同事往这边走来，他们不再说话。

冯霄前两天还发消息关心她病情，胡培月便打算约她吃晚饭。对方却始终没回消息。她在茶水间遇上冯霄，上前打招呼："我回来了。"冯霄只是抬眼看了看她，有些冷漠，胡培月异常敏感，"怎么了？"

冯霄眼睛转到一边，又转回来："没什么。"

胡培月想了想："你在生我的气？"

冯霄翘了翘嘴角，摆出一个笑，随即又垂下："哪敢。"她捧着杯子转身要走。

胡培月稍微转身，占了她半边过道："因为唐铭深的事？"

冯霄这才将脸朝向好友："我在生自己的气。我把别人当朋友，什么都说，但原来别人只是拿我当饭友。"

胡培月柔声道："是我考虑不周。好友的事，你却从其他人嘴里听到，心里一定有点不高兴。但我并非有意隐瞒，只是觉得这个名字属于我的过去，而你也好，时一也好，都是我现在世界里的人。跟过去比起来，我更珍视现在的你们。"

她这么一说，冯霄就忍不住笑了，用手推了推她："你这么会说话，哪个男人不会爱上你啊？"

胡培月也微笑："我前夫不就爱上其他人了吗？"

冯霄想，她用自己的伤疤当笑话，看来是愈合得差不多了。两人约了一块儿吃饭，临下班前，胡培月却接到江时一电话，说她提前回江门了。胡培月在上海数十天，特别想念江时一，便跟冯霄改时间。

这天她效率奇高，准时下班，到超市去买江时一喜欢的莲藕排骨。在广东两年，她学会了煲汤，唯一不适应的还是菜市场，又腥又吵。江时一白眼过她，说现在街市比过去干净多了，她还是不愿踏入那里。

一手提着肉菜一手捧花，到了楼下，闸门边有个男人，正站在那儿抽烟。她一心盘算饭后甜品，浑然没往那人瞧去，直到他张口喊"胡培月"。她心里一紧，转过脸来，看向唐铭深站的方向。

也许是错觉，跟上周在上海相比，他显得更瘦削，挂着黑眼圈。

他迈前一步："培月，我想当面向你道歉。"

想起艾琳那天说的话，胡培月只觉得恶心。十年夫妻，即使两人分开，她仍相信他不过是一时被蛊惑，毕竟，艾琳是多么聪明的女人啊。但在杭州，他异常理性地拒绝了她重新分财产的要求，在上海，艾琳又说出了他主动提离婚的实情。

她往后退一步，将花抱在怀里，仿佛这是抵御他的什么武器。她说："我不需要道歉。"想了想，她又道，"如果你真心有歉意，可以给我钱。"

他深深看向她，狡猾地躲过这个话题："我来，是为了告诉你，不要相信章云程。"

那天以后，胡培月再没见过章云程。章云程没再出现在培训课室里，彼此再无联系，胡培月也将他当作一个过客。但今时今日，唐铭深站在这里，跟她说着这样一番话，她觉得好笑。

唐铭深说："他在美国念书时的女友，在他提分手后，站在楼顶要跳楼，他听到消息时蒙头大睡，完全没出现。回国后，他身边也有不少人，但都是玩玩而已，没有一个认真的。"

他说这些话时，胡培月始终埋头，那姿态像在嗅怀中花朵。她以指尖轻触花瓣，半晌才抬头："你说这些，对我有什么意义？"

"我不想你受伤。"

这话非常可笑，胡培月忍不住笑了出来："唐铭深，你知道自己在说什么吗？"

"培月，我知道自己在你心目中就是个渣男。但希望你知道，伤害你绝非我本意……"

胡培月一只手紧紧按住怀里的花。她胸口微微起伏，花瓣簌簌抖落："但你的确伤害了我！你知道为什么吗？"

唐铭深不语。

胡培月不禁扬声："我对章云程没有感情，无论他做什么，都不可能伤害到我。但你不一样。我当时有多爱你，你对我的伤害就有多深。"她强自镇定，但提着肉菜的手在不住地抖。

一只手按在她手背上。胡培月回头，见到江时一风尘仆仆的脸。她一只手搂住胡培月肩膀，另一只手拢了拢鬓边碎发，抬头对牢唐铭深："唐先生是吧？我妈妈似乎不想见到你，也希望你不要再出现。我反正是个草根小民，一激动起来，大喊大叫出什么，也是有可能的。像你这样身份的人，应该不愿意被围观吧。"

唐铭深看了看江时一，又看了看胡培月，低声说了句好，转身走开之际，忽然又看向江时一："江小姐，我听说过你创立的奶茶品牌……"

江时一飞快打断他的话："我妈跟你借的六十万，我会尽快还给你。"

"不，你误会了。"唐铭深说着，从口袋里掏出他的名片，递给她，"我所指的听说，是从投资人的角度。当然，也有胡培月这层原因，所以我对你这个品牌上了心。我也知道，你正在解决商标风波……"

江时一斩钉截铁："不会有问题的。"

唐铭深点头："那就好。如果你有任何需要，可以直接联系我。我不会因为你是培月的女儿，就对你另眼相看。我希望你也不会因为我跟培月的关系，在我转身后就扔掉名片。"

江时一捏住这张名片，不语，看着他的身影步入江边里夜色中，仿佛森林之王消失在摩托车、小汽车、破旧居民楼跟人群组成的黝黑密林里。她转头看向胡培月，胡培月冲她微笑："来，今晚我们炖莲藕排骨汤。"

第二天一早，江时一到爷爷奶奶墓前上香，哭哭啼啼说自己迫不得已，转身擦干眼泪，骑着单车直奔银行，把江边里的老房子抵押出去。又东凑西凑了些零零散散的，凑够六十万，把钱还给了唐铭深。

新旧交替。新商标"一时茶乐"正式替代御茶这天，胡培月也正式接到赴深圳的调令。

同事们都很是愕然。毕竟两三个月前，江门星河城传出胡培月晋升的消息，谁料到，她这样快会调走。于是又有细细碎碎的声音，说深圳那边前景更好，项目更大，薪酬更多，胡培月仗着前夫关系，跳到深圳去。

冯霄将这些话传回来时，胡培月笑了，冯霄也笑。两人清楚，当时传说胡培月要晋升时，就有一波流言蜚语。陆海文提议她还不如离开这里，到深圳去，毕竟那里做新项目，正是需要人的时候。

"留在江门，即使晋升，也只是为自己。但到深圳去，拼下来的资源人脉，都可以被你女儿所用。"

他向来是个好父亲，一心一意为儿女铺路。也是这样提醒胡培月，让她为江时一打算。

即使陆海文不提，胡培月也有同感。

江时一在其他城市，一直复制江门模式，围绕中学附近选址。许柏乐却提过，应该仿效星巴克，开在商业区。胡培月虽不懂，但也认同。

只是，许柏乐回了香港，就没再回来过。胡培月虽知江时一迟早要独立成长，但关键时刻，导师突然失踪，多少替她彷徨忐忑。她在江时一房间里，见到唐铭深名片压在台灯下，她低头打量这名字。

江时一进门，留意到她的眼神："别多想。我不会去找他的。"

"那你还留着他名片？"

"在我以后见其他投资人时，他的名字有用。我不用他的钱，但没说不用他啊。"

胡培月想，江时一真的有成长。

这晚胡培月开了红酒，两人在阳台上喝，伴着阳台上小烛台的光，有一句没一句地聊。胡培月忽然问："这酒不错，哪儿买的？"

"不是你买的吗？"

"在厨房柜子里翻到的。"

两人立即明白，是许柏乐留下来的。那家伙，还留下毛巾拖鞋什么的，好像随时会回来。

胡培月说："一时茶乐重新开始，会希望他来看吗？"

江时一想了想："当然会。但是他一直没回我。上次关奕山说的话……估计他回去见钟Sir了，也不知道怎么样。"

"如果想他，不妨到香港去找人啊。"胡培月怕她多想，又补充，"他也出了很多力。"

江时一笑笑，说再说吧，又开始问起她到深圳的事。胡培月说，刚找好房子，还要稍微翻新一下，下周就可以搬过去。她们都回忆起，胡培月刚搬进来住时的场景。江时一说，没想到她能撑过两三年，越干越好。胡培月莞尔，用粉紫色毛毯裹紧自己："我也没想到。"她举杯，轻碰江时一手中的杯沿，"我们在深圳再见。"

江时一佯装惊讶："什么？要这么久吗？"才又正经起来，碰碰她杯沿，"深圳再见。"都明白彼此意思。

江边里紫蓝色夜空中，灰色淡影般的大小云朵与星河相互追逐，远处地面上，开业三年的星河城与刚翻新的启名里，相互辉映。江时一想，此处此地，是生她育她的江边里。但她终将带着一时茶乐，往更广、更远、更高的地方走去。这么一想，她无声对着江边里的星空举起杯子，像致敬这条小巷，又像致敬自己的无数个昨日。

再次定居一线城市，胡培月感到既熟悉，又陌生。

深圳虽在广东省内，但这里的人都讲普通话，偶尔见到三五成群叽叽喳喳讲粤语的，大多是北上度周末的港人。没有听不懂的语言，她感到轻松，因为不再是个外来者。任她锦衣缓行，也不会被当地人视为奇装异服，毕竟，她也能算是个当地人了。

但深圳又跟上海不一样。上海有各式各样的人，有些人到上海的目的，只有"留在上海"这件事本身。留在上海，本身就是目的，就是意义，就是希望，就是梦想。去深圳的人多少有点不一样，他们目的明确，还没踏上深圳的土地，就已经怀揣理想。这个理想只跟钱有关，也许是财务自由，也许是深圳湾畔的一套房子，也许只是粤海街上的一份体面工作。

只是深圳新贵的体面，跟上海老钱的体面并不一样。而这种体面，胡培月一开始并不适应。

跟北上相比，深圳人衣着打扮不缺精致，只是细节欠缺。并非他们不爱拾掇，但有这时间精力，还不如用来搞钱。她在路上所见，公交系统里穿高跟鞋的女性，比上海要少得多。胡培月忍不住问女同事，女同事笑说："穿高跟鞋，还怎么跑？"说是这么说，但胡培月多少次看到一双双高跟鞋踏过当地城中村的水泥路，也在办公室里见到过女生穿着高跟鞋独自换桶装水。午餐时分，胡培月打算像她在江门时一样，用聊明星八卦跟美容护肤来拉近距离，但对面几人开始谈起哪里买房、怎样搞副业。另外一个人无声地看手机，胡培月正要套近乎，那人突然迸出句："又要减仓！"

胡培月天真迷茫地问："你们不累吗？"同事们像看怪物一样看着她。交不上房租的日子，难道不会更累？她又问："就不会觉得熬不下去？"同事说："有啊。熬不下去的，都回老家了。"

在江门半独立生活两年多，凡事都有江时一提点。四十岁的人，到了深圳，从头开始，胡培月又是一张白纸了。她太久没挤过地铁，除在英国念书的岁月外，也没正儿八经地找房租房经验。幸好遇上冯霄在深圳出差一周，胡培月赶紧抓住这颗救星，跟在她身后，学乘地铁，一起找房租房。冯霄叫苦不堪："江时一不在，就轮到我给你当保姆了。"胡培月只是笑，冯霄又说，"你就是当阔太太的命。"胡培月一怔，微笑，不语。冯霄知道自己说错话了。

胡培月从慢节奏的江门，一下来到最疾速的城市，遇到一群最精进的人。她就像转学后的优等生，发觉自己在新学校变成差生，压力骤增。

偏偏她的上司黎晓静，是最严厉苛刻的那种老师。

三十四岁，跟冯霄同龄，完全不同风格。她化很浓的妆，看不出年纪，穿黑色长裙，外面披一件姜黄色风衣，站在窗前冷冷抽烟。虽然只是租赁部的一个小主管，手下领着五六人，但气势如指挥千军万马。她是典型的深圳女人，事业跟钱，比感情重要多了。

那天在会议室，黎晓静翻了两页胡培月递上来的报告，也不顾周遭都是人，便往桌上一掼："告诉我，这跟上个季度的有什么区别？"

胡培月也有自己的尊严："给我一晚时间，跟给我一星期时间的区别。"

但凡地位不高，手头有一丁点小权力的人，最看不惯别人践踏的，便是他这点威严。黎晓静当场就要吼出来，大家正要拉住她，身后却有人笑了出来。都回过头，见到章云程走进来，笑笑说："谁惹静姐生气啦？"

他跟黎晓静说话，胡培月默默站一旁，谁都没看谁。

深圳银河城是新项目，还在招租阶段，跟华南公司办公地点不同。来之前，胡培月就打听过，知道自己不会碰上章云程。

她当时没想到，第一天就碰到他，还跟他分在同一组。他用的还是张云程的名字，身份换成了见习的总经理助理，在未婚女性众多的银河城，很受欢迎。当时就有组员问起："你们都从江门过来，应该认识吧？"

他们看一眼彼此，胡培月说不认识，章云程说认识，现场静了静，章云程笑着补充："胡培月是我们那儿的名人，我认识她，她不认识我。"

当时黎晓静在旁听着，对胡培月工作能力颇有期待。这个行业有各式各样的人，对女性极不友好，大部分漂亮女孩子，都被人当鲜花一样放着。黎晓静靠自己，不到三十岁升主管，再往上走，已异常艰难。因此她对其他有能力的女性，都会分外注意。

她有心一试，便带上胡培月去见客户。这天要见的是来自纽约的珠宝品牌。这品牌始创十来年，在珠宝世界非常年轻，但在国外发展极快，为不少年轻名媛所钟爱。在国内，还只出现在小众群体的社交平台上。

跟江门这种商业空白有待填补的小城不同，深圳一年有数十家商业地产项目开业，竞争激烈，同质化严重。招租质量如何，至关重要。黎晓静提议引进国外优质新兴品牌，当时名单上就有这家珠宝品牌。

两者第一次谈得不错，然而就在第二次会面前，一位顶流女星在国外出席活动，佩戴该品牌定制珠宝，跟品牌创始人合影。品牌突然火了。

黎晓静再跟品牌代理通话，就有了些不同。对方的真话少了点，套话多了些。她生怕夜长梦多，赶紧敲定见面，顺便带上胡培月。

对方是中国人，坐下便说喊他詹姆士就好。他在纽约混了五年，似乎相当得意于自己的经历，一开始谈东谈西，始终没把话题绕到品牌上。黎晓静笑眯眯，一直静静听着。胡培月也学她模样，笑眯眯听着。

詹姆士谈自己怎样拿下代理，最后拿出手机，给他们看珠宝最新广告，讲述母亲送女儿出嫁的一个清晨。广告拍得着实动人，黎晓静有个六岁女儿，忍不住被打动。她鼻子酸了酸，立即转过脸，却见胡培月已经红了眼眶，掉了眼泪。胡培月注意到她在瞪自己，也意识到这不是掉泪的场合，转头假装沙子进眼，用手背揉了揉。

詹姆士注意到两位女士，大笑起来："你们这些女人啊，就是这么情绪化。所以我们珠宝做女人生意，是有道理的。女人不够理性，只要用情感打动她们，生意就好做了。"

胡培月跟黎晓静看了彼此一眼，都看到了眼底那股子不悦，但都不作声。

黎晓静说起租赁的事，再次提出深圳银河城的优势，詹姆士却一味打哈哈。这时九肚鱼、象拔蚌等，一一端上来，黎晓静赔笑："边吃边说。"詹姆士注意到胡培月的耳环，忽然问："你一个月赚多少钱？"

她没明白："不多。"

詹姆士问："那你这耳环，是高仿？在深圳水贝批发市场买的？"

胡培月不语。

詹姆士笑笑："你们啊，包包、口红买个不停。其实还不是我们这些商人制造出来，要掏光你们口袋的。"

黎晓静微笑："说得是。"

詹姆士看看胡培月："你是不高兴了？"又笑着端起酒杯，"我给你赔个不是？"

黎晓静连说不是，在桌底下踢一踢她，胡培月勉强地笑。

就是从那次开始，黎晓静觉得胡培月压根不是自己那种人。她心目中，职场上的成功女性只有两种：靠男人的，不靠男人的。从章云程开玩笑说胡培月是名人开始，她就评估对方，到底是前者还是后者。前者可以成为她的战友，后者值得她的蔑视。

但胡培月两者都不是。

这次见面完全没有任何实质进展，连胡培月都看出来，对方毫无诚意可言。两人走出餐厅，非常沉默，上了车，黎晓静终于发作："我说，你能不能别在客人面前展现出自己的文艺细胞？在职场上，文艺等于情绪化，等于感性，等于不会被信任。"

胡培月一怔，随后莞尔："什么意思？是因为大有可能拿不下这个客户，开始找背锅的人了？"

黎晓静没料到她反应这样快，当场反驳："你大可放心，你只是新人，改变不了什么。有功，是我的，有锅，我也自己背。但像你这样的女文青，我在职场上见多了，无非想树个人设，走个捷径。"她正在气头上，又联想到平日胡培月会跟人聊画展、约音乐会，更觉对方矫揉造作，越说越难听，忘了自己刚才也有瞬间被感动。

胡培月还是笑着："我树什么人设，走什么捷径了？乔布斯修禅练书法，大家觉得他有个性。我没忍住眼泪，怎么就走捷径了？就因为我是女人，所以做什么的出发点，都是取悦男人？"

黎晓静回答不上来。

但两人的梁子，就这么结下了。从此以后，黎晓静会当着众人面，毫不客气数落她。胡培月确实犯错，便忍气吞声听着，若她觉得自己占理，就据理力争。只是这据理力争的声音，落在黎晓静耳边，就是挑战。

这天在会议室里，已是胡培月第三次挑战她了。黎晓静正要发作，章云程就笑笑走进来，缓和气氛。但黎晓静丝毫不留面子，冷声道："张总助，你别以为我不知道你在帮她。"

章云程摆布出一副好玩的模样，笑着说；"我帮她？我以为我在帮静姐你呢。"他附在黎晓静耳边，压低声音说，"毕竟，这么多双眼睛在看热闹。"黎晓静冷静下来，觉得胡培月虽然看上去软绵绵的，骨子却硬得很，继续压她盛焰，恐怕也压不住，便作罢。

晚上，胡培月跟江时一通电话，声音便有气无力，但又带点火气。江时一纳闷，问她怎样，只说工作忙。江时一多少猜到，跟人际关系有关。她说："干得不开心就回来啊，我养你。"胡培月咯咯笑起来，心想，还是女儿好。不用担心她会像唐铭深一样。

两人聊着聊着，门铃响了，胡培月便挂掉电话去开门。章云程站在外面，她第一反应想关门，章云程用手挡开，皱眉："我那么可怕？"

胡培月只得松手。

章云程双手插袋，毫无顾虑地走进来，站在里面才问："屋里没其他人吧？"

她问他什么事。

章云程说："我知道你来深圳是为了什么。"他直接在沙发上坐下，"我有关注一时茶乐，更换商标后，整个风格定位都有所升级。银河城正在招租，我觉得两者定位都刚好匹配。"

"你也这样认为？"

"我再怎么认为，也没用。招租权又不在我手。"他看着她，"我想说，你又何必得罪黎晓静。即使她没有实权，也能给你找点麻烦。"

"讨好她，我做不到。"

"不需要讨好。就像在江门时，你跟冯霄一样就行。"他说，"黎晓静她其实……也不容易。"他犹豫半晌，还是没说什么。胡培月明白，他不想在背后议论别人。这忽然让她生起些好感。

在公司待久了，即使没主动问，也渐渐有别人告诉她，黎晓静是怎么回事。果然，又是一个跟冯霄相似的故事，故事里也有一个失婚的强势母亲，母亲也将对男人的恨发泄在女儿身上。不同的是，黎晓静以未婚之身生下一个女儿，独力抚养。谁也不知道孩子父亲是谁。

同事说见过黎晓静跟女儿一起："对女儿很凶，严格得很呢。你说，这算不算亲子模式的代际传递？"

听完她的故事，胡培月再看黎晓静，眼神就不一样了。

有天他们一组人正加着班，家里保姆给黎晓静打电话，说她女儿发高烧，她急了，但第二天要开会，她没法提前走。胡培月主动提出每隔半小时向她汇报进度："或者我替你送孩子去医院也行。你看怎么选。"黎晓静看了胡培月一眼，最后还是让另一个更资深的同事向她汇报。但那天以后，她再没找过胡培月的茬儿。

没有了上级压力，胡培月本就擅与人打交道，在新环境中逐渐游刃有余。她待久了也发现，那些看似可爱如糖果般的职场女孩，都藏着极深的容貌焦虑跟年龄焦虑。不少人一直在攒钱，反复做医美。然而胡培月的存在，为这些女孩儿树立了标杆。原来除了女明星，普通女性也能在四十岁重新开始，也能继续美丽，继续约会，继续拥有不错的精神状态。

至于胡培月本人，她跟章云程在人前，还是那副"我们不熟"的模样，但她心底对他有了些谢意。

有段时间，江时一头发长了些，胡培月开她玩笑，说她终于像个女人了。她抬起头，愤愤不平："我是因为没空才不去剪发。我要是有空打扮，早就把头发剪短啦。"

她忙着找投资。

江时一找了几家，不是开口说奶茶行业门槛低，就是暗示要直接拿投资款分红，还不时用"女性创业者"称呼她，让她颇为反感。但这还不是最糟的。江时一曾试过，赶到武汉去见一个潜在投资人，最后发现对方压根没有投资打算，只想向她兜售广告业务。由于一时茶乐现金流尚算健康，最后江时一放弃找投资的想法。

但世事就是这样奇妙。当你不再寄望一件事时，它就会发生。这天，她正焦头烂额地跟水果商打交道，忍气吞声地看他们坐地起价时，突然有投资人找上门。电话摁掉，她想起来，赶紧查了一下这家金润公司的背景。原来是诺亚集团旗下的餐饮企业。

见面地点约在广州。对方姓宋，江时一喊他宋先生。这位看起来年纪不大的宋先生，头发有点稀疏，也许跟过度熬夜有关。双方谈了一会儿场面话，服务生上来问可以下单了吗，宋先生要了一瓶矿泉水。因为谈话气氛轻松，江时一笑笑："宋先生还挺健康的。"

"嗯，我不喝乱七八糟的东西。"

江时一觉得自己敏感了。她要了一杯鲜榨橙汁，想了一下，还是开口："宋先生喝过我们一时茶乐吗？"

对方笑笑，摇头："我们都不喝奶茶。"

"你们是单凭业绩，做出投资决策？"

对方仍旧笑笑："说回正事，我们希望对一时茶乐做出收购。"

江时一内心的小旗摇了摇。

宋先生看她不说话，开口道："跟同类型相比，你们门店增长速度太慢，其实我们中的大多数，都对你的品牌成长度有所怀疑。不过一位同事坚称一时茶乐表现亮眼，是茶饮界星巴克。"说到这里，他轻声笑了笑，似乎有点不相信的意味，"我其实有点质疑，毕竟奶茶行业太难标准化了。"

江时一抠着手掌心："既然你们内部有分歧，为什么还对我们提出收购？"

宋先生喝一口水，不缓不急："虽然我不看好卖奶茶的……"江时一对"卖奶茶的"这一称呼皱了皱眉，对方没察觉，继续道，"但你们在奶茶界还是有亮点的。如果我同事评估得没问题，那你们迟早会成为高端茶饮界的头部，还是有点威胁的。"

"威胁？"

对方一笑："我们代理了新加坡一款茶饮。同样是高端新茶饮，在新马台湾地区很火，他们想进入中国大陆地区，依托我们在长三角特许经营。一时茶乐影响力还只在珠三角，趁你们没把手伸过来，我们先把你们买下。"

江时一的脸白了："你们要整垮一时茶乐？"

宋先生笑了，开始流畅地说起套话："这话重了。我们只是希望，让一时茶乐跟我们旗下品牌更好地融合。你们拿到钱，可以更好地发展。当然了，我们会规范你们的管理，帮助你们成长。"

"比如？"

"你们原料成本太高，门店增长速度也太慢，有了我们的资金跟果园乳制品供应链，你们可以压缩成本，结合直营跟加盟模式，迅速占领市场。不然没法跟人玩。"

江时一忽然笑了。宋先生有些不悦，问她笑什么。她微笑："没什么，只是想起了一个死于资本的年轻人。"

"什么？"

江时一已无心恋战，她两手撑着桌子，飞快起身："对不起，今天浪费了您的时间。我想我不打算做加盟，也不需要你们的资金。"正如许柏乐所说，可以做加盟，但不是现在，不是在还没有做出影响力的此刻。

宋先生耸了耸肩，也笑了："明白。像你这样的创业者我见过不少。有点文艺追求是吧，有点志向是吧，觉得自己的产品不会被淘汰是吧？哈，产品是斗不过资本的。别人做一杯奶茶，花一块买个水果，你要花两块。小姑娘，你以为自己可以单打独斗？"

"我不是小姑娘。我跟你是平等的，我不小，我的事业也跟性别无关。"她往外走了两步，突然停住，回过头，"我还有一个问题。"

"请问。"宋先生用手拨了拨他稀疏的头发。

"你那位同事……既然他看好我，为什么不跟我谈？既然其他人不看好我，为什么又听他的话？"

宋先生眯起眼睛微笑，斟酌半响："这话告诉你，也没关系吧。因为他是我们大老板的准女婿啊。下个月就要跟他的小女儿结婚，谁不给他几分面子？即使他没空亲自来谈，抢着替他来谈的人，也多得是。"

江时一明白是谁了。她走出去，大腿不小心撞在桌角上，痛得很，她后退一步，耳边也听不到宋先生说什么，就这样忍痛走出去，叫了辆车，直奔江门。上了车，她才收到胡培月的消息，说她明天突然有紧急会议："这个周末是回不来了，下周再补上我的吻。"

她放下手机，看着"小蛮腰"在车窗外越来越小，直至消失。司机正在听羊城交通台，主持人播报路况，金穗路一带拥堵。她看到天边奔涌着大朵大朵的乌云，司机调大音量，天气预报说，夜间会有雨。司机骂了起来。江时一浑身乏力，将脑袋靠在车窗上，打了个盹。

车子驶入江门市区时，已是暴雨连城。江时一没带伞，跳下车，上了楼，还是不免湿透。她进浴室洗过热水澡，再出来时，外面雨势仍猛烈，雨点砰砰敲击窗户。老屋残破，雨水不断从阳台灌进来，风不住吹开阳台跟客厅之间的门。她只得搬出椅子来顶，但门还在嘎吱响，她环顾四周，终于在许柏乐房间里找到个小柜子。

自胡培月搬进来后，很多老家具都被清理掉了，但许柏乐看中了这柜子，用来放他的杂物。江时一想将柜子搬出去，又发觉太沉，她拉开，把里面东西掏空。柜子吐出一堆物件，江时一提起最上面的袋子，往地上一掷，有东西随之滑出。

她猫身捡起，见到有一沓厚厚的贺卡。翻开贺卡，爷爷刚劲有力的字迹，赫然映入眼中："时一小孙：大学毕业，踏入社会，难免遇到风雨。但仍须自勉自强。"

她翻开另一张贺卡，上面是："时一小孙：今天是你的大喜日子。爷爷应该见不到这天了，但我在天上一直看着。在我那个年代，婚姻很郑重，爱情很绵长。我希望你们也能乐赋唱随，连理交枝，同德同心，如鼓琴瑟。"

后面还有几张贺卡，是写给怀孕的她、生子的她、小重孙上幼儿园的她……江时一坐在冰冷的地板上，一张张翻过去，眼泪止不住地掉。她将贺卡放回袋子里，又把袋子放到卧室抽屉里，上锁，像亲手封印一个承诺。

雨还在不停地下，她边擦眼泪，边把柜子拉拽出来，抵住阳台门。室内终于安静下来，外面翻江倒海，都像与她无关。

在这寂静中，门铃突然响起。江时一用手背仔细擦干眼泪，吸了吸鼻子，边问是谁边走过去。没有人应声，她在困惑中打开门，见到关奕山站在门外，黑色长伞挂地上，有一小圈水。

他劈头盖脸就问："你拒掉了？"

"你从哪里来？"她注视他发梢处的水沫。

他直接忽略她的发问："七百万的收购，你就这么拒了？"

"你跨越满城风雨，赶到江门，就为问这个？"

她转身往里走，关奕山跟随步入："没有人认为一时茶乐有价值，只有我认为你值得。"

她走进睡房，弯身拉开抽屉，抽出干净的大毛巾，转身递给他："所以你让金润将一时茶乐买下来，然后让它在商业版图上消失？"

"一时茶乐不会消失，你还会留任高管。"他接过毛巾，擦了擦头发，"金润已决定代理新加坡那个品牌，他们一进来，一时茶乐会遭遇灭顶之灾。我不想看到这个局面。"

"凭什么你觉得我比不过他们？就因为我是国产品牌？国牌审美落后、缺乏质感的时代已经过去。"

"一时茶乐当然不差，只是你永远玩不过资本。金润也不是傻子，花七百万只是因为我的话。你知道他们会怎样吗？买不下你，就唱衰你，可能会收买媒体泼你脏水，收买你员工捏造内幕，什么都有。"

"谢谢提醒。不过那也是我自己的事，跟你没关系。"

关奕山像突然被人打了一耳光，静立当场。他后退一步，说好，又一步："好。是我多事。"他将毛巾扔在她的椅上，转身欲行。江时一才发现自己太冷漠，追上去，下意识抓住他衣袖："对不起，我不是这个意思。你一心要帮一时茶乐，我非常感激。但我不想把牌子拱手相让。"

"金润有更好更便宜的供应链。新茶饮定价这么高，里面的钱都被上游供应商吃进去了。现在越来越多小奶茶店加入竞争，产品都是你抄我、我抄你，消费者也没有忠诚度。谁的成本压得低，谁才能在最后的红海中杀出来。"

"这些我知道。谢谢。"

"既然知道，那你……"关奕山低头看她，忽然道，"因为你不想跟我有关系？"

"啊不，我对事业的考虑，从来不会受到感情影响。"江时一微笑一下，极为勉强。

关奕山对信息捕捉极为敏锐："你没否认我的话。所以，你的确不想跟我有关系。"

"我们是两个世界的人，以后会更渐行渐远。你说我保守也好迂腐也行，或者怨我没有勇气，但我不想跟已婚男人走太近。我又傻又迟钝，玩不起你的游戏。"

"游戏？是，我在许柏乐眼里，在你眼里，就是个利益高于一切的人，一个把别人感情当作游戏的人。"

"我不是。许柏乐也不是。他说过，你是他最好的朋友。"

"那你呢？"

关奕山贴近她看，才发觉她眼眶是红的，鼻子跟下巴也红润，是刚哭过的模样。他早已习惯其他女人的哭相。但江时一，总是硬邦邦的江时一，总是风里来火里去的江时一，还是第一次在他面前露出这模样。

她犹豫半晌，终究道出迟来的告白："你是我喜欢过的人。"对她而言，这是一个用过去式来解答的问题。她给出的答案，是一个句号。

他说："我尚未结婚，还单身，还自由。"

她不明白他为什么突然说这话，不解，抬头看他。他一只手捧起她一边脸，低头就吻。她没站稳，往后跌坐在身后床上。视野瞬间转换，变成了房顶天花板，然后他的脸慢慢进入视野，占据全部，微鬈的黑色头发，漂亮锐利的双眼，一张脸白净精致。她看到他的瞳孔里面只有一个她，一个毫无经验的她。

从下午开始，深圳上空就遍布密云。胡培月临时接到通知，说明早要开会，于是全组人留下加班。胡培月素来是个云淡风轻的，但这次耽误了她跟江时一见面，她总有点愤愤。一组人在会议室里吃着盒饭讨论，黎晓静突然进来："Hey,everyone!Listen!（嘿，各位！听好了！）"她喜欢用英语开场，以此大张旗鼓地缅怀她在美国念的两年书，又拍拍手，"会议改到下周一开。"大家松了口气，有人开始伸懒腰。她用目光代替手，硬是将所有人摁在位置上。

"别想走。餐饮招租方案还是要细化，一线品牌入驻报告也还要改。"她忽然将目光投向胡培月，让后者无端一阵紧张，黎晓静却说："胡培月熬了几个通宵了，还要回江门看女儿，这周就休息一下吧。其他人！留下！"

她仍是凶巴巴的模样，刻意忽略胡培月的感激眼神。

胡培月回到位置上收拾，匆匆下楼。时间过了九点，高铁票上的时间早已错过。但乌云密布暴雨将至，周五晚的CBD（中央商务区）又正处于打车高峰，在她前面还有三十几个人等候。她正焦急，一辆黑色奥迪驶来，章云程从车窗里露出上半张脸："上车。"她犹豫，他笑，"我今天要到江门看个朋友，顺路捎上你。要不，你慢慢等车到深圳北？"

胡培月上了车，系好安全带，问他怎么会到江门。章云程笑："怎么？我不能去那里？好歹在那里待过，也有朋友。"他看她一眼，"倒是你，到深圳后一心工作，连朋友都没认识几个。"

"成熟的人，不需要三五成群。而且我也有私人生活，下班后也在逛街。"她抓起手机，想给江时一打电话，发现电量严重不足，只好作罢。

"哈，你逛街也是为了工作。每次会议上提出的想法跟方案，都是你的观察成果。若是三四年前，我简直难以想象，胡培月居然会坐在这里，做着实习生才做的事。"

"你不也一样吗？你也坐在这里，以见习总助的身份。"

"我不一样。我迟早要回到真实的生活。但是你……"他静了静，"现在的生活，就是真实的你。"

这话题不知为何，让两人都静下来。车里只有导航的声音，这AI（人工智能）人声显得车厢内更为安静，好像高速路上的冷冽空气都随风卷进来。他们都不期然想起那晚上海的星空，和星空下莫名其妙的吻。

外面的雨终于哗哗下起来，章云程说，估计又要堵车了，胡培月说，是呀。两人聊了会儿天气，又都静了一会儿。章云程突然说："别怪我多事，不过我用私人关系，问过银河城的人，有没有招租一时茶乐，甚至给价格优惠的可能性。"

胡培月竖起耳朵。

章云程说："很遗憾帮不上什么忙，他们的话甚至有点难听。"胡培月倒是能够想象。此前她试探般跟黎晓静提过，黎晓静喷出一口烟："想都别想。之前有家奶茶店想进驻，老板说了，不可能的。星巴克能撑起门面，卖奶茶的小店只会丢脸，跟我们的定位太不符了。"当时胡培月试探着说，如果是家跟星巴克差不多的奶茶店呢。黎晓静笑了起来，直接忽略掉她的问题。

见胡培月沉默，章云程说："你也别灰心。诺亚集团旗下的金润，你知道吧？他们计划代理一家新加坡的高端茶饮，他们家定价比星巴克还高，也走的高端设计路线，在海外市场做得很好。可见这个行业重新洗牌，重新定义大众心智，是趋势。"

胡培月苦笑："他们进入市场，那不是更没一时茶乐什么事了？"

章云程看她一眼："当父母的，是不是总觉得自己孩子小，不懂事？还是因为，你在江时一成年才闯入她的生活，所以把她当孩子一样哄？像江时一这样聪明的女孩儿，是不会栽在事业上的。"

"你是说，她只会栽在感情上？"

章云程一笑："会不会栽在感情上，我不清楚。但不要栽在关奕山这种人手上就好了。说起来，她怎么一点不像你呢？"

"我怎样？"

章云程想了想，又笑："还是不说了。"

她还记着他说自己对男人有一套那番话，也知道他有意把话说一半，好诱她接着往下讲。她只微笑，没接过话头，一副非常出世的模样。章云程就像打出一拳，对方明明是个中高手，却只守不攻，让他更为技痒。车子在高速公路上行驶，两人各怀心事，在一路堵车的红灯中，进入雨势渐小的江门城区。

章云程将车速放缓，像莽撞少年，只求跟心仪女性能待一会儿是一会儿。车子接近江边里，他突然把车停在巷口，没进去。

胡培月问："怎么了？"

"没什么。"他看上去兴致不高，"不想让你上去。"

胡培月正要说，她在这里下也一样，章云程又道："你一上去，刚才那一路就又像没发生过。无论我们谈了什么，怎样相互试探又退缩，心跳有多快，甚至像上次那样接过吻，你还是能装得没事人一样。"

天空洒着微不可察的细雨，空气异常湿冷。胡培月说："我不装没事人，还能怎样？我跟你要是传出点什么，你毫发无伤，我万劫不复。四十岁重新找工作，又从前台做起？问我为什么从上一家离职，说因为跟老板儿子传绯闻？"

章云程看了她好一会儿，终于摇摇头："胡培月，你变了。你跟我年少时见到的那个人比，完全不是同一个人。那时候的你，身上有种与年纪不符的可爱。"

"让你失望，我很抱歉。因为过去的我，活在梦里，现在的我，活在现实里。"胡培月推开车门，下了车，弯腰对他说，"还有，你知道吗？我从没在沙龙念过辛波斯卡，我念的是狄金森。你心目中的我，跟真正的我，也许并不是同一个人。"

她踩着高跟鞋，在江边里一步步前行，泥泞道路溅起污水，打在她小腿肚上。她进了楼，那拒人于千里的表情，从脸上褪去。整个人像卸掉盔甲，顿时松软下来，她忽然觉得自己想抱住江时一，埋在她肩膀上，又哭又笑。这个想法让她感觉危险，因为她意识到，章云程居然有搅动她情绪的能量。

凌晨两点，楼道里寂静如北方荒原的雪夜。除了长街上的猫叫，再无其他声音。她往上走，忽见有人从上面下来，高而瘦的年轻男人，埋着头，看不清脸，她也没注意。两人迎面错过，胡培月忽然想，他身上的味道真熟悉。这层的楼道灯坏了，她这一走神，不小心踩到对方，两人同时道歉。对方听到她声音，似乎滞了滞，飞快下了楼。胡培月也觉对方声音熟悉，却一时想不起。

胡培月掏出钥匙，开了门，惊讶地见到客厅还亮着小小一盏灯。她心里有暖意，知道是江时一为她所留。她轻手轻脚，生怕弄醒熟睡中的江时一，却被门边一柄黑色长伞磕到。她立即用手扶住，房门却嘎吱开了，江时一穿着睡衣，从里面走出来。看到胡培月，她显得凌乱而惊讶，胡培月歉意微笑："吵醒你了？"

"没有。"

"本来是回不来的，但老板——对，就是上次跟你提过的那个黎晓静，她虽然凶了点，但其实人挺好的，她特意给我放了周末，其他人还在加班呢。我想通知你，不过手机没电了。"她边说边将散开的伞系好，将橡木伞柄握手里，奇怪道，"咦，家里有人来过？"

江时一没吱声。

"这伞是谁的？"

半晌，江时一说："可能上次有朋友来，落下了。"

"上面还有水呢。"胡培月将伞放回角落，"你在江门有哪个朋友会用这个牌子？"她认得这柄伞是Brigg（英国雨伞品牌）的。

江时一上前，主动接过胡培月的手袋："累吗？先去休息一下。"

胡培月信手在脑后扎起头发，往房间里走去，声音从里面传出："我手机得充电，不然老板找过我也不知道。哎，我充电器落在深圳了……"她又走出来，径直往江时一房间方向走，"我用你的。"

江时一突然紧张起来，几乎半跑过去，拦下胡培月："我替你拿就是。你不知道在哪儿。"

胡培月站在半掩的房门前，笑着虚指一下："我都看到了，放你桌面上呢。"

"不是，我房间很乱。我进去替你拿，我知道放哪里的……"

"时一……"胡培月突然开口。

江时一打断她，嘴上说着"你从深圳回来太累"一类的话，双脚一动不动，只拦在门前，既不让她进去，也没立即回身进屋拿。

"时一……"胡培月又开口，将手伸到她领口那儿，"你扣子系错了。"

江时一错愕，低头看，注意到两粒错位的扣子之间，露出脖肩肌肤，上面有浅浅的"草莓印"，胡培月希望那会是痘印，或是蚊叮痕迹。然而江时一重新系纽扣的手，微抖不止，怎么都扣不上。

胡培月用手推开江时一。江时一要拉住她，被挣脱，胡培月迈进房中，江时一紧紧趋上，又在后面喊她名字，声声紧。

室内整洁如常，宽大被子盖住床铺。胡培月回头看一眼江时一，她面无表情，但灯光下看起来，脸色很白。胡培月一只手掀起被褥，心里挣扎，自己这样，跟那些侵犯孩子隐私的妈妈，又有什么不同？然而下一秒，她忽然想起刚才跟自己擦肩而过的年轻男子，他身上熟悉的气味。她记起来，那是江时一常用的香根草沐浴露味道。

她终于放下捏紧被角的一只手，耳边似乎听到江时一的呼吸终于松懈。这让胡培月再度焦虑，她像那种严谨寡言的教导主任，两三步绕到床的另一侧。她现在注意到，胡乱揉成一团的内裤跟白色文胸搭在椅上。

江时一注意到她的眼光，立即上前收拾。她奔得急，不小心踢翻椅旁的垃圾筐。筐子倒地，一个又一个被揉成团的纸巾，像被踩躏过的白色小花，从拥挤的垃圾筐里跳脱出来。

在这些小白花之间，安静躺着一枚什么东西，清亮又浑浊。是用过的安全套。

胡培月只觉血液往脑袋直冲，她几乎站不稳，一下坐在床上。她一只手捏紧被褥，掀开，直面一床凌乱，直面不堪真相。床铺上，还垫着一条大毛巾，某几处颜色特别深。

"是谁？"她听到自己声音有点干。

江时一不说话。

胡培月又想起刚才碰到的年轻男子，那把熟悉的声音。又想到那柄橡木制成的黑色长伞。她声音渺渺："关奕山。"江时一没说话，胡培月又重复一遍这个名字，像要咬断他咽喉，吸干他的血。她无比愤懑，瞬间明白了父母对江海文的怨怼与仇恨。她低头，看着江时一落在地上安静的影子，她觉得隔着这个影子，自己终于跟二十多年前的母亲握手言和。

胡培月说："你知道他有未婚妻吧。你知道他马上就要结婚吧。"

"他还没结婚，还是单身。"

"有区别吗？只缺一个仪式，一个证件！所有人都知道他是章云莱的男人！"

"区别在于，他还没结婚，他也不是为了爱情结婚。他跟我之间，才有相互理解，相互关心，相互喜欢！"

胡培月用手将头发拢上去，又垂下来。她抬眼瞥眼前的女儿，从未感觉她这样陌生，她想笑，笑不出来："江时一啊江时一，我那个不会被感情左右的女儿，江时一！你为什么会相信这样的话？你为什么会相信他对你的洗脑？"

江时一的脸颊跟鼻子、眼眶一样红："你觉得我幼稚，你觉得我被洗脑，但我没有爸爸妈妈，我根本不知道一段正常美好的爱情，应该是怎么样的！你们都夸我清醒，夸我成熟，但我也不是石头里蹦出来的啊！我也有我的感情需求啊！清醒独立的一个我，根本没有人来爱……"

胡培月震骇。她对江时一的看法，其实跟江时一初恋男友没太大区别，同样认为她硬朗，认为她打不死。谁都没深究过，因为原生家庭的关系，她竟缺爱至此。即使成年后，跟亲生母亲相遇相知相依，也还是无法填满内心的空洞。

江时一声音颤抖："如果连我都不相信，我跟他是相互喜欢对方的，那我算什么？我成什么了？随便插足他感情的坏女人吗？跟谁睡都可以的人吗？明明我认识他在先的，明明我说过以后不要再见面的……"

"别说了……"胡培月将她搂到怀里，阵阵心酸，"是我的错。如果在你的青春期，我在你身边，可能不会这样。"

江时一灵魂跟身子都放软，趴在胡培月肩膀上，强忍抽泣，背脊微微起伏。胡培月轻拍她，像搂住受伤的羊羔。渐渐地，她脑袋清醒下来，一把将女儿拎到跟前，抓住她两边手臂："他有没有强迫你？"

"什么？"现在是迷茫羊羔了。

"你是自愿的吗？"

"我、他、他……没有强迫我……"

胡培月排除女儿被性侵的可能，又问她："你们每次做，都做了安全措施？"

"什么？我……不是……"

胡培月耐心解释："他是不是每一次进入，都戴了套？"

她们俩虽关系似闺密，但彼此间从未分享过这种私密话题。她结舌，断断续续："我、我不知道……"

胡培月深呼吸，也想明白了，她什么都不懂，也许全程还闭着眼，一切由男方主导。她从江时一桌上抽一支铅笔，挑了挑垃圾筐，发现有两枚用过的安全套。她心里盘算着，关奕山这样谨慎的男人，断不会在江时一身上留下麻烦，影响他未来的婚姻。

她起身，又让江时一卷起衣袖跟裤腿，再让她看看后背，确定她没有受过虐待，这才让她去洗个澡："洗个热水澡，什么都不要想了。"

江时一很是沉默，嗯了一下，转身走进浴室。

浴室门一关上，胡培月眼角就流下泪来。当年，她跟江海文都年轻，都懵懂，但唯一确定的是，他们都爱对方。所以她内心没有伤痕，一派天真烂漫，唯一遗憾，是那个被送离身边的婴孩。

江时一不一样。她注定被辜负，注定被伤害。胡培月此前也是敏感察觉到了这点，才分外不喜关奕山。

只是，每个人，都有自己的命运啊。

她点燃一支烟，在阳台上慢慢抽完，又发了一会儿呆，想着要怎么安慰江时一。忽然觉得不对，江时一洗澡时间太长，一直没出来。

胡培月飞快转身，用手拍浴室门，大声喊她名字："时一！江时一！"

门纹丝不动。

她急了，回头看这屋子，想找点东西撞门。

在她四处翻找棍子时，浴室门打开，热腾腾的水汽翻涌而出。江时一站在水雾中，皮肤上有些水珠还没擦干。她笑了笑："洗热水澡太舒服，忘了时间……"但她眼眶通红，刚说完一句话，又掉下泪来。

胡培月用力抱住她，紧紧地："傻姑娘，有我在。我在这里。"

知道江时一会睡不着，胡培月跟她挤一张床。母女俩脑袋靠脑袋，像大学女生宿舍夜谈，聊天说话。

江时一从未这样多话，她讲爷爷奶奶，讲过去的江边里，小时候的邻居。她又讲到一时茶乐，说起贵州山区的孩子，说到十四岁少年阿水跟更多村民，然后是许柏乐在后院里养的鸡鸭狗。胡培月问那些动物怎么办，她说都交给村民了。总店店长小雪提了职，会负责跟茶园和订制茶厂打交道的事。

胡培月一直耐心听着；直到江时一说到累了，将脑袋贴着她。室内非常安静，只有远处不时驶过一辆车，车头灯的光闪过，在墙上擦过一道白痕，又立即归于黑暗。

胡培月张口，声音很低："时一……"

"嗯。"

"你没睡着？"她微愕，因感觉她已非常疲累。

"还没。"

胡培月在江时一鬓角上轻吻一下，想说什么，最后也只道声晚安。

她没睡沉，断断续续做了几个短梦。其中一个梦里，她见到关奕山的婚礼上，江时一不住地在哭。另一个梦里，江时一跟着关奕山走了，她在后面怎样追，对方也不肯回头。

她被最后一个梦惊出冷汗，睁开眼，天色已亮。外面市声喧嚣，江边里的大小店铺都已开门。胡培月转身，见江时一不在床上，她迟疑，走出房间，客厅里、浴室里、其他房间、阳台，都不见她身影。她心里异常不安，怪自己倏忽，一下睡过头，没看好她。她掏手机，要给她电话，但转身见到餐桌上放了一盒牛奶、一个面包。牛奶盒下，垫了张纸，说自己到楼下一时茶乐去了。

胡培月不放心，还是给她打了个电话，江时一好一会儿才接听，电话那头非常繁忙。胡培月放下半颗心，她洗漱完，在桌前吃早餐时，心里想，最终能够拯救江时一的，也只有她的事业。

胡培月打开微信，发觉昨晚原来涌入好几段章云程的语音。她一一点开，内容无非是都市男女你进我退的攻守。胡培月知道，他之所以一路进攻，无非因为她一路在退。一旦她有接受的苗头，他就会转身离去。

胡培月听了两段就停下，又想起关奕山的事来。她知道关奕山这种人，有两个号码，工作号码在他离职后已更换。她拿起手机，打给章云程。

章云程秒接。

胡培月说，她想要一下关奕山的手机号。

章云程在那边静了一下，显然没料到她为这事找他。但他并不问缘由，一口说好，随即将号码发给胡培月。胡培月本视他为小孩，此刻才发觉他也是个成年人了。

她喝完一杯咖啡，洗了把脸，才坐在椅子上，拨出电话。五六秒后，关奕山接听电话，用体面人的语气说你好。

"你好，我是胡培月。有点冒昧，不过，你忘了一柄雨伞在我家。"

那边沉默片刻，才淡淡道："有什么话，不妨直说。"

"听说你马上要结婚了，恭喜。"

"谢谢。"他的声音里，并无高低起伏。

胡培月心想，他筑起的墙倒是够高的，但只为保护他自己。她克制住自己，尽量云淡风轻："还有一件事。江时一她年纪小，不懂事。有些伤害，受过一次就够了。身为母亲，我不希望看到女儿一次又一次受伤。不知道我的意思，是否表达清楚了？"

"两情相悦，属于哪种伤害？"

"关先生，在我这里，偷换概念是没有用的。你做过的事情，你自己清楚。我很了解时一，她特别傻，只要你继续给她幻想，她就没法放下往前走。"

"也许，你不是太了解你女儿。"

"我当然了解她！正是因为了解，我才不想让你接近她！她是个傻姑娘，不像你这样，随随便便抽身而退。"

"随随便便抽身而退……"关奕山失笑，他跟胡培月都是那种人，那种无论里面被撕裂成怎样，都永远光鲜亮丽地出现在人前的人，但此刻，他的语气有点失掉体面，音量提高，"你们是不是都认为，我就不配有心？我就不会受伤害？"

"任何一个有心的男人，都不会在睡了姑娘的第一次后，不到天亮就离开！"

他居然有些愤懑："那你到底有没有问过她，我为什么会离开？"

胡培月脱口："什么？"

关奕山开始不耐烦："虽然你是江时一的母亲，但我跟她之间的事，没有必要向你交代。江时一是个成年人，她可以决定自己爱谁，不爱谁。"

"她爱谁都可以，但不能爱上一个有妇之夫！"胡培月居然有点低声下气的意味，"我只有一个要求，希望你不要再来招惹她，好吗？"

在绵长的沉默后，关奕山终于开口："我答应你，我不会再主动找她。"

胡培月算松了口气，但仍不放心："我还希望你答应我，假如她来找你，你要拒绝。"

"她不会来找我的。"

胡培月不解，问为什么。但这一次，关奕山在缄默之后，直接挂掉电话。

[6]

胡培月周末在江门过。后面两天，母女俩一起逛街，看电影，到一时茶乐试新品，窝在沙发上边吃小火锅边煲剧。两人谈天谈地，胡培月说起深圳的新人新事，江时一讲一时茶乐要在珠海、佛山开新店。唯独不谈那天晚上的事，那天晚上的人。

但关奕山那番话，始终在胡培月心头压着。她疑惑重重，又不知道怎样开口才好。

儒家社会中生长出来的母女关系，花开并蒂，各缺一瓣。爱的教育一瓣，性教育一瓣。胡培月并非那种在电视上看到亲热场面，就假装刚巧按下遥控器换台的家长。她读过相关的书，知道初次经验对女性将会有终生影响。如果江时一有正常交往的男朋友，她会在她钱包里放进安全套，还会告诉她，这种事情不可耻，但是也不要在没准备好的时候，为取悦对方而做。

但关奕山突然闯进来，在胡培月没察觉之际，提前采摘下这朵花。江时一的心扉对胡培月打开，唯独在男女之事上，她不跟任何人谈，包括胡培月。她便不好去问什么。

胡培月坐在日料店里，心事重重地夹起一片三文鱼肉，放到嘴里。江时一忽然提议，说她来江门两年，哪儿都没去过，待会儿带她走走。胡培月说，好啊。

江时一带她到白沙祠，说她小学郊游会到这里。胡培月笑，说她们郊游都到西湖边。江时一说，在西湖边长大，真好。胡培月说，小时候国内旅游业没那么发达，当时还只是本地市民在逛，现在成了全国景点，就再没有过去那种氛围了。她忽然问："你去过杭州吗？"江时一微笑，摇了摇头，胡培月笑，"你大学时候，不会到处旅游吗？我在英国时，基本往欧洲那边跑，后来跑多了，就跟当地人一样，在英伦版图上走。"江时一说："除了学习，就是打工。寒暑假要回来陪爷爷奶奶，在御记帮忙打下手。"对这截然不同的两种人生，胡培月不再说话。

两人穿过外面新修的现代仿古建筑，走到一个明代木石结构牌楼前，上书"贞节"两个繁体字，背面则写有"母节子贤"。胡培月说这里居然还有个贞节牌坊。江时一也说不太清楚，网上搜了搜，说儒学家陈白沙是遗腹子，其母守节没改嫁并将他养育成人，后明宪宗下旨为其母修建贞节牌坊。江时一说："古代的女人，真难啊。"胡培月说："是啊。"静了静，"现在比以前好多了，但也还是活在男人眼光当中。"

两人又到华侨博物馆，一路上胡培月盯着手机，又看看江时一，有些欲言又止。江时一问她，她只说没事。

博物馆人不多，进去时刚好见到几个年轻人。江时一听到其中一个女孩声音俏皮，有点熟悉，她转过头去看，发觉是关珊珊。不知怎的，江时一忽然心虚起来，催促胡培月走快点。胡培月奇道："我还没看完呢。"江时一便垂着脑袋，头发从两边垂下来挡住脸颊，痒痒的。她忽然想：我这是在做什么？关珊珊也不知道我跟她哥哥的事，我何必心虚至此？

胡培月正在看展览说明，忽然听到江时一说这里太闷热，先出去等她。再一回头，人已不见。

江时一直奔博物馆出口，在展示用火车车厢前的长凳上坐下，低着脑袋。

那天晚上的回忆，现在全部涌上来了。那一夜，他低头亲她的脸，她的下巴，她的颈窝，又从半拉开的抽屉里，取出一条大毛巾。"起来。"他声音轻柔，慢慢拉起她身体，要将毛巾垫在床上。江时一瞥一眼大毛巾，突然紧张："别用这条。"她匆匆扯过，将毛巾塞到枕头下。关奕山不解，但仍顺从她的意思，从抽屉里拿出另一条大毛巾，平铺在她身体下。

"再挪过来一点。"他说,像最耐心的老师。

但是他的学生,此刻脑子突然清醒一点,想起来要逃课。她说:"我……"

后面的话还没说出口,他又吻下来。像雨水流入大地深处,那件事自然地发生了。过程并不愉悦,而且还疼痛,他说,第一次是这样的。江时一想,她跟他之间,怎么可能还会有第二次。她迷迷糊糊睡着,中间似乎听到关奕山接了个电话,然后又发生了第二次。这一次,她脑袋清醒过来,心里清楚明白地想着,现在抱着自己的男人,很快会是其他女人的丈夫。深重的懊悔压住了她。

一切结束后,他汗涔涔地起身,去洗了个澡。"你要来吗?"他问。

江时一摇了摇头。

关奕山淋浴出来,见到她已披上外套,坐直身子背朝他,低头不知道在做什么,他从后面抱住她,熟络问她:"在做什么?"她侧过脸,露出一张表情复杂的脸。他在这张脸上,读到了自责、不安与悔意。男人触到女人这种情绪,只能是理亏的,但他以经验弥补,一只手轻轻摸着她的脸。然而手指触到她肌肤的一刻,他察觉她微微往后缩了缩。

他目光下移,这才注意到她手上捧着的,是初次取出的毛巾。

毛巾是普通的毛巾,唯一让它显得与众不同的,是上面以繁体字绣成的一行字。

——许氏宗族龙舟竞渡冠军。

这几个字映在关奕山黑色的眼底里,像有什么在深渊处闪了闪。他什么话都没说,迅疾起身,穿好外衣,抄起手机,转身离开。

这是江时一对关奕山最后的印象。

此时此刻,她坐在博物馆外的长椅上,将脑袋深埋在双手里。

有人在身旁坐下。

她没有移开手。

胡培月在她身旁说:"哭出来会舒服一点。"

前面火车模型上,有小孩子钻来钻去,妈妈在后面追赶。但江时一的火车已轰隆隆驶过,任她再怎样希望事情没有发生过,也已经回不了头。

胡培月忽然说:"其实,刚才我们在车上时,关奕山给我发过一条消息。"她将手机从包里取出,轻轻滑开,"我不知道你们之间发生过什么,但是,他给我发了许柏乐在香港的地址,让我转给你。"

江时一只觉非常错愕,久久说不出话来。

胡培月用手圈住江时一,低声道:"这世界上啊,有各式各样的男人女人。

既有在结婚前把所有前女友都约出来，最后睡一遍的男人，也有不确定自己内心，把心动等同于爱情的女人。"顿了顿，"如果连他都看得出来，你真正在意的其实是许柏乐，那……"

"不。"江时一突然打断她的话，"你误解了。他也误会了。"

她站起身来："我对许柏乐，是那种战友一样的感情。跟男女之情什么的，没有关系。"她低下一张脸，"也许在我心目中，许柏乐已经跟一时茶乐分不开了。而我可以没有爱情，但不能没有事业。从这个角度来说，他在我心目中，比关奕山更重要吧。"

胡培月坐在长椅上，抬头看她，突然觉得自己连日来的担忧，原来是多余的。江时一这时看了看表，说她还要回去跟牛奶供应商联系，催促胡培月快走，她瞬间又是那个风风火火，同时做几件事的创业者了。在回去的车上，她又接到店长电话，胡培月见她眉心微微窝着，像个小旋涡。除了一时茶乐这汪水潭，别的水都流不进她那小旋涡里。胡培月看她这样，终究宽下心，还是按计划赶回深圳上班。

天气趋冷，胡培月在深圳租的单身公寓里，逐一取出她的冬衣。墨绿色大衣，驼色毛衣，丝绵内衣。屋子角落点着蜡烛，播放着细细的音乐，她在乐声中，边对牢镜子搭配，边对开了免提的电话那头说："所以你要跑北京去找设计工作室跟投资人？"

电话那头，传来江时一声音："是啊。"

跟宋先生的会面，江时一虽置了气，但有些话她还是记在心上。她记住了那家新加坡茶饮品牌，甜茶，暗暗视作对手，还特地到香港尝过。她发现甜茶口感虽不如一时茶乐，但产品设计更风格化。

江时一问："对了，你看过我发给你的设计图没有？"

"看到了。"胡培月将一条红色披肩搭在身上，又摇摇头，摘下扔床上，"我很喜欢。"

得到胡培月的肯定，江时一更确定想跟这家工作室合作。她打小缺乏安全感，永远怕错过什么，立即跟对方敲定时间见面。

看到女儿风风火火，胡培月也想为她做点什么。

银河城第二期招商正式展开。招商管理部总经理老朱，英文名叫托尼，自称钢铁侠，大伙儿在背后都叫他猪猪侠。

下午会议由猪猪侠主持，一如既往鸡血十足："银河城在南山区，是深圳商业发展重心，辐射蛇口、宝安、香港等地，连接深港经济交流，辐射全国消费群体。我们打造海滨购物概念……"台下的人默默低头，手机上传递着信息，评头论足猪猪侠今天领带图案有点像猪头。直到他宣布近期签订的新商户名单，大家才又抬起头来。

胡培月坐在后排，但仍一眼看到新加坡甜茶的品牌logo。她一怔，脱口而出："不是说银河城不做奶茶吗？"

猪猪侠很高兴，因为终于有人给了点反应："甜茶不一样，由金润代理，自己人。"

胡培月还想说点什么，黎晓静在桌下轻踢她小腿。她动了动嘴唇，不吭声。好不容易熬到会议结束，她等其他人走开，特地留下来，对猪猪侠说："朱总，之前我多次向您争取过一时茶乐进驻，您说不考虑奶茶品牌，最后才松口，说如果一时茶乐把调性做上去，可以纳入考虑。现在甜茶突然插一脚。是，我能理解它由金润代理，是自己人，但能不能也给一时茶乐一个机会？"

旁人低头假装收拾东西，不作声地看热闹。猪猪侠笑笑，边低头签字边随口敷衍："你也知道，同一品类不能重复出现。"

"理论上是这样。但像银河城这样的大型综合体，能够容得下便利店跟超市，也应该能容得下两家奶茶店。"

"当然，当然。"猪猪侠很是敷衍，他签完自己名字，盖上笔盖，"好铺位是不可能的，东广场临街铺位，跟卖柠檬茶、炸鸡的一起……"他把文件递出去，看着其他人都走了出去，身子松松地靠坐在椅子上。

胡培月语气认真："一时茶乐不是那种定位。它的定位，跟甜茶一样。"

"支持家人创业是好事，但也不应该太过自信。"猪猪侠一笑，"甜茶是来自新加坡的高端茶饮料，至于一时茶乐……"他笑笑，"能达到我们的准入门槛吗？银河城可是一签就要签三年的。"

"但银河城不是向来说，对特别出众的新兴品牌……"胡培月正据理力争，猪猪侠忽然拍拍她的手背，说道："到我办公室谈吧。"

两人往办公室走，黎晓静刚好跟他们擦肩而过，手里拿着香烟盒，瞥了他们一眼。

进门后，猪猪侠说："刚才在外面，我不方便讲太多。章老板他……哎，你先把门关上。"她转身将门掩上，他便再让她坐一旁，又压低声音，"老板女婿就在金润，就负责甜茶项目。他肯定想拿出点成绩，肯定也有人想帮他出成绩。你懂的吧。"

胡培月以微弱的笑意回应:"我相信,一时茶乐能够为银河城带来流量。"

猪猪侠又笑:"哪个创业者不认为自家品牌好呢?就像每个妈妈都觉得自己孩子最可爱嘛。不过你也别沮丧,我也不是不能为你想办法。"

胡培月正要说谢,猪猪侠忽然又将手放在她手背,冷不防问:"你今晚如果没有别的事,我们出去详细谈吧?"

她立即将手抽回,触电般站起:"我约了人。"

"哦。"猪猪侠将尾音拉长,"那另外再定个时间吧。"他刻意地笑了笑,说如果不定时间,他也不好跟胡培月具体谈。

"那就明天中午,办公室谈?"

"办公室里能谈什么。"猪猪侠挂着假笑。

胡培月也假笑:"我还真想不到,不能在办公室里谈的事。"

猪猪侠突然就拉长了脸,眉毛跟脸上褶子一同往下掉,薄嘴唇掀起来,像啤酒瓶喷出白泡沫一样,往上翻出一个奇怪的笑:"怎么了?这是防着我?"胡培月正要说没有,对方的笑意已扩大了几分,好像啤酒瓶被晃动过,白泡沫溅洒得远,"差不多得了,您今年贵庚啊?都四十岁的老女人了,该不会以为我对你起色心吧?"

"什么?"

"哈,我说,你还真把自己当二十出头的年轻小姑娘了?保养得是好,但外面货真价实的小美女多得是。别以为我真看上你……"他突然住了嘴,因为看到胡培月反转掌心,有意无意地露出那支录音笔。

猪猪侠张了张嘴,还想说话,胡培月冷静地坐在沙发上,抱着手臂,微笑看他,等他继续往下说。

他噤了声,但脸上五官扭到一块儿,更显出愤怒来:"给我!"他伸手要夺过。

章云程在这时敲门,他用手指推了推,门缝便随之加宽。他笑着探头进来:"你们在谈餐饮招商?"

猪猪侠站起来,立即变了张脸,跟章云程打起哈哈。章云程瞥胡培月一眼,一副了然于胸的模样。胡培月将录音笔收起来,塞到包里,拢了拢头发,径直走出去。黎晓静正站在走廊上,抱着手臂,抬眼看她。胡培月忽然明白过来:章云程是黎晓静拉来的救星。

"谢谢。"她低声说。

黎晓静耸肩:"谢什么。他刚好路过,我跟他说了这事。"又压低声音,

"猪猪侠风评不好，大家都知道。如果你真的要帮家里人，我给你介绍个人吧。"黎晓静说，她有旧同学在知域中心招商部任副主管。胡培月知道她对自己解除了敌意，但没料到她会出手相助，非常感谢。她现在知道，黎晓静也是个面冷心热的。

　　章云程从猪猪侠办公室出来，从胡培月跟黎晓静两人间穿过去，没有跟她们打招呼。等他过去了，黎晓静忽然问："你怎么不找他帮忙？"

　　"谁？"

　　黎晓静上下打量她一眼，有种"我对你不错，你不拿我当朋友"的意思。胡培月只好说："我跟他不熟。"

　　"不熟他会出手帮你？"

　　胡培月不好说什么，只是笑笑。

　　在江门星河城时起，胡培月就有下班后到处逛逛，从消费者角度体验本商场的习惯。这天她走到珠宝店里，跟员工闲聊至半，忽然有人在她耳边问："看中什么？"不用转头也知道，是章云程。店里员工不认识章云程，但跟胡培月熟络，又看章云程那副神态，便笑着接口："这款彩钻圆形耳环，可最适合胡小姐了。"

　　这样的场景不罕见。男人掷点闲钱，讨心仪女子欢心，女人收获喜爱珠宝，皆大欢喜。但章云程将手臂压在柜台上，抬起眼睛看店员，闲闲地说："胡小姐可不是什么都适合的。比如说，男人送的就不适合她。恐怕她会说，我自己有钱，可以自己买。"

　　"章先生是在夸我，还是贬我？"

　　章云程笑："我可不记得有贬你的时候。好像是你贬我的情况更多一些？"

　　这时有人进出珠宝店，两人下意识都怕被熟人瞧见，不作声地走出去。胡培月低低说了句："今天的事，谢谢你。"

　　"你这样聪明，没有我，一样可以全身而退。"

　　胡培月想了想："但是有你在，情况不一样。以后他总会忌惮我几分。"

　　章云程明白她的意思，只微笑。

　　猪猪侠瞧出来这位见习总助有意为胡培月解围，打听之下，知道二人都从江门星河城过来，算是旧识。他没太往男女之事方面去想，但到底不知水深水浅，此后看着胡培月的眼神，也都带些礼貌和疏离。一周后，张云程离职，而人们又从高层管理人员名单里，发现一个叫章云程的人，东拼西凑，才后知后觉猜出他身份。

彼时胡培月跟黎晓静已开始熟络，黎晓静说佩服她，从天而降一个比自己小十三年的富二代，还长得不错，这是哪个蹩脚小说家编的"玛丽苏"情节，她居然还能毫不动心。胡培月说："没动心的人，没准是他。哪来那样多'玛丽苏'。不就是一时兴起，再加求而不得，所以还没放手吗？"

离开北京时，江时一还是个学生。再回来，已是创业者。

她的行程满，见完设计工作室，一拍即合，当即签约。在北京又多留一段时间，找投资者碰运气。其间还接到胡培月电话，说深圳的知域中心可提供优惠条件。

江时一觉得像有天使亲吻她的脸，雀跃不已。她抬头看车窗外，东二环一如既往拥堵，楼群跟人潮一样密集。她在人流中，见到一个穿牛仔裤，背双肩包，大学生模样的女孩子，带着憧憬而怯生生的眼神，抬头看闪闪发亮的高楼。

有那么一瞬，江时一觉得，那个女孩儿是曾经的自己。但现在，自己已不再是她。

她觉得，北京是一座给予人希望的城市。

起码，那时候，她是这样想的。

然而随后几天，江时一终于意识到自己的天真。有时候，她在前台登记身份证件，拍照，跟着人流上了电梯，被一扇玻璃门拒在投资公司门外。等好久，才有人给她开门，进门后，又是漫长的等待。有时候，她跟约好的投资人在酒店咖啡馆见，对方通常比她晚到半小时，但偶尔会晚到两小时，且不接电话，而下一场见面，又很快开始。有时候，她会遇上浪漫主义者，准时，友善，并表达对她这样年轻的女性创业者不容易的体谅。

但这些投资者给的意见，并没有让她觉得多有希望。有人说："奶茶不是刚需。"有人说："奶茶入行门槛太低，没有护城河。"还有人提起甜茶，说这个新加坡网红品牌进驻华东华南，要跟一时茶乐正面交锋："这种没有技术含量的消费品类，撑死了最多只能有一个王者。你觉得，会是你们，还是甜茶呢？"对方说完这话，还微笑看向江时一，好像在期待她傻乎乎回应。

任江时一再怎样讲故事，摆数据，都没用。

也有不提品牌的投资人。一看到江时一坐下来，问清楚她是CEO（首席执行官），就准备起身："我们不投女性CEO。"见江时一冷着一张脸，又解释，"不是我们性别歧视，但是，女人实在太感性，很难当领导者。"

一天下来，江时一见过不少面孔。最后乘车回酒店时，只觉整个人精疲力竭，靠在车窗上。窗外的建国门外大街，在夜色中，依旧闪亮。她似乎又在人流中，看到那个穿牛仔裤，背双肩包，大学生模样的女孩子。不知怎的，对方看上去似乎也很疲累，像是东奔西跑了一整天，脸上灰扑扑，眼里的憧憬与神采被抹掉。

江时一觉得，自己还是那个女孩儿。她以为自己已经起飞，但原来一直在地上呢。她瞪着窗玻璃上那张眼窝凹陷的脸，心想当初怎么会信了许柏乐的鬼话。他说什么来着？

"江时一你的东西是最特别的"。

司机冷不防来了句："小姑娘，你手机响好久了。"

是胡培月打来的电话，温柔而关切，问她联系上知域中心没，见过投资人没，出门在外要注意安全。江时一几次想讲晚点说，都无法插话，她绷不住，突然说："知道了，知道了，我一个人在北京街头的时候，你还在上海当名媛呢。"

电话那头静了静。江时一是很久没用这种语气，跟胡培月抢白了。江时一回过神，立即道："对不起。"声音又软下去一格，"我太累了。"

"是不是，事情不太顺利？"胡培月在那边问。她不知道在哪里，信号不太好。江时一听到她走动的声音，似乎在寻找更适合谈话的地方。

没有人关心时，江时一像个自己摔倒自己爬起的小孩，再痛也得自己走。胡培月一问，这小孩顿生委屈、不安与焦虑。胡培月走到单身公寓阳台上，抬头看深圳星空，耳边听着江时一音调萎靡："知域不是问题，钱才是问题。如果还是找不到投资，我只够跟知域签一年。"安静半响，她调整情绪，硬是笑了笑，"没事的，顶多就是拓店速度慢点。前两年，我们不是更慢吗，也一样过来了。"

"但两年前，没有遍地开花卖芝士奶盖茶的新茶饮品牌，更没有甜茶这种海外竞品。"

两人都安静了，江时一说她快到酒店了，匆匆挂掉电话。她回酒店房间，洗了个热水澡，吹完头出来，见到手机上有胡培月的消息，只有四个字，注意身体。

也许关奕山说得对，像金润这样的投资者，自带供应链，如果接受他们的收购，成本会低得多。

回到江门时，江时一身心俱疲。想到老房子还在银行抵押着，更是心烦意乱，也不想回家，她拖着行李直接拐进店里。

小雪刚好在店里。前段时间,因为江时一发现跟茶厂和茶园对接有问题,她才意识到,小雪虽然将店面管理得很好,但并不适合做这种跟上游打交道的活。简单来说,她的能力顶多也只到店长位置。江时一最后将小雪换下来,继续任总店店长。

胡培月提醒过江时一,要请小雪回家吃饭,跟她坐下来聊聊。江时一答应了,只是一直忙,顾不上这事。她拖着箱子走到店里,见到小雪抬头看到自己,冲她微笑,心想,胡培月真是过虑了。

"时一姐,这个姑娘等了你好几天了。"小雪说着,冲角落扬了扬下巴。江时一将行李箱拉起来,靠在墙上,抬头一看,怎样都没料到,站在她跟前的会是关珊珊。

除了假装外卖小妹的那个晚上,江时一从没跟关珊珊说过话。隔着关奕山,她们只是两个陌生人。

关珊珊看她神态拘谨,扑哧笑出来。她说:"我不是为了哥哥来的。"落落大方掏出一个文件,递给她看,"我是为这而来的。"

文件夹里,是一封封旧信件的复制品,能看出信纸发黄,小楷书写,字迹工整。江时一看了看文件,又看了看关珊珊。

"你再看看内容。"

江时一再读下去。

"印尼当地行情艰难,收薪极难""非是有银不甘寄回""今日番人无食,日撑夜劫"。

再翻过去,又是同样的家书。其中一封信上写着"时局紧张。近闻日本人做假银纸流入内地,见信如有银项出入须着细看,以免错误"。最后又叮嘱收信人,要好好照顾好两个女儿:"等待时机,候局势稳定,即时动身返家,回启名里团聚。"

启名里?

江时一看向关珊珊,蹙眉。

关珊珊解释,这种信件加汇款的玩意儿,潮汕、闽南叫侨批,江门、五邑地区叫银信,已经入选世界记忆名录。"两个多月前被我发现了这封侨批,后来我又搜集整理出来两三封,寄件人都叫廖国邦。各种资料查下来,我怀疑,这就是许柏乐他太爷爷。"她说,许柏乐跟哥哥很要好,经常到她家蹭饭,她也听他说过家里的事。

"在廖国邦一个同乡同时期的侨批里提到,他跟廖国邦被日本人强征到缅甸作战，廖国邦死在战场上，他则逃了出来。估计后来他想通知廖国邦的家人，却发现他的家人都搬走了吧。"关珊珊说，"许柏乐以前说过，觉得他们家就是弃子，被太爷爷抛弃的家人。现在找到这些侨批，可以证明，他的太爷爷并没有抛弃他们。"

江时一看着这些侨批，看了好一会儿，慢慢抬头："你来找我，是因为……"

"我想让你，将这些复印件拿给许柏乐。毕竟……"关珊珊长叹一口气，"自从俊哥哥那件事后，我哥跟许柏乐就老死不相往来。"她聪明得很，心里多少清楚江时一跟两人的纠葛，只是矢口不提，"我觉得，由你来拿给他，最合适不过了。"

"我……"江时一心里怦怦跳。她很久没见过许柏乐。胡培月那儿有他的地址。但是，去找他？以什么名义呢？一时茶乐需要他？不。他早就说过，江时一已经是个独立成熟的创业者，早可以扔开他这根拐杖。侨批？真是个好借口。

江时一看看关珊珊，关珊珊也看看江时一。这女孩儿，心里通透得很，但装作没听到那天博物馆里母女俩二人的对话，装作没见过关奕山婚前喝醉的模样。她再推江时一一把："我行程不自由，马上就要跟着导师到潮州去。而你，不是周末就要去深圳吗？顺便下香港啊。"

江时一总觉得像是半步踏入关珊珊的陷阱一样。她说："找个快递也一样……"

关珊珊立即堵上她后半截话："快递？没温度！没情怀！这种自以为被亲人抛弃，结果打脸的戏码，这么感人，你就不想看吗？"

Chapter 4

[1]

　　胡培月四十二岁生日在即。女儿不在身边，不是忙着找投资，就是要应付大小竞品。去年，她从贵州赶回来为她庆生，今年，谁知道还记不记得。胡培月是那种最矜持的女人，只要对方不开口，她就矢口不提，绝不主动提示。她跟江时一，简直像对探戈男女，你退我进。

　　生怕对方不进，她先找了退路。生日晚上，约好黎晓静出去喝酒。

　　周六晚上，在马路来往车辆车头灯的映照下，深圳的夜分外沉不住气，每座建筑物的窗户内，都闪动着橘黄色的光。那光由一颗颗躁动的心脏聚集而成，心脏越多，越躁动，光越晃眼。

　　每张桌子上，都有一个小小的烛台，一张张人脸就在这些烛光后，或笑着，或默然。她们坐到吧台前，一人要一杯酒，黎晓静问起她的故事，胡培月从酒杯里拿起樱桃，边慢慢咬掉红色的梗，边交代她的前半生，只隐去唐铭深跟艾琳的名字。黎晓静用手指摸着杯沿，低声说："一个中年失婚，一个未婚带娃，我们俩，也不知道谁比谁更惨。"

　　"就算惨，我们也是'美强惨'啊。"

黎晓静听罢，放声大笑。忽然有人在身后说："有什么有意思的事吗？"

她们扭头，见一个男人，将一条胳膊搭在吧台上，是标准的搭讪姿势。胡培月觉得这姿态有点好笑，黎晓静则微笑看那男人，嘴上不作声，眼睛打量他。这人平头整脸，看上去干净妥帖，进攻时机恰到好处，并不惹人反感。她已六七年没恋爱，对职场以外的异性感觉生疏，见对方跟她隔了半张椅子距离，她便下意识往后退了退，心里想，他是来搭讪胡培月的吧。

见胡培月不说话，黎晓静知道她不感兴趣，便有意替她推挡："在说一些你不会感兴趣的事。"

男人笑了笑："你这么一说，我倒感兴趣了。"

黎晓静忍不住道："你对我们的判断，是不是应该纠偏一下呢？二十岁女生觉得惊艳的东西，三十岁的女人早就腻了。这么传统的搭讪方式，是不是有点太傻了？"

男人突然也大笑起来，那张脸因为笑容，显得生动起来。他笑着说："一个人得有勇气，才能犯傻啊。"

平日在办公室里，惯了睥睨一切，黎晓静却在此刻结舌。

胡培月一直在旁静观，已看出此人开始对黎晓静这个人感兴趣。只是碍于她这个多余的人。于是她借机跟黎晓静说，自己临时有事要回去。

在胡培月的计划里，这个周六，她是要跟黎晓静一起度过的。这样，她就不用独自面对四十二岁生日的零点了。手机上，依然没有江时一的来电或消息。

胡培月打车回家，提前下车，在夜色中走一段路。经过西饼店，店员正准备关门，她一时兴起，给自己买了块小蛋糕，又问店员有没有蜡烛。

在江门时，她怕长肉，江时一又坚持要给她过生日，便给她买小小一片蛋糕。要跟店员买蜡烛时，店员总会热情劝说，什么这么小的蛋糕两个人怎么吃啦，生日还是要有气氛啦之类。

深圳却不一样。当地店员对孤身庆生的人，早已见惯不怪，娴熟地掏出一小袋生日蜡烛，内有三根，一起结账。

胡培月提袋回家，抬头看公寓大楼顶上的广告牌，化妆品广告上的美人正冲她微笑。她记得这牌子，唐铭深投过。她当时从后面圈住唐铭深脖子，告诉他，这品牌不好用。唐铭深笑她天真，说投资人看重的才不是这个。

银河城就在南山区，有剧院、美术馆跟艺术中心。只是深圳到底不是上海，后者一年可看的展有上百个，前者不过寥寥十个。深圳人缺的不是钱，是时间。他们的时间，都花在赚钱上。

当胡培月终于适应深圳生活后,这个物质的城市展开空洞一面,可对她来说,这个空洞无法用物质来填满,只能用爱。

胡培月走到公寓楼下,听到有人在身后喊她名字,回过头,唐铭深向她迎面走来。

"我到深圳有事,想起你明天生日,过来看看你。"

也是离开唐铭深,自己有点职场经历后,胡培月才发觉这男人说话多么滴水不漏。进可攻——看我想起你生日所以来看你;退可守——我来此地有事并非特地跑一趟。

胡培月摆出微笑脸,说声谢谢。并非忘了他跟艾琳带给自己的难堪,只是她现在也学会了职场人那一套,面上假惺惺地笑。

唐铭深站在她身后:"我……有点仓促,随便买的。"他从后面递过来一束花,小小一束,以干花制成。他做任何事,向来都有目的,胡培月想,这干花到底寓意枯萎的爱,还是不受时间束缚呢?又是进退可据的一手好牌。她猜想,他下一步会问是否能上去,果然,他恰到好处道:"如果不打扰你室友的话,我想上去喝杯水。"

胡培月抱着手臂,笑了笑:"你既然都打听好了,知道我住哪里,又怎会不知道我独居。"

唐铭深并不觉尴尬,在此前数次见面时,他已清楚,胡培月不再是过去的胡培月,他也料到,她会拒绝。连她后面说的话,也都在他意料之内。于是在胡培月问起艾琳时,他平静地转移话题:"我听说,江时一在北京到处找投资。我上次给她的名片,她还留着吗?"

男人真狡猾。胡培月想,他再一次捉住了自己的软肋。

她说:"那是时一自己的事。"

"哪个母亲,不想为自己的孩子铺路?更何况,路就在离她那样近的地方。"唐铭深微笑。

这时有人夜跑经过,无意识看了眼路边这对衣着光鲜的男女。唐铭深说:"夜深风冷,我们上去再谈?"

胡培月叹一口气,掏出门卡,领他一同上楼。刚进电梯,唐铭深便说:"一时茶乐现在处境不太好。我听到的消息是,金润那边没买下它。"

"是,所以她在找别的投资人。"

楼层到了,唐铭深跟在胡培月后面,出了电梯:"不,你不了解金润的风格,他们行事向来险恶……"这话突然就停住了,因为胡培月停下脚步,而唐铭深也停下脚步。他们俩看到，在胡培月公寓门前，章云程抱着一个蛋糕盒，脸色阴沉地看向他们。

胡培月觉得有点头大。

她的人生剧本，到底是哪个蹩脚作者写的？

电梯门又开了，隔壁邻居太太牵着小孩的手，跟胡培月打招呼。小朋友看看唐铭深，又看看章云程，突然回头问："妈妈，哪个才是她老公啊？"

"别八卦。"邻居太太快手拉他走。

胡培月只得开门，请这两位进去。她循例问："要喝点什么吗？"

唐铭深说照旧，章云程说咖啡，两人又相互看了对方一眼。唐铭深想，等胡培月煮咖啡，可以慢慢耗上一点时间，这小子够心机。章云程想，一句照旧，想要暗示胡培月很了解自己是吧，可别忘了你是已婚之身。

胡培月回过身，给他们俩一人倒了杯水。她说："谢谢两位的心意，我都收下了。你们喝完水，可以离开了。"

唐铭深看一眼章云程，低声道："我刚才说的事……"

"哦，那个。"胡培月说，"谢谢你。我会转告时一，她有需要的话，会跟你联系。"

章云程微笑，胡培月还想说什么，他截住她未出口的话："我来也是为了一时茶乐的事。蛋糕嘛，是顺便买的。"这话说完，他看向唐铭深，意思是"你怎么还不走"。

胡培月看了看表，说："马上就要十二点了。记得以前有几年，艾琳都会准点给我电话庆生。不知道待会儿，是不是也会给我打电话呢？"唐铭深再无借口，只得走开，离开前将他名片留下，再次让她交给江时一。出门前，他不忘留下一句，自己这个月都在深圳。

他一走，胡培月就对章云程这小屁孩不客气，问他喝完水没有，喝完可以离开。章云程举起手掌心，说稍等。

"什么？"胡培月立即意识过来，距离零时，只有不到半分钟时间。章云程低头看表，说："我有礼物送你。"

只剩最后五秒钟，他轻声倒数："五、四、三……"秒针落在零点时，他作势要吻她，胡培月早已躲开，站得离他远远的，章云程看上去有些沮丧，"我要送……"

"你要送你自己给我，对不对？"胡培月直笑。看章云程脸色，她知道自己猜对了，更加笑得直不起腰，连连摆手，"不，不是，对不起，我不是故意笑的。就是，怎么说呢……我二十出头刚开始约会，就玩过这种了。"

看章云程白着一张脸，胡培月说："我还是要谢谢你的。"

"谢我什么？替你赶跑唐铭深？"

"都过去了，我们各自都有了新生活。"

"婚内出轨，跟'小三'结了婚，来找前妻。你说，算不算二度出轨？"章云程说，他最讨厌这种人。

"你讨厌的人还挺多。"胡培月取出一听罐装咖啡，递给他。他接过来，手腕稍一发力，她猝不及防，顺着易拉罐往他身旁沙发上跌坐。她下意识攀住他衣袖，他反手稳住她，很轻地在她发梢上吻了吻，又立即松手，端坐，向她道歉。

他罕见地认真："我是真心想要帮江时一的。现在的我，不再是实习生身份，自然会有办法。"

"希望你明白。"胡培月从沙发上站起身，同样认真，"我跟时一，都不想成为靠男人出头的那种人。"

"这世上，除了女人就是男人，有什么区别？江时一刚开店时，关奕山跟他以前那个朋友，叫什么来着，许什么乐的，没少给建议吧。"章云程笑了笑，"我是为了自己。甜茶项目由关奕山主导，我并不希望让他太过顺利。金润在甜茶上砸了不少钱，在银河城开业那天，会是媒体焦点。我希望一时茶乐能够抢走它的风头。先不说这个了……"

他取出一根蜡烛，插在蛋糕中间，又起身把灯灭掉，点燃蜡烛。烛光映照着两人的脸，他在这明灭的光中，微笑道："Make a wish.（许愿吧。）"

胡培月直接起身，把灯打开，那氛围像巨大的白色气球一样，噗地破掉。她说："对不起我接个电话。"章云程在旁，静静听她接了冯霄电话，然后又是另一个。听起来是个男人，哦，他记起来了，她在江门的时候，曾经跟两个男人恋爱约会过。第一个已经结婚，第二个仍是好友。他看着蛋糕上的蜡烛，心里想，胡培月，怎么会沦落到跟普通乏味的男人一起呢？

看胡培月挂掉电话，他又伸手把灯灭掉，笑容藏在蛋糕上的烛光之后："我很庆幸，自己是陪你过四十二岁生日的第一个人。"

胡培月又起身，把灯打开。她站在满屋子敞亮中，毫无感动地说："不，继续刚才话题，你是想利用一时茶乐，来打击关奕山主导的甜茶项目？"

"可以这么说。"

"我不希望让时一卷入这种事情。"

章云程笑了笑："她是成年人了，让她自己决定不好吗？再说了，她跟关奕山的关系，难道还不够复杂吗？卷不卷进去又有什么所谓。"

"你说什么？"

"难道不是吗？那天晚上，我跟你两人不欢而散。但你次日一早给我打电话，要关奕山的号码。如果不是他跟江时一发生了点什么，你怎会主动找我？你不是传统的妈妈，不至于发现江时一跟男人发了条什么消息，就兴师动众。"章云程说，"除了他们俩睡过了，我想不到别的。"

胡培月脸色发白，握紧手指。

章云程说："是不是女人当了母亲，就都会变成这样？觉得女儿会被人伤害，觉得要保护她一辈子。你有没有想过，这个时候的江时一，更应该把一时茶乐做起来。她要是不够强大，走了一个关奕山，还有别的什么山。"

见胡培月不语，他又说："你跟我都知道，事业才是江时一的软肋，不是吗？现在她也需要我，我也需要她，大家双赢，不好吗？"

胡培月沉默半响，章云程慢慢起身，再次把灯灭掉。屋内又只剩小小烛火跳跃。他说："上帝的归上帝，恺撒的归恺撒。这件事，留给我跟江时一去想，至于你……"他将蛋糕推到她面前，"Now,make your most desired wish.（许下你最想实现的愿望。）"胡培月抬头看眼前人，才意识到，这个比自己小十岁的男孩，其实已到二十岁的尾巴了。第一次，她感觉他有种成年男人的成熟。但这种成熟里，还带点少年气，于是，他比唐铭深更显真挚可靠。

她垂眼，许下愿望，吹灭蜡烛。屋子陷入一片黑暗，而章云程在此时扯过她衣袖，吻了下来。

江时一从罗湖口岸过关，乘港铁，经上水，从粉岭站下车，转乘摇摇晃晃的小巴士，两边高楼大厦渐次低矮下去，热闹的市井街道、茶餐厅跟便利店、熙攘人潮，也越来越少。江时一边看手机地图边问司机，到了没，到了没。估摸着，离许柏乐住的围村应该不远了。

依据关珊珊给的地址，她下了车，沿着窄窄水泥马路前行，再根据一位热心大婶的指点，果然见到有牌坊，有士多店，有大榕树。两三个年轻男人在那里咬着吸管，边喝汽水边聊天。

关珊珊说，村里的人都认识许柏乐，进了村，随便找个人问，就能找到他。

江时一将信将疑，正要上前问，突然见那年轻人卷起袖子，露出上面的文身，嘴上用围头话狠狠道："国有国法，村有村规！我不信吹水辉避得我一时，还能避我一世！"

她脚步一转，径直拐向士多店。她见里面坐着个老板娘，正低头看手机，便细声细气问她，知不知道许柏乐在哪里。

"什么？"老板娘染了金毛，咯咯笑着，从手机屏幕上抬起眼来看她，摘下耳机。

江时一又问了一遍，稍微提高音量："请问，许柏乐住在哪里？"

村口那三个年轻人，原本正义愤填膺说着什么，这时突然都静下来。老板娘似乎也看了他们一眼，还没开口说话，那几个人已经围上来："乐少？你找乐少？"

"我……找……许柏乐……"

"你是他什么人？"

"朋……友？"

三个人盯着江时一，又互相对视一眼，嘴角有古怪笑意。这时老板娘斥着："你们几只，做什么啫？吓到人啦！"她向里面指了指，问她有没有看到一座祠堂。说许柏乐家就在离祠堂不太远的地方，江时一谢过老板娘，转身要走。老板娘又在身后大喊："喂，今天有人摆酒，明天又是天后诞，人很多。你小心一点！"

江时一频频点头，心想，她到底要小心什么。

但后脑勺上，又隐隐觉得那几个年轻人正盯着她看。

她一路往里走，村里道路不宽，两旁是新旧高矮不一的丁屋，屋内传出狗吠声跟电视声，还有阿妈教仔的声音。听到后者，她仿佛穿越到江边里小巷中，不禁一笑。

她往祠堂方向走，来到村落里面。也许这里鲜少有外来者，村民们也都一副闲散安逸状，毕竟在寸土寸金的香港不愁房屋，自然淡定。只是江时一总觉得坐着站着闲聊的人，好像隐隐约约都在抬头看她。

来到祠堂附近，外面坐着两三个老人家，正在边嗑瓜子边闲聊。她探头张望，里面忙碌不已，门外有人在更换对联，挂起长长的鞭炮，她便上前跟那人说："请问许柏乐……"

"你找乐少？"对方手一抖，差点将鞭炮扔到她身上。

江时一现在觉得有点诡异了。乐少。听起来就像个不正经的称呼。许柏乐到底是怎样神憎鬼厌的人物，每个人都要重复这句话？

那人还没等她回应，就冲祠堂里的人大喊："喂，找乐少的女人来啦！"

祠堂里，拉开板凳的声音，迈步奔出来的声响，噼里啪啦同时涌出。为首一个大腹便便的中年男人，耳朵上别着一根香烟，粗声粗气问："谁？谁找阿乐？"

鞭炮男把手往江时一的方向指，发现她早落荒而逃。

村内，旧村屋跟新房屋交错排列，白墙外挂着红色灯笼，贴着半褪色的对联，门前摆放着土地牌位。在外人看来，都长得一模一样。江时一跑着跑着，迷路了。

站在一家门外贴有"内有恶犬"的村屋前，想起老板娘说许柏乐住在祠堂不远，她准备回头，耳边却听到有人大喊："乐少的女人呢？怎么不见了？"

她吓一跳，转身要逃，横在眼前的却是一条土黄色的大狗，安静地瞪着她。

此时此刻，她有种想捏死许柏乐的冲动。

突然有人童声童气问："你找许柏乐吗？"

江时一转头，见到一个小男孩。他刚吃完一个三明治，嘴角还沾点末，很是老到，将塑料纸揉成一团，塞到旁边垃圾桶里。他说："我知道他在哪儿，你跟我来。"

江时一只能相信这小屁孩。

围村本就是宗族人聚居之所，为抵御外敌而建。当年英国人最后收新界土地，还有围村人以村为据点，架起大炮，誓死顽抗。这些村子地形复杂，经过多年旧屋拆除跟新屋建造，以及外来资本建起的楼房跟咖啡馆，在外人眼里，这里更像迷宫。江时一跟在男孩后面，左拐右拐，在一次差点摔跤跟一次踩中狗屎后，从村民的重重追堵中突围，来到一座三层高的新建小洋房前。小男孩指了指上面，说许柏乐就住在上面。

江时一正要进门，小男孩突然说："等一下！"他左看右看，像小狗一样嗅了嗅，最后说，"不是这里。"他指了指小洋房旁的村屋，同样三层高，但看起来土多了，小孩语气笃定，"是这儿。"

江时一正要进门，小男孩又突然说："等一下！"

"又不是这家？"

"是这家！"小男孩依旧笃定，只是以他阅惯警匪片的眼神，止住了她。他做了个警察拔枪保护市民的手势，悄悄迈步进去，江时一不禁屏息，跟在他后面。

里面站满人，三五成群，瓮声瓮气，大声喊许柏乐出来，又有人说："你女人来找你啦。"一个将半长头发扎在脑后的中年男人迎过来，连嘘他们："喂，别吵，今晚阿喜摆酒，他还要做兄弟。让他睡一会儿。"其他人嚷嚷着，说睡什么，快起来，待会儿老婆都要跑了。

没人注意到小男孩，他又退出去，对江时一打了个撤退手势，她跟着他，像是怕被兵捉住的贼，蹑手蹑脚，绕到村屋后头。男孩在地上捡起小碎石，往二楼玻璃窗上扔去。他的力气没掌握好，不是扔得太高，就是太低。江时一也捡起碎石，学着他的样子："你要计算抛物线……"朝上一抛，窗户恰在这时推开，碎石砸中那只推窗的手，里面传来啊的叫声。小男孩立即躲在江时一背后，江时一抬头，见许柏乐往外探出头来，骂骂咧咧："谁这么大整蛊……"

他突然噤了声，转身退回去，继续这个刚开始的好梦。

江时一立即在下面喊："许柏乐！"

一秒钟后，许柏乐才又探出那张脸。头发乱蓬蓬，睡衣前后穿反，是江边里老屋里的那个他无疑。小男孩吹了个口哨，非常识相："我到前门看哨。"

许柏乐在窗边喊了声："喂。"想唤醒自己的梦。

江时一两只手拢在嘴唇边，也大声回应："喂！"

不是梦。江时一到他的现实中来了。他低头，看向站在他现实中的梦里人："喂，你怎么跑到这里来的？"

"我有事……"话没说完，听到砰砰砰的敲门声。许柏乐回头看，仿佛整个佑田村的人都聚在他房门外，拍着他的门，隔门大喊："起床啊！开门啊！"

小男孩这时跑回来，大口喘气，看看江时一，又抬头看看许柏乐，冲他招手："全村人都来啦，阿富、阿贵跟他们的老婆都跑来看热闹了。你快逃！"

许柏乐骂了句英文脏话，摇摇头，只得从三楼窗户爬出，跳到二楼平台上，然后消失在屋里。小男孩叫江时一跑到屋前，两人在正门堵住跑下来的许柏乐。江时一还在酝酿要跟他说什么，却见许柏乐一脸惶恐，小男孩也紧张兮兮，对他说："你们快跑。他们很快会追上来。"

许柏乐郑重点头，拉起江时一的手，飞快往前冲。他身段比小男孩更灵活，左摇右摆，一路经过乡村学校前的校童、大树下给人算命的盲公陈、诚心往许愿树上抛宝牒的少女、在马路边晒太阳的大黄。四面八方都有脚步声，好像村民们都被惊动，开始围追堵截他们俩。

江时一的手被他拉得紧，跑得上气不接下气，终于忍不住："我为什么也要跟着你跑？到底在躲什么？"

"因为，如果你不跟我跑的话，他们就会把你五花大绑，审问一番！"

"审问什么？"

"问你是不是我……"

他跑太快，江时一差点磕到哪个村民门口的香炉，吃一惊，他回头将她扶正。她又问："是不是你的什么？"

他再次攥紧她的手，这次稍微放缓脚步，边跑边吼："我的老婆！"

他们突然停下来，怔在一堵堆满杂物的墙壁面前。江时一的目光还在搜寻，看杂物堆里能不能藏起两个人，许柏乐已绝望转身，面朝已追到猎物的村民们。小男孩也在人群中，无奈地摊开两手，摆出爱莫能助的脸。

许柏乐他爸当年没少为佑田村做好事。修路搭桥、文物保护、祠堂修建、捐钱建校。所以夫妻俩车祸离世后，再选村长，大家也一致投给许柏乐他二叔。少年许柏乐几乎在全村人的关爱中长大。他考上港大后，村民自发摆了两百围酒席，开厨门，整"九大簋"，舞龙舞狮，放鞭炮庆祝。

"那场面啊。"许村长边摸自己的小马尾边感慨，"简直比今晚阿喜摆酒还要隆重。"

二叔家中客厅宽大敞亮，在寸土寸金的香港，也就新界这种祖屋才能这样奢侈。许柏乐跟江时一，一人坐一张椅子上，对面是二叔跟村民们热切的眼光，眼光跟眼光后面是一堵墙，墙上有龙舟竞赛、舞龙舞狮、天后回銮的照片。

江时一转头问许柏乐："是真的？"

"谁记得啊。我只记得我那晚约了女同学出去玩，他们在酒席上就把我灌醉了，搞到我失约。喂，不是……"许柏乐对江时一说，"现在是说这个的时候吗？你快跟他们解释，你跟我没关系。"

"好。"江时一当即澄清，"我跟许柏乐没关系。"

村民们都哦了一下。拉长声音的，是表示不信；尾音上扬的，则透出失望。有两个年轻女人，怀里分别抱着一个小孩，一个凑过来说："没关系？没关系怎么会大老远过来找你，还陪你跑了一路哦。阿富也不信啦。"一个问："阿贵让我问你，你哪里来的？九龙还是香港？"

"我……江门来的……"

村民们又哦了一下。这次，都拉长了声音，是坚决不相信两人没点关系了。二叔也存了希望，逼供似的追问许柏乐："这怎么不是你老婆？你不是说，你喜欢的女人在江门吗？不是说，阿喜结婚之后，你就回去找她吗？现在她找上门啦，你怎么又不认了？"二叔"戇忪忪（傻乎乎）"的，当着众人面，把许柏乐似真似假糊弄他又带点真心的酒后话，全都抖落。许柏乐简直想把二叔的拖鞋卸下来，朝他脸上砸。

外面突然噼噼啪啪，响起了鞭炮，气氛像过年。众人嚷嚷着，说要去接新娘了，别误了吉时。许柏乐是兄弟之一，多好的借口，立即从椅子上跳起来。他又拉起江时一，说新娘还缺个姊妹，就奔出了门。

村子里到处闹哄哄，满地红色鞭炮纸，村尾树上挂满许愿宝牒，同样红彤彤的。他们跑过村公所外广场，此处放了两三层楼高的纸扎花牌，饰有龙柱、灯笼、麒麟、凤凰及各神兽，一位满头花白的老人跟一个年轻人正在绑扎。

许柏乐跑过去时，忽然放慢了脚步，像怕惊动他们。老人头也不回，中气十足，吼了一句："带老婆回来，怎么不到祠堂告诉一下祖宗？"

许柏乐无奈，苦笑："真不是我老婆。"

"不是你老婆，怎么会跟着你跑？"

老人家的话，糊里糊涂，又颇有哲理。许柏乐这才意识到，从刚见到江时一起，他就牵她的手，绕着村子跑个不停。这脚步落在佑田村地上，落在村民们眼里，他自认倒霉，知道以后更解释不清。松开手，自己跑了两步，又让江时一跳过一块石墩。面前是间破旧村屋，春联也一副好久未更换的模样，但屋里人声哗然，面前停着一辆黑色小车，贴着百年好合，车头有新郎新娘小熊玩偶。许柏乐转头问她："附近有咖啡馆，你去那里坐着等我？等接完新娘回来，还要等我好久。"江时一说，她跟着他就行了："不是说缺姊妹吗？"许柏乐笑："那只是借口。哪里要让你当姊妹。"

没想到一进屋，就听阿喜堂妹说，有个姊妹临时有事来不了，她们到处打电话找人顶上。江时一跟着许柏乐进来，阿喜堂妹指着她说，这个正好啊。

江时一换了姊妹服，再走出来。她看许柏乐穿西服，头发打理整齐，许柏乐看她穿藕粉色裙装，头发用簪子仔细别好，都忍不住笑对方。

接新娘路上才知道，原来村里有"许氏四少"——富贵喜乐，都是年纪相当的男孩。幼年时说过，以后大家要一起结婚，为族里开枝散叶云云。阿富、阿贵留在村里没离开，也是最早结婚的。阿喜是设计师，早早在欧洲混，新娘子是挪威人，一个儿童绘本画家，这次回来举办中式婚礼。他们到丽思卡尔顿酒店套房去接新娘子，新娘穿龙凤刺绣裙褂嫁衣，据说花费师傅一针一线十个月缝制，价值十几万。女方亲友不在，便直接向男方亲友斟茶，新娘子手臂上的金镯子相互碰撞，铮铮作响，一如她的金发般闪亮。

一路热热闹闹，大姆姐撑起喜庆大红伞，护送新人上了花车，直驶回佑田村。阿喜堂妹也是新娘姊妹，跟江时一同车，一路上不断问她问题，他们俩怎样相识的啦，什么时候结婚啦。江时一再三解释，她跟许柏乐只是普通朋友，她明天就走。

堂妹睁大眼睛："明天走？那乐少怎么办？"

"他……又不会没有我不行。"

"啊，才不是。"堂妹掏出随身小镜，开始检视自己过于浮夸的妆容，"你是没见到他刚回村的那个衰样。阿富、阿贵灌他酒，好像套出了些话，具体是什么，我也忘了。反正后来村里就传说，乐少有心上人，最后又传说，他也快结婚了，再后来，就说是阿喜结婚时，乐少的女人也会出现。哎，你帮我拿一下镜子。"

江时一举着镜，心想难怪村民们对她围追堵截。

抵达佑田村后，又是拜祠堂拜祖先，广场上大摆筵席，新娘新郎逐一敬酒。新娘也听不懂他们的话，只微笑看着，轮到喝酒时，乖乖地一口闷尽。新郎急道，亲爱的，亲爱的，每次喝一点就好。祠堂张灯结彩，连村子里的猫狗也叫得比平常更欢。许柏乐问："会不会觉得他们很吵？"江时一说："不会啊。我小时候性格孤僻，怕同学仔问起爸妈，就故意躲着，没有多少朋友。亲戚嘛，知道爷爷奶奶拉扯我要花钱，知道我家穷，也都躲着我们。我其实很羡慕这种闹腾。"她刚想跟许柏乐说侨批的事，他就被拉过去挡酒了。

热热闹闹着，一晚上就过去了，江时一想，自己还没跟许柏乐正经说上话呢。二叔这时来招手了，让她跟许柏乐先回去，他跟村民还要商量明天天后诞的事。

两人步行回去。郊外的夜晚，远远听到狗吠声，还有哪里的鞭炮响，似乎阿喜家的闹腾还能传到这边来，更显静寂。许柏乐问："你来香港找我做什么？"

"我找到了一个叫廖国邦的人的侨批。"她简单给他解释一下什么是侨批，"是不是你太爷？关珊珊说，你奶奶姓廖。"

许柏乐无所谓地伸了个懒腰："也许吧。"却突然转换话题，问她打算什么时候回去。江时一说，江门跟深圳那边事情多，她明天一早就要赶回去。许柏乐笑笑："还打算带你到附近爬山呢。"江时一看了看表，抬起头："就现在吧。"

许柏乐开了车出去，下车后开始行山路。江时一虽有每天跑步健身的习惯，但鲜少爬山，往上走了一段，山路开始陡峭难行，许柏乐不住问："行不行啊？不行就下山啦。"江时一向来要强，咬牙说没问题。许柏乐也没理会她，更没有偶像剧中男主角伸手扶女主角一把，两人四目相对的情景。

好不容易攀到高处，江时一已觉腿软，正站着喘气，许柏乐冷不防叫她回头望,她一看,居然见到夜色中,深圳的高楼大厦在熠熠生光。那里闪烁着高高低低的商标,她有种幻觉,以后,其中会有一时茶乐的。

许柏乐与她并肩,悠然道:"以后呢,一时茶乐会开遍大江南北,深圳当然也不例外啦,还要在CBD,开在普拉达旁边。然后我一登山,就会看到有一时茶乐的地方。"

江时一转头看他:"你,不回去?"

"要做的事做完了,要找的人找到了。没什么理由让我留在那里的。"

江时一怀疑是自己敏感,因为这话听上去,让她并不那么舒服。但她到底是个钝感十足的人,又巴巴地追问:"那一时茶乐呢?你好像都没问过,现在一时茶乐怎么样了。那里面也有你的心血。"她有很多话想跟他讲,比如说,她现在正苦苦支撑,甜茶已进入中国市场,知域中心告诉她,小品牌进入大商场要付不菲的佣金,处处都是压力。

但许柏乐似乎并不想听,转头催促她:"喂,我们快点下山啦,不然太晚回去了。"也不问江时一累不累,需不需要休息,抬脚便走。江时一在后面赶,也不熟悉山路,远远跟在他后面,说了几次让他等。山上风大,风声呼啸吹过耳边,将她的话吹得七零八落,从四面八方扑向他,又落了个空。

回去路上,两人都有点沉默。江时一问起钟Sir,许柏乐说情况不太乐观,加上钟Sir夫妇早已退休,每月医药费都负担得很吃力。

江时一说:"那么……"

"我会替他出钱。而且平时也会过去照顾他。"

江时一默想,许柏乐真是个有情有义之辈。但显然,短期内他也不会再有空到江门了。

进了村,到了许家,许柏乐领她上三楼,亮了灯,看了隔壁房间,不行,堆满了二叔的杂物,再看一间房,都是许柏乐从小学到中学的东西。他说:"二楼也有空房,不过一间是奶奶的,一间是二婶的,你都不能睡。你今晚睡我那里,我在隔壁杂物间睡。"

"你二婶在哪里?"

许柏乐张了张嘴,不知道怎么回。江时一说,哦,行,不用说。原来,二叔也有自己的故事。

她洗完澡出来,看见他坐在三楼客厅看书。他身量高,埋头看书时,影子就落在他的大腿上,又因为穿着黑色衣服,看起来像是一个黑色的影子将自己半折叠。他听到声响，抬起头来，这才问："你今天说的那个什么批呢。"

"侨批。"江时一咚咚跑回房间，翻出文件，递给他。许柏乐边接过，边拍拍旁边位置："你怎么老站着，不累吗？"

江时一在他身旁坐下。粤港四月天，已觉暑热。许柏乐只穿着短裤，露出来的皮肉贴到她的大腿，她立即触电似的，一下站起。

他奇怪地看她一眼："怎么了？"

她意识到自己过敏，才又坐下，却隔开他两个位置。许柏乐瞥她："古古怪怪。"她想了一下，是想明白了。她从没把许柏乐当男人看，无论在江门三人同住，还是贵州二人齐居。但经历过男女之事后，她再碰到许柏乐，心态就不一样了。这时许柏乐喊闷热，起身推开三楼通往天台的门，拾级往上，又回头问她要不要跟来。

天台是另一个小世界。藤椅、绿植，还有躺倒的啤酒瓶。有一只狗趴在那儿睡，听到声响，凑到许柏乐脚边来。江时一一看："这不是在贵州养的富贵？你把它带回来了？"许柏乐抱起富贵，喊了一声，说自己又不是始乱终弃的人。江时一说："你又乱用成语了。"

许柏乐将狗放下，舒舒服服躺倒在藤椅上，边摇晃边看手里文件。江时一跟在后面，边扶起倒了一地的啤酒瓶边介绍说，这是侨批，她们怀疑寄件人就是许柏乐的太爷。她又将廖国邦死在战场上的事娓娓道来。许柏乐不出声，静静看这些银信，江时一便追问："是吗？是吗？你太爷的名字，是叫廖国邦吗？"

许柏乐没应她，叫她将脚边铁桶挪过来，她照做。他从藤椅上坐起，掏出打火机，看火苗吞噬掉这些侨批复制品，又在江时一的惊讶中，将信件灰烬掷落空铁桶中。

"为什么？"江时一问。

"生父突然失去联络，跟生父惨死在战场上，你觉得，对我奶奶来说，哪样更痛苦些？"

她突然哑口。

许柏乐说："她跟我太奶奶，前半生都为这件事所羁绊。现在，我奶奶老啦，什么都不记得啦，做人反而比过去更开心。"他将两条手臂搁在颈后，随意躺倒，"做人呢，最紧要的是开心。不该想的事，就不要去想啰。"又一笑，若有所指地说，"可不像有些人，见到她第一面，就愁眉苦脸的。"

"一时茶乐还没找到投资。我怎么能不想？"

"想这么多干吗。"许柏乐似乎并不在意她的话，用脚尖轻戳了戳狗肚子，

"说起来，我们以后也不知道什么时候才会见面。"

这番话，已经清楚明白地交代了自己。

他是不准备回去了。

许柏乐起身，踱到天台边上，半边身子压在上面。头顶对着星空，背部朝向江时一。

"你呢，就忙着一时茶乐的事情，公司运营啦，拉投资啦，开分店啦，跟竞争对手撕扯啦。我呢，就忙着看池塘上的荷花，夏夜的萤火虫。"他转过身来，笑一笑，"小时候很搞笑的，台风天，下暴雨，池塘水倒灌，鱼啊虾啊冲到坑渠里，我们几个小孩就钓上来，晚上加菜，吃海鲜，哈！"

他说得悠然淡定，明显要跟江时一划清范畴，表示大家不在一个世界。

江时一说："其实，一时茶乐挺需要你的。"

"一时茶乐吗？有你就够啦。"

"我也需要你啊。"

许柏乐静了一下。江时一意识到这话听起来暧昧，赶紧要补充，手机却在这时响起，是公司品牌总监麦琪找她有事。她接完电话，又说自己会晚两天回去，跟他交代各种事情。回头再看，许柏乐已经不在天台了。

这天晚上，江时一没睡好，夜晚村里远处传来狗吠跟有人喝醉酒放声大笑的声音。她摸出手机，看到阿沛给她发来消息："睡了吗？"紧接着是一条链接。

阿沛是她到北京参加同学婚礼时认识的，当时他是个游戏架构师，其网络身份"啊呸"还小有名气。江时一自创业后，求知若渴，一有空就看不同类型的书，两年下来，跟什么人都能谈得上。她早忘掉那一晚，同学穿什么婚纱，跟新郎如何接吻，那花球扔到谁的手上，只记得自己跟阿沛聊得忘乎所以。她听他讲对技术的思考，谈如何推动社交应用在零售业的落地，他坚信任何行业都是数字业。婚礼要结束了，他们还在聊，江时一主动要了他的微信。次日，两人又在国贸见了面，一聊就是四五个小时。两天后，她邀请他加入一时茶乐，担任首席技术官，同时将门店运营接管过来，让江时一有更多精力集中在供应链上。

阿沛的工作不错，还有稳定女友，只是骨子里的冒险精神让他一直想做点什么。他对江时一的邀约心动，但让他抛下北京的一切，大老远跑到广东小城卖奶茶，自然不情愿。他拒掉江时一，却又在七天后，出现在江时一跟前。当时，一时茶乐刚换商标，前途未测，生死未卜。事后，阿沛开玩笑，说江时一在婚礼上一直跟他讲话，还问他要联系方式，他还以为她想追他。江时一理直气壮："看到人才，我当然要追啊。"

一时茶乐还是叫作御茶的小奶茶店时，江时一常跟小雪他们这些店长在一起。店铺发展成公司，倒不是她故意疏忽旧日朋友，而是只能将有限的时间精力，留给更关注的人和事。她用股权激励方式，留住阿沛跟麦琪这两个人。

阿沛是夜晚出状态的人，江时一习惯深夜收到他的消息。

她点开链接，一下从床上跃起。

链接里，是小雪出镜接受采访的视频。她说，一时茶乐的卫生条件堪忧，尽管每月都会发布食品安全自查报告，但都是自欺欺人。在视频中，她还出示了市场监管部门查处珠海分店，查出容器ATP指数严重超标的报告。

小雪的脸上，没有打马赛克，她那稍显嘶哑的声音，也没有经过处理，本人看上去甚至还有点疲累，眼窝深陷，说话时鼻翼微微抽动，眼眶跟视频左下角标识的"一时茶乐总店店长"字体一样，微微发红。落在看众眼里，是个为正义发声的人，但在阿沛跟江时一眼里，那也许是犹大在最后晚餐上的闪避眼神。

江时一顾不上此时夜深，坐在黑暗中的床沿边，打给阿沛。阿沛秒接电话，声音愤愤不平："很显然，知道你人不在江门，就开始有动作了。"

"小雪现在人呢？"

"手机早关机了，一直失联。"

她一时捏紧手机，无声枯坐，阿沛在那头唤她，她说："我知道了，我会立即赶回来。"

江时一把床边行李箱拖出来，刚打开，许柏乐就来敲门。她开了门，刚要开口，他突然说："我都知道了。"她知道他在隔壁听到了一切，他问她有什么打算。

她说："找小雪，问清楚发生了什么事。"

江时一说这番话时，许柏乐正打开他的电脑显示器，屏幕的光一下白闪闪，打在他们两人脸上。他拉过椅子，在电脑前坐下，两条腿交叠："没有用的。非常明显，她被收买了。否则，也不会特地挑你到香港的这个时候。金润这家公司，不是第一次这样做了。"

江时一更意外，没料到，许柏乐人在香港，居然清楚金润跟自己接触过。

她忽然想起，关奕山跟她说过，像金润这样的公司，买不下你，就泼你脏水，捏造内幕。而她无论到北京或香港，行程都只有阿沛知道，小雪并不知情。阿沛不会出卖她，唯一的可能性，便是关奕山偶尔从关珊珊处，得知自己到香港。

过去，她偶尔听胡培月说起在唐铭深身边见过的事，也素知资本用心险恶。

但真正降临到自己身上，原来是这种感觉。

许柏乐点开桌面上一个文件夹，里面居然全是一时茶乐的相关资料。他点开其中一个表格，里面列出一时茶乐跟其他竞品的对比。许柏乐说："这个行业，没有护城河，谁都能做，但三五年后，红利退去，行业回归理性，现在涌入的品牌会死一大片，最终只会有一两个头牌。照现在来看，甜茶似乎来势汹汹，更有冠军相。"

江时一看着表格上的数据，又转头看许柏乐。他说："但我更看好一时茶乐，除了因为你，我还觉得，王者只会在国内原创品牌里诞生。当然，不排除未来会有新对手。"他指着表格上的竞品名字，逐一分析，"三五年后，主战场会下沉到三线城市以下，奶茶单价降低，对，听起来跟以前用茶粉冲泡的差不多，但口感会比过往升级。整个行业都呈马太效应，小玩家退出后，留下来的，只有前期疯狂累积资本跟流量的品牌。"

他看进江时一眼睛里："这就是甜茶要在你还没站稳脚跟时，就要将你剿灭的原因。他们不能坐视你做大。"

电脑屏幕的光，映在江时一脸上。

许柏乐说："如果按照我的估计，到了后半段，茶饮界的对手不光是奶茶，还有咖啡。这就像新媒体跟游戏、电视错位竞争一样，都在抢用户的注意力跟时间。毕竟，顾客只能喝那么多。"

"所以……"

"所以，为了跑到最后，你需要在现在，也就是行业大井喷之前，快速累积资本，布局全国，打入一线城市。"他拧亮台灯，一张侧脸转过来。因为头发修剪过，胡须也剃干净，整个人看起来妥帖干净无比，江时一有点能够想象出来他在中环时的精英模样了。他说："上游供应链投入、产品结构优化、品牌推广，才是你要打赢的战争。你不会栽在这个小小的负面新闻上。"

江时一只觉一股热血涌上心头。许柏乐按下打印，桌面下连接着的打印机，闷声往外吐着热乎乎的纸。他弯身，取出那沓文件："这是我的一些想法跟竞品分析，希望对你有用。你回去慢慢看。"

她有些错愕："你、你不跟我回去？"

"哈，你是老年痴呆啦？"许柏乐又摆出那副不正不经的模样，"我跟你说过啦，我不会再回去了。"

"为什么？"江时一有点急，"你分明一直在关注一时茶乐。你也知道，如果你在的话，我会做得更好。香港离江门这样近，而且我会到深圳，你可以每天来回，照顾钟Sir……"

"跟钟Sir没关系。"

"那是为什么？一时茶乐也有你的心血。我把你当同伴，当战友，我们还可以是合伙人……"

许柏乐粗暴打断："但我不行！你是我中意的女人！"

江时一怔住。

"你就当我自私吧。"许柏乐重重坐在床沿上，把脸转到一旁去，"我现在没有办法留在你身边。以前可以，在江门、在贵州，你不知道我喜欢你，我自己也没有怎么发觉，但现在，不一样了。"

"我……"

"这次你来找我，一开始，我很开心，但这种感情很快就变得复杂。纸捅破了，你知道我喜欢你，而我也没法再假装不在乎。你就在我一墙之隔，我根本睡不着。我没有办法不去想那天晚上的事。"

"那天晚上？"

许柏乐慢慢抬起头来，眼睛像两个被迫倒出全部宝藏的山洞："刮台风那晚，我打给你，是想问你，投资人见得怎样。"他停顿半晌，在那似长非短的寂静中，江时一听到砰砰砰的声响，分不清是自己的，还是他的心跳声，他说，"深夜时分，接电话的是关奕山。他说，你正在洗澡。"

江时一的手脚冰凉："我……我跟他已经……"

许柏乐非常虚弱地笑了笑："是怎么样都没关系。"他站起身，修长手指滑过那沓文件，"东西你拿回去看。小雪的事，我相信你找媒体、联系她身边人，最后一定能够解决。"江时一还要说什么，他匆匆道，"我不希望，因为你事业上需要我，就误以为你对我也有感情。这样对我对你，都是一种不公平。"

[2]

次日一大早，江时一过关回深圳。

她昨夜并没睡好。

两人都有点心气。在江时一来港路上，在她重新见到许柏乐的瞬间，她才发觉自己如此挂念他。然而被他那番话堵回去后，她也硬声硬气，说不再劳烦他，一时茶乐的事，她会想办法。许柏乐不吭声，双手插袋转身出门，突然又转回来，还是那副嬉皮笑脸样，跟她拿一时茶乐的商业计划书看。

第二天出村口的时候，许柏乐也不知道跑哪里去了，还是二叔送她走的。二叔对两位年轻人摸不着头脑，边开车送江时一到口岸，边跟她说许柏乐是个多么好的男人。说台风那晚，许柏乐在村口小卖部跟阿富、阿贵喝个半醉，次日被抬回来。后来阿富、阿贵就说，乐少好像有中意的人，还是在内地。二叔冷不防转过脸，问江时一："是你吧？"江时一假装打电话，没接话。

　　下车后，二叔给她一个文件，说是许柏乐扔在他那里的，上面写着江时一名字："哎呀，这家伙，又不知道死哪里去了。"江时一还是不接话。

　　过了关，等地铁时，她低头看许柏乐给她的文件资料。一份是活跃的风投名录，包括机构简介、BP邮箱、基金规模、单笔投资金额，还圈出了重点关注餐饮消费领域的风投案例。另一份则是替她修改过的商业计划书，跟此前洋洋洒洒的相比，要精练扼要得多，甚至还列出品牌现时不足，更显诚意与自信。

　　她不知道许柏乐在其中花费了多少精力和时间，只觉心头像被什么勒得紧。杨千嬅那首旧歌怎么唱的来着？"当这盏灯转红便会别离，凭运气决定我生死。"许柏乐早已提前下了车，旅途只剩她一人。

　　江时一好一会儿才收拾完心情，跟相熟的媒体朋友发了消息，等待回复。

　　这天是胡培月生日，恰逢周末，江时一本打算花一天时间陪她。但危机公关要及时，她只得给胡培月发消息，说她晚点到。胡培月一直没回。

　　媒体朋友在电话里建议她联系专业公关。江时一毫无经验，幸好这朋友是阿沛的死党，跟江时一初次见面就聊得不错，便一五一十给她支着。江时一办完事后，再赶到胡培月的公寓，已经是中午一点多。

　　胡培月开了门，见她满脸疲惫地在此刻出现，显得非常意外。江时一奔波多时，累得进门就在沙发上躺下，躺了一会儿，张口说了句生日快乐，又怕胡培月担心，才坐起来，胡乱拨了拨头发，说自己只是没睡好。

　　"那你休息一会儿。"胡培月说。她没提小雪的事，江时一想，幸好，她应该没留意新闻。

　　江时一起身，就要往房间里走，胡培月喊住她，说她一身臭汗别上她的床。江时一忍不住笑，对的，她怎么会忘了，胡培月生性洁癖，恐怕待会儿自己一进浴室，她就要给这沙发杀菌消毒。

　　她暂时将负面新闻跟许柏乐的烦心事丢脑后，搂住胡培月，亲了亲她脸颊，便进去洗澡。心里忽然想，最近胡培月是换了香水吗？身上的气味有点不一样了。

　　胡培月待她进去洗澡，就回房间里收拾。她见门后还有昨晚章云程脱下的外套，今早忘记拿走。她把外套取下来，挂在手臂上，打算待会儿扔阳台的洗衣筐里。门铃忽然响了,她看这个点,估计是刚点的外卖到了,便去开门。

站在门外的,却是艾琳。她手上捧着鲜花跟蛋糕,优雅一笑:"亲爱的,生日快乐。"好像过去三年时间没有流逝,仿佛她们俩还是那对虚情假意的姊妹花。胡培月皮笑肉不笑,说声谢谢,一只手撑在门边,没打算让她进来。

"你这里环境不错。"艾琳径直拨开她的手,自己走进来,将鲜花跟蛋糕放下。

从一开始,胡培月就发现了,艾琳的目光始终在她屋子里扫描,像在找什么。

胡培月觉得好笑,她能找什么呢?找老公?

艾琳听到浴室里水声响,一张脸沉下来:"有人在你这儿?"

"我今天生日,有人陪我过。"胡培月不想当泼妇跟她撕破脸,但也不想再当软柿子逃避。她直直看着艾琳眼睛,想让她知道,她并不怕。当年她净身出户,退出,只是因为她讨厌争抢。

艾琳这时才注意到,胡培月手里还抱了件深灰色男式外套。她脸色一沉:"他在哪里?"

"什么?"

"我先生。他在哪里?"艾琳要往浴室方向奔,胡培月拦住:"他不在这里。你找错地方了。"

"我认得这外套。"艾琳指了指她手上外套,又注意到唐铭深搁在桌面上的名片,她拎起那张小卡片,对着胡培月鼻尖晃了晃,"我就知道,他不接我电话,秘书也不肯说他去了哪里,就是因为你!"

说罢,她往浴室方向大迈步。此时,里面的水声已歇,艾琳将手握成拳头,用力拍着浴室门:"唐铭深,我知道你在里面!你给我出来!"胡培月在她身后说,唐铭深不在这里,艾琳扭头,斜眼睛看向胡培月,"自从他见了你以后,就开始怀疑孩子不是他的。肯定是因为你对他说了什么。"

"什么?"

"你们结婚多年,没有小孩,他认为是你的原因。但现在你不知道从哪里跑出来一个成年女儿,呵,向他证明自己有生育能力了是吧?他就开始疑神疑鬼。唐铭深,你出来啊!"她又用拳头撼着浴室门,"我告诉你,我已经带孩子做过亲子鉴定,小宝就是你的儿子。你居然……"

浴室门突然敞开,江时一头发半湿,一身藏青色小碎花长袖睡衣裤,伫立在艾琳跟前。她一把扯下脖颈间的干发巾,在手上揉成一团,冷声对艾琳说:"这里没有什么唐铭深，胡培月也不想再跟你们俩有任何关系。今天是我们母女的家庭日，请你离开。"见艾琳一动不动，她走到客厅里，拿起唐铭深那张名片，给他打电话。

艾琳上下打量江时一，知道这个硬净少年样的女孩，不会是胡培月那种软绵绵的柿子。但艾琳也不是等闲人，见过的世面跟江时一相比，只多不少。

她抱住手臂，款款微笑："我知道你，一时茶乐创始人吧。我调查过你的背景，在跟胡培月母女相认不久，你就开始创业。"

江时一没理会她，一心一意等待唐铭深电话接通。

艾琳绕到她身边："你们两母女跟一个香港男人同居，啧啧啧。启动基金里，少不了其他男人的钱吧……"

她话没说完，胡培月突然捉住她手腕，用她送过来的蛋糕，直接砸她脸上。艾琳惊叫后退，浑然没料到，这个向来温婉得跟蜜糖一样的女人，居然还能演出这一段。她正要还手，胡培月又抓起她带来的鲜花，直接掷过去。在这瞬间，胡培月从软糖、丝绸、鲜花，变成了铁拳、硬金属和棍棒。她比艾琳身量高，一张脸贴近她，直接迫视她的双眼，斩钉截铁狠声道："你敢再说我女儿一个字，敢再接近她一步，我就把你跟唐铭深的丑事扬出去！"

艾琳没了气势，被她的气焰所压，而江时一在旁面无表情，已接通电话："唐先生您好，我是江时一。"她抬起眼皮，像瞧空气一样看一眼艾琳，"是这样的。听说您在深圳，而您的夫人现在在胡培月深圳的房子里，坚称您在我们这里。麻烦您有时间的话，请立即将她接走。"

江时一挂掉电话，抽出两张湿纸巾，若无其事地递给艾琳："擦一擦。他说自己就在附近，很快会过来接你。"又弯身去捡掉地上的花束，扔到垃圾桶里，"你是要在这里等，还是到楼下找个地方坐着？"

艾琳一时语塞，没了气势："你们……"

江时一仍淡淡道："胡培月从前步步退让，不是因为怕你，更不是要成全你们所谓的真爱。她这个人，爱美到极致，所以对丑陋的人，恶心的事，天性厌恶。这就是她不想面对你跟唐铭深的原因。"

"你还真把胡培月当作独立自信新女性了？她就是个离了男人就不行的花痴。"艾琳擦净身上脸上，努力想重新拾掇起她的气场，"昨天晚上，即使不是唐铭深，也有其他男人在这里过夜！"

江时一怔住。

艾琳眼神中有些得意的微光："你没注意到吗？玄关那儿摆着一双男式拖

鞋，刻意藏在雨伞后，希望不被注意到。她手上有男式外套，桌上有一个客人用过的纸杯。那纸杯不会是你的，既然你在这儿有自己的睡衣跟毛巾，不会连杯子都没有。"她看一看胡培月，又看一看江时一，两人脸色都苍白，却各怀心事，艾琳胜利般笑了笑，"嚯，你们看起来这般母女情深，可是哦，当妈妈的藏了个情人，连女儿都不知道。"

艾琳拎起刚被胡培月扔到椅背上的外套，拿起来细看："再看来，这外套的确不是唐铭深的，颜色并不一样。这人嘛，身高在一米八左右。"她鼻子凑近些，"气味是银色山泉，年龄也许比胡培月要小。"

门铃这时响起，胡培月看一眼江时一，灰着脸去开门。门外，唐铭深跟章云程肩并肩站着，彼此都有些尴尬。章云程见到站胡培月后面的江时一，意外："你不是说她不回来吗？"唐铭深则不好直视胡培月，对艾琳冷脸，让她快走。

艾琳此时却有些看戏的愉快。

江时一瞥一眼椅背上那男式外套，又想起刚才艾琳的推论，再看看站门外的章云程，算是明白过来了。

艾琳微笑，亲昵地对江时一说："看你神色，你是真不知道？真是辛苦，创业挺忙的吧？风尘仆仆赶回来，想给她庆祝生日呢，谁想到，人家跟个和自己差不多大的男生一块儿过，压根没想起你。"

章云程沉着脸："你在说什么？"

唐铭深上前拉了拉艾琳手臂，脸色也很阴沉。他压低声音："快走吧。"

艾琳微笑："即使你不说，我也是要走的。"她信手给这戏拉开大幕，任由它演变成修罗场，转过身，悠悠然挽住唐铭深手臂，愉快走开。唐铭深是强忍着不发作，离开前，看一眼胡培月，又瞪一眼章云程，眼神很是复杂。

那两人走开后，章云程轻声道："都是我不好。要不是我临时有事走开，也不至于让艾琳上这里来闹事。"他很是自然地踏入屋来，对江时一说，"我们之前见过面，在江边里的店里。还没正式介绍过，我是……"

"你叫章云程，是诺亚老板的儿子。"江时一说，脸上没有什么表情。

章云程微微一笑，扭过头去看胡培月："是我太有名气，还是你跟你女儿提过我？"他跟胡培月说话时，明显语气亲昵。

过去的江时一，也许瞧不出来。但现在的江时一，对男女之事要敏感得多。她一看就知道，章云程跟胡培月已经有了亲密关系。艾琳说得对，昨晚有男人留在这儿，那人就是章云程。

她垂下脑袋，乱纷纷的，也没理会章云程的话。她知道他，是因为听关奕山提过。关奕山避而不谈章云莱，唯独提过她的异母哥哥章云程。章云程不喜欢关奕山，关奕山同样不喜欢章云程。在他看来，那不过是个会投胎，命好的同龄人，能力不强，只因有好家世，做任何事都尽可放手一搏，因此偶尔也会有些成绩。他在床上点燃一支烟，给江时一看关于章云程的报道，江时一认出来，那是胡培月带来过的年轻人。

这年轻人，现在跟江时一笑着道：“她还一直以为你要忙茶乐的事，赶不回来为她庆祝。"

江时一没去看他，转过身，进了房间，再出来时，已经换上外套。她公事公办地亲了亲胡培月脸颊："生日快乐。我还有事，先走了。"转身就要拖过行李箱。

胡培月在身后喊住她，但江时一头也不回，箱子隆隆隆往外碾过去。胡培月追出门去，拉住江时一："时一，我不是有心隐瞒你。但一切发生得太突然……"

"这话听起来有点熟悉。哦，对，我第一次见到你跟李翰飞手牵手，你就是这样对我说的。我当时说什么来着？我们互相不干涉对方，不是吗？"

"这次不一样。你……"胡培月想说的是，江时一这样忙碌，仍记得赶回来为她庆生。而她跟章云程，一切突如其来，毫无铺垫，后无退路，前无发展，确实跟李翰飞那会儿不一样了。但感情的事太过复杂，她三言两语说不清，最后冲动道："章云程他很关心一时茶乐，一直提出要在银河城安排好的商铺给你……"

"你的意思是，你跟他睡，是为了我？"江时一失笑，她按了按电梯，似乎不耐烦继续讲下去，"我一直没问你为什么跟陆海文分开，因为怕戳到你的伤口。但现在看来，是我天真了。李翰飞也好，陆海文也好，跟你分属不同阶层。唐铭深和章云程，才是你这个世界的。我能不能赶回来陪你过生日，一点不重要。对你来说，我只是你失婚后的一个依靠。现在，恭喜你找到新的依靠。"

电梯到了这层，门打开，她走进去，转过身。胡培月按住电梯，还想跟她说什么，章云程已走出来，用英文问："伊莎贝，发生什么事了？她为什么要走？"

江时一对胡培月说："松手吧。他在等你。"见胡培月不松手，江时一说，"我英语一般般。你要让我用英语重复一遍吗？"

胡培月松了手，母女俩隔着慢慢闭合的电梯门，彼此注视对方。江时一跟着电梯，一路下沉到一楼，拖着箱子走出来。深圳街道上，人来人往，她不知道要走向何处。爷爷走后的那种空虚感，一下子又涌回来了。当时，她荒瘠的小世界里，突然挤进来胡培月跟许柏乐两个人，后来，她心头又多了个关奕山。现在，他们全都不在了。

她有点茫然，抬起头来，见到两个穿校服的女孩子，正是青春年华，一人手握一杯奶茶，说着笑着迎面走来，与她擦肩而过。"好甜啊。"她听到有个女孩子这么笑着说。江时一无意识地瞥一眼奶茶杯子，看到上面有甜茶的logo。

即使一切都没有了，她还有一时茶乐，还有一时茶乐的敌人。

她打了辆车，拖着行李箱，直奔机场。坐在车上，她让人力资源给她发小雪老家的地址，自己上网订了机票。在候机时，她跟阿沛联系，让他盯着点。上机后，她掏出手账，趴在小桌板上记下日程计划。空乘做起飞前的安全确认，对她轻声说："麻烦收起小桌板。"她太入神，没听到，对方又提高音量。

江时一抬起头，发觉眼前这小空乘有点眼熟，她边拉起小桌板边想，终于记起来，这是当初给关奕山泼水的空乘。这女孩儿显然已不认得她，她发觉她脸色红润，神情自信，无名指上戴了枚戒指。江时一抱着手账本，低头微笑。

看来这世上，没有不会愈合的情伤。

下了机，她再转大巴车，到站后又转中巴车，晃里晃荡着，终于抵达小雪老家的小县城。江时一生长在小城，中国有无数个这样背景的孩子，他们一门心思往大城市里奔涌，不会回头。其实，只要他们一回头，就能够看到街道抖满尘埃的小县城，摩托车失去方向感地横冲直撞，劣质音箱以最大分贝放着奇怪的歌，商场里都是外地人没听过的品牌。

现在，江时一来到这儿，穿过地摊上的烧烤味跟KTV的晃眼招牌，终于摸到小雪家。堆满杂物的家里，只有奶奶一人，江时一跟奶奶介绍说，她是小雪同事。老人家没有戒备心，直接就让江时一进来。问起小雪在哪儿，奶奶说，她应该快回来了。

江时一陪奶奶说着话，忽然闻到一股焦味，跑厨房一看，原来中药正在炉上煮着，奶奶给忘了。在江时一小心翼翼倒出药汁时，铁门被嘎吱推开，小雪走了进来。她一眼见到江时一，整个僵住，又见她手上拿着奶奶的药，脸色一白，颤声问："你来这里做什么？"

奶奶却张开不剩几颗牙的嘴巴，笑着说："小雪啊，你朋友来看我们啰。"

江时一不慌不忙，将药汁倒完，对奶奶说，太烫了，待会儿喝。然后才站起身来，对小雪淡淡点头："奶奶要休息了，我们出去聊？"

小雪如临大敌，跟她保持一定距离，然而江时一开口，没提任何跟一时茶乐有关的事:"奶奶还好吧?你这边如果有什么困难,一定要跟我说。"

小雪突然就流下眼泪来。

后来,江时一坐在回程飞机上,忍不住想,自己果真是胡培月的孩子,连处理人心的方法都一模一样。她不擅谈判,唯一的技巧,也只有一片真心。小雪告诉她,奶奶生病需要花好大一笔钱,她无论如何不好意思再跟江时一开口。她没提及被撤职一事,但江时一知道,这才是真正的导火索。她握住小雪的手,对她道歉,说自己没好好跟她解释这件事。她言简意赅,说一时茶乐对她多么重要,她把小雪撤下来,不是因为不喜欢她,而是因为店长才是最适合她的职务。以后公司发展起来,会有更多岗位,小雪也会随之往更高的地方走去。但是眼下,这件事对公司影响巨大,她的数年心血可能就这样毁了。

小雪边听边号啕大哭,鞠躬说对不起。江时一搂住她,轻声说:"不要道歉,这也是我的错。"然后她轻声问,"如果我找媒体的话,你可以帮我配合一下吗?"小雪擦干眼泪,重重点头。

后面的事情,在外人看来,简直像是一时茶乐走了大运一样。先是一时茶乐出了道歉声明,表示会积极整改,又开放供媒体参观。次日有媒体找到小雪,再度向她提问时,却发现她前言不对后语,此前的话也破绽百出。只有几人知道,那是江时一提前策划好,让小雪露出马脚的。

负面舆论一事就此过去。然而江时一心里的事,始终没翻篇。胡培月给她打了数个电话,她不接。银河城那边有人主动联系,要给她提供好铺位,她拒绝。她现在搬到深圳来,却对胡培月避而不见,电话也不听。

江时一就像个赌徒,亲情爱情都丢了,她把牌面都押在事业上。她按照投资人名录,一个个联系,经许柏乐修改过的计划书,命中率高许多,但依旧没有收到太多好消息。大家都对奶茶行业不感兴趣。她身心疲累,睡眠不足,常觉胃口不好,眼圈青青的。现在她非常明白,创业者是怎样的状况了。

那天见到关奕山时,她刚见完一个投资机构的人。

投资人非常例行公事,没有太多深入交流,只让她等消息。江时一想从他脸上获取什么信息,也只是徒劳。对方丢下不咸不淡的话便离开,留下一桌饭菜。广东人说"食得唔好嘥①",她又从小节俭,边等第二个见面对象,边一口接一口吃。

---

① 粤语,指能吃就别浪费。

突然有人过来，拉开椅子，问是否可以坐下。江时一虽觉声音熟悉，也没多想，随口说："可以，但待会儿有人来。"

那人说："我就坐一会儿。"

这下，她听清楚声音了，抬起头来，见到关奕山坐在她面前。他穿一件深蓝色小高领针织衫，左手无名指上一圈婚戒。江时一夹一片桂花糕，淡然道："听说你结婚了，恭喜。"她嘴上这么说，看他的眼神却很陌生。

关奕山没说谢谢，他将右手垂到桌面下："听说你一直在找投资人。"

"你不是都看到了吗？"她放下那片桂花糕，用筷子戳了戳，"差点忘了，我最近一吃凉的就不舒服。"

转移话题对他不管用。他说："甜茶在银河城开业那天，我好像在外面见到你了。"

"哦，对。"她抬头，一笑，"队伍太长，我就没等。后来去喝过。"

"感觉怎么样？"

"挺好的。"

两人这么说着话，彼此都不走心。又讲了两句无关痛痒的话，关奕山将右手搁桌面上，轻声说："上次一时茶乐店长那件事，那个小姑娘叫什么名字来着，小雪？她来这么一出，舆论都认为是甜茶在背后使坏。"

江时一用手托着左边脸颊看他，嘴角笑笑的："不是吗？"

"我在你的故事里，就是个大反派吗？"

她有些愤愤不平："你当然不是大反派。但是趁我不在，用我电话，跟许柏乐自说自话，也不是什么好人行为。"

"原来是为了这事，在生我气。"关奕山似笑非笑，"恕我直言，你在其他人的故事里，也并非什么善类。你知道小雪后来怎样了吗？"

江时一对他这问题感到不解。她近日事忙，跟小雪断了联系。

关奕山说："她被'网暴'了。看你的表情，对此一无所知，是吗？因为你太忙，小雪的事情又太小，你觉得给她足够多的钱，替她奶奶治病，这事就算解决了，对吗？网民们觉得她收了竞争对手的钱，黑了老东家。小雪昔日同事在社交网络上指责她忘恩负义的言论，也被翻了出来。不要这样看着我，你觉得资本是恶的。但我跟你，也不过殊途同归。"

江时一久久说不出话。关奕山便也静静坐在她身旁，看着她。餐馆里有人经过，都以为这是一对置气情侣。他们想，要不了多久，男人就会轻轻将对方拉回来，而女人会将脑袋伏在他怀里。

现实却是，江时一注意到桌上手机振动，瞥一眼，抬头看他："你不听吗？"

关奕山不置可否。

江时一提醒说："她找你。"

他脸色更显淡漠，腾出手来，把手机塞回口袋，并不处理。那一瞬间，她忽然注意到他右手有烫伤过的痕迹，才明白他是为了掩饰这个。

"你的手……"

"不小心烫到。"他分明不愿谈。

江时一想，所以他们现在是陌生人了是吗？除了商业跟资本，他们别无话题。一想至此，她笑了笑。关奕山冷不防问："你刚说约了人。又要见投资人吗？"

"不，她约了我。"突然有人拉过椅子，在这两人之间的位置上坐下，又将脸转向关奕山，微微笑着。正是章云程。他今天穿浅灰色衬衫，配深灰色小格纹西服套装，连跑鞋亦是灰白，只有那条墨绿色领带像他的笑容一样，在灰白中跳脱出来。

他看看关奕山，又看看江时一，故意形态亲昵："等我很久了？"

"没有……"

他微笑，带上几分撒娇语气："要不是你说见投资人要花时间，我应该更早来。"

关奕山并不知道章云程跟胡培月的关系，此时见他跟江时一这亲密姿态，脸上不动声色，抬手看表，说自己有事先走，便起身。他行走太疾，衣服下摆差点将椅子带倒。章云程一手按在椅背上，转头看他背影，像在看一个笑话。

江时一在后面说："这样气他，不太好吧。"

章云程转过身来，笑着看她："心疼他？正好，他的婚姻未必长久，你还有机会。小两口还在蜜月期就吵架，章云莱一碗热鸡汤向他脸泼过去，还好只烫到手，不然就毁容了。"

江时一对章云程本来就无好感，对他轻佻地评论自己跟关奕山的关系，更感厌恶。她用手背轻敲桌面，让他说正事。

章云程突然便敛了敛容，正色道："胡培月一直不接我电话。她甚至躲着我，连家都没回。"

江时一漠然："我跟她是两个不同的人，你来找我，我又能做什么？你是她上司吧，给她安排一次出差，只有你们两人，不就得了。"她话里有话，对章云程以"介绍投资人"来交换"跟她见面"这事，耿耿于怀。

章云程当然听出来："我知道你不喜欢我，但……"

"我没有不喜欢你。我对胡培月怎么样，是我们两个人的关系，没有你，也还有王云程、李云程。"

"王云程、李云程怎样，我是不知道。但她跟李翰飞，跟陆海文一起时，你并没有半点不高兴。是因为阶层吗？说到底，你害怕失去胡培月吧。你觉得，她跟我在一起，就又会回到她原来的世界。"

章云程说话时，总带着点笑，好像整个世界都是他开玩笑的对象似的。这神情惹恼了江时一，但她不再是过去那个快意儿女，现在也学会不动声色了。也许关奕山说得对，他们终究被资本改变，被社会重塑。她将脸转向章云程，也摆出看不出真假的笑意："胡培月回到原来世界？你在说什么呢？"

"嗯？"章云程凑近一点。

"你是不会跟她结婚的。"

章云程笑了，身子往后靠了靠，胳膊肘搁在桌子上："我跟她，是纯粹的恋爱，彼此都没考虑这个问题。"

"那么，让我把话再说得白一点——你是不会公开跟她的关系的。并非由于她不配，而是因为她前夫是唐铭深。你们家跟唐铭深，低头不见抬头见，你觉得，你的家人会允许你们成为圈子里的笑柄吗？"

章云程将身子坐直了，不言不动。

她道："这也是唐铭深不想看到你俩一起的原因。你说他对胡培月还有旧情？也许吧。但他是成年人，他有更深的考虑。"

章云程张了张嘴："我跟胡培月的感情，不需要考虑这些。"但不知为何，他的声音比原来软了些。

"那是因为你从没考虑过。像你这种及时行乐的人，会被胡培月吸引，也是很正常的事。她不慕富贵，不考虑柴米油盐，水电费怎么交都不知道，脑子里只有昨晚月下读过的诗，今夜为戏里流过的泪。"江时一说，"我呢，是个简单的人，也没什么艺术细胞，眼里只有钱。但我只知道，每一段亲密关系都会伤筋动骨。这种伤害，并不会因为大家都爱对方，就会降低。既然她不懂保护自己，那么，我想当那个保护她的人。"

说到这里，江时一自嘲地笑了笑："但可惜的是，她不愿意让我保护。有时候想想，我跟她真的很像，不愧是母女。我将关奕山的事瞒着她，因为我心里清楚，这是不对的。而她也没把你的事告诉我，会不会是因为，在她心里面，同样知道，你并非合适的人呢？"

章云程脸色苍白。江时一边用手机刷桌上二维码，边随口说："我赶时间，真的抱歉，今天就到这里吧。"她起身告辞。章云程坐在椅子里一动不动，像被恶作剧孩子放掉气的充气人偶。

江时一走出餐厅，正要打车到知域中心，跟进新店装修。彼时正是网约车烧钱大战时期，她一天下来东奔西跑，也花不了太多钱。她不禁在心里想，不知何时才能找到人，愿意给一时茶乐烧钱呢。但又一转念，觉得补贴出来的需求，都不是真正需求。在她看来，销量不错的甜茶，正是靠金润砸钱砸出来的伪需求，并没有多少忠实粉丝。

深圳天蓝，她常边散步边想这些事，直到背脊微微发汗。然而这天，她还没走出几步，章云程便从后面喊住她，追上来。他拉住她衣袖，又立即放手："能够听我讲几句吗？"

江时一面无表情，亦不作声，等待他开口。

章云程说："我能够接受跟她感情变淡，然后分开。但我无法接受，她因为你不喜欢我，所以刻意避开我。"他这样玩世的一个人，说到此时，居然愤懑痛苦，"以后的事情，我真不知道。我只知道，这个时间，我真心爱她，她也真心爱我。如果你也真心喜欢过一个人，你应该知道是什么滋味。"

他站在江时一后面，只能看到风吹过来，将她的头发吹得一起一伏，将她的衣服吹皱，微微起伏着。他觉得自己像个在等待审判的人。

半晌，江时一慢慢转过身来，毫无波澜地说："我知道了。"

最近这段时间，胡培月都住在黎晓静家。黎晓静听说了她跟章云程的事，啧啧啧一番。胡培月问她啧什么，她特意上下打量一番，说以为她是为了恋爱可以不吃饭的人，没想到，只因女儿不喜欢，她居然连富二代都能放弃。

"你还为了他，辞职跳到知域。厉害啊胡培月，在男友那儿不是更好吗？"

胡培月避重就轻地笑："跳到知域，还得感谢你牵线呀。"她不好意思提，自己是为了跟章云程公私分割。

江时一的电话突然打来。像个等待心仪男孩电话的怀春少女，胡培月迫不及待接听。她的声音没什么温度，但在胡培月耳边，就是冬日骄阳，夏日清风。江时一问："我想见你。在你家碰头？"

胡培月一口说好。

江时一这边挂掉电话，便扭头看车窗外。窗玻璃上，章云程的侧脸跟外面车流汇在一起。他微笑着说谢谢，又问起来："听说一时茶乐很快要在知域开业了？不来银河城，真是可惜。"

"我是看在胡培月的分儿上，并不是因为我有多喜欢你。所以，你不需要跟我社交。"

章云程又轻轻笑笑："胡培月总跟我说你特别成熟，但原来也不过如此。做人做事，还是小孩子那一套，意气用事。"

"你管这叫意气用事，我把它叫作行事磊落。"江时一还没修炼出凡事只看利益的功力。她沉着一张脸，看上去有些气鼓鼓的。章云程觉得，她现在看起来，到底有点像胡培月的小小女儿了。

他微笑："但愿不伤害你公司的利益就好。"

江时一明白，像章云程这种人，表面上风轻云淡，不汲汲于富贵，但凡事以利益为先，已经写在基因里。她不想跟他说话，只闭了眼睛，假装打盹。

从南海大道往南山大道，向来拥堵。车子堵一段开一段，慢慢到了胡培月公寓楼外。章云程泊好车，跟江时一从地下车库搭乘电梯上去，电梯在一层停下。电梯门开，两位长者相互搀着，走了进来。男的穿套装西服，满头银丝，架一副圆形金边眼镜，抬头机械地看着上面的数字。女的着卡其色套装，一圈珍珠项链，进电梯前，冲里面这两人礼貌地点点头。江时一二人也冲她点点头，不知为何，江时一忍不住多看了他们两眼。

四个人都到十五楼。电梯里无人说话，只有章云程转身，对着电梯壁的镜子，抓了抓头发。江时一忍不住出声嘲讽："你跟胡培月还真像，都那样爱美。"章云程微笑："这是一种礼貌。"

那两位老者却都看了过来，又相互看了看彼此，然后，那位太太忽然轻声问："请问，你们刚说的胡培月，是住在这里的吗？"

江时一有些意外，点头说是。章云程倒是警惕起来，双手插袋，看着其余三人，脸上挂着点笑，一句话不说。

太太又问："你是姓江？"

江时一跟章云程都意外了。这时，电梯抵达十五楼，电梯门打开。江时一虚扶着太太手臂，边小心将两人带出去，边轻声说："我是。"

两位老人家这时对视一眼，然后，太太莞尔道："江时一是吧？我们是你的，外公外婆。"

胡培月如临大敌，为江时一的到来，悉心准备。她在实木长餐桌桌面摆上鲜花跟烛台，为每张无扶手餐椅配上绿色丝绒坐垫，只因这颜色与质地，与玫瑰金的椅身至为般配。她又知江时一近日马不停蹄，疲惫不堪，便早早为四只脚的白色老浴缸放好热水，备好浴盐。一切安置好，她便在阔朗客厅的长桌前坐下，靠着垂地窗帘，对着阳台上的大张芭蕉叶，捧一本书看。

眼光在书上飘过，心神却不在其上。好像一只靴子落在心头，另一只迟迟未落。

门铃响起，靴子啪地落下，胡培月放下那本看不进去的书，用手拢了拢头发，又拍了拍身上的裸色丝质连衣裙，笑容可掬，上前开门。

站在外面的，是四张脸。胡教授、胡太太、江时一、章云程。

胡培月好像还没从黑白电影里走出来，整个人完全滞住。倒是胡太太先开了口，悠然微笑："我跟你爸来深圳，顺便看看你。刚好在外面见到时一。"胡培月想，她管江时一叫作时一，可见是并不厌弃的。胡太太又说："时一还带了她朋友上来。"

章云程眨眨眼睛，想要解释，胡培月以手捂嘴轻咳，他会意，只得缄默。

上次胡培月回杭州家里，跟父母亲处得并不愉快，然而个把月前，胡太太又主动跟她联系，提及两人在杭寂寥，日渐年长，忘性也大。胡培月自为人母后，便也懂得些做父母的不易，加上关奕山一事，让她稍微原谅了他们当年对江海文的敌意与奚落。只是她没料到，两人连招呼都不打，突如其来便出现在此。

胡教授仍有些架子，裹在西装下的身体挺得笔直，威仪道："进去再说吧。"

江时一本打算带章云程过来，看他跟胡培月冰释前嫌，自己就走的。没想居然见到外公外婆，大出意料。她跟爷爷奶奶感情好，于是便对未曾谋面的外公外婆也有几分好奇。一见之下，见外公矍铄挺括，外婆又优雅得体，显然跟爷爷奶奶不是一个世界的人。然而胡太太似乎对江时一很有好感，进门落座后，便捉住她手不愿放开，问她近况，又连连道歉，说早该来看她。江时一心中对外公外婆的心结，也至此解开了。

胡培月进了厨房，再出来时，捧出热茶，搁在沙发前的镜面茶几上。胡太太正问着章云程的名字，在哪里工作，章云程一一作答。胡教授突然插话，说那不是跟胡培月一家公司吗？章云程微笑不语。胡培月说："我现在在知域。"胡太太忽略掉胡培月的话，一径追问："小章跟时一是怎样认识的呀？"江时一正端起茶杯，突觉烫手，立即放下，抬头看向胡培月，冲她眨眼睛。

胡培月正在脑子里编，章云程笑了笑："通过胡培月。"

胡太太点头，端起茶，慢慢喝了一口，心里却想，这年轻人，怎么直接称呼胡培月名字呢。也许是国外长大的习性，又或者跟江时一关系异常亲密，便学她直呼其名。无论是哪种，总归不是坏事。

　　胡太太初见章云程，便多少猜中他出身优渥。不全然是衣着、举止、谈吐的原因，毕竟互联网提供太多速成。但她独独捕捉到章云程的那份不在意。那是一个人知道自己无论做什么，都有家庭兜底的笃定跟底气。倒是外孙女江时一，虽也穿着干净清爽，衣品并无破绽，但喜怒哀乐全写在脸上，待人接物也全无章法。只是一来，胡太太还是挂念女儿，便也对这个外孙女爱屋及乌，二来知道一时茶乐在当地小有名气，也算个成功创业者，便不再挑剔什么。

　　更何况，她居然还有章云程这样的男伴在侧。谁知道，章是不是被其率真所吸引呢。

　　胡太太这番心思，并没瞒过胡培月。她见母亲待章云程殷勤，知道她误解了，心里暗暗叫苦。章云程也不辩解，像看热闹似的，嘴角噙着点笑，坐在沙发一侧。偶尔还特地配合，在胡太太摸了摸江时一手臂，问她冷不冷时，加了一嘴，"是啊，你冷吗？我把外套脱下来给你。"

　　后来胡教授提议，晚饭一起出去吃。胡太太提议由章云程选地点，这显然是要试试他水深水浅的意思。章云程心里也明白，笑了笑，说好啊，打了个电话，便说可以出门。江时一心里有一堆事，并不情愿，但还是答应了。

　　章云程开车送他们去。胡太太坚持让江时一坐副驾驶席，他们三人坐后面，胡太太边嘴上微笑说着话，边在手机上搜章云程名字。通过几条新闻链接，她很快清楚他的来历，心里吃了一惊，倒是忧愁起来。她可不认为，江时一有什么魅力，能把章云程迷住。

　　饭桌上，胡太太既知道章云程是什么人，便改变策略，有意将他晾一旁，先放一放。章云程倒是主动跟沉默寡言的胡教授搭起话来，两人聊到浙江那边在做的未来社区。胡教授啜一口酒，煞有介事地点评，说以前这块工作，多数由城投来做。胡太太问起胡培月，在深圳是否适应，饮食习不习惯，工作如何。见江时一沉默地低头剥红色虾，又问她，广东跟香港有什么异同。

　　这一晚下来，江时一渐渐看出来，外公外婆跟自己不是一路人。也想明白他们为何对章云程这样热情。她埋头吃饭，一口米饭一口米饭地吃，边用力咀嚼，边回想此前胡培月跟她说过的话。她说她不曾动过弃养孩子的念头，她说她也身不由己，她还说什么来着？江时一已记不清楚，但光是这些碎片，已足够拼凑出整块拼图。她的思绪在拼图上游走，从当下，一路回溯，终于抵达过去。

她异常沉默,此时突然听得外婆跟她搭话,心态叛逆,随口蹦出一句:"这里的维他奶比香港更甜。"

章云程正跟胡教授聊房企融资成本,此时突然绷不住,笑了起来。见胡太太看了他一眼,他轻咳一声,用英文说声抱歉,最后又笑笑:"不怪我,时一太可爱了。"

这时,胡太太忽然问江时一:"哎呀,你怎么自己剥虾呢?"

江时一将虾肉蘸在酱汁里:"那要怎么吃?"

胡太太说话声音软软的,跟胡培月一样:"你呀,得问问培月。她呀,以前从来不自己剥虾,都是别人给她剥。"她用筷子夹一片薄薄的象拔蚌,微笑道,"所以啊,女孩子要被人疼爱。"

江时一明白她这话是故意说给章云程听的,觉得外婆这番小心机未免好笑。她故意不理会,快速用手抓起一只虾,剥了塞嘴里,又吮了吮手指。胡太太有些瞠目,胡教授看出这外孙女有些个性,便说现在的年轻人都有自己一套,哪里讲究这些老派。江时一没顺台阶下,倒接了句:"不,我家一直就这样,我爷爷奶奶这样,我爸也这样。"

胡培月坐在位置上,一动不动,什么话都说不出来。她了解江时一。她敏感,莽撞,真诚。突如其来说这样一番话,是因为胡太太今晚触到她的逆鳞了。胡培月想顺顺她的毛,让她平复下来。她张了张嘴,正要说话,忽见章云程低头剥了只虾,扔到她碗里。

这动作突如其来,胡太太、胡教授都忘记了江时一这茬儿,只顾看看章云程,又看看胡培月。最后想起江时一来,便扭头看她。胡太太心里闪过一个念头,但不确定,于是更紧地盯着江时一,仿佛她是那双手,能够解开这奇怪的结。只消她开口说句话,事情便不会是胡太太想象的那样。

但胡太太失望了。她在江时一脸上,看到一种冷漠的潇洒。她用柠檬水沾了沾手指尖,又用毛巾慢慢拭干,一切都不紧不慢。

章云程意识到,他这动作过了界。但他也不愿意解释,只是笑了笑,问胡教授、胡太太,今晚的菜品是否可口。胡教授轻声咳嗽,说这和牛还不错,象拔蚌的做法他不太习惯。

江时一丢下毛巾,拉起椅子:"你们接着演,我还有事,先走了。"

胡教授跟胡太太看一眼彼此,眼神里千言万语,归结成一句话:野孩子就是野孩子。

胡太太又看了胡培月一眼,说不清什么情绪,但江时一离场时,听到胡教授往地上砸了杯子，发狠说："你就是这样教育女儿的？她就是这样对待长辈的？"

江时一拎了包，一径往外走，跟每一桌的人擦肩而过，脑子里嗡嗡嗡响成一片。她想了又想，又听到后面乱哄哄，跟她脑子里一样乱，似乎胡培月在喊她名字，又似乎章云程在替她说什么。她穿过长长的走廊，与人流逆行，站在电梯口前，看那数字不住跳动。

一颗心也在跳动。

她在心里想，她这样跟那些资本有什么区别。搞砸项目，离场走人。

电梯的数字仍在不住跳动。

她捏紧拳头，终于又转身往回奔。捏着袋子，站在门边，看到章云程站在胡培月前面，像给人挡枪的姿态，身体挺拔，肌肉放松，脸上带着点笑："让你们误会了，真不好意思。不过那也是我的错，跟她们俩无关。"

江时一踏进去，扬声说："在他们心里，错的人可能是你，可能是胡培月，也可能是我，反正不是他们自己。胡培月刚离婚，什么都没有，背井离乡到广东，住了两年多。他们来找过她了吗？二十年前，他们让她抛弃我。两年前，他们抛弃了她。"

她偏头，看向胡培月："冯霄姐在你的帮助下，踏了出去。那你呢？"

餐馆头顶奶黄色的光，打在胡培月脸上，江时一离她这样近，能够看到她脸上极细的绒毛。她低着头，呼吸有些急促。江时一想，她可很少这样失态。这时她手机响起来，是阿沛打给她的，她轻快地对那头说："好啦好啦，我马上回去。"将手机塞回包里，她拍拍胡培月手背，"我先走。"

她走出餐馆所在酒店，在门前等车。胡培月追了出来，章云程又在她身后。江时一转过身，一只手整了整包上的肩带，再抬头时，平静道："你不留在里面陪他们了？"

"对我来说，你更重要。"胡培月说，"你不理我这几天，我很害怕。我以为要失去你了，我……"

"够了，你知道我最受不了煽情。既然我替章云程约你出来，就说明我不介意你们。尤其在我见识到，外公外婆是怎样的人以后。"

胡培月没明白。深圳长街上的路灯落在她身上，像给她罩了层轻纱。她的脸看上去也有点朦胧，声音也朦胧，轻声说："他们其实……"

"我并不认为他们有什么不好，只不过，他们跟我不是同一个世界的人。做生意看利益，但做人不应该这样，尤其对待亲人更不该如此。我是很想知道，假如我没有创立一时茶乐，假如他们不是意识到自己老了，需要身边有人，他们会来深圳看我们吗？我对此存疑。"车子在江时一跟前停下，她拉开车门，又回头对章云程说，"哦对了，对她好点。其他的事情，也无所谓了。"

章云程伸出手臂，搂过胡培月，微微将她脑袋靠在自己肩膀上。一下想起什么，他匆匆道："银河城铺位的事……"

江时一已钻进车，透过半降车窗，对章云程半笑不笑："我想，等一时茶乐更有实力，我们再谈这个。我可不希望哪天你们俩关系曝光，胡培月还要面对风言风语。"

车子驶远，江时一看车窗上自己的脸，那伪装的笑容已经敛住。网约车的后座上，有一股淡淡的烟味，不知道是哪个躯体留下来的。电台主播以动容音色，讲述着都市人的困扰。在别的城市，那困扰也许是爱，也许是性，但对深圳这座城市来说，只有金钱。现在她发觉，这车子里的味道不是香烟的气味，而是金钱的味道。就像她自己，也越来越带有这样一种味道。这个发现让她震惊，也暗暗警觉。她对着车窗外的月光，无声起誓，她不会成为外公外婆那样的人。

[3]

阿沛觉得，江时一有些不一样了。

公司规模虽小，但都是年轻人，众人围成一桌吃烤肉，谈笑活泼。麦琪是财务，身兼品牌媒体运营。她边吃边烤肉，边谈论下篇推文的内容，说要用奶茶拟人，写一个芝士、草莓、葡萄跟绿茶的多角恋爱故事，越说越兴奋，笑得东倒西歪。

只有江时一，非常寡言，将餐具从左手腾到右手，右手挪到左手，吃了两口又放下，坐到一旁，搬起电脑回复邮件。过去那株生机勃发的小树，现在好像因为主人忘了浇灌，整个蔫儿了。

回复完邮件，她抓起一罐啤酒，走到阳台上独酌。阿沛走出来："在烦恼投资的事？"

"不完全是。"

"难道是因为小雪？"阿沛说，"我听说她被人'网暴'了，把所有社交账号都注销了，手机换了，好像连家都搬了。"

江时一不语。

阿沛说："你如果要把品牌做大，不借助资本是不可能的。你要借助资本，又要保持太高的道德阈值，也是不可能的。"

江时一捏紧手头啤酒罐:"就不能鱼和熊掌都要?"

"哈,如果能够不离开北京,又可以加入一时茶乐,我当初还要考虑这么久吗?"

江时一问起阿沛在京的女友,阿沛轻描淡写道,她说除非他在深圳站稳脚跟,否则她不愿意跟来。"大不了,就分手呗。"他笑了笑,但眼神一点不轻松,让江时一想起那个故意用开玩笑来掩饰内心的许柏乐。

江时一认真地看着他:"你抛下一切来一时茶乐,我不会让你后悔的。也不会让你们分手的。"

她日渐适应自己的身份,虽对小雪心怀愧疚,但也终于明白,每个人都要为自己的选择负责任。她时时想起那些将希望寄托在自己身上的同僚跟员工,便不敢松懈,不再耍性子。再见到投资人时,任人说女性创业者不擅管理、茶饮创业无路可走,她也笑脸相迎。

一时茶乐三周年那天,终于传来好消息。一家浙商背景的投资机构的深圳分公司负责人,有意约见江时一。这预示对方已经有了初步合作意向。江时一在回公司路上,迫不及待要跟大家分享这好消息。她给阿沛租了大公寓,办公室就设在他家里。回到办公室,一推门,屋子黑咕隆咚,阿沛他们边唱生日歌,边捧出蛋糕,三根蜡烛的光在上面摇摇曳曳,映着蛋糕上的一时茶乐茶杯logo。

"许个愿啊。"麦琪大声笑着。

江时一双手合十,闭上眼睛,心里闪过一个画面。她能够带上同样一帮人,替一时茶乐上市敲钟。第二个念头是:她该穿什么去见对方好呢?

再不情不愿,心结仍在,她也只能想到一个咨询对象。

胡培月。

跟江时一冷战多久,胡培月就闷闷不乐了多久。这次接到江时一的置装任务,她立即放下手头一切,带女儿飞上海,找一家国产设计师主理的店。

与广东不同,上海四季分明,深秋的长街已起风,但室内温暖。胡培月提着一件酒红色灯笼裙,如数家珍:"这家设计我特别喜欢,有点轻复古,但又不会用力过猛……"江时一打断她,说就要这件。

走出店面,胡培月轻声说:"很高兴你这次来找我。"

"无论怎样争吵,无论我们中间有几个男人。我跟你之间,也还是只有彼此。"江时一说这话时,声音既不冷淡,也不热情。虽欠缺过往的亲昵,但胡培月已深感满足。

回程航班在晚上,此时还有时间,胡培月带她去吃饭,路上问她这是第几次到上海，江时一说这是第一次，胡培月有些惊讶，说："你在北京念书时，不是常走南闯北，写生素描吗？"江时一胡乱敷衍，而胡培月突然明白了，江时一念书时没到过这边，只因觉得那是生母所在的地方。

谁知道是不是这条裙子带来的运气，跟光明资本的会面以及随后的说明会，都异常顺利。对方承诺投两千万元。

江时一跟阿沛、麦琪他们外出庆祝，喝到很晚才回家，倒在床上的瞬间，她想起来，她还没把好消息告诉胡培月，于是给她发了消息。再次闭上眼时，她又想，是不是要告诉许柏乐呢。她抓起手机，敲了两个字，想了想，又把手机扔下。

自创业以来，江时一就没睡过懒觉。这次她被手机振动吵醒，蒙眬间抓过手机，居然是许柏乐。她一下清醒，从床上猛坐起来，差点闪到腰。她啊呀地叫，许柏乐在电话那头问："来'大姨妈'了？"

无语，但还是开心的，她问："什么事？"

"哦，没什么，我打错了。"他居然说这样蹩脚的话，又话锋一转，"既然都打错了，多口问一句，甜茶给你们发律师函了？要告你们侵权？"

江时一彻底醒了。

此时刚到中午时分，但甜茶控诉一时茶乐侵权的新闻已铺天盖地，难怪许柏乐人在香港都已关注到。

江时一匆匆洗漱，飞奔到公司，进门就见到阿沛，他非常客观地问："时一，我相信你的人品。但我想，作为一时茶乐的人，我还是应该问一下……"

江时一斩钉截铁："没有。"

阿沛看上去松了一口气，整个人坐在椅子上，背部松弛地靠着。半晌，他突然抬头，带点歉意："不好意思，我这样问……"

"不，你应该知道。我们是伙伴。"

两人商议如何应对舆论一事，讲了一会儿，麦琪回来了，白着一张脸。但她听到两人讨论，心里又定了一些。阿沛说："我现在最担心的，其实是……"

江时一知道，这事也就是茶杯里的风波。但在这个节骨眼上，谁知道这风暴会不会越卷越大。她说："先处理这事，化解危机后，再向光明资本交代。"这是许柏乐跟她说的话，至于许柏乐让她注意光明资本，她是无论如何想不明白。

危机还没化解，光明资本就约她见面了。江时一这次来不及打扮，用手抓了抓头发，跳上车直奔当地。她告诉自己，只要将没有抄袭这事说清楚，应该就会没事。在咖啡馆里，她对那位刘先生镇定微笑："首先，我们并没有抄袭，所以我相信公义在我们这里。然后这件事我们正在处理，相信不会对品牌造成什么影响。"

刘先生笑了笑："谁会相信你？"

江时一没料到，对方会来这么一句。她有些猝不及防，但还是很快调整出笑容："我明白你们的顾虑。其实，消费者最后也只会为产品买单。"

"甜茶也许有资格说这话，但你们？"刘先生说话也是微微笑着的，但江时一听出了他的不屑。他又问江时一，知不知道有多少项目，因为陷入纠纷，外部不敢蹚浑水，就此掉队。

也许因为宿醉，江时一直到现在，头脑仍然昏沉。但有那么一瞬间，她突然想：如果一时茶乐真的像他说的那样，已陷入泥沼，那为什么光明资本还花时间跟我说这些？

她忽然清醒过来。

刘先生的发型看起来像被雨水浇灌过，刘海贴在脑门上，让他看起来像个假人。但假人开口了，说的话也疑真似假："其实你这个项目，金额也不大，我们向总部争取过，那么总部的意思是，可以维持之前的决策……"

隔壁桌有人打翻了杯子，有谁在大呼小叫。江时一跟刘先生下意识地往那边看，又下意识地将目光收回。

刘先生接着道："对了，有一点要说明，我们是希望控股的。"

哦，他当然不是一个假人。有血有肉，有贪有嗔，一如他所代表的资本世界。

而许柏乐，他懂资本。

自从章云程进入母女俩的生活后，江时一就跟胡培月有意疏远。胡培月也想关心她，但工作的事，她帮不上忙。

更何况，江时一遇到工作烦恼，从不找妈。

对女儿的疏远，胡培月感觉心烦意乱。这天她拒了章云程的约会，推掉黎晓静的饭局，只想在家好好休息一下。她刚把碗碟塞进洗碗机，就听到门铃响了。

门外站着江时一，像只迷路的小猫，失魂落魄，身上的毛也耷拉下来。门开了，一见到主人，她便扑上去，将主人抱住。

江时一将脑袋埋在胡培月肩上，低声说："很累。可以在这里睡一觉吗？"

胡培月非常默契，什么都不问，只说好，又补充："你想在这里待多久都可以。"她在心里想，母女关系原来就是这样的啊。受伤的动物，总会想方设法回自己的窝。母亲就是女儿永远的窝。

她给江时一调好浴缸水，放上浴盐，摆好干净毛巾，让她在此舒舒服服泡个澡。

浴室里蒸汽腾腾，江时一觉得浑身乏力，但脑子里仍在高速运转。她在浴缸里拿着手机，快速回复群里所有信息。最后她犹豫再三，拨电话给许柏乐。

电话响了两下，她又挂掉，把手机扔在毛巾上。

可笑，这样前怕狼后怕虎，一点不像自己。江时一没经验，不懂陷入恋爱情绪里的人，全都这样。

半晌，许柏乐电话打过来："找我？打错了？"

"不是……"

"不是什么？不是找我，还是不是打错？怎么吞吞吐吐的，真是'大姨妈'来了？"他说话还是没正经，但心里终究知道她在意的是什么，他问，"光明资本怎么说？"

江时一把今天的事告诉他。她说，光明资本虽然没有撤回投资承诺，但追加条款，需要决策权控股权。许柏乐听罢，没有半点惊讶，似乎一切都在他预料之内。

"对其他创业者来说，他们只是把品牌当猪。猪养肥了，自然是要卖的。如果不卖，只是因为价钱不满意。但你跟他们，不一样。"

江时一沉默半天，说："我知道了。"

内地创投界有很多传言，她想，许柏乐人在香港，他才不清楚。他们说，江时一过分追求高品质，早前做有机茶园，前段时间又签下优质果园，还准备在知域开业，摊子铺大了，资金链非常紧。他们又说，甜茶将它视为劲敌，全国各地又兴起大小新茶饮品牌，江时一腹背受敌。如果不接受光明资本，会资金短缺；如果接受，又要丧失控股权。

他们说的，都是真的。但这些话，江时一不想跟许柏乐讲。她觉得这些天来，自己对他的挂念，跟一时茶乐无关。她想的是他这个人，他讲没头没脑的笑话，他用红酒配牛河，喝着香槟吮田螺，他在浴室里边洗澡边大声唱《浮夸》。但是，如果她现在这样跟他讲，让他替自己想办法渡过难关，那她不就成了那种利用异性的女人了吗？

许柏乐在电话那头喂喂喂了几遍，江时一才回过神。他说："想这么多干什么，还不如早点休息。我记得你以前每次'大姨妈'来的时候，就容易嗜睡，胡思乱想……"

江时一很想把满满一浴缸水往他头上浇。

两人又吵吵闹闹，挂掉了电话。江时一忽然想到，自己的"大姨妈"是多久没来了。

被老人家养大的女孩子，对这些事情是不敏感的。还是跟胡培月住一起后，江时一才开始记录月经周期，但创业后，她是想起来就记一笔，忘记了又连续几个月没记录。洗完澡出来，胡培月已在外面沙发上等她至入睡。她给胡培月轻轻盖上毯子，转身出门，到楼下去买验孕棒。

提着黑色塑料袋回来，门一开，胡培月坐在沙发上，正手持电话看她。"吓我一跳，屋子里没人，卧室跟阳台都没有，我正要打给你。"她突然盯住她手里的塑料袋，"你拿着什么？"

"是……明天的早餐。"江时一不善说谎。低头看，这塑料袋虽是黑色，但薄得很，在灯光下可看到里面物件大概的形状颜色。

胡培月起身，走过来。江时一有些怯意，几近口吃："我、我是成年人，也有……隐私……"

"长条状、黑色塑料袋。"胡培月看着她眼睛，非常认真，"你上次经期，是什么时候？"

江时一才发现，有女儿的母亲，竟会如此敏感。她缴械投降。胡培月从盒子里取出说明书，耳提面命地说怎样用，江时一红着脸随口嗯嗯，转身进了洗手间。

等待结果的十分钟，分外漫长。江时一不敢抬头跟胡培月说话，只低头看公司群的聊天记录。正如许柏乐所说，甜茶这事，旨在搅乱一时茶乐的融资。这事黄了，所谓的侵权也就不了了之。本来也就只有业内人士关注，再加上麦琪得体的公关措辞，此事早就没热度了。江时一心头的石碎了一半，另外一半，还在洗手间的台面上搁着。直到几分钟后，江时一看到验孕棒显示一道杠，才长舒出口气。

胡培月却提醒她，明天用晨尿验一下，更稳妥。见江时一又僵了僵，胡培月安慰说："应该没事的，毕竟你们有做安全措施，现在又验不出来。用晨尿再验一次，不过是保险起见。你跟我不一样，有自己的理想，有自己的事业。如果走我的老路，那就太可惜了。"

江时一沉默片刻，而后道："我应该不会走你的老路。"

"你是说……"

"在重新遇到你之前，我一直恨你，恨你不负责任。可是，当我站在你站过的路口，我才发现，指责是很容易的。"江时一说，"就在刚才，我终于理解了你。如果不是当初你将我生下来，我的什么理想，什么事业，都不会发生。"

她们两人的关系，就像这座城市的天气，大部分时候晴朗翳焗，偶尔台风吹袭，风雨交加。恒久潮湿，罕见干燥。胡培月想，自己的眼睛为什么有点湿，一定是这里太过潮的关系。她抬起手，擦了擦眼角，拭掉一点眼泪，突然又笑起来。

这天晚上，母女俩又同盖一床被子睡。江时一很久没睡得这样沉。她梦见一个十字路口，左边是国王，右边是富豪。前方隐隐约约站了个人，背影单薄，她听到有人称呼他"阿俊"。醒来后，江时一做了个决定。

她决定拒掉光明资本。

胡培月平时像是江时一的闺密，但在关心女儿健康这事情上，终于有些妈味了。她逼江时一看医生，强迫她调整饮食作息。生怕她像有些创业者那样，倒在公司上市前夜。江时一被迫每天抽时间冥想，恢复长跑，规律饮食作息，经期终于恢复正常。

江时一向来惯吃外卖，省时间，这天胡培月逼她出门堂食。江时一坐在餐馆里，还忍不住絮叨："坐在这里吃，跟吃外卖，有什么区别吗？我真弄不懂你的仪式感。"胡培月说不出什么理由，便告诉她，要细嚼慢咽。江时一心里还装着事；随便翻开餐牌，低头所见不是龙虾汤就是盐鳕鱼，抬头再看，七十层高窗外坐拥深圳湾，扭头看另一面，则可远眺香港。

深圳湾一号，当地一线酒店，价格自然也在一线水平。江时一疑惑顿生："你要请我吃饭，也不用来这种地方吧？"

胡培月温柔一笑："有人掏钱。"

江时一顿感不妙，果然见到章云程着蓝绿双色衫，笑着走过来。他在胡培月身后停下，既没理会服务生正给胡培月添水，也不在意江时一在场，往胡培月脸颊上亲了亲，才在母女两人间坐下。他很热情地跟江时一打着招呼，她敷衍点头。

章云程今天看上去很高兴，坐下就说要开瓶酒，又兴致很高地提起这次在北京谈的项目。江时一看胡培月一脸温柔地看着这男人，但她心里知道，这种事情，对章云程来说是新鲜的，可在胡培月那儿就显得陈腐。从前她在唐铭深身旁，不就过着这种日子吗？

像蛇咬住自己的尾巴，又掉头找上她来。江时一替胡培月觉得没劲。

章云程说到一半，停下来，又问江时一点了些什么。江时一懒洋洋的，不太想跟他说话，起身说出去买点东西。章云程看着她背影，转头问胡培月："她怎么了？"两人都心知肚明，江时一不喜欢章云程，胡培月说："怪我没事先跟她说。"章云程浑不在意地笑，见到胡培月手边有本书，便换了话题，问她在看什么。

　　胡培月将封面转过来给他看，章云程见到那是一本谈创业的书，有些意外。他嘴角噙着一点笑："还以为你又在看诗看小说。"

　　"工作太累，下班后只想休息。有时候勉强打点起精神，就会下意识地看点功利的书。"她晃了晃手里这本小书，"比如这种。"伯利恒的晨星，中世纪骑士的誓言，永乐年间的阴谋，对胡培月已太过遥远。

　　跟章云程一起后，她便有心换工作，没料到知域那边给她打来电话，问她是否有意过来。知域商场翻新后，有心要将购物与艺术相结合，而胡培月上次跟知域招商部的人吃过饭，令对方印象深刻。四十岁还能跳到更大平台，她比谁都珍惜这次机会。

　　胡培月如此勇猛精进，连冯霄跟黎晓静都认为，她跟江时一越发相像。只是章云程并不认同这种变化是好事。他半笑不笑："难道不是因为江时一？"

　　"也许，我也受了她的影响吧。"

　　她跟江时一的共同话题，似乎只有男人而已。但是，男人在江时一心目中，并没有那样重要。

　　起码，并没有重要到，会让她跟胡培月闺密似的说个不停。

　　胡培月想跟章云程讲江时一创业的事，他看起来却并不太感兴趣。他感兴趣的，由始至终也只有他自己。因为胡培月也是"他的"，因此他也会对他们的事感到紧张。

　　跟所有心思复杂的人一样，章云程也是个矛盾体。然而再复杂，胡培月也已经在唐铭深身上看过相似版本，于是眼前的他，比她手中那本小书还要透明。

　　她吃着大份的水果沙拉，听章云程讲起甜茶，说他们烧钱做广告，在上海、南京、杭州等地快速开店，但内地市场占有率还不如一时茶乐。

　　甜茶曾是关奕山的主导项目。现在，外界虽传闻关奕山跟章云莱婚变，关奕山也已退出甜茶项目，但这并不妨碍章云程将关奕山当作一个笑话来讲。但章云程越是轻描淡写，胡培月越是能听出他的在意。也许只因他内心也明白，不靠父母，他未必能站在关奕山现在所站的位置。

　　章云程说："他们其实也不是完全没机会，算是只差临门一脚了。"

胡培月听出些端倪："什么？"

他像个自知失言的少年，用迷人笑容掩饰过去，又开始亲昵地问她，有没有想念自己。胡培月不吃他这套，继续追问，章云程闭口不提，她却自己想明白了："是光明资本那件事吗？"她本就不笨，在职场摸爬滚打，又时刻留心，多听多学，结合她近日看书看到的一些案例，她是想明白了。于是她又追问："光明资本拿下控股权，转头就可以卖给甜茶了，是吧？"

章云程有些意外，他心目中的胡培月，像《源氏物语》里的女人，朱门绮户，姿态昳丽，不谈钱，不论经济。他的笑容逐渐变酸，像一杯过期变质的酒："我出差回来，你好像没问起过我累不累。我谈成一个项目，你也不关心我辛不辛苦。在你心里，是不是永远只有江时一？"

"那我是不是需要向你道歉？"胡培月静静看他，"因为你少年时代喜欢的人，原来也是个俗人？但我从没隐瞒过江时一的存在。除了唐铭深，我好像并不需要对哪个男人道歉。"

章云程不语。他发现自己在吃江时一的醋，也觉可笑。他说："我知道你担心江时一，我明白。但你能否把十分之一的关注力，放到我身上？"

胡培月沉默半晌，才道："我尽量。"

他趁机握牢她双手："还有，以后有什么事，不要瞒着我，好吗？如果需要帮忙，让我帮，不要去找唐铭深，可以吗？"

他这话说出来，胡培月脸色微变："你在监视我？"她是去找过唐铭深，但只为江时一，全然不掺杂任何私情，也不认为有必要跟章云程说，"我是不是要向你道歉，因为我没有向你报备行踪？"

章云程失笑："别把自己说得那样正义。难道你就没有窥探过江时一的举动行踪？自己关心的人，有事也不来找自己，难道你就不会好奇？"

"这两件事根本不一样！"胡培月说，"江时一是我女儿。"

"你认为我占有欲太强，但你对江时一又何尝不是？"

胡培月语塞。章云程捏住了她的软肋，他知道的，江时一是她的软肋。

而此时此刻，江时一对这两人的争吵一无所知。她跑了很远，才在一家小店打包炒牛肉河粉，正手提装有白色饭盒的塑料袋，步入酒店电梯。电梯门关上的瞬间，她见到外面有人，于是替对方按下开门。

电梯门开了，对方说声谢谢走进来，两人都到同一楼层，抬头看彼此，都有些意外。

江时一低头，注意到对方烫伤的右手上，已退下婚戒。关奕山则打量她手里的饭盒，鼻翼微翕："炒牛河？"江时一落落大方："是，这里没我想吃的，下楼炒个牛河配红酒。"

这时电梯停下，有人进来，站在两人中间，将看不见的尴尬填满。上了十层，那人下了电梯，门关上，镜壁中只映出两人。关奕山开口："红酒配炒牛河，会这样吃的人，我只认识一个。"江时一不语。关奕山又问："既然这样想他，为什么不去找他？"

"找他？我用什么身份？我有什么资格？"江时一苦笑，声音里带了些气，"我不想当那种狡猾的女孩，因为事业上需要对方，就去找他。尤其在那天晚上，你跟他讲那种话以后。"关奕山在镜壁中也能看出她脸色发白，有点难堪，有点愤懑。

半晌，他道："是我影响了你们的关系。对不起。"

电梯门此时打开，他非常绅士地退后一步，让她先走。江时一埋头往外走，低声说了句："我是成年人，自己做过的事，自己负责。"她低头往前走，手里紧紧捏着那袋炒河粉。

江时一走过去时，胡培月背对着她，正一把将手头那本小书塞回包包里，抓起包，起身："我觉得我们不太能够谈到一起。我觉得，我们需要冷静一下。"她回身，见到江时一伫立跟前，没明白他们这是唱的哪出。胡培月拉过江时一的手臂，低声说，走吧，回去再讲。江时一跟着她离开，回过头，见到章云程深陷在椅子里，像不会动的影子。而关奕山与他相隔两桌，正微笑朝章云程看来，眼里有些看热闹的快意。

后面数天，章云程再没来找过她。江时一并没放在心上，觉得不过是情侣间闹闹脾气。但胡培月重视她比重视男友更甚，她是体会到了，于是比任何时候更黏胡培月，房租到期后直接搬到她家，两人同吃同住同睡。唐铭深虽不打算投一时茶乐，但给足胡培月面子，亲自给江时一介绍了两三个熟人。他告诉她，她当时没卖给光明资本是对的。一旦对方拿到控股权，甜茶就有机可乘了。江时一微笑说，是，她也想到这点。唐铭深想，这女孩儿现在看起来没过去那么毛躁，商场历练将她的毛捋顺了。

跟资本接触越多，江时一越想念许柏乐。一圈走下来，她深刻意识到，那些投资人并不在意她的企业好不好，只在乎三五年内是否能再涨一波，好让他们赚满退场。只有许柏乐，真心在意一时茶乐。

许柏乐留在江边里的毛巾、杯子、剃须刀，被她尽数搬到深圳，天天用他的毛巾洗澡，用他的杯子喝水。胡培月觉得这些物件眼熟，忍不住问："这不是许柏乐的东西？"江时一突然口吃："就、我就、就想着，不要浪费什么的。"

"但这跟间接接吻有什么区别？"

"消毒过的！"江时一理直气壮，用声音压过自己的心虚。

但胡培月这么一提，江时一再用他的毛巾，再用他的杯子，感觉就有点不一样了。嘴唇碰到杯沿，心也像撞上一面墙，砰砰地擂打着墙面，提醒着自己，这是他嘴唇碰过的地方呢。她被这个想法吓一跳，喝着水，脸便红了。

又有一次，胡培月问江时一晚上吃点什么，她开瓶红酒。江时一居然敏感起来，说："都行啊，不一定要吃炒牛河。"胡培月疑惑地想，她什么时候说要吃炒牛河了。再看江时一那模样，突然就明白了几分。

但江时一没有太多时间留给感情，她甚至忙得连胡培月都疏忽了。她没注意到，胡培月已经很久没出去约会，也没再提起过章云程。江时一飞贵州看茶园，在湖南看果园，一双脚踩在黄土地上时，接到陌生人的电话。那人报出一个大佬名字，说是大佬秘书，想跟她谈谈。江时一手里有点脏，空气有点凉，她有点不耐烦，听不清对方的话，也不知道对方说的大佬是谁，便直接问："你说谁？"

对方似乎愣了一下，而后微微一笑，说出两三个品牌名字。其中一个牌子，是江时一从小就喝过的儿童饮料，名字如雷贯耳。她这才记起这位叫作罗万象的大佬，似乎在哪里见过。但对罗万象要见她，她半信半疑，最后还是约了个时间地点。

约定地点不在广州或深圳的高级酒店会所，而在顺德一家以大排档起家的老牌海鲜酒家。这更让江时一觉得疑真疑假。罗万象秘书先到，是个戴眼镜的年轻人，非常客气，习惯性问江时一要吃什么，她说都行，"眼镜"便按照罗万象的口味点菜。第一道菜刚上，罗万象就踏着点进来了。

罗万象头发花白，身形像那种影视节目的食神，脸上也笑眯眯的。江时一有点不成文的人间观察，凡是喜欢吃的人，也许还值得当个朋友。

这家是顺德菜馆，罗万象也以美食为开场白，问江时一是否喜欢吃顺德菜。江时一说自己就是顺德人，鱼饼金黄，鸡味浓郁，瓦煲饭香。经过这数十次找投资人，江时一也不再每次都如临大敌，此时说起顺德菜，她聊得放松，两人也说得投契。

罗万象冷不防一笑，说了句："你跟我所了解到的，也差不多。"江时一听了这句，松到脚底下的警惕线，又一下提了上来。罗万象没注意到她神色变化，开始对她的事情如数家珍："你在江门跟深圳都住'老破小'，出入坐网约车甚至挤地铁，一如既往吃路边摊跟盒饭，过得还不如你那个开好车住深圳湾的合伙人。"他甚至连她做茶园跟果园的一些细节都说出来，听得江时一只觉背脊发冷。她忍不住开口："谢谢你的关注。但是，你为什么会……"

"为什么知道这些？"罗万象笑起来，眼尾跟嘴角一扬，翘起，"前阵子，我到香港去办事，顺便见了个我颇为欣赏的年轻人，而他向我推荐了你。"

江时一结舌。罗万象说："看你这神态，似乎已经猜到对方是谁？"

对有些人，有些事，她一在意就紧张，一紧张就口吃。她说："他、他其实，不必这样帮我。"

罗万象夹起一块白切鸡，在海鲜酒楼的喧嚣声中，稍微提高一点音量："这是小看我了。我还不至于因为谁说个一两句话，就照单全收。能不能成，还得看你本事。"他说，自己早听过一时茶乐，在听许柏乐介绍后，他将店里的产品都买回来试喝了一遍。他能够看出来，什么人擅于造势，什么人真能成事。

江时一边听边摸着杯子边沿，心里扑通扑通直跳。她仿佛又站在球门前面，一切只差临门一脚。

她听到自己张嘴，低声道："其实还有一件事。关于甜茶……"

罗万象一笑："侵权那事？过来人都知道是怎么回事。"他看上去，并没将此事放在心上。

数年后，江时一跟罗万象相约饮早茶，在服务生上了一笼马蹄糕后，罗万象才轻描淡写说，当时他虽心知肚明，所谓侵权不过是甜茶的手段，但内心多少还是有些忐忑。江时一给他夹了一片马蹄糕，笑笑说："后来你们给我投了一大笔钱，忐忑不安的人就变成甜茶了。"罗万象大笑不已。

这第一次初见后，江时一继续忙她的事。有两个核心员工不看好一时茶乐，被甜茶挖走。江时一在公司里，看到麦琪偷偷出去接电话，又一脸恍惚地回来。

江时一却异常沉静。她主意已决，认为在消费领域，只要还有单店盈利，一时茶乐就不会倒。她主动跟麦琪聊，说即使离开，大家也仍是朋友。麦琪被她说动，答应认真考虑，第二天回来，红着眼睛答应留在一时茶乐。

那天晚上，江时一离开公司前，在群里刷到一条行业八卦，说是关奕山离婚，并正式从金润离职。她盯着这个名字两三秒，麦琪经过她身边，跟她打招呼："还没下班？"

她抬头，微笑："马上走。"

"眼镜"的电话，是在这时候进来的。他说，罗万象有意向投她，还拉上了猎户资本。江时一微笑，叫上还没走的同事，跟大伙儿吃饭庆祝，大家喝了酒，她最后跟阿沛一起将泣不成声的麦琪送回家，又提着打包盒回了家。她想起家里还有红酒，又想起打包盒里的炒河粉，心想，如果许柏乐也在这里，该有多好。

如果没有他牵线，罗万象不会找上门。江时一忽然觉得，最具决定性的瞬间，似乎都是在当事人不察觉的情况下发生的。就像她跟罗万象在闹哄哄的海鲜酒楼初见，就像她跟许柏乐在江边里老屋里邂逅，大眼瞪小眼。

也是跟罗万象接触多了，江时一偶尔从他身边人那儿得知，罗万象最早期做的实业，在港澳两边跑时，许柏乐老爸帮过他的忙。许柏乐从没打过这张人情牌，这次主动找罗万象，他提出，希望借罗万象名字一用。许柏乐打算出资两千万，但对外声称投资方是罗万象，以此给一时茶乐制造利好。只是后来罗万象经过了解，决定亲自入局，还拉上了猎户资本。

江时一喝了点酒，脑子有点昏沉，走路尚算沉稳，只是手指抖了抖，才按下去，门嘎吱打开。已是深夜，客厅吊顶亮着灯，落地灯昏晦不明地往地上投下一圈光。江时一边走进来边喊胡培月名字，无人应声。她往里走，房间里传出人声，是男人的声音。江时一想，胡培月在看什么电影呢。

走近了，人声也停歇，江时一从半敞的房门里，看到章云程的背影。他用手往上拨起额前碎发，江时一从背影也能瞧出他的疲倦。她这才意识到，自己很久没见到他跟胡培月一起了。

他听到脚步声，回过身，跟江时一打了个照面。江时一表情有些僵硬，跟他点点头，他也就点点头，彼此都很是客套。他又面向胡培月。她坐在床沿上，垂着脑袋，听他说，他要回去，而她没有半点反应。江时一想，这两人又开始闹情绪了吗？难道他们不还在热恋期吗？

章云程走了，胡培月抬起脸庞，给江时一一张含笑的脸："你回来了。"

江时一按下卧室的灯，灯光大亮，房间里的混沌氤氲，倏然消散。她欢快地举起手里的打包盒，唤她出来喝红酒，吃炒牛河。在长桌上，她将打包盒摊开，掰开一次性筷子塞到胡培月手里，不理会这种吃法配不上她的饮食美学。

江时一微笑说："罗万象跟猎户资本，决定投一个亿给我们。"

也许因为卸了妆，素着一张脸，胡培月在灯下看起来分外皓白。此时她抬起脸来，不知道是光影还是情绪，脸颊终于有了血色："太好了。"她说，嘴唇颤动着，又重复一遍，突然泪流不已。

胡培月素来是个容易感动的人，但江时一也只在陪她看电影时，见过她这样落泪。江时一刚在庆功宴上安慰过麦琪，自恃有经验，绕过桌子，搂着胡培月的脑袋，笑笑说："你怎么比我还激动。"

"我、我知道……你有多么辛苦……"这话她说得吃力，一个简单句子，断断续续才说完。她紧紧抱住江时一，越哭越厉害，江时一有点被她吓到，从餐桌上抽两三张纸巾，替她擦眼泪。胡培月又断断续续道："我只是……太高兴……太高兴了……"江时一笑，说她怎么那么傻。

后来江时一才发现，傻的是自己。她洞察力并不弱，但一时茶乐带来的快乐，让她昏昏沉沉，完全没注意到那段时间胡培月的不对劲。她只记得，她一个人吃完一大盘干炒牛河，一盒炒田螺，喝光一瓶红酒，抱着胡培月说了好一会儿话。她说，猎户资本没有罗万象好说话，他们认为她擅长产品研发，但不擅长管理。他们还认为，管理团队里有的人，可能是个隐患。说着说着，她说累了，便慢慢入睡。

胡培月静静地坐在灯光下，一言不发，眼眶与双颊一样红。

后面的日子过得非常快。注资一亿的新闻传出后，一时茶乐有了更多拓店计划。罗万象建议她，将店开到广东以外，首店选在上海港汇恒隆广场，开在普拉达等品牌周边，在消费者心中形成品牌质感。江时一说："上海可是甜茶在国内的主战场。"罗万象笑问她是不是怯了。江时一笑："怯？我现在可是杀疯了。"

她是真的杀红了眼。

好的地段要烧钱，她烧；好的营销要烧钱，她烧。

过去的那些"无用功"，现在一点没浪费。有机茶叶、有机果园、小程序、品牌宣传，在靠加盟赚钱的同行眼中，纯属多此一举。但许柏乐说过，材料成分客户尝不出，但品质好坏他们感受得到。在同行都没意识到资本力量时，一时茶乐用上亿外来资金轰醒了他们，并且一下拉开差距。

知域中心店开业在即，江时一给许柏乐发消息，邀请他来。胡培月经过她身旁，见她不住地拿起手机看，奇道："你有急事？"

"也不是……"

"怎么不直接打电话？"

江时一只是笑笑："也不急。"

胡培月进去给浴缸放水，出来时，见江时一又拿起手机，再放下。她微笑："你这样子，让我想起念书时给心仪男生发消息，等待对方回复，就是你这副模样。"她本是开玩笑，江时一却装没听到，拿起遥控器，胡乱调着电视频道。她素来不爱看电视，尤其创业后更缺时间。胡培月笑而不语，进房取了大浴巾，再走出来时，悠然道："给人家打一个电话，更有诚意嘛。"

江时一被说中心事，倒是不好意思，她借故给阿沛打了个电话，边打边往房里走去，顺手关上门。胡培月看她那样子，只觉有趣。她平生除恋爱跟时尚外，一概不会，没料到女儿居然没遗传到自己的天赋。

江时一把自己锁在房内，才开始打电话给许柏乐。也是奇怪，以前他们住在一块儿，她没把他当男人，当着他面晾晒内衣裤，拆开新买的卫生巾包装，都不当一回事。现在却连打个电话，她的心也怦怦跳。

电话响了一会儿，许柏乐才接起来，用没睡醒的声音说喂。

"睡了？"江时一抬头看了看墙上的钟，晚上九点半。

"没有啊。"许柏乐身后传来阿富、阿贵打麻将的声音，又有人催他快点，他吼回去，"来啦来啦！"转头跟江时一说，"是不是开业那事啊？我看看啦，有时间就去。"

她微怔。原来他早看到消息了，只是不回复。

他在那头问："还有什么事吗？"

"没什么……"

"那就这样？"

"谢谢……我听罗万象说了。"

"哈！"许柏乐在电话那头笑得爽利，"谢什么！我也是有利可图的！我早看好一时茶乐，有钱可赚，我为什么不赚？"背景里，阿富、阿贵又在催。江时一识相，便跟他说再聊。但直到开业前夜，她仍没等到许柏乐电话。

开业那天，江时一早早醒来，换上灰色卫衣跟小白鞋，就往外奔。这也是罗万象给她的建议。他说，人们更喜欢看草根逆袭的故事，因为绝大部分人都是草根。从在国内小城小巷做起来的小店，到被注资一亿元的品牌，个中故事，难道不比来自海外的甜茶更有意思吗？江时一于是放下胡培月亲手为她挑的轻奢。

她真的太忙，跑得太快，无暇留意，胡培月那略有失意的眼神。她没跟胡培月解释，自己对行头的选择并非出于个人喜好，只是一种商业行为。

胡培月这天特地请了假，跟他们一起去。江时一在车上，跟阿沛、麦琪说起公司的事，胡培月静静看窗外的深圳长街，一副局外人的模样。

胡培月在心里想，是否因为江时一走得太远，她才感觉被远远抛离。可是，知域中心难道不是她牵的线吗？她跳槽到知域后，不是也没少为江时一铺路吗？

原来成年母女的感情，会有这样复杂的暗涌。她盯着车窗玻璃上女儿的侧脸，阴暗地想。抵达后，胡培月最后一个下车，裙摆被车门夹住，她下意识呀了一声，而江时一跟阿沛他们正说着话，早已走远。

由于罗万象跟猎户资本的关系，一时茶乐成为市场热点。开业优惠刺激，加上老粉丝过来，门外排起了长队。媒体记者在外面拍照，江时一一身灰卫衣小白鞋，接受不同媒体采访，回答着相同相异的问题。在她身旁，是阿沛、麦琪等核心员工。胡培月着暗绿色吊带裙，外面搭一件黑色西装外套，拎着日本小众品牌的丝巾包，是墙角的一抹艳影。只是镁光灯不在她身上，这道影子越来越淡，直至跟墙身融为一体。

记者们围着江时一："关于此前甜茶对你们抄袭产品的指控，有什么想说的吗？"

江时一笑了笑，话里有话："有点委屈，下次我们只能往地球以外找水果了。"又摆了摆手，正色道："刚才那是玩笑话。这次事件也提醒我们，新茶饮同质化也许在所难免，但我们唯有在品质上下更多功夫。这是一次消费升级……"

她的话掷地有声，然而目光随声音飘远，落在远处人群中的一个身影中。她忽然走了神，记者的下一个问题重复了两遍，她才移回目光："不好意思，你刚说什么？"匆匆答完，歉意地说声有事，她让麦琪顶上，又匆匆跑开。

那人已走到人群外，绕到知域中心另一侧的广场。那里人少，开了家港式茶餐厅，店主也许是王家卫的粉丝，兴许又只是搞噱头，店里店外贴满了王家卫各时期的电影海报。而那个背影，现在就站在门外，双手插袋，慢慢往前走着。

也许是一亿元给的勇气，又或者因为那个人走了，江时一低头就看见，自己心里有个洞。那个洞是人形的，就跟面前那人的背影一模一样。她对着那背影，大声喊出许柏乐名字。

好像有无形双手，将他双脚定住。他停下，却并未背转身子，半晌，蹲下来系鞋带。

江时一知道，他这是不愿意面对自己。她的眼睛瞥见茶餐厅上的海报，突然大声喊出来："不如我们从头开始。"

眼角余光瞥见，茶餐厅里的人都往她这边看过来。

只有他，还蹲在地上系鞋带。

江时一不管不顾，豁出去了。她又瞥一眼茶餐厅海报："你走了以后，江边里旧屋里很多东西都很伤心。每天晚上，我都要安慰它们才能睡觉。"

他毫无反应，仍自顾自，装模作样在那里系鞋带。江时一的眼角余光已瞧见，茶餐厅里面有人走出来，抱着双臂在看热闹。

什么脸面？都不需要的。

眼前晃动着电影海报，她又说："我花了将近一年才来到这里，其实要过那条马路不难，就看谁在对面等你。"

他依旧没反应。

江时一有点生气了，心想，是死是活，是好是坏，总得应一声吧。她差点骂出来，但想了想，估计自己这样绕圈子，许柏乐也听不明白。她又提高点音量，大声说道："我不知道自己对你是什么感情，我什么都不懂。只知道我很挂念你，也不想错过你。而且，这跟一时茶乐完全没关系。"

见他没反应，她终于不耐烦，气鼓鼓走到他身旁，绕到他跟前也蹲下来，对着他的脸说："喂，现在应我一下很难吗？你……"对方抬起头来，却是张陌生的脸，那人摘下无线耳机，用日语说了句什么，又用生硬的中文问什么事。江时一吓得跳起身，赶紧又是点头又是道歉，一脸沮丧。心里想着，她跟许柏乐之间，哪里可能是王家卫的电影呢，顶多是TVB的剧集，还是情景喜剧那种。但要是情景喜剧那该多好，起码结局不会是这个样子。

她走得颓唐，抬起头，眼前晃着许柏乐的脸。一定是看错了。她低头，又抬头，许柏乐的脸还在那儿。他站在茶餐厅门外，抱着手臂，脸上带着软软的笑，一副在看热闹的样子。见她走过来，他笑得收不住声。良久，他想要开口说话，又忍不住笑出来，最后是边笑边问道："喂，我有多一张船票，你要不要跟我走？"

江时一便知道，他把刚才那些全都听了去。那些话，明明就是对他说的，但仿佛走错了片场，整个氛围都不对了。她抡起拳头，直接就挥上去，被许柏乐一把抓住，手指也不知道怎么被掰过来掰过去，就被直接握在手心里了。他问："从头开始，怎样开始？是不是这样子？"

这家伙，原来也会撩。

江时一脑袋一片空白，像影片倒带，说过的台词一句句都浮上来。脑袋轰一声，多么肉麻，她到底是怎么想的，才会开口对他说这种话。从额头红到脸颊两边，她垂头，一个人把心肺都掏了出来，马上就在爱情食物链中滑落至底端。许柏乐倒没想那样多，就这么牵着她的手，居然也有难得的安静，都不说话，安安静静地走着。

快走回一时茶乐时，远远听到有人在喊江时一，许柏乐松开手，她抬起脸看他，他笑笑说："他们叫你过去，我在这儿等你。"江时一很慢地松开手。她想，原来依依不舍这个词，是这个意思啊。

这时阿沛走上前，问她怎么在这里，电话也不接。他看看许柏乐，又看看江时一。江时一后知后觉地介绍说："这是许柏乐。"阿沛等着她往下说，她想了半天，才难为情道，"是一时茶乐的爸爸。"

许柏乐扑哧笑了："一时茶乐是你养的狗吗？"但又很快肃正起来，跟阿沛打招呼，两人客气地握手。阿沛笑说，原来品牌名字里的乐，是这个意思。江时一解释说，只是凑巧，但心里想起来，也觉得很是微妙。阿沛其实有别的想法，他早就听说过许柏乐这人。江时一曾经说过，她心里头一直将许柏乐视为联合创始人。阿沛当时并没把这话放在心上。此时突然出现许柏乐这么个人，也不知道会有什么影响。

麦琪过来，说有媒体找江时一，还想约罗万象。她注意到许柏乐，女孩子到底还是敏感，一看就明白两人关系。年轻人嘻嘻哈哈，开着玩笑，往店里面走。江时一此时想起来，说要跟媒体介绍许柏乐，许柏乐说："介绍我做什么？"

"没有你，就没有这家店。"

"你靠的是自己。我也不想让别人以为你靠我。"许柏乐双手插袋，"我站在你身旁，可不是为了偷你的光芒。"他刻意不牵她的手，站在店外一个角落，看着记者采访她。此时的江时一，比他初见时更具光彩。她皮肤像揉了亮粉，透着光泽，笑起来很自信，偶尔将目光投向他，又略带羞涩，立即收回，接过记者的话题。

在他身旁的是胡培月。她什么都看到了，看到了江时一脸颊红润，跟许柏乐手牵着手，慢慢走回来。她跟阿沛说话，跟麦琪说话，交代一切，唯独什么都没跟她说。

她垂下眼睛，而许柏乐在她身旁说："真没想到呢。当年她还是个敏感多疑，甚至有些自卑的男仔头，现在对着镜头，也这样落落大方了。"胡培月没接话，她知道从此以后，许柏乐跟江时一的关系会更密切了。

许柏乐倒没在意胡培月的沉默，他只顾看江时一，好一会儿，突然意识到自己像青春期少年一样，也觉得可笑。但他内心有种难得的满足，是那种"原来自己喜欢的人也喜欢自己"的满足，他带着这种满足，移开目光，看向外面排队人群。

因为开业酬宾，队伍有些长，他突发奇想，如果一时茶乐开在北京、上海、杭州、成都的店，外面都排了长长的队，那该多好。

香港那边的电话，便在此时打来。一开始室内正吵，他又跟麦琪说着话，没听到。麦琪好奇他们的关系，旁敲侧击地问，许柏乐也不着调地答。当他听到电话，走出去接听时，对方告诉他，钟Sir走了。

江时一事情多，许柏乐不愿让她陪自己回港，但她坚持。她清楚阿俊在许柏乐生命中的分量，自然对钟Sir一事也分外在意。近日她因为随处飞，家里随时备好行李箱，只需加减一两件衣物就可随时出发。提起拉杆箱时，胡培月刚从浴室出来，正用干发帽擦着湿漉漉的头发。

胡培月坐在沙发上，江时一从后面轻轻圈住她脖颈，对她说，自己有事要到香港。胡培月不语。江时一又轻声说，是因为许柏乐的事。她这声音不光轻，还软，是少女跟闺密细声讲出心仪男孩名字的那种声态。

胡培月什么都没问，只重复一遍那个男人的名字："许柏乐？"

江时一带些不好意思，然后告诉她，自己跟许柏乐在一起了，又简单说了钟Sir的事。她说，她担心他出事，所以要陪他去香港。她说这番话时，一双圈住胡培月后颈的手早松开。这双手正在穿衣镜前，系着胸前一条细细的湖水绿带子。而她过去从不怎么照穿衣镜。江时一穿好衣服，便要拉上行李箱离开，甚至没留下一句半句，问她今天累不累、晚饭吃什么的话。

胡培月突然有些不舍，在江时一要离开的一刹，突然喊住她。

江时一回头："嗯？"

"我……你没有觉得，我有什么不一样？"

江时一笑笑："越来越漂亮了。尤其跳槽知域后，简直是职场女神。"她低头看表，心里想，胡培月总是这样，像个小女孩儿似的，觉得世界都是她的舞台，希冀获得他人关注，只是江时一现在没空理会，随口敷衍，想了想，又在她脸颊上轻轻一吻，挥手再见。

门一关上，屋子瞬间安静下来，斜阳倒影落在格纹状的窗帘上，也像是一格一格。胡培月坐在这安静里，眼看着江时一的背影，心里想，原来女儿迟早要离开自己。

跟那个男人是否是关奕山这个段数的无关。只要是她真心爱的男人，都能够轻而易举将一个女孩，带离她的母亲身边。胡培月能够忍受女儿为事业而活，却多少有些不能接受，她将另一个人的地位，放在自己前面。尽管黎晓静早说过，女儿长大了，无论结婚或单身，迟早要离开母亲的。

此时此刻，胡培月才意识到自己如此依赖江时一，内心非常震动。她向来以为，只有像冯霄母亲那种缺乏自我的女人，才会围着儿女转。她心事重重，除了江时一外，心里还有一件更重要的事，而她站在此事指派给她的路口前，尚未决定趋左趋右。

她对着窗帘上一格一格的斜阳，给自己斟了小半杯酒，接着又是小半杯。她给冯霄打电话，冯霄掐掉电话，发来微信说："我在上课，怎么了？"她联系黎晓静，电话那头却传来办公室特有的背景音，全部人都在加班。世界匆匆向前。

胡培月留在世界的背面。她转身，又去倒苏打水。电话响起时，她第一反应是江时一打过来的，非常匆匆，伸手就去抓手机，却将玻璃杯碰翻了。

然而打来的不是江时一，是章云程。

她说不上是什么情绪，免提接听，两人在电话两头都没说话，情绪在这边和那边流动。胡培月将手机夹在脖子间，用手捡起玻璃杯，杯里剩下的水流出来，流到她手上。她将手机搁在桌面上，转身用纸巾拭干手指，又擦干净长桌。

电话那头，章云程突然说："我想见你。"

胡培月手里拿着浸过苏打水的纸团，低头看着手机，也不知道在想什么。

章云程说："上次，话说重了……其实，我并不打算独自占有你，让你放弃知域的工作，放弃母亲这个角色……但如果在你需要的时候，除了依赖江时一，还可以想到我的话……"

她突然开口，鼻音稍重："你在哪里？"

电话那头静了一下："你开门。"

胡培月将手里的纸团往垃圾桶一抛，抬脚直奔大门。打开门，章云程一身浅棕乳白双色纽扣开衫翻领大衣、驼色直筒西装裤，握着手机站在门外。一进门，她就拥住章云程，两人靠在门上接吻。他用手撩起她的裙子，而她突然便转过身，往洗手间里奔，趴在马桶上干呕。章云程跟过去："怎么了？该不会……"他声音里有些紧张。

胡培月立即道："吃错东西了。"

章云程松口气，靠在墙上，轻声说以后饮食要注意。他在外面点起一支香烟，慢慢道："早知道你不舒服，我就去买碗粥上来。不过我太想见你了。上次我们闹得不欢而散，再见面时又吵了一架……"

洗手间门半掩着，胡培月没有了声音。章云程喊她名字，她没应声，他有些紧张，把香烟掐灭，快步走到洗手间那儿。胡培月正背对他，一只手捂着脸，另一只手握成拳头，抵在墙壁上。他信手抽了张纸巾递给她："到底吃什么了？你是跟着江时一吃路边摊了吧。"

"不用你管。"她的语气有点生硬。

章云程笑笑："吃错东西了，还不让人好好管你。"

"我比你大得多。"

"也没觉得你哪里成熟睿智，连你女儿都不如。"他微笑着，两只手搭在她肩膀上，将她身子掰向自己，胡培月转过身来，眼眶有些红，章云程说，"吃错东西而已，用不着这么难过吧。"胡培月不言不语，他用手拨开她鬓边碎发，想要安慰一番，视线却被垃圾筐里的什么东西牵引住。

那是一根验孕棒，上面明显现出两道杠。

[4]

"喂，你不是有了吧？"

在车上，许柏乐看江时一脸色苍白，突然没来由地问了句。

江时一翻了个白眼，没理会他发神经，转头看车窗外。车子进入港岛西北部，经过行人在高楼间匆匆步履的中环街道，渐渐时光回溯，像驶入老港片里的六七十年代。窗外路边海味铺、杂货铺跟小吃店都属于慢时光，连行人脚步都放慢。她原本担心钟Sir的葬礼会出什么事，一路上总忧心，看起来没有笑意。许柏乐逗她说话，她笑得滞后又勉强，像老港片播到一半中途卡住，连每个表情都凝重起来。

许柏乐问："江时二、江时三怎样啦？"

"什么一二三的？"

"我贵州的鸭啊！有没有被做成鸭汤啊？"

江时一说阿水在养，没讲两句，又接了个电话，放下手机，许柏乐牵起她的手，说下车了。

过关时，她问起罗万象的事，问起许柏乐怎会有两千万。他言简意赅："把房子卖掉就有啦。又不是不知道香港房子多贵。"当时她还想，二叔怎容许他将围村祖屋卖掉。到了港岛才明白，他在上环跟何文田都有房子，也有不少投资收益，连此前储存在法国的酒都升了值。他本打算把两套房产卖掉。

"还是你争气，被罗万象看中。上环这里的留住了。"

说这话时，两人刚走进上环家里。屋子干净得很，感觉只有四面白墙，一条长沙发，房间也只有一间，倒是玻璃门后有个阳台，被窗帘遮挡住一大半。"香港地，地方狭小，将就一下。"许柏乐自嘲般笑，"反正我以前也只是回来睡个觉。"

江时一洗完澡出来，屋内见不到许柏乐，她拉开窗帘跟玻璃门，才发现阳台并不小,多么奇怪的户型。许柏乐在那儿装了个吊床,正躺在上面看星空。江时一站吊床旁:"看不出你还有这么矫情的爱好。"

"总比有人背王家卫的台词好。"

"我那是陪胡培月看多了……"

许柏乐指指一旁,江时一才发觉,吊床边还有躺椅。她小心翼翼往那儿一躺,视野瞬间变成上环高高低低的楼宇,以及天际线间透出的星空。晚风吹来,身体也像往上飘,人在躺椅上微微晃动,视野范围内的星空也随之微颤,心头想着的那些事,好像都被甩下来。

许柏乐说:"我买这里,就是为了这个阳台。虽然这里的星空不能跟贵州比,但已经足够解压。"

"既然压力这样大,为什么不换一份工作?"江时一问完,也觉得这问题多余,"人类真的奇怪。既然贪图安逸,又为什么要这样入世进取?"

"哈,在说你自己?"

江时一想了想:"创业者还是不一样。毕竟,有些人真的是为梦想而活呀。"

许柏乐看着远方的星,双臂枕在脑后,低声说:"是啊,阿俊也是那样的人。"

两人安静片刻,江时一喂了一下:"明天葬礼,你不会被钟Sir家人赶出来吧?"许柏乐不应声。江时一觉得奇怪,从躺椅上起身,往吊床那边走。她向来知道阿俊对许柏乐的影响,一路上都有点担心,这时见他不说话,更感奇怪。她站在吊床边,见许柏乐闭眼不语,便凑近去喊他,没料他突然伸手,拉过她,没来由地亲她脸颊。她一怔,他又若无其事地在吊床上翻过身,以背部对着她。

江时一怔住,半晌,用手指戳他背部。他一动不动。她凑过去,看他装死,而他仍旧不动,没来由地,又慢悠悠起身:"不会赶我的。他们邀请我跟关奕山到场。"江时一倚到围栏上看夜空,许柏乐也走过,有一句没一句地说起钟Sir最后的日子。他说:"除了阿俊的姐姐外,还有钟Sir以前的学生经常来看他。不过去得最勤的,应该算是我跟关奕山吧。"有趣得很,他们俩总是前后脚到,心有灵犀般错过彼此。

许柏乐说:"其实,关奕山不是什么坏人,甚至还算重情义。他社交网络头像那只狗,是中三那年养的,后来死了。他一直用来当头像。"

"我知道。"

他转头看她,以为关奕山跟她提起过波比的存在。她说:"我知道他不坏,否则，你怎会一直视他为朋友。"

许柏乐便又没皮没脸，接话道："哟，余情未了？"

"了你个头。"江时一用手指戳他，又很快敛容，"我一直都很克制，跟有老婆甚至有女朋友的男人保持距离。上次……是个错误。一个不会再犯的错误。"

许柏乐故作意味深长地哦一声，推波助澜："不过，他恢复单身了哦？"

"你对他这么感兴趣，亲自上啊？"

"谢了，我只想上你。"

江时一探出手去，握住他的，毫无预兆便骤然使上劲，要使上"清朝十大酷刑"之"夹手指"，却被他一下反握住。她要急急甩开，他说："套牢啦，退不了场啦。"她不说话，转过头，假装看星星。嘴角那一点点笑意，却被许柏乐从玻璃门倒影上看破。两人这么静静站着，都想起贵州的星空，但不一会儿，便又都走了神。江时一想的是，钟Sir的一生也算坎坷，一时茶乐几时能够开到香港呢，胡培月最近有点奇怪。许柏乐想的是，听说钟Sir走得不算痛苦，好久没回江边里了，怎样才能亲到江时一呢。

钟Sir在香港殡仪馆设灵，跟江时一在娱乐新闻看过的明星大殓相比，甚是朴素。只是花圈也算满满当当，不断有人进场，对黑白照片鞠躬，安慰钟Sir的遗孀跟大女儿。江时一跟许柏乐进来，向遗照鞠躬，慰问家属。钟Sir的遗孀跟大女儿虽眼眶通红，但看上去算是平静。

"钟Sir生病这些年，很多事情都看透了。乐少跟阿山也经常来看望他，还出了不少钱。"有人低声说。江时一扭头去看，是个跟许柏乐他们差不多年纪的男人，似乎也是钟Sir的学生，见江时一注视自己，便向她微点头示意。

江时一也点头，再抬头时，见到身后两排站着一个女孩儿，镀金颜色短发，黑色短夹克配工装裤，眼神肃穆，脸色跟唇色同样苍白。她只觉这女孩儿非常眼熟，细想了想，才想起她像"叶小辛子"。于是想明白了她的身份。她只觉阿俊喜欢的这女孩儿，足够有情有义，她跟阿俊的故事，未必如外人所想的那样。男人嘴里关于女人嫌贫爱富的故事，看来都不能尽信。

女人口中的关奕山，何尝不是一个入世进取的野心家呢？野心家此刻一身黑衣，钻进白手套里的手指，已褪下婚戒。他浑身的光芒跟被烫伤的皮肤一样，仔细敛藏起来，低垂脑袋，眼眸里风平浪静，看不出经历过什么。但也还是有些好事者低声交头接耳，传闻他刚跟内地富家女离婚，并试图从他表情上找些蛛丝马迹。

在丧礼音乐与钟Sir家人的抽泣声中,关奕山抬起头,跟江时一目光交错,又毫无波澜地移开。

丧礼后,江时一独自站在灵堂外。这天日光正好,世界上少了一个人,但青草依然芳香,鸟声还是啾啾。

身旁有女人站在那儿,指间拿着电子烟,正朝空气中喷出烟雾。江时一扭头,见是"叶小辛子"。她也恰好望过来,认出江时一,对她搭讪着点头:"你是乐少的朋友吧。"

江时一嗯一下。

对方说:"我叫Zoe,是阿俊的朋友。"她动动嘴角,"如果你知道阿俊是谁的话。"

"我知道。"

Zoe检阅般上下打量她一眼,又点头:"我猜你跟乐少的关系,应该不一般。"江时一不知该说什么。Zoe又喷一口烟,说她也是瞎猜。两人并肩,就这么安静地在日光下,站了一会儿。

丧礼后,许柏乐还要喝钟家的解垢酒,江时一本计划赶回深圳,但阿沛说让她留在香港,当作恋爱也好,休假也罢。阿沛是二把手,她不在时,公司日常事务都由他负责。

江时一一奔波就容易生病,阿沛又向来靠得住,于是她便在许柏乐家多住一天。她独自到楼下潮州大排档解决肚子问题。店门口挂着卤水鹅、卤水墨鱼跟韭菜等。从门口到行人经过的马路上,都摆了桌椅,有一桌文身男女正在那儿划拳喝啤酒,声响很大。旁边却又面对面坐着一对中产模样的情侣,男人默然不语,只用勺子拨拉着眼前那碗蚝仔粥,女人的眼泪却沿着上了妆的脸一路垂落,最终滴入眼前那杯鸳鸯[①]中。

江时一吃完饭,打包一碗粥,提着上楼。到许柏乐家门口,见到屋门正敞开,关奕山扶着许柏乐回来。江时一有些意外,关奕山转头见到她,脸上也没什么别的神情,只对她说:"过来帮帮忙。"许柏乐喝醉了酒,两人合力将他扶到沙发上。江时一想起围村人说他台风夜那晚喝醉,便忍不住道:"又不会喝酒,又要喝。"关奕山说:"他向来都这样。"

安静片刻,江时一说:"谢谢你送他回来。"关奕山说:"除了我,还有

[①] 鸳鸯,指丝袜奶茶加咖啡,冷热皆可。

谁。"江时一说："他向来待你当朋友。"关奕山不置可否。江时一再次感谢他，他说不打扰他俩休息便要离开，她也客套地说不妨碍他休息，关奕山说："休息是暂时的，很快又有新的战场了。"

他离开后，江时一走到沙发前，用手戳了戳许柏乐，许柏乐没动。江时一说："还装呢？"许柏乐翻了个身，江时一说，"我准备回深圳了。"许柏乐立即坐起身，对江时一笑笑："你怎么那么聪明。"江时一说："想偷听我跟关奕山说话吗？"许柏乐一哂："怎么会。"他笑一下，"不过听了他一晚上的场面话，倒是这几句还有些真心实意。"

这时外面一阵夜风吹进来，窗帘被高高卷起，奋力拍着玻璃门。江时一走出去关门，嘴上说："这天气啊，我明天还怎么回去。"玻璃门上，映出她身后许柏乐的影子，夜色中，连他的笑脸也清晰。见江时一回头，他立即装若无其事，边拍身上衣服边随口道："你没看天气预报吗？全港挂八号风球，你回不去了。"

香港挂八号风球，江时一给胡培月打电话，说她暂时不回去，胡培月在电话那头听起来有些蔫蔫儿的。江时一本该是个敏感的孩子，但她现在迟钝了。她的心被一时茶乐占据，现在又被许柏乐分走一些，顾不上生母。

许柏乐在大浴缸里喝酒至睡着，江时一不得不进去拍醒他，他突然睁眼，越过浴缸边沿抓住她的手，拖下来，溅得满地都是水。他就坐在里面，亲吻她的脖子跟后肩。她说，喂，很痒。他从后面抱住她，下巴搁在她肩膀上，胡楂儿刺到她，她觉得更痒，忍不住放声直笑。他也笑，说："江时一，你笑起来血盆大口，女人不像女人。"说着，又从后面亲她濡湿的鬓角，低声说，"不像就不像吧。"

江时一难得如此彻底放松。台风过后，香港还下着雨，地上仍有湿气。街道长而狭窄，跟邻居深圳相比也显出老派。许柏乐擎着一柄伞，带她穿街过巷，饮俄罗斯啤酒，啖咸鱼鸡粒炒饭，搭乘叮叮车，逛二楼书店。她才发现，许柏乐原来细腻黏人得很。回深圳过罗湖，两人要分走不同通道，许柏乐还不愿松手，江时一说："我的手快要长在你的手上面啦。"许柏乐大赞："那以后用我手摸你，就等于你摸你自己……"江时一抡拳挥过去。

年轻恋人的确时刻想在一起。尤其对江时一来说，一时茶乐开始资本运作后，更需要许柏乐。她打算重新租房，许柏乐一哂："到我那里住啊。"江时一摆出"问号脸"。他用小手指抠了抠耳朵，漫不经心地说："哦对了，你还不知道，我在深圳也有房产。"见江时一瞪着他，他也瞪回去，"本人没别的爱好，就喜欢投资。"又拉起她的手，"现在又多了一个爱好。"

深圳湾大桥，连接起两座城市。这桥还没动工，许柏乐父母已跟其他港人一样北上购房，在广州番禺置业。几年前，许柏乐又通过深圳湾大桥过来，在深圳湾购入房产。"深圳湾？豪宅吗？"江时一问。

许柏乐说："投资就不买豪宅啦，而且我也买不起。"他又装不经意地问，"不过也不算小，两个人住可以的。阳台也大。平时可以到深圳湾公园跑步。"

江时一知道他想什么，装没听懂。许柏乐进一步道："两个人住好，这样我们可以随时跟进一时茶乐的事。我现在可是你们的董事。"见江时一还是没反应，他又装得正儿八经，"我也知道你比较忙。毕竟不是拿了钱就一切顺利。你知道的，初创企业获得天使投资，再过几年，有四成会倒闭，只有不到两成的运营良好。不过你这么厉害，一定不需要找人商量，一定可以自己扛下来的。"江时一边用手搥他，边心里盘算，也是时候从胡培月家里搬出去了。自打她搬进去后，就没再见过章云程上门。她心想，有自己在，章云程当然不好意思待在那儿。

自关奕山离职后，甜茶疲态尽露，繁荣之下的各种隐患也逐一露出。在杀疯的一时茶乐跟前，节节败退。一时茶乐在广州开店那天，当地市民的朋友圈被店外长龙刷屏。江时一跟许柏乐戴着帽子，在外面假装路人，江时一听到有人说："一定是找托排队吧。"她垂下脑袋。许柏乐却像没事人一样，走远了，笑嘻嘻说："这么怕弄脏手啊？北京、上海，还要找更多呢。"也不知道是开玩笑，还是说认真的。

江时一自己站高了一点，稍微能够看到许柏乐的过去，一个更为完整的他。她现在发觉，许柏乐跟关奕山是一双手套的左右手。只不过一只脏点，另外一只没那么脏。

再次见到关奕山，是在一场饮料界商业活动上。江时一出席活动，走上台说话时，似乎在台下人群中，见到了关奕山。她讲完话，在掌声中走下去，翻开场刊，看到有一项议题是咖啡品牌发展。她想起近日关于关奕山打造咖啡品牌的传闻，回头看看，却没再见到他人影。江时一提前离场，到附近咖啡馆，端着冰摩卡回头时，刚好见到章云程。章云程瞥一眼她手里杯子："你现在还能喝这个？"

江时一没明白。两人同时往外走，推门出去时，章云程说："你怀孕了，倒还生机勃勃，又喝冰的，又到处跑。"她怔住，章云程说，"别误会，胡培月没多嘴。是我在她那里,见到了验孕棒。"江时一突然想明白了,一双腿有些软,突然有人从后面虚扶住她手臂,又松开。两人回头,见到关奕山。他说:"我刚好经过。"

章云程还不知道江时一跟许柏乐的事,以为孩子是关奕山的。他对他似笑非笑:"恭喜你。"关奕山居然也一笑,话里有话:"说不准是谁恭喜谁呢。"章云程没意识到他这句话什么意思,只看一眼江时一,又说:"有空多关心一下胡培月吧。她最近挺情绪化的,连我都不想见。"

关奕山等他走开,突如其来说了句:"像他站得这样高,摔下来,一定会很痛吧。"说这话时,他牙齿咬得紧,有一种恶狠狠看热闹的神态。

他盯着章云程背影良久,像是终于想起江时一的存在,回过身,看着她:"是胡培月跟章云程的吧?我也是后来才知道,原来他们在一起。"江时一说:"这是我家的事。"她什么都不愿提。关奕山动动嘴角:"别跟我说,真是你的。许柏乐不喜欢小孩,不会不做措施的。"他一偏脑袋,"他自己,也还是个小孩。"

"我们难道不是吗?像小孩子抢玩具一样争夺市场,争夺利益。"

"啊,谁让这些东西,就是我们的糖呢。"关奕山轻描淡写,"不过,胡培月这时候怀上章云程的孩子,可真不是时候。"他话锋突转,"你要去哪里,送你一程?"

"不用了。"许柏乐突然从两人身后探出一个脑袋来,脸上晃荡着一片笑。关奕山面无表情,看他们俩一眼,转身走开,连再见都没说。许柏乐双手插袋,笑嘻嘻对着他背影说:"还是这样没礼貌啊。不过,他刚说时机不对是什么意思?"

转头再看江时一,全然是心事重重的模样。许柏乐牵过她的手,说送她回公司。过去,办公室就在阿沛家,在客厅里吼一声,大家都能听到。拿到钱后,他们总算另外租了正儿八经的办公室,一切都是新开始,只是传递信息再不能靠吼。她本来说,等这次商业活动结束,就回公司去。此时,她却松开手,说自己有事要去胡培月那儿一趟。

许柏乐心里明白,便说送她去。江时一倒是想起来,以前关奕山曾说过,胡培月不喜欢他,因为他是"让女儿的心背离母亲的男人"。她细想想,自打她跟许柏乐一起后,胡培月便不再呈欣喜姿态。即使她现在在知域干得很好,还跟黎晓静新男友商量着,在知域负责大众艺术展,但她看上去,再没有了过去的喜悦。

江时一突然明白了原因。

这段时间，江时一忙的事多，搬办公室，跟投资方开会，更换原料供应商，她不是跟麦琪睡在办公室，就是到许柏乐那儿睡，期间只匆匆跟胡培月吃了次午饭。想起来，胡培月有话要跟她说，在她欲言又止时，江时一接到原料供应商电话，结了账便匆匆离去。

这天，她独自打车到胡培月家时，心里想，她在胡培月身上学到了如何享受生活，却没了时间。进了屋，灯亮着，但她人不在客厅跟卧室，江时一正纳闷，便听到洗手间有动静。她侧耳，听到黎晓静的说话声："你这吐得可真厉害。"一阵冲水声后，胡培月细声细气道："年纪上去了。我怀江时一的时候，可是一点感觉没有。"黎晓静又说："她还不知道这事吗？"胡培月问："你说谁，章云程还是江时一？"黎晓静边推门出来，边叹一声："他们俩不都不知道吗？"

黎晓静一抬头，跟江时一打了个照面，胡培月跟在她身后，也看到了江时一僵硬的脸。黎晓静非常知趣，立即对江时一笑笑说："你回来啦，刚胡培月吃错东西了，我陪她去医院看完，现在交给你了。"便离去了。

屋子里，只剩下母女二人。彼此都不出声，又都各怀心事，坐在长沙发的一端。这让江时一想起了当日胡培月拖着大箱子，来到江边里的情景。胡培月抬头，款款微笑，问她怎么回来了，又说："今天中午不知道吃了什么……"

江时一打断："还要瞒我到什么时候？等孩子生下来，喊我姐？"

胡培月不语，半响，低声说："你都听到了。"

"不，是章云程告诉我的。"江时一说，"那家伙，以为怀孕的人是我。"

"我还没决定。"胡培月用手心捂了捂胸口，江时一注意到，她没涂指甲油。她再打量，胡培月没穿高跟鞋，没化妆，几乎是素着一张脸的。这对极度爱美的她而言，几乎不可思议。

她心里有些愤懑，心想，章云程的心到底是有多大，才会注意不到她有孕。她冷着脸问："你打算不要？"

"我已经没有了当年生你下来时候的勇气。"

江时一深究般看她："因为章云程？"

被江时一点出她的软肋，胡培月用手拢了拢头发，趁机看向窗外，躲过她的眼神："我对亲密关系的要求很高，不允许一点杂质。"

"不告诉他，是因为你知道答案，对吧？"

胡培月不语。她想起来，那天她呕吐时，听到他问她如何，声音忐忑紧张。于是她不敢问，因为对方眼神里的任何迟疑，都会是施加在她脸上的一个耳光。

江时一起身，神态凛然，盯着胡培月，也不知道说什么好。她略焦虑，走开几步，又绕回来，站到她跟前："那你现在打算怎样？"

"我已经跟医生约时间了。"

这话是在间接告诉江时一，这孩子，她不打算要。江时一卷起袖管，一下坐在地板上，抬起头看沙发上的胡培月。她在香港时，把头发剪短了，看上去像个英气的男孩儿，许柏乐总开玩笑说怕被熟人见到他搂着"男人"。她两只手按住胡培月手背，掷地有声："生下来，我来养。"

胡培月被撼动，江时一两手按在沙发上，直起身子，与胡培月目光对视："当初如果你没生下我，现在我的这一切，什么梦想、朋友、爱情，通通都不会发生。章云程不愿意当爸爸，我来当。肚子是你的，生育权在你手上，跟其他人没关系。"她凑近一点，又问，"唯一的问题是，你，到底，想不想要，这个孩子？"

胡培月沉默半晌。

江时一又道："我现在养得起你们，我不畏惧别人说什么，我暂时也没有结婚打算。但我不介意，有一个小小的，依恋我的小人儿。"

胡培月注视着江时一。好像有一个梦，吹进了江时一的眼睛里，那里面有胡培月想要的一切。里面仿佛是一个舞台，舞台上亮了灯，她手里拿着剧本，编剧写着她的名字。她扭头看导演椅，坐在那儿的也是她。再看台上，那也是另一个她。

江时一说得对。这是属于她自己的自由。

她开口道："我现在，取消医院预约。"

陆客咖啡铺天盖地的广告，第一次被江时一看到，是在她陪胡培月去做十二周孕检时。江时一在产科粉红色走廊上，跟一群准爸爸坐在一起。旁边的一位年轻准爸爸，手里拿着平板电脑，他看上去正在浏览体育赛事报道。陆客咖啡拍摄的广告视频弹出来，声响大得引人侧目。

再后来，陆客咖啡的广告就越来越多。于是她也频频在不同场合，见到陆客创始人兼CEO关奕山。

他向来擅长捕获人心。大众媒体将他这份能力，放至最大。他面对镜头，笑容得体，"我们要用互联网思维、互联网速度来做一杯咖啡。"他长相出众，说话有趣，深得财经媒体欢心，他们也爱报道这个"中国星巴克"的故事。那段时间，翻开杂志，这一面是江时一手捧奶茶谈论数字化思维、新茶饮新消费，后一页便是关奕山双手交握，用迫人眼神注视着镜头外的人，声称要用高质低价打动消费者。

江时一的目光，停留在关奕山的脸上，想在上面寻找什么。许柏乐悄无声息走进来，下巴搁在她肩膀上，用捉奸成功的语气说："被我发现你在看其他男人。"又故意压低声音，"我要想想怎样惩罚你。"

她转过身，正面朝向他，看着他莞尔："好啊，你要怎样惩罚？"

他捧起她的手指，轻轻啃咬。她被捉弄得痒，咯咯直笑，整个人趴在他肩上，他便顺势将她扶起来，从下至上吻她的唇。她已经习惯他的身体，一只手摸着他的背脊，一节节数他的骨头。他将她抱起到大理石桌面上，隔着衣料抚她。她的个性这样硬，身体却很软。他的手穿过衣料。

一切结束后，他替她整理好衣服，又在她唇上亲了亲，终于正经发问，她刚在想什么。

"我在想陆客。"江时一说，"外界都说，陆客跟我们一样，都很擅长资本运作。"

"哈，什么叫都很擅长资本运作？说得好像我们的奶茶只是金融理财产品一样。"许柏乐将她抱下来，自己信手翻了翻那本杂志，耸肩一笑，"该提的都没提。关奕山背后的老板叫高天远，是个潮汕商人，他的青风投资集团横跨地产、保险、物流、教育、医疗、农业等领域。你知道他跟高天远怎样搭上线的吗？"

江时一摇摇头。

许柏乐说："中间牵线的人，你也认识。是唐铭深。"

后来江时一慢慢想起来关奕山说的一些话，比如他说的新战场，比如他说的，胡培月在此时怀上章云程的宝宝很不巧。世界是一片海面，当海面平静时，你不会想起这些话。但当涨潮时，他的话便卷上了海滩，白花花地晾在你跟前，于是你想起来，这一切的背后，原来都是牵连着的啊。

但当时，她并没在意。胡培月怀孕后，她不放心对方独居，大部分时间住在她那里。许柏乐虽黏人不舍，但也同意孕妇需要更多陪伴。只是他告诉江时一，她们应该早点告诉章云程这件事。江时一对此人很是不屑："孩子不需要他养，告诉他干吗。"许柏乐说："这话对他就不公平了，他总该知道真相啊。"

江时一想，好吧。但她不想让胡培月孕期有任何情绪波动，决定由自己出面跟章云程谈。章云程现在调回诺亚上海总部，临行前还想劝说胡培月一块儿回沪。当时，江时一抱着平板电脑，从睡房里走出来，代替胡培月回应："她不会跟你走的。"

他带着误解离开，认为江时一一心独占胡培月，浑然没发觉脂粉不施的胡培月，已有孕在身。因为有些心结，加上事忙，他便鲜少跟胡培月联系了。胡培月孕吐厉害，一颗心也压根不在章云程身上。那天胡培月跟江时一坐在沙发上看《小猪佩奇》时，突然想，也许她并不是没有男人就不行。只要有爱，她就圆满。

江时一私底下给章云程发消息，约两人单独会面。章云程说他下个月会回一下深圳，到时候见，又问她，是什么事，必须瞒过胡培月。江时一心想：瞒的不是胡培月，是你好吧。

江时一跟个准爸爸似的，在事业家庭两边一路疾奔着。创业后，她每天保持阅读习惯，胡培月怀孕后，她的阅读清单上增加了孕育知识，晚上有空时，趴在肚皮上给宝宝讲故事。胡培月突发奇想："宝宝只听到女人的声音，会不会觉得自己被爸爸抛弃了，觉得很寂寞？"江时一翻个白眼，最后还是拗不过胡培月，将不情不愿的许柏乐拽过来。许柏乐不肯，最后还是跟江时一谈好条件，才勉强贴近胡培月孕肚，不带任何感情地念故事。

江时一到厨房里给许柏乐切水果，这时，客厅里突然传来许柏乐跟胡培月说话的声音："动了动了！"江时一端着果盘冲出来，问什么动了。两人同声同气："宝宝踢了一下，动了！"江时一想到自己给宝宝讲了那么多话，都没动一下，许柏乐一来就有反应，气得直呼白眼狼。许柏乐拍拍她肩膀，说不用沮丧，又说这一定是个女孩子。问为什么，他说："一听到帅姐夫的声音，她就激动了。"

那天晚上，江时一跟胡培月在家吃饭。江时一说起她最近看了育儿书才发现，难怪这么多女人不愿意生小孩："原来除了身材走样以外，怀孕时因为体内激素水平变化，皮肤会变差。"胡培月莞尔："是啊，任何一个美人做出生娃的决定，都包含了对自己美貌的牺牲。"

这时，搁在桌上的手机亮起，江时一低头看，上面是"有事，另约"。发件人是章云程。此时，距离他们约定会面还有不到两天。这般言简意赅，全然不是他的风格。但江时一并没放在心上，搁下手机，又笑说母亲多么伟大。手机又振了振，另一条消息进来，江时一看到发件人是许柏乐，本不太上心，却一眼瞥见正文是"诺亚有事，有人要恶意收购"。

她一凛，但脸色随即恢复如常，再抬起头时，已带上微笑，轻描淡写问道："但我看你好像没太大变化？"

胡培月边喝果汁边说："那还是要靠自己注意，基础护理，清洁护肤防晒，用孕妇使用的护肤品。你看女明星，产前产后不也没变化吗？"她起身，说进厨房切点水果，便转身进去。江时一见胡培月进了厨房，挂着的笑意松弛下来，起身到阳台上给许柏乐打电话。

她终于明白，为什么章云程无暇分身。因为他家出事了，是大事。

诺亚集团资产优质，但大量股份为散户持有，第一大股东持股仅为17.8%。两个月前，青风系多次在二级市场上举牌诺亚，诺亚股价连续多次涨停。章家人感觉到异常，章云程便因此事赶回上海。

再这样下去，青风系很可能会成为诺亚第一大股东。

江时一以手指捏眉心："青风系的老板，不就是……"

许柏乐在电话那头说："对，高天远。也就是陆客咖啡的幕后老板。"

江时一这时终于明白关奕山那些话，是什么意思。在诺亚管理层毫不知情的情况下，青风系独自采取行动，短期内大幅购入股票，也就是业内所说的"野蛮人"了。她问："会对章家有什么影响？"耳边突然传来脚步声，许柏乐还在那头说："青风也许会要求召开临时股东大会，更换董事会成员。诺亚很可能不再是章家的诺亚……"而江时一立即开口："对，门店营运评估是这样……"许柏乐问："What?!（什么？！）"江时一转过头，假装才看见走出来的胡培月，冲她人畜无害地一笑，又对电话那头的许柏乐大声道："这些事，你在群里问问人就行。我这边还有事，就这样。"她挂掉电话。

胡培月走上前，倚在她身边："一看到你不在，我就知道你又在工作。"

江时一笑笑："是啊，深圳的店长不太熟悉情况。"

胡培月奇道："他不是才从中山调过来，是熟手吗？你说过，最好的人才要放在大店。"

江时一又笑："我说的是深圳即将开业的第三家店呢。"

胡培月莞尔，说："你的开店速度太快，我已经跟不上了。"

江时一心想，一时茶乐算什么呢。陆客咖啡短短三四个月，在全国已有超过三百家门店，全部直营。但陆客咖啡现在非她所想，此时，她只希望章云程的家事，不要搅乱胡培月的内心。她想，现在绝非将孕事告诉章云程的合适时机。虽然后来许柏乐说，这种事情，哪里瞒得住，与其让胡培月在其他渠道听到，还不如从江时一嘴里得知更好。但当时的江时一侥幸地想着，能瞒一日是一日。反正胡培月从不看财经报道，也许不会注意到。

现在，江时一尝到了那些忙碌准爸爸的滋味。虽然想多陪伴在胡培月身边，但一时茶乐正在风口上，她御风而行，停不下来。

她到上海参加一时茶乐首店开业，胡培月留在深圳。因为到知域上班没多久就怀孕，胡培月不愿老板为难，更不愿走回全职太太老路。她孕肚明显，坐在桌前，为知域的品牌珠宝展写策划方案。

这城市都是年轻人。但即便如此，胡培月单身怀孕，又是高龄，身边总免不了嘈嘈切切的声音。她边低头写拿破仑时代的珠宝故事，边忽然走神，想起这次展出的珠宝品牌，恰是章云程喜欢的牌子。这么一走神，她的指尖就在键盘上悬着了。

但胡培月还是有些年轻小迷妹。品牌部的妹妹约她吃饭，她们足够年轻，对别人的私事不感兴趣，对孕肚的问题也仅局限于"什么时候生呀""吐得厉害吗"等，绝不八卦孩子父亲信息。一顿饭下来，胡培月跟她们聊珠宝历史，从维多利亚女王聊到伊丽莎白二世，从古罗马聊到拿破仑，又话锋一转讲到少女时代看过的珠宝展。小妹妹们都听得入了迷。

胡培月心情好，晚上黎晓静到她家吃饭，开门便见到她虽是素颜，但看上去容光焕发。黎晓静笑说："按照老人家的说法，这更像是要生女儿了。"胡培月问，这又是什么说法。黎晓静说，老人们会讲，孕妇怀男孩的话，容易长相憔悴，怀女孩的话，会容光焕发："不过那都是些没影的说法。"

黎晓静帮她将食物端出来，两人面对面坐下开吃，黎晓静又说："生女儿好啊，可以打扮得漂漂亮亮的。"胡培月也笑，说："对，我在江时一身上，便错过了这个机会。"黎晓静吃一口瘦肉，慢慢道："不完全是这个原因。要是生个儿子，谁知道章家会不会想抱回去。"胡培月不言不语，而后笑笑："由不得他们。"黎晓静也笑："现在更由不得他们了。他们都自顾不暇呢。"

胡培月非常迷惑，抬起头来："怎么了？"

黎晓静喝一口酒，放下杯子："就他们家的事啊。"她看胡培月神色，心里一紧，明白自己失言，于是笑笑，"他们家那么大公司，肯定有一大摊子事嘛。"

胡培月也就不再问，开始跟她聊起别的事来。黎晓静离开时，胡培月倚靠在门上，笑着送她走。黎晓静说："还担心江时一不在，你会寂寞呢。"胡培月说："怎么会，我有工作有朋友。前两天冯霄来深圳出差，我们也还一起吃过饭，她陪我买婴儿用品来着。"

笑着把黎晓静送出家门后，胡培月脸上的笑容，像细尘抖落地面一般，落了下来。她转身坐在窗台上，窗边只亮一盏落地灯，映着她玫瑰金衬雾霾灰的拖鞋。她在手机上搜索诺亚集团的信息，终于明白发生了何事。

尽管上海首店装修时，江时一已飞来看过数遍，但开业时的盛况，仍让她震撼不已。店开在上海市中心最好的购物商场之一，宽大敞亮，就在普拉达店铺镀金般的巨大墙面旁。上海的日光映在银灰色店面上，映着吧台后每个人崭新的制服，映着店外长长的队伍。从店里走出来的人，将乳白色的杯子贴在脸颊上，笑着自拍一张。站在队伍里的人，也给眼前队伍拍一张。就连路过的人也驻足，笑着问："这是什么？"然后信手拍一张队伍长龙，发到朋友圈。

"都是免费宣传啊。"她转过脸问许柏乐，"你花了多少钱？"许柏乐一哂："我傻吗？雇人排队要钱，他买东西也用你的钱。我还不如直接免费！"然而江时一现在聪明多了，她意识到许柏乐在避重就轻。某次他说起过，资本哪里有善恶之分。她便想，如果没有阿俊那件事，他跟关奕山也没有太大区别，甚至会比他更狠也说不定。

开业当晚，他们俩跟罗万象吃饭，罗万象跟许柏乐有很多共同话题。江时一才发现，许柏乐这个"无业游民"靠着投资衣食不缺并不假，只是他卖掉何文田的房子也是真的——以超低价卖给钟Sir一家。

江时一吃得开心，酒也喝得有点多。许柏乐边扶她进酒店房间，边不停说不会喝就别喝啊。江时一说："我高兴啊。"两人觉得这对话似曾相识，突然想起贵州星空下，他们便是这样搀扶着，一脚深一脚浅地走过来。进了房，许柏乐还在墙壁上摸开关，江时一低声说："真高兴，我终于走到了这里。"又低声道，"不过，后面的路也还很长。"

许柏乐缩回摸开关的手，径直将她抱在墙壁上，低头亲吻。

江时一说："又来？"

"嗯。"他边亲边低声道，"Can't get enough of you.（要不够你。）"

江时一第二天很晚起来，连手机没电也没发现，不知道自己错过了胡培月的电话。下午还有个商业活动要参加。昨天，全沪年轻人都被一时茶乐外面的长队伍刷了屏，她进场时，便有许多目光投在她身上。她年轻，有点小名气，胡培月亲手带出来的衣品，又让她在一众面目模糊的创业者中特别显眼。她握着话筒，侃侃而谈："我当时一天之内改了六次配方，自己都快喝吐了。""现在有研发部门，要吐一起吐。""谁说'颜值'不重要？杯子不好看，小女生会想要拿出去吗？"台下众人皆笑。

江时一又去赶下一场活动，因为是酒宴，她到洗手间换了衣服出来。因为有点累，她到附近买咖啡，短短一段路，她见到有两家陆客咖啡。她买了一杯，跳上车直奔酒宴会场，在车上看了一会儿新闻。手机新闻页面里，恰好插入陆客咖啡广告，他们在宣传自家品牌获得咖啡大赛冠军。江时一现在熟悉资本运作，明白这是怎么回事。有好些赛事，奖项并无太大含金量，消费者也不会深究，但获一个国际赛事奖项，便多一份荣耀。

这天晚宴，罗万象跟唐铭深也在，只是见到关奕山，倒是有些出乎江时一意料。两人打招呼，关奕山问她，许柏乐为何没来。江时一说："你知道他的，最不喜欢这种场合，大家都穿得人模人样，为各自的目的，说着言不由衷的话。"关奕山后退一步打量她："你现在不也一样？"江时一说："人在江湖。"关奕山道："你也不舍得退出这江湖，对不对？"

江时一微笑，转移话题，开始恭喜关奕山："陆客咖啡真成功。试营业不到五个月，已在全国开店四五百家，还全都是直营。"关奕山说："内地市场大，的确让我有大展拳脚的机会。不过也要谢谢你，让我想清楚了一些事。"江时一问是什么。关奕山看着她的双眼："我有过一个很好的投资机会，但我转身离开了。"

在男女经验上，江时一不再是一张白纸，她听出这话里的意思，便不接话，只微微一笑，转移话题："我们现在算是半个同行了。"

"当不成情人，当敌人也不错。起码，你会时时刻刻将我放在心上。"关奕山向来自信，说出这番话时，也直接看着江时一的眼睛，毫不避讳。他的后悔难说不是真心的，一时茶乐拓店速度虽慢，但从广东市场的发展看来，消费者有忠诚度，跟陆客咖啡以"免费""优惠券""四舍五入等于不要钱"买来的伪需求相比，不可同日而语。

他们俩站在角落里，并没人注意到。江时一抬起下巴，一只手慢慢放在他领带上，手腕稍一发力，将他一点一点拉到她的脸前。他俯下脸，跟她凑得很近，还有一点点，嘴唇就要碰到她的唇，她掐好时机，猛一松手，他身子往后倒了一下。江时一抬头看他，不带任何感情地说："以后这种话，还是留给别的女人听吧。"这时罗万象朝这边走来，两人都换上没事人的表情，走向不同方向。

罗万象见到她跟关奕山说话，点评道："这个人还是有点本事，用互联网思维来做咖啡，照我看来，以后他们跟一时茶乐会争夺用户。我们现在还得……"江时一接话："广积粮，高筑墙。"罗万象大笑："不缓称王？"江时一说："能当头部，就不当第二。"罗万象笑说，好。他给她介绍人脉，让她认识更多能用上关系的人。

罗万象为她介绍唐铭深，唐铭深笑着说场面话，罗万象临时有事走开，唐铭深看一眼江时一："今晚赏面，一起吃饭？"江时一说好，又笑："该不会吃到一半，你夫人过来找人吧。"唐铭深将手伸出来，上面没有婚戒。江时一有点意外，又觉得在情理之中。唐铭深问："胡培月最近怎样？听说她又怀孕了。"江时一忽然便想，胡培月两次怀孕，唐铭深很难不对自己的儿子有所怀疑。他信不过艾琳，自然也信不过艾琳的鉴定结果。江时一说："她挺好的，还在上班。"唐铭深便点头，不说话，也不知道在想什么。

唐铭深说，自罗万象跟猎户资本投一时茶乐后，新茶饮突然就被重视起来："做我们这行，其实有很深的焦虑。圈子里就这些人，你投过什么，错过什么，大家都知道。"江时一本以为，他要继续往项目方向讲，不料唐铭深忽然带些恍惚而神秘的笑说："以前我回到家，见到胡培月，白白软软的一个人，坐在窗边翻书，我就觉得心里很安定。"那是一种失而不再得的勉强的笑。

他们在能看到楼下花园的大露台上说着话，从这里往下看，能够见到花园里四处挂着灯饰，他们将夜晚伪装成白昼，一如楼下站着、坐着说话的人彼此伪装成熟络友好。笑声传到楼上来，引起他们注意，于是他们看到关奕山站在树下，在跟人讲话。江时一只看到那人背影，但觉得好生眼熟，唐铭深却哼了一声，说："章云程怎么也来了？是来堵人的吧。"江时一想起青风系恶意收购诺亚的事，正想细问，突然就见到章云程捉起关奕山衣领。

楼上二人对视一眼，江时一转身就要往楼下走，唐铭深在后面喊住她："这里人多，你确定要掺和他们的事吗？"她头也没回，边跑边说："我就是个市井小民，才不管你们这些人的条条框框。"

江时一到了花园里，一路听到有人窃窃私语，说章云程不知怎的进来了，还跟关奕山闹起不愉快。江时一刚走过去，就见到章云程拉住关奕山领带，狠声道："你利用诺亚带给你的人脉跟资源，反过来对付我们？"关奕山瞥一眼围观的人，用力推开他，一副不想也不屑跟他理论的模样，往人少的入口方向走。

他这模样，却彻底激怒了章云程。章云程赶上前去，突然一把拉住关奕山，拽过来，一拳头挥过去。关奕山没站稳，往后退一步，但也终于被惹怒："章云程，你干什么？！"

"你知道我爸刚做完手术，就趁机引狼入室是吗？！"章云程还要上前挥拳，江时一赶到，再忍不住，从后面拉住了他："你是要让所有人都听到这些隐私吗？！"章云程仍怒火遮目，此时的他看上去，再没过去那种优哉游哉的优越感。只是再生气，他也终归意识到，自己刚才说错了话。花园里那些人，在远远地看向这边。

关奕山整了整衣领，漠然瞧他一眼："资本的事，在资本市场上解决。我对这种拉拉扯扯没兴趣。"他转身要走，章云程愤懑难平，想再追上去，江时一在后面扯住他衣袖。他愤然转身："他为你离婚，现在你是要帮着他吗？"

江时一不语，突然便走开，再回来时，手上拿了一杯香槟，直接便泼到章云程脸上。她冷声说："你不要脸，别以为其他人也不要。关奕山做任何事，都只会为自己，绝不会为别人，无论那个人是谁。而你呢？你又何尝不是这样？你跟他没有区别，你鄙视他，就是鄙视你自己。"

章云程突然被泼了香槟，甚是恼羞。他正要对着江时一发难，突然听到胡培月的声音。正以为幻听，江时一也抬起头来，将视线转过去，很是意外："你怎么来了？"再看，许柏乐在她旁边，试图以口型加手势告诉江时一，自己什么都不知道。见江时一没明白，许柏乐说："我正在酒店睡觉，接到她电话，说打不通你的，让我带她来找你。"

章云程却死死盯着胡培月。她依旧显瘦，但穿着宽松衣裙，小腹微微隆起而不加遮掩。他的视野分成两半，一半视野里，是正往这边走来的唐铭深，另一半视野中，是胡培月被衣裙遮掩的肚子。现在，章云程想起来了，唐铭深在闹离婚。他脑子有些发热，连自己都知道自己不清醒，后退两步，又再看胡培月肚皮，突然就失声笑了笑："我就知道……关奕山也许不会为了江时一离婚，但唐铭深会为了你而……"

他话音未落，江时一手臂发力，突然便扇了他一耳光。章云程怔忡，捂住一边脸。江时一说："这个孩子，身上流着你的血！但你放心，孩子不会影响到你！因为我会跟胡培月一起，将他养大！"

章云程完全怔住。

"你是根本不关心胡培月是吧？你回上海前，就压根没注意她开始素颜，穿平底鞋……"江时一越说越气愤，"还有！你这样一个大男人，也不做安全措施，是怎么回事？！这肉不长在你身上，就觉得没关系是吧？！"说完以后，发觉连自己老爸都骂了，赶紧补充一句，"你又不是二十岁出头……"

"时一，别说了。"胡培月突然开口，她走上前，语气平静，"何必在这里给人赠送谈资。有任何事，回去再商量。"因为怀孕加长途跋涉，又不施脂粉，她此时看起来不再像平日那样明艳照人，但自有一分见过世面的风平浪静，"我有责任，我是真不知道……"

有些话不用说完，只需一半，大家就都懂了。连胡培月都没想过，自己结婚多年未孕，四十几岁还能怀上小孩。这件事被仍关注胡培月的唐铭深知道后，唐铭深沉着脸，亲自带儿子去做了亲子鉴定，然后向艾琳提出离婚。倒是当事人章云程，深陷股权之争中，直到此时才知道。

胡培月走到章云程跟前，当日那个活泼灵动的年轻人，眼里的神采隐没，一张脸像填充过度般呆滞。胡培月语气温柔，像母亲对迷路孩子一样，轻声说道："你已经是要当爸爸的人了，与其把怒气撒在别人身上，不如想想怎样解决问题。走吧，我们回去想办法。"

[5]

江时一是一点不愿意让胡培月蹚这浑水。

章云程他爸现在基本在养命，完全无法出来主持大局。章云莱只会发脾气，开始怪她妈，说要不是她妈觉得关奕山对自己有用，她才不要这样早结婚，现在离了婚，又成了笑柄。章云程姐夫是个彻头彻尾的艺术家，这份上也不显着急，下周的冰岛之行并没取消。

章云程闷声坐着，听公司的人商量对策，自己则一刻不停地抽烟。因为连日奔波，他日渐消瘦，现在看起来，跟当日胡培月初见的那个意气风发的实习生，像是两个人了。

办法，他不是没想过。只是没用。

刚察觉青风系进击时，章云程就立即求助当时的第一大股东新娱，希望他们能够增持诺亚股份。但当时新娱刚换一把手，跟章家人并无交情。人生中第一次，章云程低眉顺目，好话说尽。将头颅低下的一刻，他突然明白，当初胡培月拖着箱子离开上海，在市井中重新开始，原来如此不易。

胡培月只在上海待了三四天，就匆匆回了深圳。江时一倒是有事，在上海跟北京之间来回飞。许柏乐不喜欢大城市和高楼，觉得在香港看腻了，但北京、西安、杭州这种老城味道，又吸引着他。他像个富贵闲人，今天在杭州喝茶，明天在南京逗猫，突然又跑去长沙不知道干什么。

江时一接到他的电话时，正在北京看新门店装修。许柏乐在那头，神经兮兮地说自己在长沙发现一家好喝的奶茶店。江时一一边跟他讲话，边看新门店旁的人流。她站在太阳下，最后听到他问胡培月的情况。

江时一说："回深圳了。"

"这么快？她不是要留在章云程身边，陪他渡过难关吗？"

"那都是小说里写的啦！难道她不要上班吗？入职不久就怀孕，她已经觉得不好意思了，请了四五天假待在上海，她觉得要给上司磕头了。"江时一拨了拨头发，"明明我可以养她，她还是要坚持独立。不过她很喜欢现在的工作，充满成就感。"她没提章云程挽留她，希望胡培月留在身边，胡培月也有过心理挣扎。

挂掉电话，江时一径直打车到机场。数月调研下来，她觉得年轻消费者对产品迭代要求很高，她打算拓展产品研发部，明后天要在深圳面试。她在车上打给胡培月，问她有没有不适，这几天吃了什么。胡培月说，都按照营养师配的在吃，现在也没吐得那样严重了。

江时一微笑道："我今晚到深圳，回家再说。"

她挂掉电话，车窗外飞快掠过一家陆客咖啡门店，有外卖小哥在门店外等。江时一在心里盘算着，应如何发展外卖业务，手机又响起来。她以为又是许柏乐或胡培月，嘴上含着点笑，低头再看，发觉是章云程。

她总莫名其妙地不喜欢这人，也许就像当初，胡培月不喜欢关奕山一样。但上次见他如一只衣着光鲜的落水狗，神态颓唐，多少有些不忍。此时她拿起电话，章云程跟她打招呼，声音低沉。江时一最不喜欢绕圈子，直接问他有什么事，章云程说："你在哪里？方便见面吗？"

"我在去机场路上，有话直说。"

章云程沉默半秒，但即使只有半秒，在江时一听来，也觉得浪费了她大半个世纪。她直接道："你有什么事，不妨直说。"想起胡培月，又想起章云程那沮丧出神的神态，她说，"看在胡培月的分儿上。"

章云程说："能不能通过你出面，约许柏乐出来？"

这件事尘埃落定以后，江时一才分别从胡培月跟许柏乐口中，将完整版本拼凑出来。

章云程大姐章云柔比他大了十年，前半生不显山不露水，像是被帽子牢牢盖住。现在这顶帽子掉了皮拆了线，锥子似的藏在里面的章云柔，便冒了尖。

想要冒尖的，不光是她。章夫人也藏不住野心，在章老先生要做二次手术时，当机立断，要求封锁消息。章云柔看了她一眼，平静道："在这个年代，消息是藏不住的。"章夫人正要争辩，章云柔却不再看她一眼，只跟章云程说话。

现在，章老先生有事，按照传统惯例，诺亚的权力核心自然便落到章云程身上。她建议章云程做两件事，第一件是要先稳住内部军心。

在诺亚申请停牌次日，部分媒体流出章老先生的内部讲话录音。录音里，章老先生精神状态好得很，连脏话都飙出来了，说他们绝对不欢迎青风系。这个由章云柔安排的配音，连老先生的温州口音都模仿得极像。

第二件事，便是找白武士。

章云程对大姐的话有些不屑。这都是常规操作了，从新娱态度暧昧开始，公司高层就没停过对寻找白武士的讨论，也接洽了不少机构。但章云柔款款道："云程，你想过没有，那些到底不是自己人，难保没有自己的'小九九'。"章云程没明白。

章云柔说："谁解决这件事，谁就能掌握未来的话语权。"又轻声问，"云程，那位胡小姐，不知道有没有办法？"

章云程当时几乎失笑："胡培月？她自己还要上班，能有什么办法？"大姐悠然说："她女儿现在的男朋友许柏乐，你知道吗？"章云程说，有见过面。大姐道："我们调查过，他以前在香港时，分别成功操作过恶意收购跟反收购。"

这番话，后来章云程是在飞深圳的航班上回过味来的。他们当年怎样调查关奕山的，现在也怎样对待章云程身边的人。连许柏乐都查得这样清楚，更何况是胡培月。而当时，他只记得章云柔轻声软语说："云程啊，公司里谁向着你，谁向着她们母女，是人是鬼，都不清楚。你能依靠的就是自己人，我是你的自己人，许柏乐也算是你的外戚啊。"

那一刻，章云程觉得眼前的大姐，有那么点陌生。

一时茶乐在深圳开出首店时，阿沛女友艾丽丝也辞掉北京工作，来到深圳。她原本也有自己的创业梦，但始终舍不掉北京的那份优厚工作，也不愿男友冒险。但眼见阿沛那边干得好，自己心底的那个创业梦想，又一点点钻出土壤来。但阿沛倒开始劝她，创业路上九死一生，想好再说，别冲动。

然而第二天，艾丽丝已出现在深圳机场。

这个故事，是艾丽丝在试穿婚纱时，告诉麦琪的。这天婚礼上，身着伴娘服的麦琪，又转述给其他来宾。

婚礼在洲际酒店举行。除了男女双方从老家赶来的长辈外，还有小学、中学、大学同学，以及一时茶乐众人，还有新娘开的花店"花与艾丽丝"的员工。场面堪称盛大，远远看去，花园上空流动着大朵大朵的粉色云朵，近看才发觉是花饰。花店员工说，这些花都是店里提供的。麦琪提着裙尾，艳羡不已，说阿沛还真舍得。

花店员工脸上带些骄傲的笑，说新郎到底是一时茶乐的股东，这点钱当然给得起。

麦琪心里想，自己也是小股东，股份跟阿沛一样，但跟又开豪车又买房的阿沛相比，自己过得太糙了。

江时一携许柏乐出席。他边走边拉扯身上轻薄的西装外套,浑不自在。江时一低声问他在干吗,他说:"我只是来吃饭,你让我穿这么正式干吗。"江时一说:"人家有着装要求,你尊重一下场合。"许柏乐说:"所以我最烦这种草坪婚礼。什么梦幻婚礼,结婚后还不是天天吵架……"江时一赶紧捂住他的嘴,对侧目的路人款款微笑。

她一松手,许柏乐又开始讲个不停:"你是一时茶乐的大股东,一时茶乐的事,你说了算。但我是我这张嘴的大股东,这张嘴要说什么,是我说了算。"

江时一问:"小股东是谁?"

"你啊。"许柏乐笑眯眯,"可以随时征用。法式湿吻尤其欢迎。"

江时一一只手挽着许柏乐的手臂,拇指跟食指合拢,在他手臂肌肉上微一用力,许柏乐被捏痛,直叫哎呀哎呀。

许柏乐这身花衬衫配西装,搭在他身上,实则相当好看,颇有性张力。江时一刚见到他,都觉怦然心跳。但眼下他又是一副不靠谱样,江时一的心动感没了,又想起来别的事,便问他:"章云程联系上你了吗?"

"哦,有啊。"

"那你们……"

许柏乐瞬间抖擞,说起章云程飞深圳请他吃海鲜,言语间眉飞色舞:"蒸、烤、煮,保持了鲜味……"江时一打断,说停停停,追问起诺亚的事,许柏乐三言两语道,"也没跟他聊什么,就讲了几句。"江时一也并不真的关心章云程,倒是突然想起别的事:"是了,阿沛说希望增加股份。"

许柏乐低着脑袋,假装为手臂验伤,江时一看不见他的脸,就听到他问:"你答应了?"

"口头答应了。但具体的,我跟他讲,回去再说。"

许柏乐没吭声。

江时一对参加婚礼也并不感兴趣,但阿沛是她的重要伙伴,她当然要出席,还要给他大红包。当一对新人在台上说出爱的宣言时,她也稍微落下点感动的泪水。回头一看,许柏乐却不见了踪影。江时一了解他,这家伙最怕肉麻戏份,估计躲到室内乘凉去了。

婚礼上有好几个小孩,都是新郎新娘亲友的孩子,围着甜品台打转。甜品台前,只有许柏乐一个成年人。小孩的手够不着,大喊着:"叔叔,给我这个。"许柏乐面无表情,塞他一个。"叔叔,我要那个。"许柏乐波澜不惊,再给一个。最后他终于忍不住:"我是哥哥!"一转头,在玻璃上照见自己的脸,胡楂儿没刮干净，难怪被喊叔叔。顾影自怜一番，成熟男人的魅力，小屁孩不懂。

许柏乐要找洗手间，转身往里面走，没走出多远，在角落附近忽然听到阿沛的声音："你这时候找我干什么？"他停下脚步，见到婚礼男主角背对草坪，低头打电话。许柏乐心想，非礼勿听，转身要走开，又听到阿沛低声道："今天我结婚，过两天再找你吧。"语气很是谨慎，边放回手机边转过身，见许柏乐在附近，他一怔，脸上有种被撞破奸情的表情。

许柏乐瞧都没瞧阿沛一眼，拿起食品台上的鸡翅，认真打量："这里有点烤焦了。"一抬眼，惊讶道，"哦，阿沛你在这里啊？你也喜欢吃鸡翅？"

阿沛笑了笑，客套说："你吃，你吃。"许柏乐也客套："这次婚礼搞得不错啊。食物够丰富。"阿沛便笑，忽然又问他："你跟江时一呢？有没有结婚的打算？"

"哈。"许柏乐笑起来，"怎么了？江时一都没说要结婚呢，你替她着急？"

这样问的人，远不止阿沛一个。江时一心想，这就是她不想参加婚礼的原因。她，不到二十六岁，有事业，模样也不差。但谁都觉得她要嫁人，趁年轻生娃，才算功德圆满。

江时一笑了笑，抬眼看向许柏乐。他正在草坪上，一脸无奈地陪小屁孩玩。倒是平时总哭唧唧的麦琪，镇定地给老板打起圆场来。她说，要是她像江时一那样成功，她也不会把结婚视为必选。江时一笑着，搂过她肩膀，心想，每个人对幸福的定义，还真是不一样。

秋天到来时，许柏乐跟江时一共同回了一趟贵州。茶山连绵起伏，有风吹来，发出飒飒声响。天空又蓝又高，像是一面倒过来的湖泊镜面。许柏乐一路上嘴碎，说现在又不是采摘春茶季节，看不到漂亮采茶女，回来干吗。江时一教育他："夏秋也采摘茶啊，只是哪有漂亮采茶女，你又不是没见过，都是村民。"她说，茶园讲究秋挖，农历七八月正是改善土壤，清除杂草的好时机，有"七挖金，八挖银"的说法，"我在想，如果从土壤入手，可以种出带有天然果香的茶，那岂不是很好？"许柏乐正听得起劲，胡培月的电话来了，江时一立即将他丢下。

江时一问得很是耐心："有没有好好吃营养师搭配的餐单？有没有好好做产前培训？有没有人欺负你？"

电话挂掉，许柏乐话里有话："你还真像孩子他爸。"

"吃醋了？"江时一笑，见许柏乐没反应，笑得更厉害，"没见过吃这种奇怪醋的。"

许柏乐想，这母女俩间的羁绊这样深，没有哪个男人能够挡在她们中间。他问起胡培月近况："在上班吗？"

江时一苦笑："不，被'炒'了。"

青风系还是成了诺亚的第一大股东，并且要求召开临时股东大会，进行董事会改选。章云程非常焦虑，整晚整晚睡不着，胃痛，早上起床时感觉呼吸不畅。胡培月原本只打算在上海待个四五天，就赶回去上班。但章云程的状态令她不放心，她也焦虑，站在窗台上打电话给江时一。江时一语气冷淡，说："你跟他的事，你们自己决定。"

胡培月赶回深圳，上班首日，老板请她到楼下一时茶乐坐，给她点了一杯无冰无糖的果茶，她正不好意思，老板说："其实你并不适合上班。"胡培月惊讶，想着他是要开掉自己，对方却问，"你没想过自己创业吗？"

后面的聊天走向，是出乎胡培月意料的。老板说："像你这种注重生活美学的人，朝九晚五挤地铁并非最终归宿。四十岁的二孩母亲，也很难在职场上再晋升。你可以挖掘一下自己擅长的事情。是开买手店，还是做个人美学付费培训，可以好好想想。"他又开玩笑，说在深圳打工没啥好，无论在哪家公司，团建永远去惠州。

胡培月当然知道，这话是让她好下台，但也并非全无道理。她知道对方不能在孕期开掉她，但她自己的内心是怎么想的呢？仍在犹豫，章云柔却突然找上门。

她看上去跟章云程有些相像，笑容可掬，但胡培月隐约感觉，她并非看上去那般好相处。章家大姐说："云程现在状态不是太好。我考虑再三，希望胡小姐能够到上海一趟，陪伴云程渡过眼前难关。"胡培月不语，只低头喝一杯牛奶，对方又道，"章家现在再困难，也还是能够将你跟肚里孩子照顾好的。"

此时，在贵州茶田上，许柏乐手里提着行李，问："她答应了？"

"一半一半。"

"什么叫一半一半？"

江时一解释，说现在胡培月陪在章云程身边，但等他情况好些，她要回深圳待产。她对章家大姐说，自己还有个大女儿，她不能为了小男友就弃她不顾。

"女人啊，真冷血。"许柏乐做感慨状。

"名媛阔太的生活，胡培月是断不会再过了。但我跟她正在讨论，她成为一时茶乐美学顾问的可能性。品牌的设计调性，她本就功不可没。有她把关，我也放心，她也能兼顾小婴儿。"

"章云程呢，他不管了？"

"他？"江时一呵呵冷笑，"他不是还有诺亚嘛。哪里顾得上远在广东的小小孩。"

前段时间，诺亚、青风股权之争的连续剧又有了新进展。章云程在一次讲话中公开质疑青风系的巨额资金流动存在问题，这事随即引起监管层注意。随后不久，诺亚宣布引入一家国资背景的企业作为新股东。

江时一问："章云程的系列动作，是你教他的？"

"嗐，这还用教？"许柏乐的语气跟表情，都显然在避重就轻。

"那他们引入的那家企业……"

"是唐铭深牵的线。"

江时一吃了一惊，差点摔一跤，许柏乐冷不防扶住她手臂："只要有利益在，没什么不可能的。"江时一默想，在资本运作的世界，自己不懂的事情，实在太多了。

两人这么走了一小段路，便远远听到阿水的声音。少年欢快地奔过来，看上去长高了好些，眉眼长开后，秀气不少。他热情地问路上累不累，要帮江时一拿行李，江时一笑说不用，又用脑袋指了指正在后面喘气的许柏乐："要拿就给后面那老头儿拿。"许柏乐赶紧站直。

秋天天气正好，走在路上有凉意，茶树沿梯田排列，周边杂树生花，日光透过树梢映到茶树上。江时一问起阿水近况，他说爸妈也从广东回来了。许柏乐问阿水有没有上学，阿水点头，许柏乐又问他考多少分，阿水犹豫半晌，江时一白他一眼，怪他不会说话。

两人跟阿水边走边聊，许柏乐发觉这路很是熟悉，问阿水："我们不是去你家？"

阿水笑嘻嘻："先带你们去住，放下行李。"

许柏乐说："这地方还有酒店呢。"但总觉这一路走去，是当时他跟江时一住的地方。他问江时一有没有印象，江时一没接话。

再走一路，前方出现一座木屋，江时一跟阿水还在聊土壤话题，许柏乐放缓了脚步，疑惑地说："这地方……有点像我们以前住的那里。"阿水回过头，只是笑。江时一则不说话。又走近了些，这木屋的确像是当时他们住的地方，但外观大为不同。木屋前的开放院落里，摆了四张藤椅，空了两张，另外两张有年轻人坐着聊天，脚边趴着一只狗在打盹。

阿水走近了，那只狗醒过来，冲他边吠边摇尾巴。阿水蹲下来逗狗玩。江时一自己提了行李，往里面走。许柏乐跟在后面。

现在他认出来了，这真是当时他们住过的房子。现在这里大变样，中间是开放空间，放着茶桌，有年轻人三三两两在那里喝茶聊天。左面是落地玻璃墙，可远眺起伏的山丘，绿色的茶田。江时一说："我将这里买下来，改造成民宿，交给阿水他们家打理。"她说，这里也搞起了生态旅游，吸引游客过来，他们能够亲眼看到一时茶乐的有机茶园，对品牌也是个宣传。她说，阿水一家就在这里住下，家人可以团聚。她说，当时还住在这儿的时候，自己就隐约有这个想法。

许柏乐问："那怎么没跟我说啊？"

"怕你笑话。"

"现在就不怕我笑了？"他走近点，用手圈住她。她抬头看他："现在做得这样好，不怕你笑话。"

他们站在正对着后院的窗前，后院里的鸡鸭在跑来跑去。许柏乐问："是江时二跟江时三吗？"

"是它们的后人吧。"

"到哪个辈分了？江时二十？江时三十？"

江时一忍不住笑。

许柏乐又趁势将她抱紧一点，下巴搁在她头顶上："会笑就好。看你工作那样紧张，还以为不会笑了。"江时一将脑袋贴在他胸前。两人就这样抱着，都安静了一下。窗外一阵树叶飒飒声，头顶有大片的云流过来，流过去。半晌安静后，许柏乐问："觉不觉得现在这氛围，很适合求婚。"

江时一安静着，不说话，自己心里也说不清楚，如果许柏乐向她求婚，她是答应，还是不答应。

只听许柏乐道："如果此时，此刻，此地，你向我求婚，我也许会考虑……"

江时一一把将他推开，转身走。许柏乐追上去。两人又闹作一团，正笑着，突然发现阿水跟他爸妈，还有奶奶，正从二楼探头往下张望，看着热闹。阿水大喊："时一姐，快求婚啊！"江时一翻个白眼。

在贵州茶园的日子是惬意的。两人挽起裤腿，到田里看村民们挖土。许柏乐不感兴趣，看了一会儿就说回去吃阿水奶奶做的炒鸡，江时一硬拽他留下来。

阿水一家就住在民宿那儿。秋天游客不及春天多，但也可以。自这里打出

"一时茶乐有机茶园"宣传后,也有不少一时茶乐的粉丝,从北上广各地来到这里,喝茶,看书,聊天,散步,或者什么都不做。许柏乐说,一直过这样的日子,可真舒服。江时一说:"你知不知道,就在你躺平的一个星期里,青风系大佬高天远的身价,已经涨了二十亿。"许柏乐躺沙发上听她说着话,一只手盖在前额上,只轻轻哦了一下,又说:"我的财富比他多多了。"

"嗯?"江时一回头。

许柏乐在长沙发上翻了个身,背对着她,用懒洋洋的声调,轻得几乎听不到一样说:"我有你啊。"

晚饭是农家菜,在江时一、许柏乐二人眼里,比米其林生鲜美味得多。茶山旁有河流,下河捕了鱼,抓上来,下了锅,吱吱声响,外皮与骨架酥香味抖落在满屋空气里。稻米也是村民自种的,饱满晶莹,阿水奶奶在后院架起柴火,煮上一锅柴火饭。阿水捉来整只鸡,最嫩的肉炒熟,其余部分卤制,端上来一大盘卤汁拼盘。奶奶咧开嘴巴,对江时一他们讲着话,许柏乐认真地点头。江时一问:"你听得懂?"他压低声音说:"不懂。"阿水在旁边翻译成普通话:"奶奶说,照顾到你们口味,没有做很辣的……"许柏乐直点头,阿水一本正经,接着翻译,"吃完去睡觉,把枕头垫在女人腰下,可以生个大胖小子。"两人同时喷出一口茶。

因为民宿有其他年轻人,所以山间的夜便不再像当初那样静谧无声。两人在楼上,也能听到楼下偶尔传来的谈笑声,有人在弹尤克里里,伴着不知道谁的低哼。许柏乐摸了摸江时一肚皮,说她今晚吃不少,她反驳:"没有你多。"两人正说着,麦琪的电话进来,许柏乐皱眉:"不是叫她不要晚上打来吗?扰人洞房……"江时一把将他推开,接过电话,只听麦琪神秘兮兮地问她,有没有看到艾丽丝的微博。

江时一说,没有,怎么了。

麦琪说:"艾丽丝突然发了微博,指责阿沛出轨,还圈了第三者。"

江时一并没觉得这事对品牌有什么影响,只在心里生起些失望,这是女性对男性的失望。自己在婚礼上掉过的眼泪,原来如此廉价。她边跟许柏乐说这事边登录微博,才发现,艾丽丝作为花店老板,因自带贩卖梦想人设,关注者不少,传播速度快。对品牌伤害最大的是,艾丽丝在微博正文里提到阿沛是一时茶乐联合创始人。

麦琪给江时一发截图,一时茶乐评论里已经出现抵制声音了。她问:"怎么办?"江时一快速回复:"我先了解一下。"她打给阿沛,响了三声,他才接听，第一句话就是："你来问那个吧？"

"怎么回事？"

阿沛不说话，江时一便懂了。她问："艾丽丝跟你在一起吗？"阿沛说，找不到她人，电话关机，花店员工也不肯透露她在哪儿。见江时一心焦，阿沛说："我明天会堵在花店那儿，她总会出现，到时候再想办法跟她交涉，让她删微博。"江时一说，只能如此。阿沛向她道歉，说没料到会对品牌有影响，因为私事影响一时茶乐，并非他的本意。江时一态度有些冷淡："先解决眼前这事。道歉的话，跟你老婆说去。"

阿沛在电话那头，有点语气哽咽。他说，自己也是独自在广东太久，有些寂寞，才认识了薇薇。他也打算跟薇薇分手，没想到她缠着自己，在他婚后还主动跟艾丽丝联系。江时一不想听这些话，依旧冷淡："见面再说。艾丽丝那边有消息，随时告诉我。"

挂掉电话，她坐在床沿上想事情，想着是否男人身上有了钱，就会变心。她一抬头，见许柏乐正坐在床上玩手机，她用脚踢了踢他，他头也不抬，仍盯着屏幕，嘴上问怎么了。

江时一说："刚才的内容，你都听到了？"

"嗯，阿沛出轨。"

江时一想跟他讲这事对一时茶乐的影响，讲她对阿沛的失望，讲是否财力会影响男性的忠诚度。但她刚起了个头，许柏乐便忽然打断，只悠悠问她，回深圳的机票改签没有。她发觉，许柏乐似乎对此事并不紧张，既不关心对一时茶乐的影响，也毫不惊讶阿沛的出轨，好像这一切，都没有阿水奶奶做的炒鸡重要。

她带着这种疑惑，一路回到深圳，直奔公司。阿沛跟麦琪都在，两人隔得远远的，麦琪抱着手提电脑，在办公室的大长桌前埋头作图，两人没说话，之前那种融洽气氛消失了。江时一推门进来，两人抬头见到她，似乎都松了口气。

江时一跟阿沛在小会议室闭门谈话。麦琪继续作图，许柏乐推门进来，手上提着一盒糕点。大家都欢天喜地拥上去，打开糕点袋子。许柏乐将身子陷入沙发，问起麦琪，江时一在哪儿。她手拈一块羊角包，下巴冲会议室方向指，声音有些不忿："在帮他擦屁股。"许柏乐不在意似的问起事件详情，麦琪便把她知道的，一五一十说出来。

说是两人还在蜜月，艾丽丝就收到陌生消息，对方自称是阿沛在外面的女人。艾丽丝打电话回去，对方也不接。她问阿沛，阿沛说没这事，艾丽丝将信将疑。有天终于被她听到，阿沛背着她偷偷给对方打电话，斥责她为什么背着自己联系艾丽丝。

许柏乐嘻嘻一笑："你知道得还挺详细。"

"我那天跑了一趟花与艾丽丝，听花店员工说的。他们说老板娘还没度完蜜月，就提着箱子自己回来了。还叮嘱他们，如果阿沛来找，谁都不能说她在哪里，谁也不能交出她的新号码。"麦琪有些感慨，"原来她是在酝酿复仇大计啊。如果不是这一步伤害到品牌，我还挺佩服她的。"

许柏乐眉头紧锁，正凝神细思，到底要吃眼前哪块蛋糕。

麦琪心想，许柏乐的心真大。

小会议室门从里面推开，江时一走出来，神态平静，喊麦琪过来。她一眼见到许柏乐在吃蛋糕，怔了怔，又道："许柏乐，你没什么事的话，也过来听一下吧。"

"我？没事？"许柏乐难以置信。他以为，全世界都看到他在两块蛋糕之间的挣扎。他慢悠悠跟进去，拉开椅子，在角落坐下。他长得高而瘦，整个像一件被剥离掉穿着者的大衣，软趴趴地堆在桌面上，脑袋耷拉在衣服皱褶中。

江时一对刚进来的两人说："简单讲一下。刚才我跟阿沛了解到，艾丽丝依旧不肯见他，但态度有所松弛，起码现在她愿意接电话了。网上舆论什么的，只要等到下一桩公众事件出来，大家就会忘记，但我们也不能什么都不做。"麦琪边听边点头。作为品牌总监，这些情况，在江时一抵深前，两人就已在电话里沟通过。最新进展，也就只有艾丽丝愿意听阿沛电话这点。

江时一说："我这么打算，既然艾丽丝不愿跟阿沛谈，那我就出面跟她好好讲。大家都是女人，应该可以……"

"哦，我反对。"许柏乐原本一直趴在桌上，也不知道是在睡觉还是发呆，这时突然抬起脑袋，说了这么一句。

其余三人都看他。

他边起身边随手抓了抓头发，那动作看起来像个刚起床的腰肌劳损患者。江时一追问："你是觉得，我不该加入？"许柏乐说："当然，那是别人的家事。"

"但现在已经损害到一时茶乐了。"

许柏乐一笑："把阿沛开掉，他不是一时茶乐的人，问题不就解决了？"

他说起这话来，语气那么稀松平常，好像在说饮啖茶、吃个包的事情。但会议室里，其余三人都静了。阿沛脸色一变："你是以投资人的身份，还是以江时一男友的身份在说这话？"

"当然是以一时茶乐粉丝的身份。"许柏乐笑笑,"我不想它被你毁了。"

江时一轻咳,连麦琪也觉许柏乐说得过火了些。江时一对许柏乐说:"你还是出去一下吧。"

"好啊。"许柏乐起身,伸了个懒腰,轻轻松松往外走,突然像忘拿什么似的,又转过来,"差点忘了。"

许柏乐又坐下,指了指麦琪手边的电脑,麦琪让他随便用。他在上面轻点鼠标,嘴上道:"我之前偶尔发现了一些有意思的东西,想借这个机会,跟大家分享一下。"这话没头没脑,但在座的人都习惯了他行事风格,便继续看下去。许柏乐连接了投屏。会议室白色幕布上,现出了某个企业信息。

阿沛的脸一下煞白。

许柏乐说:"这家公司法人,就是艾丽丝在微博上圈出的黄小姐的母亲。这家企业在海口注册,去年底成立,以水果批发为主。很不凑巧……"他笑笑,"尽管我们已经有全线的合作供应商,但在阿沛分管的门店,上游水果全部由这家提供。"

投屏闪了闪,又出现其他截图。图上的单据像一道道咒符,深深浅浅印在对面的阿沛脸上。

许柏乐说:"去年顾客反馈里,就有提到过这部分门店的水果茶品质下降。但这些反馈,全部被拦截,另外,两位还是第一次听说吧?"

江时一跟麦琪都转头看着阿沛。麦琪年轻,沉不住气,腾地一拍桌子就要起身,江时一将她拉住。她瞧也不瞧阿沛,对许柏乐说:"你接着讲。"

许柏乐将两手摊开:"剩下的,也没什么好讲。大家都是聪明人,用脚趾头都想明白了。"他将电脑转向她们那边,"你们自己看吧。无非就是那些利益输送的事。阿沛负责门店管理,他将初创时期的店长炒掉,全部培养自己的人,很多事情上就有了可操作空间。他是副总裁,江时一不在时,很多事情就有插手的机会。"

阿沛这时强自镇定:"只凭几个截图,就想定我的罪吗?"

"不敢,不敢。"许柏乐谦虚微笑,"反正,还是等最终的调查结果吧。这些东西我能查到,调查委员会查出来的,只多不少。"

阿沛白着一张脸,终于忍不住道:"许柏乐,你到底要干什么?"

许柏乐便拉过一张椅子,在阿沛跟江时一之间坐下,冷静道:"我要你退出一时茶乐。"

"不可能。"

"那就等调查结果公布。"

阿沛将脸转过去，看向始终沉默不语的江时一："江时一，你看着我。我才是跟你出生入死的伙伴。你不会为了这个男人，将我踢走吧？"

江时一依旧不语。她的心有些乱，阿沛的背叛，许柏乐的突然发难，全在她意料之外。为什么没有人告诉她这一切？

许柏乐进来时，把装蛋糕的外包装袋也一并带进来。现在，他从中掏出一张有些皱褶的纸，用手掌心压平，递给阿沛："这是草拟的。"阿沛看完，难以置信地抬头："你用这么低的价格，买回我的股份？"

"还可以再谈嘛。"他又低声讲了一句，"虽然也不会高多少。"

"不用谈。我拒绝。"阿沛说，"你们爱调查就调查。"他将椅子转过去，朝向江时一，用一双眼睛看着她。江时一脸上现出些难过的神情。很久以前，在小雪那件事发生时，同样的神情也曾出现在这一张脸上。

阿沛突然笑了笑，用一种恶狠狠的声音说："江时一，你为什么不说话？"

麦琪生气了："阿沛，你凶什么凶！"

许柏乐这时也不知道在跟谁打电话，他挂掉后，转头看到眼前这场景，便拍拍手道："别急别急。江时一不说话，也许还有其他人想说话嘛。"他转过身，把门推开，冲外面说，"你可以进来了。"

毫无预兆地，艾丽丝便出现在他们眼前。

因一时茶乐的核心员工都参加过他们的盛大婚礼，见过她，她上来公司时，便稍微做了点乔装，此时摘下草帽与墨镜，一双眼睛闪着精光，如冰雪般投掷在阿沛身上。阿沛觉得身上一哆嗦。

许柏乐对她说："辛苦了？路上有没有堵车？外面热不热？哦对了，要不要喝杯茶？"好像来的是个普通客人，两人即将展开无意义的社交闲聊。

艾丽丝说不用，坐下，直截了当掏出手机，搁在桌上。她声音冷淡："不浪费大家时间，打情骂俏的部分我截掉了，直奔主题吧。"手机播放录音，是阿沛跟"小三"薇薇的对话。

阿沛抬头看向艾丽丝，艾丽丝却不屑瞧他，只静静等录音播完，便将手机收回。她昂起脖子，只对着许柏乐说话："许先生，我希望你记得我的诉求。"

"当然了。"许柏乐微笑，"哦对，你的诉求是什么来着？"

艾丽丝突然也笑了，这笑容看来有些诡异，又有些凄凉。麦琪平日最爱看偶像剧，一眼便认出，这不是无数女人心碎的神态吗？

艾丽丝开口，一字一顿："我要让他，身、败、名、裂。"

阿沛忍不住站起来，喊她丽丽。艾丽丝露出恶心的表情，将脸转到一边去。阿沛脸上灰黑一片，身子陷入椅子里，低声道："如果我不答应……你们是要整死我，对吧……"

许柏乐说："又不是我摁着你的脑袋，让你跟这位什么黄小姐一起的。利益输送的事，也不是我拿枪逼你做的吧？我是想跟你一起解决问题。"他压低身子，倾前，离阿沛更近，在阿沛看来，他是逼近自己的一把刀，刀出鞘，铮然作响，"你接受这个价格，利益输送这事，就只有我们在场几个人知道，在外面看来，你还是一时茶乐的前高管，二次创业时，资本圈也还记得你的名字。如果不接受……"

阿沛脸色变得很白很白，那颗还想再战的心，也沉得很低很低。他一个字不说，用沉默捍卫他早已丢失的尊严，伸手抓过那份文件，在上面匆匆签字。他把笔一掷，那支笔飞出老远。许柏乐边弯身捡笔边说："这笔很贵的！别冲它发脾气啊！"

阿沛抬头看了看江时一，又看看许柏乐，问道："江时一那样干净，是因为你充当她的脏手？"

许柏乐仍是笑嘻嘻，低头看了看自己双手，认真道："是有点脏。刚直接手抓麦芬蛋糕吃的，没洗手，只用湿纸巾擦过。"

艾丽丝见到阿沛已经签字，便戴起墨镜跟草帽，一个字也不说，也没跟现场任何人打招呼，转身出门去。阿沛匆匆追出去，嘴里喊着丽丽，艾丽丝步履不停，飞快往外走。会议室里，只剩下江时一、许柏乐跟麦琪三人。麦琪看了看江时一，又看了看许柏乐，神色有些尴尬。

"麦琪。"江时一开口，"你先出去一下。"

麦琪巴不得穿墙而过遁地消失。她立即起身，抱着电脑就跑。

会议室里，只有他们俩了。

"你什么时候知道的？"江时一背对着许柏乐，看着窗外的深圳湾，嵌在渐暗的天色中。玻璃窗像是一面暗黑的镜子，她能够看到许柏乐的脸，他的肩膀，他的身体，跟深圳湾高高低低的楼宇重叠在一起。他的脸上有其他楼宇的窗格子，肩膀上有外面的灯光。

这张脸，现在显得有些面目模糊，不再是她熟悉的那张脸。

他说："婚礼那天起。我也没有刻意查他，那天太无聊了，我在他微博上闲逛，发现有个人经常给他点赞。后来顺藤摸瓜，就知道了。"

"给艾丽丝发短信的人，根本不是'小三'本人吧？是你。"江时一转过身，看到许柏乐没有否认的意思，"你跟艾丽丝达成了什么协议，她会这样帮你？毕竟，如果她要离婚的话，阿沛拿的钱少，对她不利。"

"我给她介绍了几个大客户。"许柏乐坐在椅子上，仍是一脸笑意，"怎么了，你看上去很不开心？"

"我为什么会开心？我重要的合作伙伴背叛了我，而我男朋友早就知道，却瞒着我做这一切。我为什么要开心？"她反问，"既然你早就知道，为什么不来找我，直接跟我说？"

"我来找你，然后眼看你去找阿沛谈话，眼看你打草惊蛇吗？最后不光什么证据都没有，你还会一时心软，在两人痛哭一场后，将他留下来？"

"我会怎么做是我的事！但你不该替我做决定！"

许柏乐也自知在这点上有些理亏，于是笑着哄她："好好好，下次不会了。"

"什么是下次？"她半分不让步，"你难道不应该为这次的错误解释解释吗？"

"错误？"许柏乐的脸色有些难看了。

"这是我的公司。希望你尊重我。"

"我知道了。"他压低声音，也敛掉那种笑嘻嘻的神态，但并没有道歉的意思，甚至分辩道，"让不合适的人离开，有什么问题吗？留他下来，对品牌的伤害更大。倒不如利用这件事，将他踢走。"

江时一的声音有些愤怒："许柏乐，你根本不在意一时茶乐的死活！你甚至利用这件事，对一时茶乐造成舆论伤害，好逼他出局！"

许柏乐辩解："这种程度的舆论，也伤害不了公司。"

江时一正在气头上，终于口不择言："我现在明白，当时阿俊对你跟关奕山有多么失望。正如现在，我对你一样失望！"

许柏乐的脸上，现出突然被人唾了一口的神色。他后退一步，脸上慢慢又恢复了轻松的样子。他双手插袋，平静地说："让你对我的道德底线抱有过高期待，对不起了。"他转身走开。江时一看着他出去，也没有出言挽留。

不知道过了多久，麦琪怯生生地探头进来，见到江时一坐在桌边，脑袋耷拉在两手掌心间。麦琪悄悄走近了，低声说："没什么事的话，我先下班了。"江时一嗯了一声。麦琪想要转身，想了想，又回过身来，忍不住说："其实许先生他，也是为了品牌。"

"我知道。"江时一的声音，闷闷地传来。

麦琪想了想，又说："只是他当然应该提前告诉你。"

"嗯。"江时一还是没抬首。

麦琪正要出去，江时一突然含糊不清地说了句话。麦琪一开始没听清，后来才想明白，她说的是："他太了解我了。要是提前告诉我，这事就不会成。"

那天，江时一在公司待到很晚才下班。回到家，许柏乐不在。他原本就没几件东西，到哪儿都像流浪一样。她也看不出来，他是一时意气，还是彻底消失。江时一心气也高，那儿到底是许柏乐家，尽管她知道自己话说重了，但也连夜收拾东西，第二天就搬到胡培月家。又过了几天，两人也没任何联系。

官方发布对阿沛的处理公告后，评论里都是女性用户的赞美声，危机就此过去。每天上班下班，一切如常。

胡培月大腹便便，江时一尽量抽时间照顾她。胡培月辞掉工作，但也没到上海去，江时一偶尔也好奇，两人晚上睡一张床，她小心翼翼试探，问起胡培月，章云程的近况。胡培月笑说："近况？你不都在新闻上有看到吗？"江时一说："我只看到新闻说，高天远资金链紧张，已经在考虑减持诺亚。但新闻上也不会讲章云程怎么样啊，有没有找你啊。"

胡培月侧着身子睡，慢慢说："我跟他，应该不会回到过去了。"

"为什么？"

"男人永远只想要一段轻松愉快的关系，不想肩负起责任。当然，我也没资格谈什么责任，我要是知道自己能怀孕，这事就绝不会发生。"

两人睁着眼睛，看了一会儿天花板，中间有电话进来，江时一跟麦琪谈了一会儿。挂掉电话后，胡培月忽然说了句："好久没见许柏乐找你了。"江时一被戳中心事，默默无语，良久，她转身说："我跟他现在……"胡培月却已入睡。

次日，江时一陪胡培月参加孕前预备培训班。教室看起来像那种瑜伽课堂，头顶的光很柔和，音乐很舒缓，老师笑容很可亲，课程价格也很动人。准妈妈旁边都有准爸爸陪伴，一对对的，看上去充满期待。只有胡培月跟另一个短发妈妈旁边，由女人陪伴。

短发妈妈跟她好友看上去都是混血儿，她们对胡培月跟江时一微笑，两人也对她们微笑。短发妈妈张口跟她们打招呼，说中文时咬字用力，说她们俩都很期待这一个孩子。胡培月微笑说，真好。

培训老师给准爸妈们介绍孕期注意事项，教孕妈妈锻炼胯骨，冥想，并鼓励说，爸爸们可以坐在妈妈后面，把手放在小腹上，感受新生命。胡培月跟江时一你看看我，我看看你，江时一慢慢将手放到胡培月肚子上。

培训老师引导说："这是一个奇妙的生命，在他身上流着跟你一样的血……"江时一有些走神，想起这是章云程的孩子，心里有些别扭，但转念又想，这个孩子是自己的弟弟妹妹，是除胡培月外，跟自己血缘最亲密的人了。

江时一将脑袋贴在胡培月背上。胡培月笑："你怎么像个大娃娃似的。"江时一不语，心里想，她小时候从来没试过，像普通小孩儿那样依恋着母亲。她会抱着奶奶，但奶奶脸上有皱褶，而别人的妈妈从来都是软软的，滑滑的。

课程有点长，胡培月不太耐烦，两人坐在角落里，压低声音交谈。江时一说："孕育可真不容易，母亲真伟大。"胡培月说："抚养成人才叫累呢。只不过，我也没经历过，辛苦你爷爷奶奶了。"江时一问她期待吗，胡培月说："怎么会不期待？但也很紧张。我并非第一次生育，但真正担起人母责任，还是第一次。"江时一笑："我在你身边呢。"

胡培月开始装哲学家："世人都说母爱伟大，但我有时候想，这算不算一种自私的爱？"

"怎么说？"

"毕竟母亲跟孩子是有血缘羁绊的，要用无私这个词来形容，好像也说不上。"胡培月莞尔，"我希望这个世界上，有这样一个人，他跟你没有血缘关系，但是真心对你好。也许你们的价值观不一样，就像我跟你，一开始的价值观也冲突，也碰撞，但只要是为对方好，就不该错过彼此。"

江时一不言不语，慢慢地想着这番话，想着一个人。胡培月看着她，话里有话："到了我这个年纪，我还没放弃等这样一个人的出现。你呢？"江时一又装傻："我又不是爱情至上，我有事业呢。"胡培月也装傻："两样也不矛盾呀？"两个人对视，微微一笑。

那天的相关新闻上，有一则关于一时茶乐的消息。一时茶乐更换管理团队，把阿沛踢出局，门店运营由新人接管。公司不再设副总裁，只有江时一一个CEO。江时一去跟罗万象饮早茶，园子里鸟声啁啾，流水潺潺，罗万象夹起一块虾饺，若无其事地说这事干得好："你要牢牢把控住一切。"他盯着那枚虾饺，有些失神地想起当年自己被逐出一手创立的公司的事。江时一莞尔，想起这还是在贵州时，许柏乐就跟她提过的，只是她当时没放在心上。

许柏乐做的一切事情，都是为她好。她想，她应该主动找他道歉。一路上，江时一这么想着，不知不觉站在了家门前。

铁门没关牢，江时一迟疑，进屋后喊了胡培月一声，没有回应。预产期还没到，但她突然有些慌。她又喊了一声，边往外掏手机。

"她在这里。"回应她呼唤的,是男人的声音。那男人从室内转出来,突如其来地出现在她面前。章云程今天着高领白色打底衫,看上去非常清爽,像胡培月的无辜弟弟。胡培月则跟在他身后走出来。她像什么?像这个弟弟养的一只美丽波斯猫,终于被他所驯服?

江时一一点好脸色没有,也没有跟章云程说话,只将脸转向胡培月:"他怎么会在这里?"

章云程脸上没有了过往那种悠然自得的笑。他说:"我不会待太久,今晚就要回去。但我这次来,的确是有事情要讲。"

江时一不去瞧他,只看向胡培月。胡培月脸上没有什么表情,更瞧不出喜悲。江时一心里想,章云程这家伙,估计也只是过来讲孩子的事,或者索性跟胡培月谈分手。她看章云程在长沙发一角坐下,她不愿挨他坐,满脸警惕,落座在他对面沙发上。

胡培月现在每一步都走得很慢。江时一挪了挪地,等她在自己身旁坐下。章云程却非常自然地起身,挽住她手,轻轻搡她坐到自己身边。江时一觉得自己是株反应过激的植株,身上立即长满刺。只等章云程开口,她就要刺中他。

章云程说:"是这样,我跟培月商量过……"

江时一这时留意到,他们两人在桌下的手,是牵着的。

——野猫把家猫的肚子搞大了。

章云程说:"等孩子生下来,我把他们俩都接到上海去。"

——现在,野猫要把家猫拐走。

江时一身上的刺,倒着长,蜇了她一下。

她抬起头,依旧不去看章云程,一张脸对牢沉默的胡培月。她问:"你呢?你怎么想?"

——你是怎么想的?怎么跟我们之前说好的不一样?

胡培月声音轻柔而低沉:"我当然不愿意离开你。但是云程说得也有道理。你没有父亲、没有母亲,我总觉得亏欠你。如果这个孩子也要没有父亲,我就要亏欠两个人了。"

江时一终是按捺不住,两手一撑桌面:"当初不是说好了吗?我就是这个孩子的爸爸……"

章云程打断:"有亲生父亲在,就不需要你了。"

这句"不需要你",生生惹怒江时一。她怒目一瞪,咬着牙说:"对不起,我们母女俩说话,还轮不到你这个外人插嘴。"

章云程也并无耐性，冷着脸道："我是她肚里孩子的爸爸，要说外人，恐怕只有你才是。"

江时一一噎。胡培月骤然沉脸："云程！"章云程也意识到，自己这话说过了，他将脸转向窗外，淡淡道："孩子有亲生父母在身旁，总是会更好。你是姐姐，再疼爱他，还是替代不了。你由爷爷奶奶带大，应该也有体会，也不希望自己受过的苦，再落到弟弟妹妹身上。"

江时一说不出话来。屋里的空气黏糊糊的，就像她阴暗潮湿的前半生。上海的天气总该更干爽宜人，梧桐树亮晶晶的，老洋房亮晶晶的，走在路上的人们眼里亮晶晶的，一切都亮晶晶的，就像这个没出生孩子的前程。

胡培月知道她从小纤细敏感，此时见她不语，便说："如果你希望我留下……"

"不用。"江时一生硬地说，"我已成年，这个孩子更需要你。"

胡培月不言语，章云程则微微一笑，转过脸，对胡培月道："你看，我说过的，时一是很懂事的。"

这个男人，不过比她大几岁，在事业上毫无建树，现在却用一副居高临下的口吻来评判她。她冷着一张脸起身，再不愿在他身旁多待一秒。章云程却喊住她，说还有件事。

江时一心想：你还想怎么样？跟我商量胡培月和孩子一年有几天在上海，有几天到深圳吗？

她傲气得很："他们母子俩什么时候回广东，不用商量。你们决定就是。"

"不是这个。"章云程说，"我想知道，许柏乐考虑怎么样了？"

江时一有些错愕："考虑什么？什么怎么样？"

"他没有告诉你？"错愕的是章云程了，"我邀请他到诺亚帮我。我现在的状况……"显然，他脑中如惊鸿般掠过某些不方便说的话，到了嘴边就只剩，"我很希望身边有能干且靠得住的人。"

"所以你要把胡培月跟许柏乐都带走？"江时一难以置信。章云程知道他们俩对自己而言，有多么重要。但他多么自私，偏要带走他们。

但江时一高傲又孩子气。心里虽恨，面上却淡淡道："他的事跟我也没关系，我又不是他的谁。你自己问他去。"她觉得自己的手在抖，谁知道是不是气得抖发抖。她听到胡培月在身后叫她，但她没有回头，摔门出去。

走到大街上，路上都是为了生存而脚步匆匆的深圳人。她站在其中，没有方向，十分茫然。最后叫了车，回到公司。

办公室里亮着灯，有人在加班，这个点见到江时一，他们也并没有显得意外，跟她打招呼。她机械式点头，又对他们说，注意身体，早点休息，然后走到最角落的会议室，把门关上。她陷入椅子里，给许柏乐拨出一个电话，许柏乐没接。

会议室玻璃窗外，正对深圳湾，夜色极美。只是她身边，已经没有陪她看这景色的人了。江时一过去有些小心事，也会跟麦琪倾诉，现在她拿起电话拨给她，麦琪刚说了个喂，就听到小孩子的声音咯咯咯笑着，似乎是被抢过了话筒。江时一想起麦琪说她姐姐带儿子来深圳玩，住在她家。她在这头耐心等着麦琪把手机抢回去，便听到她说："小屁孩别乱搞！我老板的电话！快还给我！"

江时一像突然被人掴一掌，突然觉醒。

是的，麦琪现在是拿她当老板，而非朋友的。在阿沛那件事后，她对自己就少了几分热络亲切，甚至有些忌惮。

麦琪夺过电话，长舒口气，对江时一解释一番，又问她有什么事。江时一说没什么，然后随口问了个无关痛痒的事，麦琪给她答案后，她嗯了声，让她早点休息，就把电话挂掉。

外面加班的人似乎也走了。全世界都安静下来。她走出去，回到自己那私密度不高的半隔间办公室，将行军床拉出来，在上面睡了一晚上。

第二天一早，江时一直奔机场。彼时正是一时茶乐第一百六十家门店登陆新加坡，江时一获邀，以嘉宾身份到北京出席青年创业论坛。论坛就在五道口那边，是她所熟悉的地域。她没带什么行李，都是现买，连衣服也买最简单的，白恤衫牛仔裤。她提前一天抵京，花半天回校逛，旁人看起来，就是个普通女学生。

过去的江时一，是沉默寡言，不喜社交，察言观色的，只是创业后要跟太多人打交道，尽管内心依然向往安静，胡培月要离她而去的伤，还没结疤，但她早学会对谁都笑，跟谁都打招呼。现场还见到同为嘉宾的关奕山，他主动跟她打招呼，她也微笑，说这种级别的活动，怎会惊动到他这种资本玩家。

总是冷眼冷言的关奕山，居然也开起玩笑："什么？难道我不是青年吗？"

江时一只是微笑。关奕山非常敏锐，看出她情绪不佳，只是什么都没问。

发言顺序，关奕山比她早。说的无非也是那些，江时一关注所有竞品，也包括陆客咖啡，对他们那些"要让中国人喝上便宜好咖啡"的故事，早已烂熟在胸。倒是提问环节，有人毫不客气问起关奕山的婚史，甚至提及刚进入尾声的诺亚、青风股权之争，人们都认为关奕山是叛徒。

他用有烫伤伤痕的手握住麦克风,轻声笑了笑:"这是创业论坛对吧?听到这种打工人思维的问题,让我以为走错了地方。"他什么关键内容都没说,但下面的人轻轻笑了。

江时一的发言也跟此前差不多。她现在参加不少这种活动,为品牌争取曝光。不同的观众,相同的故事。唯一差别,是每次总有听众会问到不同问题。

提问环节,有人问起这个品牌的开始。江时一回忆起江边里的最初,许柏乐鼓励她做奶茶,胡培月给她审美建议。她顿了一下,眼睛看着台下。她站在光亮处,台下的人都是面目模糊的一片,她想,如果许柏乐跟胡培月也在,那该多么好。

她婉转地微笑,又回头看了一眼主持人:"这是商业活动,但我可以说,这其实是个亲情跟爱情的故事吗?"主持人笑:"谁不喜欢听八卦呢?"台下众人便都笑着鼓掌。

江时一于是慢慢说:"这是在广东江门一条小巷子里开始的故事。"她从御记开始讲,到爷爷的神秘租客,这个租客鼓励她自主研发产品,故事里还有个重要角色,是她那个突然出现的生母,"是他们俩让我体会到,什么是生活。"她脸上带着点笑,心里的情绪却一点点崩溃。她想:可是他们俩,都要离开我了啊。

主持人握着麦克风,笑问:"跟其他竞品比起来,你认为一时茶乐的优势在哪里呢?"

江时一想了想,说:"跟海外资本扶持下的大茶饮比起来,一时茶乐只是小城小巷里野蛮生长的草根。但我们大部分人都是草根,而草根逆袭的故事最动人。"

人们鼓起掌来。在微薄的幽光中,江时一见到关奕山也带着点笑,在为她鼓掌。

江时一离了场,把自己关在洗手间里,等心绪平复下来后,才推门出来。她在外面遇到关奕山,他看她一眼:"要纸巾吗?"

她尴尬地转过脸,用手按了按眼眶,转过脸时,平静道:"恭喜你。"

关奕山故作不懂:"恭喜什么?"

"两亿美元的A轮融资,上千家门店,还有一家开在故宫。步伐比我们快多了。"

"我们向来不是同一个打法。"他低头看表,"要不是我马上要飞香港,倒是想请你喝杯东西再走。"

江时一脸上有些意外。关奕山一问才发现,她也要到香港,还是同一个航班。两人同赴机场,等候航班时,关奕山要请江时一喝东西。江时一故意问,是喝陆客还是一时茶乐,两人都笑。关奕山说:"会笑就好。"

江时一又笑了笑,尴尬而勉强。在关奕山提起许柏乐时,她及时顾左右而言他,说起一些别的事。

她现在也学会像许柏乐那样装疯卖傻,不轻易暴露内心。她越发感觉,除了胡培月外,她再没有能够毫无保留地说话的人了。但是章云程,他要把胡培月带走。

江时一在飞机上睡了一觉,下机过了海关,发现关奕山在等她。她笑了笑:"怎么?在飞机上被泼了水,要找我投诉?"关奕山想起两人初遇情景,也笑。他问她住在哪里,说捎上她,江时一正要拒绝,关奕山说:"你再推,我会觉得你讨厌我。"她便不再推却。

江时一这次到香港,是要看看新店。香港咖啡文化推行多年,发展空间窄小,陆客咖啡虽在港注册,但在当地并无门店。但一路上,关奕山仍给了她不少建议。江时一微笑,说:"不认识的人看到了,还以为我们是朋友,而非敌人。"关奕山说:"哪有什么朋友、敌人,只有利益而已。你能够相信吗?上个月我还跟章云程坐在一起,谈笑风生。"江时一看向窗外:"炒股要追涨杀跌,但做朋友不该如此。"关奕山默然不语,心里却想着,如果当日他没有误判离场,是否江时一跟她的茶饮版图,已都属于自己了。

这时天色稍暗,江时一只顾着跟关奕山说话,此时才留意到,窗外一片深赭,却早不是大都会市井风貌,过了些工厂大厦后,便见地域平阔,渐渐已是一片郊野景色。她心里有些预感,开口说:"这不是我要去的地方。"关奕山冷静道:"我不会带你行错路。"

"但这未必是我想走的路。"

关奕山不语,将车子缓缓往前驶,江时一远远见到前方大榕树下,有三五青年在抽烟聊天。老板娘倚在士多店,正抬头看八点半档喜剧。这不是佑田村,又是哪里?关奕山把车子靠边停下,掏出手机。江时一一眼看他找到许柏乐名字,要拨打过去,忍不住开口:"你要干什么……"

关奕山举起一根手指,隔着空气抵在江时一唇上。那边电话似乎拨通,关奕山对他说:"我在村口士多那边,跟江时一在一起。你出来将她带走吧。"也不知道那边说了什么,他非常冷静,"十分钟,见不到你,我就要重新追求江时一了。"也不给那边反应时间,他将电话挂掉。

江时一坐在副驾驶位置上,面露尴尬。她冷静片刻,说:"我们走吧。"

关奕山降下车窗,慢慢点燃一支香烟,说:"急什么?"

"我不喜欢逼人。怎样选择,是他的自由。我不能妨碍他的自由。"顿了顿,她说,"谢谢你对这件事上心。但这真的是我的私事。"

关奕山也没理会她,照例抽着烟。江时一意气用事,伸手推车门,发觉车门锁上。他说:"你是这么怕浪费十分钟,还是怕他选择章云程,不选你?"江时一有种被洞悉的难堪,索性抱手臂坐着,不言不语。两人就这么安静坐着,谁都没说话。

一支烟抽完,关奕山再点一支,村口仍然只有几个金毛仔在大声说笑,没有许柏乐的身影。江时一垂下脑袋,听到自己轻声说:"走吧。"

"还没到十分钟。"

"快二十分钟了。"

"再等等。"

"开车!"

"许柏乐他……"

"求求你,开车,好吗?别让我这样难堪。"见关奕山不动,江时一自嘲般笑一下,"你不是说他不出来,你就要重新追我吗?我知道你是不愿意兑现承诺,哈,我才不会强迫你。"

关奕山了解她脾性,只得发动车子。就在车子驶离村口时,后面出现一个小小的黑影,在村口数人大喊"乐少"的声音中,那个黑影慢慢追上,而关奕山将车子停下来,解锁车门。许柏乐将单车扔到路旁,拉开车门,跳上车。他气喘吁吁,看上去像个被债主追杀了十八条街的欠债人,人没坐定,惊魂未定般叫着:"开车,开车……"

关奕山说:"坐稳。"便极有默契地一踩油门。江时一嘴里问的"发生什么"未落,背脊往椅背上撞去。许柏乐解释:"我刚在翻东西,然后被二叔发现了。他嗓门太大,半条村都被他叫起来,大家追着我出来。"江时一想起那次跟他一起,被村民跟狗一路围追堵截,鬓角缓缓滴落汗水。

关奕山也没问要去哪里,便将车子开向山径,一路开到山顶。一路上,许柏乐跟关奕山几乎像自说自话般,两人说着诸如"咦,这不就是那里吗?""对啊。假装你二叔打电话给钟Sir那次,还记得吗?""哈,何止一次!"这样的话。他们下了车,江时一跟随,山顶夜晚风大,她刚下车便打了个喷嚏。许柏乐将外套脱下,披在她身上:"都叫你平时多锻炼啦。"

"你也不是不知道，我每天都跑步。"

"你睡觉晚啊！"

"还不是因为你……"

关奕山及时制止："够了，不要当我面打情骂俏。"

另外两人看了看关奕山，又对视一眼，突然笑起来。关奕山问起许柏乐，刚才在找什么。许柏乐突然有些尴尬，开始顾左右而言他，问起来："啊，你怎么会想到来这里？是因为以前我们三人经常逃课到这里吧？"

关奕山微笑："不，是因为你以前说过，你以后要带喜欢的女生到这里。"

江时一突然便想起，她初次到香港找许柏乐，他表现得像个克制的普通朋友，但在喜酒结束后，莫名其妙要带她上山。许柏乐显然也想起这事，又转移话题，说起这山上景色不错。关奕山早看穿两人，便只微笑。

从此处向北面望去，是新界的郊野绿意，再往北，一河之隔，则是被高楼大厦灯海淹没的深圳市区。

"念中学时，我们好像还在这里看过日出吧？"许柏乐问，"有次除了我们仨，还带上了关珊珊。她扛不住，困得不行，最后是我们轮流把她背下山的。"关奕山笑："这事可千万别在她跟前提起。她觉得丢人，是不让我说的。"两人这样叙着旧，好像中间发生的事，彻底过去了。江时一在旁远眺深圳夜色，心里却仍然想着，不知道许柏乐晚上在找的到底是什么。

这时，关奕山忽然说有个电话要打，便回到车上。车外的世界，便只剩下闹别扭的两人。江时一跟许柏乐安静了好一会儿，江时一没话找话："他可真忙。"许柏乐说："忙什么？就是找个借口，让我们俩说话。他抵港前，将你在青年什么论坛上讲的肉麻话，现场发给我了。"

江时一想起自己在台上语无伦次的分享，不觉尴尬。她说："我是以为你跑回香港，打算丢下我不管了。"许柏乐苦笑："那不是你生了我的气嘛，我就回来找个东西哄哄你。"江时一奇道："你到底在找什么？"

许柏乐从口袋里掏出一个玉镯："上次到泉州找我姨奶奶，她不是给了一个玉镯，说是要给我老婆的，还往你手上套嘛。"江时一记得这事，后来她将手镯还给了许柏乐。许柏乐说："我把东西藏在祖屋里，想着哪天如果惹你生气了，或者，想跟你求婚，就要派上用场。"江时一听到这里，心突然怦怦地跳动。许柏乐又说："我也不知道你愿不愿意结婚。如果你不嫁给我，我也不打算娶其他人。这个镯子就放在你这儿，哪天你想结婚了，就告诉我。"

江时一看着他："就这样？"

"什么就这样？"

"你的求婚，就这样？"

许柏乐面有难色："让我跪下来也不是不行，但关奕山不是还在嘛。"

江时一说："多没诚意。"她嘴上这么说着，却慢慢将玉镯套到手腕上，又说，"现在谁还戴这些啊。多傻……"嘴角却微微上翘着。

半晌，她忽然说："章云程说要你去帮忙……"

"我肯定不去嘛。鼓起勇气结婚，已经失掉一半自由。还要给人打工？另一半自由都没了。"

江时一看他这样子就觉好笑，但这番话终究是给了她一粒定心丸。她于是郑重道："公司的事，我知道你是为了我好。对不起。"

"不觉得我过分了？"

"也许没有一个人不会被资本改变吧。我跟你也差不多。我把阿沛的人都换了一遍。"

"我知道。"

"麦琪现在好像有点忌惮我。"

"能想象。"

"让小雪遭受网暴，把创始团队成员踢走。我是不是个坏人？"

许柏乐用手扳过江时一的脸，认真地与她对视："我不知道在小雪、阿沛跟麦琪心目中，你是好是坏。我只知道，对贵州那些人来说，你是好人。对不用再喝劣质茶粉奶精制品的奶茶爱好者来说，你也不是坏人。"他捏住她脸颊的手太用力，将她的嘴捏得变形，他义正词严地说完这番话，端详她的脸，突然绷不住，笑了出来。江时一也笑。

关奕山打完电话本想下车，抬头见到车窗外两人正笑得开怀。他识趣，继续待在车上。

江时一本想在山上等日出，后来冷得受不了。许柏乐让她在车上等。最后还是关奕山看两人和好了，说："日出什么时候看都行。江时一后面不是还有事吗？还是好好休息吧。"连夜将他们送下山。佑田村是不能回了，二叔跟村民们势必会将二人五花大绑严刑审问，便将他们在上环那边放下。

后面两天，许柏乐陪江时一在这里看新界首店装修，又到香港地跟九龙选店址。油尖旺人多路窄，他们走累了就吃，碗仔翅、鸡蛋仔、潮州鱼蛋，全是平民美食。其间不断有电话找江时一，她抬手听电话，玉镯在她手腕往下滑。许柏乐边喝一杯咖啡边用手捋她的玉镯，等她将电话挂掉，对她说："江时一你太瘦了，要多喝奶茶。"江时一咯咯笑。

这天晚上，两人躺在许柏乐上环家里的阳台上看星星。外面传来街市的市声，有年轻人喝了酒在巷子里大声唱歌，也有不知道哪儿传来的电视声，正是播放情景喜剧的时候。但他们俩什么都听不到，世界全然安静，只有彼此的呼吸声，氛围有些暧昧。

"江时一……"许柏乐低声道。

"嗯？"

"如果是电视剧，男女主角演到这个时候……"他深吸一口气，"编剧会安排有电话进来。"

真是凑巧，电话恰在这时响起。许柏乐松开抱住她的手，得意地问："你看看，我说得对不对？"江时一故意不接，许柏乐问："你就不怕是公司急事？"

"我学会放权啦，不然累死自己。"江时一说，虽然她不设副总裁，但管理团队成员有分管责任，她不需要分分秒秒都在。电话果然停了。

许柏乐连声赞叹，说小姑娘开始有他的风格了，像个富贵闲人了。江时一纠正，说只是闲人，哪里有他富贵。她话里有话："当初有人搬进江边里来，房租不交，吃饭也蹭，只给我奶茶钱。没想到是个大富豪啊，随随便便掏两千万投资。"许柏乐语气沉重："的确是我不对……为了赔偿你的损失……我决定给你钱债肉偿……"

气氛刚开始暧昧，电话又突然响起来。江时一一下坐起来，许柏乐说："喂，你刚不是说学会放权了吗？"她匆匆起身，说："不，我怕是胡培月……"

"她不是下个月才预产期？"

"也会提前的。"江时一边应边进屋找电话，终于在沙发垫下面摸出手机，是黎晓静打来的。电话接通，许柏乐像看戏一样，眼看江时一起身，坐下，再起身，再坐下，挂电话，来回走动。

"怎么了？"

"胡培月要生了！"

喜剧电影般的情节就此上演。两人急匆匆抓起钱包、证件跟外套，头撞南墙般冲出去，又折回来。

"手机忘拿！"

再冲出去，又返回一次。

"我的通行证！"

许柏乐在旁对她大吼大叫："放松！放松！"江时一吼回去："你又那么大

声干什么？！"

"因为胡培月要生了啊！"

"又不是你的孩子！"

"但是我心爱女人的弟弟或者妹妹啊！"

这话饶舌又肉麻，但江时一想到弟弟妹妹随时会呱呱坠地，立即又慌了手脚。他们临街拦截的士，一开门，江时一腿软，许柏乐边扶她上车边大叫："深呼吸！放轻松！深呼吸！放轻松！"前面的士大佬好生疑惑，从镜中瞥一眼江时一。这女孩儿裹在大衣里，脸蛋跟手脚都纤瘦，看不出来是个临盆孕妇啊！

人坐定，许柏乐大吼："落马洲地铁站！"又加一句，"赶着上深圳，麻烦快点！"

司机大佬吓一跳："要生了还上深圳？"

车后两人同时奇道：

"你怎么知道我妈要生了？"

"你怎么知道她妈要生了？"

落马洲地铁站对面便是福田口岸。两人通了关，直奔医院，黎晓静跟冯霄都已到达，黎晓静说已通知章云程，但他人还在上海。许柏乐说话直，直接道："他不知道预产期吗？"冯霄见江时一黑着脸，也闹不清楚他们中间怎么回事，便替章云程说好话："她提早了一周。"

胡培月躺在平车上，正要往产房里推，宫缩的剧痛让她满头满脸都是汗。急诊护士问："谁是孕妇家属？"江时一上前，护士让她往知情同意书上签字。江时一翻了几页，上面全是骇人的意外情况，她握着笔的手颤了颤，许柏乐跟黎晓静异口同声："闭着眼睛，签！"

江时一迷迷糊糊签了名，急诊护士又问："孕妇之前做过手术没有？有没有药物过敏？"江时一张了张嘴，什么也回答不上来。还是黎晓静有经验，这些问题她早了解过，此时一一替胡培月回答。

江时一对一切都是迷糊的，迷迷糊糊中便进了产房。再回过身来才发现，许柏乐他们都被阻隔在门外。空气中有一股奇怪的味道，是消毒药水混杂着血的气味。她听着胡培月痛苦地嘶叫着，一只手伸到口袋里，掏出刚在便利店买的巧克力，剥开外面的纸，喂给胡培月。她低声说："你加油。"

胡培月看着她，眼睛都是红的。她没吃几口，突然哇地吐了出来，吐了自己一身。护士又赶紧围上来，替她处理。

江时一觉得迷糊又慌乱，不知道自己能帮上什么忙。助产士塞给她一个盆，让她端着，万一孕妇呕吐时，她可以接着。她就这么在那儿，怔怔地坐着，眼看着助产士将手伸进子宫，掏来掏去。护士奇道："你还真大胆，居然敢看。"江时一想，自己当年原来就是这样被生下来的啊。胡培月痛得面目扭曲，现在是一点都不像那个优雅迷人的名媛了。江时一把自己的手伸过去，胡培月抓住她的手，像逃生的人抓住一块浮板。

江时一在血腥味中坐着，只觉一切都不像真的。也不知道是因为晕血，还是这事太急太无准备，她感觉头脑昏昏沉沉，血腥味直钻入鼻子，头脑更重了。

助产士哎呀呀提醒她，别看。

她闭着眼睛，感觉血腥味没那么重了，但耳边又传来胡培月声嘶力竭的吼声。江时一听得心酸，恨不得将肇事者章云程撕成两半。她这么恍惚地想着，一阵嘹亮的啼哭声，又将她的幻想撕成了两半。

江时一的魂轻飘飘地，重新落到她身体内。她魂魄归位，缓缓睁开眼睛来。室内温度低，但她跟胡培月身上脸上都是汗。江时一看着医生将孩子擦拭干净，将她放到体重秤上，又将她仔细包好，送到胡培月床边："是个可爱的小女孩，跟你长得很像呢。"

胡培月脸颊红润，鬓角还有汗。眼前这张皱巴巴的小脸，跟二十多年前江时一那张脸重合起来，中间的时间居然就这么过去了。她有些恍惚，眼角不觉带上了泪。护士赶紧说："别哭啊别哭啊，小心伤口撕裂。"

胡培月微笑，虚弱地说："我不哭，我不哭。"她擦干眼泪，笑着抬头说了句，"时一，她真漂亮，真像你呢。"

"皱巴巴，像个小猴子一样……哪里像我了……"江时一的声音有点怪怪的，像吃不到糖的小孩在哭。

胡培月抬起眼睛，见到江时一的眼眶通红。向来硬朗的江时一，此时此地，对着眼前这一团小婴孩，居然流下眼泪来。

"时一。"胡培月的声音很低很低，像一条半断不断的游丝，"我不去上海了。我要留在你身边。"

江时一张着嘴，眼泪涌出更多。

胡培月说："孩子并不是有父母就好。一个预产期不在身边的父亲，难说以后能在小孩身上投入多少精力跟时间。我的时一，由爱她的爷爷奶奶带大，一样是个善良出色的孩子。"江时一的五官扭成一团，突然放声大哭起来。

这年除夕很热，广东人衣裳薄薄，便去逛花市。满街满巷都是人，广东话跟普通话的贺年歌曲,交错播放。

乐声中,也夹杂着新闻主播的声音——即使现在人们都不大爱看电视。

媒体说,青风系正式退下第一大股东位置。章家应是最大赢家,但人们暗中说,章云柔才是幕后赢家。这种TVB式豪门剧情总是更为大家所钟爱,尽管真相如何,并无人知晓。至于陆客咖啡推出茶饮,跟一时茶乐终于短兵相接,这种业界新闻,关注者可就少得多。但业内人士都知道,这两家新一轮融资又开始了,财经人士分析,陆客咖啡的上市步伐会更快一些。"也许会在今年。"他们煞有介事地说。

过了年初二,天气陡然冷起来。胡培月喜欢天冷,即使只是在满室水仙花香中,站在长桌前提笔写春联。她选了大红洒金纸张,恰好配她一身暖色衣裳,甚是喜庆。长桌上放了她插的花,水果藤篮和茶叶罐。屋外遥遥传来舞龙舞狮的锣鼓喧天,附近的原住民在空地上噼里啪啦放起了鞭炮,徒留下一地红色纸屑。这声响倒跟当下气氛,适配得很。

胡培月写完一张,满意地搁下笔,回头问江时一:"你要写什么?"江时一的声音从婴儿房里传出来:"顺利上市!"胡培月直笑,说她财迷。

江时一没理会她,她现在正忙,忙着一心一意逗婴儿床上的小宝宝玩。她一声一声喊名字:"胡忻年,胡忻年。给姐姐笑一个。"胡忻年黑曜石般的眼睛,紧紧瞧着江时一,突然咯咯咯笑起来。江时一也笑。过去她总觉得,自己给爷爷奶奶添了麻烦。现在回想,他们也曾这样声声呼唤自己名字,并且得到了不少欢笑吧。

胡培月也出现在婴儿房里,一起逗胡忻年玩。她现在丰满了些,但也并不着急瘦身,一切顺其自然就好。

她的感情亦如此。

那天章云程赶来看刚出生的婴儿。即使他对孩子的到来不情不愿,但面对美好的新生命,依旧忍不住流下泪水。但他也变了,当年意气风发的年轻实习生,现在心机深重,一句话在脑中斟酌半天才说出口。他在深圳待了两周,每天电话不断,临行前一日,他郑重地再问许柏乐,能不能到诺亚帮他:"我现在很需要一个靠得住的人。"许柏乐一脸笑嘻嘻:"我看上去像是靠得住的人吗?"章云程十分恳切,许柏乐连连摆手,"我是自由惯了。别让我去上班。"章云程想,同样的话,他在胡培月这儿听到过。他想让胡培月带囡囡回上海,留在他身边。胡培月笑,说自己更爱自由:"你想看女儿,什么时候来都可以。"他们俩,谁都没提婚姻。

过了年初五，市面上店铺开门，冷清的街道又热闹起来。粤港澳的人过年喜插桃花，胡培月跟江时一带上胡忻年，到外面饮早茶，胡培月刚好坐在桃花枝下面。江时一一直笑。胡培月问她笑什么，她说："你今年会有'桃花'。"胡培月立即举起双手，摆出一副求放过状，两人都笑。江时一问："所以你跟章云程……"胡培月打断："是好朋友。是胡忻年的父母。"江时一点头，不再追问。彼此都知道，一旦这样异地，关系就此搁浅。

过了初十，很多人都已上班。江时一回公司给大家发了红包，她给麦琪的红包最大封，给她的拥抱也最久最真挚。至于麦琪心里怎样看她，她已经不再纠结。江时一想，她有胡培月，还有胡忻年，一切足矣。

元宵节那天，江时一在从深圳回江门的车上，收到许柏乐发给她的照片。他正在村子祠堂外吃"九大簋"，照片上，二叔搂着个女人，也不知道是醉酒还是开心，脸都红得发光。许柏乐说："二婶回来了。"江时一还没回复，胡忻年一只小胖手打过来，打在二叔二婶的脸上。江时一跟胡培月都笑。

车子在江边里那边停下。长巷还是老样子，随处停放的单车摩托车，破败居民楼外挂着的邮箱，楼与楼之间横穿的电线。只是因为还在农历新年，便四处都有些红通通的喜色。居民楼下开了不少店铺，都是年轻人开的，主顾也都是年轻人。江时一跟胡培月推着婴儿车，远远见到江边里的一时茶乐创始店，店面虽窄小，但人头攒动。她们在那儿看了一会儿，才往回走。

街尾那个修理钟表电器的小桌子居然还在，再小也是李老头的自家生意，非常有尊严地命名为"盛世堂"。那上面布满他一笔一画用美术字体写画出来的"换电子""修配钟表电器""自作诗书字画出售"等字眼。江时一经过时，忍不住回头看一眼李老头，他比过去老得多，已认不出来江时一这个昔日邻居。盛世堂对面是两座居民楼，其中一座居民楼的空地上贴了告示牌，上面说此地要开始旧城改造，改造后将跟马路另一边的启名里，共同打造成休闲街区。告示牌上说"从这里走出独角兽企业一时茶乐""要发扬江边里创业精神"，江时一想，可真能写。

胡培月提议到启名里看看。两个女人，一人抱着胡忻年，一人推着婴儿车，走到启名里。这里现在开了不少咖啡馆、网红餐厅，都借着元宵节做起了促销活动。老屋还是那些老屋，但青砖墙内卖起了茶跟酒，消费主义点燃了人工情调的熏香。

胡培月把胡忻年放回婴儿车里，前后微微推着，小婴儿在里面咿咿呀呀。有女孩子经过，大叫哎呀真可爱，蹲下来逗她玩。胡忻年是个不怕生的小孩儿，见到陌生脸庞，便咯咯咯地笑。渐渐地便有更多人围过来，有小男孩手里抱着皮球好奇地看。

"她真漂亮呀。"小男孩大声说。胡培月看这男孩儿，总觉得他有点眼熟。有人在后面喊男孩名字，男孩转身大喊："爸爸、爸爸，看，她真可爱！"

胡培月抬头，先见到小男孩爸爸的双腿，然后是上半身，最后是脸。那是她熟悉的一张脸。有点像江海文，但更成熟，有种看透世情的通透。

陆海文原本正低头跟儿子说话，一抬眼，见到是胡培月，也稍感意外，但很快又微微一笑："我听冯霄说你生了，恭喜。"胡培月微笑说谢谢，又问："你也在这边？"陆海文说，他前阵子跟朋友合伙在这边开了咖啡馆，所以偶尔会过来坐坐。胡培月笑了，说真好，她笑起来跟以前一样，眼睛微微弯起来，依旧充满天真感。小男孩安静地趴在婴儿车旁，静静地看车里的胡忻年，对这个跟爸爸聊天的女人不再抗拒。

两人聊了好一会儿，直到陆海文朋友过来找他，他才走开。此时胡培月回过头，见到江时一远远站着，抱着手臂，正看着她微笑。她走过来，地上的影子跟她的影子叠在一起，话里有话："怎么样？"

"什么怎么样？"

"你知道我问什么。"

胡培月电话响，她做一个稍等的手势，跟对方快速讲了两句，声音跟语气都像拂过启名里老屋的清风一样柔软。挂掉电话，江时一忍不住问是谁，胡培月告诉她，是章云程。她又说："你刚才问什么来着？哦，你问怎么样。"她笑了笑，风钻到她的衣服袖口里，她看起来像随时都会往上飞。她说："我现在觉得，我的人生，没有不可能。"人们会因为她的经历而误判她多情，然而她素着脸站在路旁，身子裹在一袭红装里，如元宵节这个节日般喜庆缤纷，眼神清澈得像婴儿车里那位。

正是夜幕时分，胡培月跟江时一并肩而立，远远看到马路那头江边里的灯亮了起来，九中教学楼的楼顶，矗立在渐暗的天色中。接着，启名里这边的路灯与灯饰，也纷纷亮起。她们身后人声鼎沸，眼前则是车流不息的马路。胡培月愉快地转过脸，说："我们去吃晚饭吧。"又问去哪里。随即，江时一跟她几乎是同时，说出大排档跟餐吧两个迥异的答案。两人相视，同时放声笑出来，笑声像旧粤语长片的特效，一点点融化到启名里夜色的背景中。再远处，江门星河城的灯发出耀眼的光，一时茶乐的灯牌，是最亮的那一点。

许柏乐跟她说过，以后，会有更多新的茶饮品牌崛起。它们也许会超越一时茶乐，也许不会，但无论如何，一时茶乐曾经造过一个价值巨大的梦。而这个梦在最开始，也不过是在一座小城，一条破巷，有这样一对母女，隔着门，互相打量彼此。

（全文完）

MEMORY HOUSE